세계 문학
필독서
50

필독서
시리즈

14

셰익스피어에서 하루키까지
세계 문학 명저 50권을 한 권에

세계 문학
필독서

박균호
지음

50

프
롤
로
그

수 세기에 걸친 명작 중에
이것만은 꼭 읽었으면 좋겠다는
바람을 담아

《세계 문학 필독서 50》은 세계 문학사에서 빼어난 문학적 성과와 대중적 인기를 누린 걸작 50편을 소개한 책이다. 우리가 잘 아는 세계적인 문호 윌리엄 셰익스피어, 레프 톨스토이, 빅토르 위고, 표도르 도스토옙스키, 어니스트 헤밍웨이, 무라카미 하루키는 물론이고, 문학사에서 빼놓을 수 없는 미겔 데 세르반테스, 블라디미르 나보코프, 알리기에리 단테, 오노레 드 발자크 같은 위대한 작가들, 그리고 루쉰, 아베 고보, 나쓰메 소세키, 모옌 같은 동양의 보석 같은 작가들까지 다양한 국적과 스토리로 우리를 사로잡은 작가들의 작품을 선별했다.

수 세기에 걸쳐 차곡차곡 쌓여온 명작 중에 이것만은 꼭 읽었으면 좋겠다는 바람을 담은 추천 목록이라고 할 수 있다. 물론 세상에는 읽어야 할 명작이 너무나 많고, 추천하고 싶은 걸작도 수없이 많다. 따라서 누구나 인정할 만한 선정 기준을 세우고 그 기준에 맞는 작품을 선별하는 데 가장 중점을 두었다.

첫째, 독자들이 흥미를 가지고 읽을 수 있는 재미있는 소설을 첫 번째 기준으로 삼았다. 소설을 읽는 재미는 명작의 포기할 수 없는 미덕이다. 여기서 '재미'란 극적인 이야기 구조를 가지고 있는 소설을 말한다. 사실 위대한 작품들 중에는 이해하기 까다로운 작품들도 많다. 문장이 길고 난해하거나 스토리 자체가 꼬여 있어서 해석하기 어려운 경우도 있다. 가령 마르셀 프루스트Marcel Proust의 《잃어버린 시간을 찾아서》 같은 작품은 모든 평론가들이 인정하는 대작이자 걸작이지만 읽어내기가 쉽지 않은 소설이다. 제임스 조이스James Joyce의 《율리시스》 또한 어려운 소설 목록에서 늘 빠지지 않는 작품이다.

이처럼 철학적인 담론을 진지하게 담고 있거나 문학적 의미나 상징성으로 평가받는 소설은 아무리 훌륭한 작품이라도 이번 50권에는 포함시키지 않았다. 독서력이 단단히 다져지지 않은 상태에서 읽으면 오히려 독서의 즐거움을 앗아갈 수도 있기 때문이다. 따라서 스토리 자체가 흥미를 돋우고 개성 있고 설득력 있는 주인공들이 등장하여 기승전결의 담백한 구조를 가지고 이야기를 이끌어 나가는 책을 가장 중요한 선정 기준으로 두었다.

이 책에서 다루고 있는 《마담 보바리》《분노의 포도》《적과 흑》《허영의 시장》《폭풍의 언덕》등은 문학사적 의의라든가 대표성을 떠나서 한번 잡으면 좀처럼 놓기 어려운 흥미로운 스토리로 유명하다. 이 소설들의 줄거리를 단 몇 줄로 요약해 들려준다면 누구든 호기심이 발동할 것이다. 이렇게 가독성 좋은 책으로 독서 힘을 기른 다음 다소 난해한 소설로 단계를 높여간다면 그때는 아마 어려운 소설도 조금은 수월하게 읽어낼 수 있을 것이다.

둘째, 문학은 한 사회와 그 사회의 문화를 대변하는 만큼 문화별, 나라별 분류도 중요한 선정 기준으로 삼았다. 따라서 이 책에 실린 50권의 고전을 통독한다면 전 세계 각 문화권의 오늘을 있게 한 문화적, 사회적 배경을 이해할 수 있을 것이다. 오늘날 세계는 국경과 문화가 느슨해진 세계 시민의 시대다. 따라서 우리가 매일 만나고 소통하며 교류하는 다른 문화권을 이해하는 데 문학만큼 좋은 것도 없다. 문학이야말로 시대와 사회상을 고스란히 반영해 보여주기 때문이다. 책으로 세계 여행을 해보자는 것이 나의 두 번째 의도다.

셋째, 세상을 바꾼 새로운 사상이라든가 사회 변혁운동의 실마리를 제공한 소설을 가능한 한 많이 소개하려고 애썼다. 예를 들어 우리는 《1984》를 읽으면서 전체주의 국가에 대한 경고를 들을 수 있다. 《돈키호테》를 통해서는 근대문학의 기틀을, 《레 미제라블》을 통해서는 사회적 약자에 대한 복지 제도의 기원을 읽어낼 수 있다. 또한 《변신》에서는 거대 조직의 부품으로 전락한 개인에 대한 연민을 느낄 수 있고,《허클베리 핀의 모험》을 읽으면서 인종차별이 얼마나 가혹한 것인지 깨닫게 된다. 우리가 동화책으로만 읽은《걸리버 여행기》는 어떤가. 이 책은 문학이 신랄한 사회 풍자의 매개체가 될 수 있다는 것을 깨닫게 한다.

이처럼 한 작품이 가지고 있는 사회적이고 역사적인 메시지 또한 중요한 선정 기준으로 삼았다. 역사에 이름을 남긴 위대한 작품은 단순히 재미나 흥미를 주는 오락의 기능뿐만 아니라, 우리 사회에 매우 의미 있고 강력한 메시지를 던지는 역할을 해왔기 때문이다.

내 인생에 참고가 되고
조언이 될 수는 있는 소설

이쯤에서 이런 질문이 나올 수 있다.

"이런 책들이 위대한 작품이라는 건 알겠는데, 그걸 우리가 왜 굳이 읽어야 하죠?"

누구나 그런 궁금증이나 의아함이 있을 것이다. 바쁘고 힘든 현대인들이 왜 굳이 시간을 쪼개가면서 소설을 읽어야 하느냐고.

우리는 세상을 살아오면서 수많은 사람을 만나고 그들과 수많은 사건으로 엮인다. 그럴 때마다 '저 사람은 왜 저렇게 생각할까?' '저 사람은 왜 저렇게 이상한 행동을 하지?' '이런 일이 왜 나한테 일어나는 거야?'라는 생각을 한다. 아무리 노력해도 그 사람의 마음을 이해할 수 없고, 이런 상황에서는 어떤 선택과 결정을 내려야 하는지 고민될 때도 많다.

이때 우리가 읽었던 소설은 우리를 좀 더 현명하고 깊이 있는 통찰로 안내한다. 소설 속에는 우리가 겪지 못했던, 또는 상상하지 못했던 수많은 상황과 인물이 등장한다. 그리고 소설 속 인물들은 소설이라는 세계 속에서 서로 갈등하고 화해하고 서로를 이해하면서 살아간다. 우리는 독서를 통해 그런 수천수만 개의 다양한 세상과 사람을 만나는 것이다. 작품 속 세상을 간접경험하면서 우리의 현실에 적용하여 나의 감정을 해석하고 새로운 인생으로 나아갈 힘을 얻게 되는 것이다. 문학작품 속에 등장하는 인물들이 겪는 위기, 갈등, 그리고 그것을 극복하는 과정을 지켜보면서 우리 자신이 미처 표출하지 못한 해묵은 감정을 정화하고 인생을 전혀 다른 관점으로 바라볼 수도 있다.

소설이라는 장르의 특성상 많은 등장인물이 등장하는데 우리는 그들 가운데서 우리의 롤모델을 찾기도 하고, 비슷한 인생관을 가진 사람을 만나기도 한다. 나와 비슷한 가치관과 인생 경험을 쌓는 등장인물을 만나면 내 인생의 참고인이 되기도 하고, 내가 바라던 삶을 살아가는 소설 속 인물을 만나면 그의 인생을 거울삼아 새로운 꿈을 꾸기도 한다. 사람들이 명작이라 칭송하는 작품들은 위대한 작가들이 자신의 모든 역량을 발휘해서 인간 세상에 존재하는 다양한 유형의 사람들과 사건을 섬세하게 묘사한 작품들이다. 그러니 내 인생에 참고가 되고 조언이 될 수 있는 것이다. 어쩌면 그 책을 읽으며 해결책이나 심리적 안정을 찾을지도 모른다. 그러니 소설을 읽은 사람들이 바라보는 인간과 세상에 대한 시각은 넓고 깊어질 수밖에 없다.

고전소설은 '시간'이라는 체로 걸러진 일종의 사금이다. 무엇이 명작이고 무엇이 고전으로 우리 곁에 남을 것인가를 결정하는 재판관은 시간이다. 시간은 읽을 가치가 없는 책들은 던져버리고 명작이라는 알맹이만 우리에게 남겨준다. 고전소설이 보여주는 당시 사회 모습과 그 이후에 사회가 변화해 나가는 모습을 따라가다 보면 우리는 그 시대를 공부하고 이해하게 된다. 물론 독자에 따라서 소설의 배경이 낯설고 상황 전개 또한 현재와는 달라서 어색하게 느낄 수는 있지만, 읽어나갈수록 소설에 몰입하고 그 시간 안에 자신이 서 있는 것 같은 신기한 경험을 하게 될 것이다. 현실을 잊고 그 시대로 빨려 들어가는 듯한 경험은 우리가 고전소설을 읽을 때 경험할 수 있는 최고의 즐거움 가운데 하나다.

문학을 알고 싶은데 어떤 작품부터 읽어야 할지 모르겠다면 이 책에 소개된 책부터 읽어나가길 바란다. 세계문학사상 가장 유명하고 가장 뛰어난 작품들만 선별했고, 거기에 재미까지 고려해서 선별한 책이니 누구라도 거부감 없이 문학의 세계에 빠져들

수 있을 것이다.

문학을 통해 인간과 인간의 삶과 세상의 이치를 다양하고 넓고 깊게 본 사람은 그렇지 않은 사람과 다른 인생을 살 수밖에 없다. 그것은 수치화하고 계량화할 수 없는 가치다. 인생의 고비와 갈등의 순간마다 좀 더 현명한 선택과 결정을 내릴 수 있는 지혜와 내면의 힘을 기를 수는 있을 것이다. 이 책이 그렇게 좀처럼 흔들리지 않는 삶을 다지는 데 조금이라도 도움이 되었으면 한다. 그렇게 된다면 아마 50권의 명작을 선정한 나도, 그 작품을 쓴 작가들도 큰 기쁨을 느낄 것이다.

박균호

01

인간과 사회와 역사를 모자이크한 세기의 걸작

《레 미제라블》
Les Miserables

빅토르 위고 Victor Marie Hugo

1802년 프랑스의 브장송에 태어났다. 아버지의 뜻에 따라 대학에서 법학을 공부했지만, 뛰어난 문학적 재능으로 일찌감치 작가의 길로 들어섰다. 1851년 나폴레옹 3세의 쿠데타에 반대하다가 국외로 추방을 당하여 19년에 걸쳐 망명 생활을 했다. 이 시기에 《레 미제라블》을 비롯한 《징벌Les Chatiments》 《바다의 노동자들Les Travailleurs de la Mer》 등 그의 대표작 대부분이 출간되었다. 1870년 보불전쟁으로 나폴레옹 3세가 몰락하자, 파리 시민의 열렬한 환호를 받으며 프랑스로 돌아왔다. 1876년에 상원의원으로 당선됐으나, 1878년에 뇌출혈을 일으켜 정계에서 은퇴한 뒤, 1885년 파리에서 숨을 거두었다. 그의 장례는 프랑스 국장으로 치러졌고, 200만 명의 인파가 애도하는 가운데 그의 유해는 판테온에 안장되었다.

걸작의 탄생

《레 미제라블》은 빅토르 위고 평생의 역작이자 프랑스 문학의 걸작이라는 평가를 넘어 서양 문학사의 가장 위대한 소설 중 하나로 평가받는 소설이다. 19세기의 프랑스 왕국을 거쳐 7월 왕정 기간을 배경으로 쓴 이 대하소설은 소설적 재미는 물론이고, 프랑스의 역사와 정치, 도덕철학, 종교, 인간의 본성, 당시의 사회상, 심지어 파리의 건축과 도시 설계에 대해서까지 매우 상세히 기술하고 있는 대단히 방대하고 지적인 소설이다. 출간되자마자 같은 해 이탈리아어, 그리스어, 포르투갈어를 포함한 여러 외국어로 번역될 정도로 당대 유럽 최고의 인기 소설이었다. 프랑스어 원문으로 65만 5,478개의 단어로 쓰인 역사상 가장 긴 소설 중 하나이기도 한 이 작품은, 번역본이 2,500쪽이 넘는 대작인 데다 독자들이 그토록 어려워하는 장광설의 대명사이기에 원본을 읽은 사람을 찾기 어려운 소설이라는 우스갯소리도 있다.

또한 《레 미제라블》은 당시의 시대상, 생활 모습 등을 알 수 있는 사료적 가치를 지닌 작품이기도 하다. 특히 위고의 아버지가 워털루 전투 때 프랑스 육군 장교였기 때문에 워털루 전투 부분은 특별히 매우 세밀하고 밀도 있게 다루고 있다. 작품의 명성답게 드라마, 애니메이션, 영화, 뮤지컬 등 수많은 장르에서 변주된 작품이기도 하다.

빅토르 위고, 현실 참여적인 작가로 거듭나다

나폴레옹 군대의 고급 장교 조제프 위고Joseph Hugo의 막내아들로
태어난 빅토르 위고는 슬픈 가족사를 겪었다. 군인인 아버지가 가
정에 소홀했던 탓에 어머니와의 관계가 좋지 않았고, 오랜 갈등
끝에 서로가 각자 다른 사람과 불륜을 저지르는 일이 벌어진 것
이다. 이 와중에 외모 콤플렉스가 심했던 위고는 스스로를 '가분
수'라고 부르며 형들에 대한 경계심과 적개심을 키워나갔다. 그
리고 어머니의 사랑을 더 많이 차지하기 위해 형들과 치열한 경
쟁을 벌였다. 그러던 중 1809년경 아름다운 정원을 가진 넓은 집
으로 이사를 하면서 독일인 하녀가 들려주는 동화를 통해 풍부한
상상력을 키워가기 시작했다. 이 아름다운 집은 그의 대표작《레
미제라블》에서 주인공 장 발장과 코제트가 행복한 생활을 하는
집의 배경이 되었다.

성인이 된 위고는 자유와 민주주의를 지지하는 낭만주의 소
설가로 명성을 떨쳤는데, 그런 그를 열렬한 공화주의자이자 현실
참여적인 작가로 바꾼 계기가 바로 1851년 나폴레옹 3세(샤를 루
이 나폴레옹Charles Louis Napoléon)가 일으킨 쿠데타였다. 사실 위고
는 처음에 대통령 선거에서 루이 나폴레옹을 지지했지만, 곧이어
반동 정치가 시작되자 격렬하게 정부를 비판하기 시작했다. 그러
다 1851년 12월에 루이 나폴레옹이 쿠데타를 일으켜 제정을 선

언하자, 반정부 인사로 낙인찍힌 위고는 벨기에로 피신한다. 망명 중에도 프랑스 정부를 비판하는 글을 계속 발표하던 위고는 결국 벨기에에서 추방되어 프랑스 서부 해안에서 가까운 영국령 채널 제도의 건지섬으로 향한다.

위고는 원래 약자를 대변하고 민주주의를 지지한 인물이었지만 이 경험을 통해서 더욱더 약자에 대한 연민과 지원을 주장하는 작가로 거듭났다. 그의 이런 신념이 고스란히 반영된 작품이 바로《레 미제라블》이다. 작품 초반에 장 발장을 다른 사람으로 변모시킨 미리엘 주교가 국가로부터 받는 급여 1만 5,000프랑에 대해 작성한 '우리 집안 지출 규칙 예산서'는 약자에 대한 위고의 배려심을 잘 보여준다. 총 16개의 지출 항목 중 사회적 약자에 대한 지출 항목이 9개다. 예를 들어 교도소 개선 사업, 죄수 위문 및 구제 사업, 빚으로 투옥된 가장들의 석방을 위한 지출, 교구 내 가난한 교사들의 급여 보조, 빈민 여성의 무료 교육 등을 보면 사회적 약자에 대한 위고의 배려가 엿보인다.

위고가《레 미제라블》에 담고 싶었던 메시지

위고는 매우 진보적인 정책을 주장한 정치인이기도 했다. 무상교육, 무상급식, 사형제 폐지, 양성평등을 비롯하여 지금도 논란 중인 주장을《레 미제라블》을 비롯한 여러 작품에서 강조했다.

《레 미제라블》의 주인공 장 발장은 조카들이 굶주리는 것을 지켜보다 못해 빵을 훔쳤고 5년 형을 선고받아 감옥 생활을 시작했으며 네 번의 탈옥 시도 끝에 결국 19년의 형기를 치른다. 지금은 믿지 못하겠지만 당시에는 식품을 훔치는 행위는 매우 큰 처벌을 받았다. 지금의 시각으로 볼 때는 겨우 빵 하나 훔쳤다는 이유로 수년간 징역형을 선고받는 것이 이해되지 않을지도 모른다. 그러나 19세기 유럽 사회에서는 감옥이 부족했고 죄수들의 값싼 노동력이 필요했기 때문에 소매치기나 음식을 훔치는 등의 경범죄에 대해서도 가차 없이 교수형에 처하기도 했다. 실제로 장 발장의 모델이기도 한 모랑이라는 인물은 1801년에 빵 가게에서 빵을 훔치다가 체포되어 5년 형을 선고받았다.

위고는 《레 미제라블》을 통해 이러한 사회 부조리를 통렬히 비판한다. 단테는 상상으로 지옥을 묘사했지만, 위고는 현실로 지옥을 묘사했다. 그만큼 당시 사회에 만연한 부조리를 사실적으로 고발한 것이다.

형기를 채우고 출소한 장 발장은 여관과 식당에서 매몰차게 쫓겨난다. 범죄자라는 딱지가 붙어 있었기 때문이다. 누구의 아버지, 연인, 친구였던 적이 없던 장 발장은 따뜻하고 다정한 사랑을 받아본 적 없이 위험인물로 낙인 찍혔기에 사회에 대한 끓어오르는 분노와 적개심을 가질 수밖에 없었다.

이런 이유로 위고는 작품 속에서 가난한 자에 대한 지원, 교육받을 권리, 교도소 환경 개선을 주장한 것이다. 범죄자로 태어나는 사람은 없으므로 평등한 교육과 재정적 지원을 통해서 얼마든지 범죄를 예방할 수 있다는 것이 위고의 신념이었다. 위고는 자신이 사는 시대에 정의로운 목소리를 내는 '메아리'가 되어야 한다는 사명으로 사회 소설, 역사 소설, 서정 소설, 서사 소설의 요소를 모두 갖춘《레 미제라블》을 발표한 것이다.

인도주의적인 요소로 감동을 불러일으키면서도 당시 기득권 사회를 비판하는 내용이 많았던 이 소설은 출간되자마자 거센 반향을 몰고 왔다. 등장인물의 설정이 지나치게 정형화되었다는 이유로 귀스타브 플로베르Gustave Flaubert, 샤를 보들레르Charles Baudelaire 등과 같은 당시 프랑스 문단을 대표하는 작가로부터 '부정확하고 저급한 문체' '더럽고 보잘것없는 책'이라는 비판을 받기도 했지만 민중들은 이 소설에 열광했다. '호주머니에 12프랑만 있으면 이 책을 구매했고, 제비뽑기해서 읽고 난 뒤 책 주인을 정할' 만큼 사랑받았으며 가난한 공장 근로자들은 돈을 각출해서 이 책을 살 정도였다.

인간은 사회 규범만으로는 결코 행복해질 수 없다는 주장과 함께 정의롭지 못한 사회상을 비판하며 연민과 사랑만이 인간의 영혼을 움직일 수 있다는 메시지를 주는 이 책을 '레 미제라블(불쌍한 사람들)'은 읽고 또 읽었다.

인류의 역사와 문화와 사랑이 담긴 명작

위고는 문화재를 사랑한 것으로도 유명하다. 그래서 《노트르담 드 파리》를 비롯한 여러 작품에 문화재에 대해 지독하리만큼 상세하고 정확한 묘사를 남겼다. 그의 작품이 끊임없이 뮤지컬이나 영화로 제작되는 이유는, 스토리가 워낙 극적이기도 하지만 문화적 배경을 역사 사료만큼이나 정확하게 묘사했기 때문에 촬영이나 공연을 위한 세트 제작이 용이하기 때문이라는 이유도 있다.

과거의 화려한 모습은 온데간데없이, 버려지고 파괴된 노트르담 성당을 본 위고는 슬픔에 빠졌고 노트르담 성당의 재건을 위해 《노트르담 드 파리》를 썼다. 독자들이 쓸데없는 장광설이라고 치부하는 파리의 축제와 노트르담 성당 구조에 대한 묘사는 위고의 문화재 사랑에서 비롯된 것이다. 이런 위고의 문화재 사랑은 독자들에게도 전달되어서 《노트르담 드 파리》가 발표된 이후 성당 재건을 위한 대대적인 모금 운동이 일어났고, 아름다운 모습의 노트르담 성당이 재건될 수 있었다.

《레 미제라블》 또한 오늘날 파리의 관광명소가 된 유적에 주목한다. 《노트르담 드 파리》와 《레 미제라블》은 둘 다 민중의 아픔을 노래한 작품이지만, 흥미롭게도 전자가 지배층을 상징하는 성당을 재조명했다면 후자는 하층민을 상징하는 하수도에 주목했다. 위고는 왜 더럽고 위험하기 짝이 없는 하수도에 주목했을까? 사실 인간 문명의 발달은 하수도와 깊게 연관되어 있다. 하수도가 잘 정비된다는 것은 위생 여건이 좋아진다는 뜻이니 인간의 평균수명이나 사회가 안정되는 데 크게 기여한다. 따지고 보면 유럽을 강타했던 흑사병의 대유행도 비위생적인 환경 탓도 있으니까 말이다.

위고가 유독 파리의 하수도에 주목하고 7년 동안의 악전고투 끝에 완성한 하수도 정비 사업을 '진보를 능가하는 혁명'이라고 찬양하며 공사 책임자 브륀조를 위대한 영웅으로 묘사한 또 다른 이유가 있다. 위고 자신이 생태운동가로서의 면모를 가지고 있었기 때문이다. 위고는 "파리는 매해 2,500만 프랑을 물에 버린다"라며 개탄했다. 위고는 중국의 농사법을 예로 들면서 분뇨를 하수도에 버리는 당시 상황을 안타까워했다. "중국 농부는 프랑스 사람들이 오물이라고 생각하는 분뇨를 통에 담아 거름으로 사용하기 때문에 중국의 대지는 아브라함의 시대만큼 건강하다"라고 말했다. 거름으로 사용할 수 있는 소중한 자원을 하수도에 버림으로써 엄청난 돈을 그냥 버리는 것이나 다름없다는 것이다.

물론 위고의 주장을 온전히 수용하기는 어렵다. 당시 파리 시민으로서는 분뇨를 하수도나 바다에 버리는 것 이외에는 대안이 없었다. 그리고 분뇨를 거름으로 활용한 중국이나 조선도 전염병을 피하지는 못했다. 그러나 주변에 있는 하찮은 것이라도 자원으로 재활용해야 한다는 생각 자체는 시대를 앞서나갔다고 인정할 만하다.

흔히 《레 미제라블》을 대표하는 명장면으로 장 발장이 다친 마리우스를 업고 하수도로 도망치는 장면을 꼽는다. 그러나 이 장면 바로 앞에는 "파리는 그 아래에 또 하나의 파리를 가지고 있다. 하나의 하수도의 파리"로 시작하는 32쪽 분량의 파리 하수도의 위엄과 정비 사업 역사를 설명하는 내용이 나온다. 장 발장이 마리우스를 둘러메고 하수도를 통해서 도망칠 수 있었던 것은 하수도를 잘 정비한 덕분이라는 사실을 독자들에게 넌지시 알려주는 것이다. 하수도 탈출 장면이 서사 소설로서의 백미라면 하수도 정비 장면은 역사소설로서의 백미가 아닐까?

《노트르담 드 파리》가 노트르담 성당이라는 문화 유적을 되살리자는 경각심을 불러일으킨 것처럼 《레 미제라블》은 파리 시민의 건강을 책임지는 하수도에 대한 비상한 관심을 끌어냈다. 그 결과 파리는 세계 최초로 하수도를 관광자원으로 승화시켰다. 1867년쯤 이미 파리 하수도를 구경하는 관광 상품이 성황리에 운영되기 시작했다. 당시 파리 하수도 관광객은 특별히 마련된 마차나 바지선에 승선해서 하수도 기술자의 안내에 따라 파리 하수도를 구경했다.

위고가 《레 미제라블》에 남긴 하수도 역사보다 상세하고 정확한 사료는 지금까지 존재하지 않는다고 한다. 파리가 여전히 아름다울 수 있는 것은 위고가 그토록 주목한 하수도가 제 역할을 하고 있기 때문이다.

그러나 이 모든 사회상의 반영에도 불구하고《레 미제라블》을 단지 사회고발 소설로 읽을 이유는 없다. 장 발장이 사랑하는 코제트의 결혼식을 마치고 집으로 돌아와서 코제트가 어린 시절 입었던 옷가지를 꺼내 들고 우는 대목에서 눈물을 흘리지 않을 독자는 드물 것이다. 이렇듯《레 미제라블》은 인류 공통의 인간미를 노래하는 소설이기도 하다. 그리고 이 모든 거대한 주제의식이 촘촘하고 아름답게 어우러진 문학사상 최고의 걸작이다.

02

위선적인 관계 안에서 드러나는
삶의 진실과 사랑의 본질

《안나 카레니나》
Anna Karenina

레프 톨스토이 Lev Tolstoy

1828년 러시아 남부의 야스나야 폴랴나에서 톨스토이 백작 집안의 넷째 아들로 태어났다. 두 살과 아홉 살 때 모친과 부친을 여의고, 이후 친척집을 전전하며 어린 시절을 보냈다. 1851년 입대한 뒤 여러 전투에 참전했고, 1852년 자전적인 첫 소설《유년시대》를 발표하면서 단번에 국민 작가로 자리매김했다. 이후 야학을 운영하거나 교육 잡지를 발행하는 등 농민 계몽운동과 어린이 교육에 관심을 기울이며 다양한 사회활동을 펼쳤다.《전쟁과 평화》《이반 일리치의 죽음》《부활》등 말년에도 걸작을 발표하면서 인류 역사상 가장 위대한 작가 중 한 명으로 꼽힌다. 1910년 저작권의 사회 환원 문제로 아내와 심하게 다툰 후 집을 나가 방랑길에 나섰다가 같은 해 11월 아스타포보 역장 관사에서 숨을 거두었다.

톨스토이는 왜 위대한가

러시아 소설가 하면 많은 사람들이 도스토옙스키와 톨스토이를 떠올린다. 누가 더 위대한 작가인가에 대한 논쟁도 끊이지 않는다. 독자들 사이의 의견은 분분할지 모르지만, 영미권 작가나 전문가들을 대상으로 설문조사를 하면 언제나 최고의 자리는 톨스토이의《안나 카레니나》가 차지한다. 괜히 톨스토이를 작가의 작가라고 부르는 것이 아니다. 우리나라에서는《바보 이반》이나《사람은 무엇으로 사는가》와 같은 톨스토이가 말년에 쓴 작품이 아이들에게 도덕적 가치를 교육하는 수단으로 반복적으로 출판되고 읽히는 경향이 있다. 그러나 2017년경부터《안나 카레니나》가 경쟁적으로 번역 출간되기 시작하고, 특히 2017~2019년 사이에 3종의 새로운《안나 카레니나》완역본이 출간되면서 우리나라에서도 톨스토이의 작품이 광범위하게 읽히기 시작했다. 우리나라의 톨스토이 열풍을《안나 카레니나》가 열었다고 해도 틀린 말이 아닐 것이다.

　톨스토이의 많은 작품 중에서 유독《안나 카레니나》가 독자와 작가 사이에 인기가 높은 이유는 일단 재미있기 때문이다.《사람은 무엇으로 사는가》와 같은 근엄한 톨스토이의 작품에 익숙했던 독자들은 이 소설이 가진 역동적인 스토리, 다채로운 인간 군상과 그들의 심리를 설득력 있게 파고들어 묘사하는 책의 묘미에 단숨에 빠져들게 된다.

톨스토이는 관념적이고 형이상학적인 것을 혐오하고 쉽고 구체적이며 실용적인 것을 추구했던 작가다. 그의 이런 가치관은 《안나 카레니나》의 등장인물 레빈이 "젖소란 그저 여물을 우유로 바꿔주는 기계에 지나지 않는다"는 낙농 이론을 말하는 것으로 확인할 수 있다. 물론 톨스토이는 말년에 잔인한 도살 장면을 목격한 뒤 채식주의자가 되었지만, 적어도 이 소설을 쓸 시점 당시에는 톨스토이가 데카르트적인 기계론적 세계관에 경도되어 있음을 알 수 있다.

그의 이런 생각은 작품에 고스란히 반영되어 그의 모든 작품은 독서 초심가라 해도 읽는 데 큰 어려움이 없고 배경지식도 거의 필요 없다. 그만큼 독자들을 끌어들이는 흡입력 있는 스토리와 문체로 흥미를 자아낸다.

톨스토이는 50세를 기점으로 문학 세계가 완전히 달라진다. 50세 이전에는 문학성 자체에 치중했다면, 그 이후로는 사상가로서의 활동이 두드러진다. 《안나 카레니나》는 톨스토이가 문학성에 치중했던 시기의 끝자락에 쓴 작품으로서 톨스토이의 필력과 독자를 끌어당기는 이야기꾼으로서의 역량이 최고조에 이르렀을 때 쓴 작품이다. 톨스토이는 《안나 카레니나》를 발표한 이후 작가로서의 정점에 이른다. 모든 에너지를 이 작품에 쏟아부었기 때문일까? 《안나 카레니나》를 발표한 이후 톨스토이는 그만큼 위대한 작품을 쓰지 못했다. 말년에 또 다른 걸작《부활》을 발표하긴 했지만, 이 작품에서는《안나 카레니나》초반 7장에 걸쳐 구현한 고도의 문학성을 찾기 어렵다는 평이 많다.

톨스토이는 인간의 존재 이유가 성장에 있다고 보았는데《안나 카레니나》야말로 톨스토이의 소위 성장 소설이라고 할 수 있다. 불륜을 저지른 안나와 브론스키는 기차역에서 만났고 안나는 기차역에서 자살로 생을 마감한다. 안나와 브론스키의 사랑은 기차역에서 한 치도 앞으로 나아가지 않았다는 점은 톨스토이가 생각한 성장이 좌절되었음을 암시한다.

반면 레빈과 키티는 눈빛만으로 서로의 감정을 교감하며 성장해 나간다. 결혼 초기에는 레빈 자신이 결혼에 대한 회의도 있었고 서로에 대한 불신도 생긴 터라, 두 사람은 사소한 것에서부터 부딪히고 갈등하지만, 결국 서로를 이해하고 용서하는 관계로 성장한다. 이와 달리 안나와 브론스키는 서로의 속마음을 숨긴 채 오해하고, 결국에는 서로를 용서하지 못함으로써 파멸에 이른다. 《안나 카레니나》는 사랑으로 사람이 어떻게 성장하고 파멸해 가는지 여실히 보여주며, 사랑에 빠지고 질투하며 화해해 나가는 과정을 탁월한 인간 심리로 묘사한다.

《안나 카레니나》가 여전히 우리를 매혹하는 이유

불륜과 결혼이라는 소재로 이토록 다양한 인간의 감정을 보여주고, 그에 따른 등장인물의 행동과 사건을 생생하게 서술하며, 당대의 사회문제, 종교, 법률, 결혼 제도, 예술, 철학에 이르기까지 소설 속에 녹여낸 톨스토이의 필력과 지성을 읽다 보면 왜 톨스토이가 이토록 오랫동안 회자되는 소설가인가를 납득하게 된다.

한 작가가 나이나 성별, 신분이 다양한 사람들의 섬세한 감정을 생생하게 묘사하고, 귀족문화부터 농노들의 생활을 사실적으로 담아내며, 사회제도와 법률을 비롯한 여러 학문에 대한 방대한 지식을 작품 속에 이토록 정확하게 녹여내는 것은 쉬운 일이 아니다. 게다가 이 소설에는 상당히 많은 등장인물이 등장한다. 주변 인물 모두가 각자의 개성을 부여받고 주인공들 또한 생생하고 현실적인 인물로 입체적으로 다가온다는 점 또한 매우 놀랍다. 안나와 브론스키를 비롯해서 톨스토이를 대변하는 인물인 레빈과 그의 아내 키티, 그리고 완벽을 추구하지만 결국 불행해지는 안나의 남편 카레닌 모두가 자신들의 이야기로 독자들에게 명장면을 선사한다.

이 소설의 명목상의 주인공은 안나와 브론스키지만 실질적인 주인공은 레빈이라는 사실을 소설을 읽은 사람이라면 누구나 알 것이다. 레빈은 톨스토이의 분신과도 같은 인물이다. 레빈이 키티에게 청혼하는 방법은 톨스토이가 소피아에게 청혼했던 방법과 정확히 일치한다. 레빈이 방탕했던 미혼 시절의 일기를 키티에게 읽게 하여 울린 일 역시 톨스토이가 소피아에게 저지른 일이었다. 물론 톨스토이가 악의가 있어 그런 것은 아니었다. 그는 부부 사이에는 비밀이 없어야 하니 결혼 전에 있었던 일도 솔직하게 알려야 한다고 생각했다.

《안나 카레니나》에는 수많은 명장면이 나오지만, 많은 독자들이 레빈의 풀베기 장면을 절대로 잊지 못할 것이다.

"레빈은 농부들 사이에 끼여 앞쪽으로 나아갔다. 풀베기가 한참 진행되었을 때도 별로 고된 줄 몰랐다. 자신이 무슨 일을 하고 있는지 모를 정도의 무의식 상태가 자주 왔다. 낫이 제 스스로 풀을 베어나갔다. 무척 즐거운 순간이었다. 계속해서 풀을 벨수록 레빈은 조금 더 자주 황홀한 순간을 경험했다. 그 찰나에는 자기 팔이 낫을 쓰는 것이 아니라 낫 스스로 생기 넘치는 자신의 육체, 자신을 스스로 지각하는 그 육체를 앞서서 이끌었다. 레빈은 시간이 얼마나 지나고 있는지도 몰랐다. 레빈에게 얼마 동안 풀베기를 했느냐고 질문을 하면 아마도 반시간 정도 했을 것이라고 대답할 것이었다. 그렇지만 이미 점심 나절이 다가오고 있었다."

이 장면은 톨스토이가 세상의 진리와 인생의 행복이 농민의 삶 속에 있다는 생각을 극적으로 표현한 부분이다. 레빈은 귀족이다. 그런데도 그는 농민과 함께하고 싶어 했고 그 방법을 연구하기도 했으나 생각만큼 농민과의 거리는 좁혀지지 않았다. 그러다가 마침내 레빈이 실제로 농민들과 함께 노동할 때 비로소 농민과 한 몸이 되었으며 농민과의 벽이 허물어졌다. 톨스토이는 몰입이야말로 자아를 해방하는 가장 좋은 방법이라고 생각했으며 레빈의 풀베기 장면을 통해서 자신의 신념을 생생하게 구현했다. 레빈이 직접 농장 경영에 참여하고 농민을 교육하는 일에 몰두하는 모습은 톨스토이가 《안나 카레니나》를 집필할 무렵 가졌던 신념을 고스란히 소설 속에 투영한 것이다.

삶과 사랑에 대한 톨스토이의 철학

톨스토이는 오랜 고민 끝에 인생을 가장 현명하고 행복하게 사는 비결을 찾아냈다. 그것은 바로 죽음을 기억하란 것이다. 톨스토이는 《안나 카레니나》를 쓸 당시 이미 죽음에 대해서 깊은 고민을 하고 있었다. 자살을 시도할 생각을 여러 번 하기도 했다. 그는 죽음에 대한 고민과 성찰을 자신의 분신인 레빈을 통해서 표현했다. 레빈은 키티와의 결혼생활이 안정되어 가고 자식도 얻었지만 죽음을 생각하고 극심한 허무감에 빠진다. 어떤 일을 해도 의미를 찾을 수 없는 상태에 빠진다. 레빈의 이런 상황은 톨스토이가 나이 오십이 되어가는 시점의 상태와 정확하게 일치한다.

방황하던 레빈은 마침내 한 농부에게서 해답을 찾는다. "삶이란 그저 착하게 사는 것"이라는 농부의 평범한 말에 레빈은 착하게 사는 것만이 인간을 행복하게 만드는 길이며 나아가 죽음을 기억하는 것이야말로 삶을 가장 보람되고 현명하게 사는 방법이라는 것을 깨닫는다.

죽음은 과거의 것이 아니고 다가오는 일이다. 그런데 어떻게 기억하라는 것일까? 톨스토이가 쓴《이반 일리치의 죽음》에서 판사인 이반 일리치의 부고가 직장에 전해지자 동료들은 그의 죽음을 애도하기보다는 이반 일리치의 죽음으로 자신이 가게 될 자리를 먼저 생각한다. 심지어 그의 가족조차 자기 일에 더 몰두하는 모습을 보인다.

인간은 죽음을 남의 일로 여기고 자신과는 무관한 것으로 생각하기 마련이다. 그러나 우리 모두는 언젠가 죽음을 맞이해야 하는 존재다. 그 사실을 인식하고 산다면 하루하루를 더 소중히, 더 행복하게 살아갈 수 있다는 것이 톨스토이가 내린 결론이다.

톨스토이는 어떻게 하면 의미 있는 삶을 살 수 있을까에 대해 평생을 고민하고 자신의 생각을 실천하며 살았던 인물이다. 그가 세상을 떠났을 때 수많은 사람이 거리에 나와 그의 죽음을 슬퍼했다고 한다. 경찰관을 제외하고는 모든 이가 그의 관을 바라보면서 모자를 벗었고 존경의 표시로 무릎을 꿇는 사람도 많았다.

장지까지 따라온 수천 명의 인파 중에는 《전쟁과 평화》나 《부활》을 읽어보기는커녕 책 제목 자체도 모르는 사람이 대부분이었다고 한다. 그들의 대다수는 글조차 읽을 수 없었던 농부였기 때문이다. 러시아의 또 다른 황제로 불렸던 톨스토이가 이토록 존경을 받았던 이유는 그가 약자를 위한 삶을 살고자 했던 실천적 지식인이었기 때문이다.

《안나 카레니나》에는 톨스토이가 생각하는 삶의 진정한 가치, 인간의 도리와 사랑의 본질 등 인간이라면 누구나 진지하게 고민하는 문제에 대한 톨스토이의 철학이 가득 담겨 있다. 《안나 카레니나》가 단순히 아름답고 비극적인 사랑 이야기로만 읽히지 않는 이유다.

03

신과 인간,
선과 악에 대한 치열한 탐색

《카라마조프가의 형제들》

The Brothers Karamazov

표도르 도스토옙스키 Fyodor Dostoevskii

1821년 자선병원 의사의 둘째 아들로 태어났다. 도스토옙스키는 어린 시절부터 문학을 꿈꾸었지만, 자수성가한 그의 아버지는 학비가 들지 않고 직업이 보장된다는 이유로 상트페테르부르크에 있는 공병학교에 도스토옙스키를 입학시켜 버렸다. 도스토옙스키는 이 시기부터 방황을 시작했으며, 각종 질병과 큰 빚으로 순탄치 않은 삶을 살았다. 데뷔작 《가난한 사람들》은 당시 러시아의 위대한 비평가 비사리온 벨린스키Vissarion Belinskii로부터 '제2의 고골'이라는 극찬을 받았다. 청년 시절 사회주의 독서 모임을 하다가 시베리아로 떠난 유형 생활, 간질과 엄청난 빚은 그의 창작 활동에 큰 영향을 주었으며 그의 주요 작품 속에 고스란히 반영되었다. 1881년 폐동맥 파열로 세상을 떠났다. 톨스토이와 함께 19세기 러시아 문학을 대표하는 세계적인 소설가이자 전무후무한 위대한 작가로 평가받는다.

철학적 주제를 소설로 풀어내다

"지금까지 쓰인 가장 위대한 소설"(지그문트 프로이트^{Sigmund} ^{Freud}), "인생에 대해 알아야 할 것은 모두《카라마조프가의 형제들》안에 있다."(커트 보니것^{Kurt Vonnegut}), "그는 잊을 수 없는 장면들을 창조해 냈다. 사람들이 광기라 부르는 그 안에 그의 천재성의 비밀이 있다."(제임스 조이스) 등《카라마조프가의 형제들》을 향한 찬사는 작가들이라고 예외는 아니다.

출간한 지 100년이 넘은《카라마조프가의 형제들》이 시간의 한계를 뛰어넘어 지금까지 최고의 명작으로 손꼽히는 이유는 극적인 소재와 긴장감 넘치는 구성, 개성 넘치는 주인공들이 극의 재미와 완성도를 끌어올리고 있기도 하지만, 소설적 재미를 뛰어넘어 삶과 죽음, 사랑과 욕망, 신과 신념 등 인간의 근본 문제를 깊이 있게 다루고 있기 때문이다.

많은 독자들이《카라마조프가의 형제들》을 두고 도스토옙스키를 대표하는 작품이라고 생각한다. 어쩌면 이 소설이 그의 작가 인생에서 처음으로 빚에 쫓기지 않고 안정된 상태에서 썼기 때문일지도 모르겠다. 빚과 병마에 고통받지 않는 평화로운 상태에서 작가적 역량을 총동원하여 썼으니 그의 작품 중에서 문학적 완성도가 가장 높을 수밖에 없다.

이 소설을 집필하면서 작성한 작가의 원고 초안은 도스토옙스키가 얼마나 심혈을 기울여서 사실관계를 확인했는지 여실히 보여준다. 원고 초안에는 원고 집필과 관련해서 다양한 기록들이 남아 있는데, 전속력으로 질주하는 기차가 지나가는 철로 위에 누워 있는 것이 가능한지 조사해 볼 것, 징역형을 받은 남성의 아내가 즉시 재혼할 수 있는지 확인할 것, 공장에서 학대당하는 아동 문제를 확인할 것 등 집필 과정에 필요한 조사 계획이 담겨 있다. 두 번째 아내 안나 덕분에 경제적 자유를 얻었기에 이토록 한 작품에 몰입할 수 있었던 것이다. 단 26일 만에 《도박꾼》을 쓰기도 했던 도스토옙스키는 《카라마조프가의 형제들》은 무려 3년간의 대장정 끝에 완성했다.

이 소설은 돈, 치정, 친부 살해 같은 선정적이면서도 통속적인 소재로 종교, 철학, 심리 등과 같은 형이상학적인 주제를 다뤘다는 점에서 높이 평가받는다. 도스토옙스키의 사상과 예술이 총집약된 작품으로, 이 소설 한 권에 도스토옙스키의 작가적 역량, 살아온 인생, 종교적 통찰이 모두 담겨 있다고 해도 틀린 말이 아니다. 만약 이 세상에 애정 소설, 가정 소설, 심리 소설, 정치 소설, 추리 소설, 종교 소설의 요소를 모두 갖춘 소설을 꼽으라면 당연히 《카라마조프가의 형제들》이다. 이토록 방대하면서도 등장인물 모두가 뚜렷한 개성을 가지고 있으며, 모든 서사가 촘촘히 엮여 있다는 것만으로도 도스토옙스키의 천재성을 인정하지 않을 수 없다. 다양한 학문이 융합된 사상적 깊이에도 불구하고 러시아 문학에서 가장 매력적인 대중 소설의 위치를 차지하고 있다는 점 또한 놀랍다.

이런 작품을 인간이 쓸 수 있단 말인가

《카라마조프가의 형제들》은 탐욕스럽고 방탕하고 인색한 아버지 표도르 카라마조프와 세 아들 사이에서 벌어지는 살인과 치정을 다룬다. 장남 드미트리는 약혼녀를 두고도 부유한 상인의 첩인 그루센카를 보고 한눈에 반해서 그녀와 결혼하기로 결심한다.

한편 호색한인 아버지 표도르 또한 그루센카에 빠져서 3,000루블을 미끼로 그녀를 유혹한다. 드미트리는 그루센카와 결혼하기 위해 아버지로부터 돈을 뜯어내려는 심산을 공공연히 드러낸다. 공교롭게도 그즈음 아버지 표도르가 살해되었고 그가 그루센카를 유혹하려고 준비해 두었던 3,000루블이 없어지자 드미트리는 유력한 용의자로 지목받아 체포된다. 표도르의 사생아이자 집안의 하인이었던 스메르쟈코프가 둘째 아들 이반의 암묵적 동의 하에 표도르를 살해했지만 결국 드미트리가 진범으로 인정되어 유죄판결을 받는다.

선정적이고 통속적인 줄거리지만 《카라마조프가의 형제들》은 읽어나가기 쉽지 않은 소설이다. 이 소설 속에는 다양한 종교적 논쟁, 철학, 정치, 심리 등에 대한 담론이 가득하기 때문이다. 그러나 초반부 종교와 관련된 부분만 잘 넘어가면 모래알처럼 흩어졌던 이야기가 하나로 응집되면서 다 읽고 나서 몇 개월이 지나도록 소설 속 주인공이 계속 떠오르는 후유증을 겪게 된다. 이 책을 읽은 독자들은 어떻게 인간이 이렇게 방대하면서도 작품의 길이가 느껴지지 않을 만큼 엄청난 흡인력을 가진 작품을 썼는지 혀를 내두른다. 혹자는 악마의 힘을 빌려서 쓴 소설이라고 평가할 정도다.

결국 도스토옙스키가 하고 싶었던 말

이토록 위대한 작가 도스토옙스키가 평생 갈구한 것은 사랑이었다. 그는 자신의 마지막 작품이 된 《카라마조프가의 형제들》을 통해서 평생 추구했던 사랑의 본질을 제시했다. 도스토옙스키는 언제나 화목하고 사랑이 넘치는 가정을 꾸리고 싶어 했다. 그는 출산을 앞둔 아내를 위해서 산파가 사는 집을 매일 오가곤 했다. 평소 길눈이 어두웠기에 막상 아내 안나가 출산에 임박했을 때 산파 집을 제대로 찾지 못할까 걱정했기 때문이다. 마침내 아내가 출산하자 너무 기뻐서 무려 10분 동안이나 아기의 성별을 확인조차 하지 않았다고 한다.

안나에 대한 도스토옙스키의 순애보적 사랑은 죽음을 앞둔 휴양지에서 보낸 편지 한 통으로도 알 수 있다.

"여기에는 아주 많은 꽃이 있고 그 꽃들을 묶음으로 팔고 있소. 그렇지만 나는 꽃을 사지 않소. 꽃을 선물할 나만의 여왕이 여기에 없기 때문이라오. 내 여왕이 누구인지 알겠소? 그건 바로 그대라오."

이토록 가족과 자식을 사랑했던 도스토옙스키였기에 사랑하는 막내아들 알료샤가 겨우 세 살에 세상을 떠났을 때 그는 감당할 수 없는 슬픔에 빠졌다. 하지만 더 큰 비탄에 빠진 아내 안나에게 "하나님의 뜻에 따라야 하며 하나님이 준 불행을 겸손하게 수용하라"는 위로를 건넸다. 그러고는 최후의 대작 《카라마조프가의 형제들》에서 모두에게 사랑받는 표도르의 셋째 아들 알료샤로 아이를 부활시킨다. 그뿐만 아니라 소설 속에서 세 살짜리 아들을 잃고 슬픔에 빠진 여인을 위로하는 조시마 장로의 말을 통해 자신의 슬픔을 스스로 위안한다.

"당신의 아들은 지금 분명히 하나님의 의자 앞에서 행복하고 기쁜 마음으로 지내면서 당신을 위해 기도하고 있을 것입니다. 그런데 당신은 왜 울고 있습니까? 차라리 기뻐하셔야 해요."

도스토옙스키의 가족애는 이 소설의 에필로그에서 불행하게 죽은 소년의 장례식에 참석한 알료샤의 말로 더욱더 절실히 드러난다. 알료사는 장례식에 모인 사람을 위로하며 어린 시절 부모님과 함께 살면서 누린 행복한 추억보다 미래 생애를 위한 더 숭고하고 강력하며 도움이 되는 것은 없다고 강조한다. 어린 시절부터 누린 아름답고 숭고한 추억이야말로 가장 좋은 교육이라는 것이다. 도스토옙스키는 어린 시절 제대로 된 부모 슬하에서 좋은 추억을 간직한 사람이라면 절대로 잘못될 수 없으며 행복한 삶을 살게 된다는 믿음을 《카라마조프가의 형제들》을 통해서 우리에게 이야기한다.

도스토옙스키를 완성한 여성 안나

도스토옙스키는 엄청난 재능을 발휘한 위대한 작가였지만 그의 삶은 고통의 연속이었다. 시베리아 유배 시절에 지병인 뇌전증이 악화되어 하루에도 몇 번씩 발작을 일으킬 만큼 그를 괴롭혔으며, 도박 중독으로 막대한 빚을 지고 빈곤에 허덕였다. 빚을 갚기 위해 출판사와 무리한 계약을 하여 마감에 쫓기는 일도 다반사였다. 너무나 바쁜 일정 때문에 《도박꾼》이나 《죄와 벌》 등은 도스토옙스키가 불러주는 대로 받아 적는 구술 필기의 형태로 집필되었다. 술에 취해 횡설수설하는 듯한 도스토옙스키의 구술을 속기로 받아 적었던 사람이 바로 도스토옙스키의 두 번째 아내이자 그를 더 위대한 천재로 다듬어준 안나 스니트키나Анна Сниткина다.

1865년 도스토옙스키는 형에게서 물려받은 3,000루블의 빚을 당장 갚아야 하는 처지가 되었다. 채권자들은 당장 돈을 갚지 않으면 채무자 감옥에 넣겠다고 협박했지만 그로서는 돈을 구할 방법이 없었다. 이 절체절명의 순간에 스텔로프스키라는 출판업자가 악마의 제안을 했다. 1866년 11월 1일까지 소설 한 편을 완성해서 넘긴다는 계약서에 서명하면 3,000루블을 지급하겠다는 것이었다. 그러나 이 계약에는 무시무시한 조건이 달려 있었다. 만약 기한 내에 원고를 넘기지 못하면 향후 작가가 출간하게 될 모든 작품의 인세를 출판업자가 가져간다는 조항이었다. 작가라면 절대로 하지 않아야 할 계약이지만 앞뒤 가릴 처지가 아니었던 도스토옙스키는 이 계약에 덜컥 서명했다. 그리고 3,000루블은 얼마 지나지 않아 빚을 갚고 도박하느라 탕진해 버렸다.

날짜는 이미 10월로 접어들었지만 3,000루블은 사라졌고 써야 할 소설 한 권과 더 늘어난 빚만 남았다. 돈 때문에 급하게 원고를 쓰는 데 이골이 난 도스토옙스키이지만 한 달이 채 되지 않는 기간에 1,500매 분량의 소설을 완성하는 것은 불가능에 가까운 일이었다. 당시에는 컴퓨터는커녕 타자기도 존재하지 않은 시절이었다. 다급해진 것은 본인보다 그의 친구들이었다. 그가 저작권을 영구히 빼앗기면 그에게 빌려준 돈을 돌려받지 못하기 때문이다.

친구들은 고민 끝에 여러 명이 한 장씩 원고를 쓴 다음 도스토옙스키가 최종적으로 모아서 완성하는 해결책을 내놓았지만, 그 방법은 작가로서의 자존심이 허락하지 않았다. 발등에 불이 떨어진 친구들은 이번에는 속기사 자격증을 이제 막 취득한 젊은 여성을 소개했는데 그녀가 바로 안나였다. 도스토옙스키는 마지못해 이 제안을 수락하고 소설 쓰기에 돌입했다. 원래 도스토옙스키 소설의 열렬한 독자였던 안나는 누구보다도 이 일에 적격이었다. 그녀는 도스토옙스키가 불러주는 대로 속기를 해서 밤새 정서한 뒤, 다음 날 도스토옙스키에게 확인을 받았다. 이런 방식으로 완성된 작품이 바로 《도박꾼》이다. 26일 만의 일이었다. 그리고 일주일 뒤 도스토옙스키는 안나에게 청혼을 하고 두 사람은 결혼에 골인한다.

도스토옙스키는 평생 빚에 시달리다 보니 육체적 자유보다 경제적 자유가 더욱 절실했다. 빚만 청산할 수 있다면 언제라도 감옥에 갈 의향이 있었다. 그런 그에게 안나는 경제적 자유를 선물했다. 안나는 현명하고 야무진 여성이었다. 단단한 인내심으로 남편의 도박중독을 치료했고 여차하면 채무자 감옥에 갈 것처럼 채권자를 압박했다. 한편 자신이 직접 출판사를 차려 독자와 직거래하는 방식으로 돈을 벌어 도스토옙스키의 빚을 해결해 나갔다. 안나 덕분에 도스토옙스키는 난생처음으로 경제적 불안감 없이 글을 쓸 수 있게 되었다.

도스토옙스키는 불세출의 작가다. 러시아 철학자 니콜라이 베르댜예프Nikolai Berdyaev는 "도스토옙스키라는 작가를 낳았다는 사실만으로도 이 지구상에 러시아인의 존재 이유는 충분하다"라고 말할 정도였다. 후대의 작가는 물론이고 세계 사상사에도 큰 영향을 미친 도스토옙스키를 우리가 알고 있는 지금의 도스토옙스키로 만든 것은 어쩌면 안나의 힘이었는지도 모른다.

04

끝없이 갈등하고 흔들리는
인간 본질의 결정체

《햄릿》
Hamlet

윌리엄 셰익스피어 William Shakespeare

1564년 잉글랜드의 작은 마을에서 8남매 중 셋째로 태어났다. 유복한 가정에서 태어나 런던으로 이주한 후 본격적인 작품 활동을 하여 큰 명성을 얻었다. 1590년 대 초반에 셰익스피어가 집필한 《헨리 6세》《리처드 3세》 등이 런던의 무대에서 상연되었으며, 특히 《헨리 6세》는 흥행에 크게 성공했다. 1610년경 은퇴하여 고향으로 돌아온 셰익스피어는 대저택에서 편안한 여생을 보내다 1616년에 세상을 떠났다. 극작가로서 활동한 기간은 1590년~1613년까지 24년 정도인데, 이때 희·비극을 포함하여 총 38편을 발표했다. 《오셀로》《리어왕》《맥베스》 등 인간 심리를 통찰하는 수많은 명작을 남겼으며, 그가 남긴 모든 작품은 영문학 최고의 걸작이라 평가받는다.

셰익스피어, 영어를 확장하다

영국인들은 셰익스피어를 인도와도 바꾸지 않겠다고 호언한다. 물론 문화제국주의적 발언이기는 하지만, 그만큼 영국인들에게 셰익스피어는 자부심이라고 할 수 있다. 영문학을 대표하는 대문호이지만 셰익스피어에 대한 비판도 만만찮다. 셰익스피어가 남긴 대다수 작품은 유럽에 떠돌던 민담, 소설, 희곡을 당시 연극 관객의 취향에 맞게 각색한 것이다.

그러나 이러한 비판이 셰익스피어의 명성을 깎아내릴 수는 없다. 아무리 입에서 입으로 전해지는 민담이라고 해도 그것을 희곡으로 구현하는 것은 쉬운 일이 아니다. 셰익스피어가 활동하던 당시 영국은 공문서나 학술서를 대부분 라틴어로 썼고 최초의 영어 문법책조차도 라틴어로 썼다. 당시 영국을 비롯한 유럽의 상류사회는 대부분 프랑스어를 사용했다. 프랑스어는 고급스럽고 우아한 언어이며 영어는 낮은 계층의 사람들이 쓰는 언어라고 생각한 것이다. 19세기 러시아 문학을 보면 당시 러시아 상류층도 프랑스어를 일상어로 사용했다는 것을 확인할 수 있다.

이런 상황에서 영어로 쓰인 셰익스피어의 작품은 영어라는 변방 언어의 위상을 크게 높였다. 라틴어로만 출간된 성서를 1611년에 처음으로 영어로 쓴 《킹제임스 성경》처럼 언어적 측면에서 큰 공헌을 한 것이다. 즉 투박하고 단순한 언어라고 치부되었던 영어를 품위 넘치고 다양한 의미를 표현할 수 있는 언어로 격상시킨 것이다.

또한 셰익스피어는 영어의 어휘력을 확장했다. 언어는 그 어휘의 수에 따라 위상이 달라진다. 어휘가 많을수록 더 정확하고 다양한 표현이 가능하다. 그런 면에서 셰익스피어라는 개인이 대략 2,000개의 신조어를 만들었다는 것은 문학 역사상 드문 예에 속한다. 그가 만들어낸 신조어는 영문학을 더욱더 주류 문학으로 자리 잡게 하는 데 도움이 되었다. 더 특별한 점은 그 신조어들이 오늘날에도 빈번히 사용된다는 점이다. lonely, swagger, uncomfortable, majestic, manager, bedroom, fashionable, invitation, useful 등과 같은 단어는 모두 셰익스피어가 쓰기 시작한 단어다.

셰익스피어 시대 이후 영문학을 읽다 보면 성서 못지않게 자주 인용되는 것이 셰익스피어 작품이다. 그래서 영문학을 제대로 이해하기 위해서는 셰익스피어를 먼저 읽어야 한다고 말하기도 한다. 셰익스피어는 인용에 그치지 않고 아예 문학작품의 제목으로 차용되는 경우도 여럿 있다. 올더스 헉슬리Aldous Huxley의 《멋진 신세계》, 윌리엄 포크너William Faulkner의 《소리와 분노》 등은 모두 셰익스피어의 작품 속 대사를 제목으로 따온 경우다.

인류 역사상 가장 유명한 문학작품 속 인물 햄릿

위대한 작가 셰익스피어의 대표작 중의 하나가 《햄릿》이다. "To be, or not to be"라는 유명한 대사를 읊조리는 주인공 햄릿은 인류 역사상 가장 유명한 문학작품 속 인물이라고 할 수 있다. 갑작스런 아버지의 죽음과 어머니에 대한 원망에 사로잡힌 덴마크 왕자 햄릿의 비극적인 복수를 그린 이 작품은 그 복수의 과정에서 펼쳐지는 다양한 인간들의 욕망과 좌절, 갈등을 완벽하게 그려 내면서 가장 유명하면서 가장 뛰어난 영문학으로 평가받는다.

앞뒤 가리지 않는 저돌적인 인간 유형을 상징하는 돈키호테와 마찬가지로 결단력이 부족한 소심한 사람을 상징적으로 일컫는 햄릿이라는 인물은 그야말로 전무후무한 캐릭터다. 러시아 작가 이반 투르게네프Ivan Turgenev는 "전체 인류는 오직 햄릿과 돈키호테라는 인물의 종류로 분류할 수 있다"고 말할 정도다. 이 평가 하나만으로도 셰익스피어가 창조해 낸 햄릿이라는 인물이 얼마나 인간의 본질을 핵심적으로 표현하고 있는지 알 수 있다.

《햄릿》은 인간이 가지고 있는 가장 보편적이고 원초적인 주제인 삶과 죽음을 다룬다는 점에서 셰익스피어 비극 중에서도 가장 비극적인 작품이라고 평가받는다. 《햄릿》에는 죽음의 그림자가 드리워져 있다. 주인공 햄릿을 제외하고도 무려 일곱 명의 등장인물이 죽음을 맞는 '죽음의 극'이라고 해도 틀린 말이 아니다.

《햄릿》은 햄릿의 7차례의 독백을 통해서 삶과 죽음에 관한 원초적인 의문을 제기하고 그런 문제들에 대한 통찰을 제시한다. 《리어왕》에서 늙은 왕 리어가 마지막 통치 행위로 세 공주를 불러놓고 누가 자신을 가장 많이 사랑하는지 말하게 하는 '사랑 경연대회'를 통해서 일종의 도덕적 교훈에 치중한 것과 달리,《햄릿》은 덴마크 궁정에서 벌어지는 살인과 복수를 다룸으로써 좀 더 사회적이고 심오한 주제를 다룬다.

《햄릿》은 셰익스피어 4대 비극(《오셀로》《리어왕》《맥베스》) 중에서 가장 긴 작품이다. 셰익스피어가 남긴 희곡 중에서 '최고'라는 수식어가 가장 잘 어울리는 작품이기도 한《햄릿》은 영화, 드라마, 그림 등 다양한 예술 장르로 변주되는 가장 대중적인 문학 작품이기도 하다.

시대에 따라, 사람에 따라 다양하게 해석되는 열린 작품

셰익스피어에 대한 평가는 극과 극으로 갈린다. '설치는 까마귀'라는 악평에서부터 '어느 특정 시대의 작가가 아니고 모든 시대의 작가'라는 찬사에 이르기까지 시대와 사람에 따라서 다양한 평가가 오간다.《햄릿》역시 다양한 평가와 시각으로 읽히며 끊임없이 회자되는 작품이다. 그중에서 왜 햄릿이 삼촌을 바로 죽이지 않고 머뭇거리는가에 대해서는 학자마다 의견이 다르다. 괴테는 햄릿이 "예쁜 꽃만을 담아야 하는 비싼 꽃병", 즉 실행력이 부족한 민감한 도덕적 감수성을 지닌 고귀한 사람이기 때문에 살인과 같은 무자비한 행동을 할 수 없었기 때문이라고 생각했다. 정반대로, 햄릿이 삼촌의 목숨뿐만 아니라 영혼까지 파멸시키기 위해 고해 성사를 하는 그를 살해하지 않았다며 햄릿을 잔혹하며 비인간적인 인물로 평가하는 의견도 있다.

20세기 비평가 앤드루 브래들리Andrew Bradley는 햄릿이 복수를 지연하는 이유는 그의 나약한 기질 때문이 아니라 아버지의 억울한 죽음과 모친의 빠른 재혼으로 인한 우울증 때문이라고 분석했다. 이런 다양한 분석과 해석에 따라 셰익스피어야말로 정신병리 문학의 최고봉이라고 평가하는 사람들도 많다.

독자에 따라서, 관객에 따라서, 비평가에 따라서, 시대에 따라서, 연출가에 따라서 다양하게 해석되는《햄릿》은 마치 마르지 않는 샘과 같다. 사람마다《햄릿》을 해석하는 방식과 방향이 너무나 다양하고 폭넓기 때문이다. 시대를 불문하는 이러한 개방성과 포용력이《햄릿》을 불후의 명작으로 만든 힘이 아닐까?

누구나 알지만 누구도 잘 알지 못하는 작가

셰익스피어는 작가의 명성과는 어울리지 않게 개인적 삶에 관해서는 이상할 정도로 베일에 싸여 있다. 그에 관한 기록은 워낙 남아 있는 것이 없어서 그의 일생을 추적하는 것 자체가 어렵다. 여성이 신분을 숨기고 작품을 썼을 것이다, 귀족이 신분을 숨기고 셰익스피어의 이름을 빌려서 썼을 것이다 등의 주장을 비롯해 셰익스피어는 유독 루머가 많이 따라다니는 작가다. 겨우 기초적인 교육만 받은 그가 왕실을 비롯한 상류층 문화에 대해 상세히 기술하고 다채로운 지식이 담긴 작품을 썼다고 믿기 어려우니 당대의 다른 지식인이 필명으로 활동한 것이 아니냐는 음모론도 존재한다. 그러나 셰익스피어가 다녔던 당시 그래머 스쿨grammar school은 인문학을 골고루 가르쳤고 그 자신이 노력하는 독학자였다.

셰익스피어가 1564년 스트랫퍼드 – 어폰 – 에이번Startford-upon-Avon에서 꽤 부유한 장갑 제조업자와 아내 메리 사이에서 셋째 아들로 태어났다는 것에 대해서는 대체로 모두가 인정하는 사실이다.

셰익스피어는 현재로 따지면 중학교에 해당할 그래머 스쿨에서 잠시 교육받았다고 추측되지만, 이 역시 증빙할 수 있는 기록이 존재하지 않는다. 열여섯 살에 극단 단원이 되었고 1599년에는 글로브 극장을 설립하여 공동 극단주가 되었다. 배우로서 제법 성공한 그는 진로를 변경해서 희곡을 쓰기로 마음먹고 38편의 희곡과 여러 권의 시집을 남긴 영국 역사상 가장 위대한 극작가가 되었다.

이 또한 정확한 것은 아니지만 대체로 우리가 잘 아는 셰익스피어 4대 비극은 1601년에서 1606년 사이에 발표된 것으로 추정된다. 이 시기 셰익스피어는 아버지가 사망하고 영국을 44년 동안 통치한 엘리자베스 여왕이 후계자를 남기지 않고 사망하는 등 개인적으로나 국가적으로 힘들고 불안한 시기를 보냈다. 셰익스피어는 1616년 쉰두 살에 사망했다고 알려졌는데, 그가 사망하고 7년이 지난 1623년, 글로브 극장을 운영하던 시절 동료이자 친구였던 존 헤밍John Heminges과 헨리 콘델Henry Condell이 18편의 희곡을 골라 출간했고, 이 책이 《초판 2절판First Folis》 작품 모음집이다. 물론 그 이전에도 그의 희곡 작품집이 출간되기는 했지만 《초판 2절판》은 당시까지 출간된 여러 가지 판본을 비교 분석해서 오류를 수정한 가장 완성도 높은 작품집이다.

셰익스피어가 쓴 거의 모든 작품이 연극으로 공연되었고, 지금도 여전히 그의 작품은 영화로, 드라마로 재해석되고 또 다른 작품의 영감이 된다. 특히 《햄릿》은 지금도 누군가가 읽고 해석하고 분석하는 불세출의 작품이다. 인간 존재와 삶의 여러 문제들을 끝없이 제기하는 햄릿은 도덕적 양심, 운명의 힘, 부권父權, 인간의 의지 등 다양한 문제들을 우리 앞에 펼쳐놓는다. 시대와 언어를 뛰어넘어 인간의 오래된 질문을 우리에게 던지는 햄릿. 그 근원적인 질문 앞에서 독자들은 문학으로 할 수 있는 가장 지적이고 철학적인 경험을 하게 될 것이다.

05

어른으로 성장해 가는
한 소년의 성장통

《데미안》
Demian

헤르만 헤세 Hermann Hesse

1877년 독일 뷔르템베르크의 작은 도시 칼프에서 목사인 아버지와 신학계 집안 출신의 어머니 사이에서 태어났다. 라틴어 학교와 신학교에 입학했지만, 강압적인 학교 분위기에 끝내 적응하지 못하고 서점 직원과 시계공장 직원을 전전하며 문학의 꿈을 키워나갔다. 1898년 첫 시집《낭만적인 노래 Romantische Lieder》로 라이너 마리아 릴케Rainer Maria Rilke의 인정을 받으면서 문단의 주목을 받았고, 이후 문학적 지위도 확고해졌지만 동양에 대한 호기심, 제1차 세계대전, 전쟁의 잔혹함, 아내의 정신병 등으로 '나'를 찾는 것을 인생의 목표로 삼는 내면의 길을 걷기 시작했다. 1946년《유리알 유희》로 노벨문학상과 괴테상을 동시에 수상했다. 1962년 뇌출혈로 세상을 떠났다.

조금은 다른 성장 이야기

《데미안》은 열 살 무렵에 겪은 고민에서 출발해서 스무 살 청년이 되기까지의 고민과 방황을 다룬 성장 스토리다. 자신에게 익숙하고 행복했던 밝은 세상에 대한 의심과 낯설고 거친 어두운 세계에 대한 호기심을 그렸다. 어두운 세상에 대한 호기심은 주인공 싱클레어에게 고뇌와 고통을 주었지만, 결국 그는 그 어려움을 이겨내고 새로운 인물로 다시 태어난다.

이 소설은 다른 성장 스토리와는 많은 차별성을 갖는다. 우선 제목이 주인공 싱클레어가 아닌 데미안이라는 점이다. 그러니 이 소설의 진정한 주인공은 싱클레어가 아닌 데미안이라고 볼 수 있다. 소설 속에서 이야기를 이끌어가는 싱클레어의 성장 이야기가 아니라 데미안의 성장 이야기인 것이다. 소설 속 화자와 실질적인 주인공이 따로 있다는 점이 이 소설이 다른 성장 소설과 다른 점이면서 동시에 장점으로 작용한다.

데미안은 싱클레어가 역경을 극복하고 도달해야 할 모범적인 인물이다. 싱클레어가 추구해야 할 가치와 해야 할 처신의 모범 사례를 데미안이라는 인물을 통해서 보여줌으로써 독자들은 싱클레어가 새로운 인물로 성장해 나가는 모습을 좀 더 명확하게 확인할 수 있다. 이 소설이 전 세계적으로 성장 소설의 아이콘이 된 이유는 또 다른 곳에서도 찾을 수 있다.

흔히 기성세대들은 '아픈 만큼 성장한다'며 청소년들에게 기존 사회 질서와 관습에 익숙해져야 한다고 가르친다. 그러나《데미안》의 주인공이 시련을 이겨내고 성장한 모습은 관습과 규범이 요구하는 모습과는 다르다. 낡은 것을 싫어하고 당연한 것처럼 강요되는 도덕에 반기를 드는 모습이 청소년들이나 그 시절을 건너온 사람들에게 큰 울림과 공감을 이끌어낸다. 만약 싱클레어가 고민과 갈등 끝에 기성세대가 요구하는 가치에 적합한 인물로 성장했다면 독자들은 이 소설에 그토록 열광하지 않을 것이다. "새는 알을 깨고 세상에 나온다. 알은 곧 세상이다." "새로 태어나기를 원한다면 한 세상을 부수지 않으면 안 된다"라는 말이《데미안》에서 이야기하는 진정한 성장이고, 이 말은 방황하는 이들에게 큰 울림을 주었다.

《데미안》은 이유 없는 반항이 아닌, 새로운 가치관을 앞세운 저항을 제시한다. 다시 말해, 악의 유혹을 뿌리친 성장이 아니라 인간 속 악의 존재와 가치를 일부 포용한 성장을 제시한다.

헤세는 현실에서, 싱클레어는 소설 속에서

헤세는 싱클레어라는 인물에 자기 모습을 투영했다. 싱클레어의 입을 빌어 자신의 내면을 고백하고 있다고 할 수 있다. 싱클레어가 부유한 부모와 형제자매, 그리고 하녀의 따뜻한 보살핌이 있는 밝은 세상에서 나와 처음으로 만난 어두운 세상은 불량소년 무리의 우두머리인 프란츠 크로머다. 열 살 무렵 싱클레어는 자신의 남자다움을 과시하고 우두머리인 크로머에게 잘 보이기 위해 하지도 않은 도둑질을 했다고 거짓말을 한다. 악당 크로머는 이 거짓말을 빌미로 싱클레어의 악행을 고자질하겠다고 협박하여 싱클레어로부터 돈을 갈취한다.

크로머의 무리한 협박과 요구에 싱클레어는 좌절하고 고통스러워하며 난생처음으로 세상은 마냥 밝은 곳만은 아니라는 것을 실감한다. 자신을 도와줄 것으로 기대했던 싱클레어의 친구들은 일찌감치 크러머에게 붙어 그의 하수인이 되어버렸다. 독자들은 이 과정에서 냉혹한 현실과 마주한다. 니콜로 마키아벨리Niccolò Machiavelli는 《군주론》을 통해서 사람은 자신에게 위력을 행사하고 불이익을 줄 수 있는 사람보다 자신에게 잘해주고 친절을 베푼 사람을 더 쉽게 배신한다고 통찰했다. 사회생활을 하다 보면 누구나 한두 번쯤은 겪게 되는 이기적인 인간의 모습을 싱클레어는 이미 열 살 때 경험한 것이다.

친한 친구의 배신에 고통스러워하는 싱클레어 앞에 데미안이 나타난다. 싱클레어를 고난에서 해방시켜 준 데미안은 싱클레어에게 성경에서 아벨을 살해한 악인惡人 카인에 관해 전혀 다른 의견을 말한다. 모든 사람은 카인을 살인자로 보지만 자신은 카인이 용기와 개성이 넘칠 뿐만 아니라 하나님의 각별한 '표시'를 지닌 인물이라고 생각한다는 것이다. 예수 옆에서 십자가에 매달린 두 도둑에 대해서도 데미안은 색다르게 해석한다. 예수 옆에서 참회의 눈물을 흘리며 죽어간 도둑보다 회개하지 않고 자신의 길을 가겠다며 죽어간 도둑이야말로 자신의 길을 걸어간 개성 있는 카인의 후손이라는 견해였다. 싱클레어는 데미안의 새로운 생각을 수용하고 앞으로 자신이 추구해야 할 가치로 설정한다.

데미안이 말하고 싶은 것은 악에 대한 숭상이 아니다. 데미안은 세상이 하나님이라는 신 말고 다른 것으로도 이루어져 있다고 말한다. 그러면서 하나님을 제외한 다른 것은 모두 악마로 여겨지고 숨겨지며 뭉개진다고 지적한다.

헤세는 데미안의 입을 빌려 전쟁을 거치면서 극명하게 나타난 이분법적 사고를 비판하고 싶었던 것이다. 전쟁은 나는 선이자 진리이며, 상대는 악이자 거짓이라는 이분법에 따라서 발생한다. 헤세가 《데미안》에서 말하고 싶었던 것은 어느 한쪽만이 진리라는 극단적인 이분법적 세계관에 반대하며, 타인에 대한 관용으로 타인이 가지고 있는 '다름'을 인정하고 포용해야 평화로운 세상이 온다는 메시지였다. 세상의 절반이 아니고 전부를 봐야 한다는 것이 《데미안》의 주제다.

《데미안》은 헤세의 자전적 요소가 강한 소설이다. 이 소설을 발표할 때 사용한 헤세의 필명이 싱클레어라는 점도 싱클레어가 헤세의 소설 속 분신이라는 주장에 설득력을 더한다. 필명으로 발표한《데미안》의 실제 저자가 헤세라는 사실을 가장 먼저 눈치 챈 인물이 헤세의 우울증을 치료한 칼 구스타프 융Carl Gustav Jung이라는 것도 이 소설이 헤세의 자전적 고백이라는 사실을 증명한다.

《데미안》을 발표했을 때 헤세는 이미 40대에 접어든 중년이었다. 중년의 나이에 이르러 자신의 10대 때 감성을 현실감 있게 묘사했다는 점에서 그의 섬세하고 치밀한 감성을 엿볼 수 있다.

자신의 껍질을 깨고 조우하는 세상

《데미안》은 제1차 세계대전의 포성이 한참이던 1916년에 써서 전쟁이 끝난 1919년에 발표된 작품이다. 헤세는 전쟁의 한가운데서 누구나 느낄 수 있는 인간의 야만성, 사회 혼란, 인간성 상실에 대한 성찰을 책 안에 담았다. 헤세는 누구보다 구속과 관습에 따르지 않으려고 노력한 인물이다. 헤세는 출판사와도 인세 문제로 잦은 충돌을 일으켰고 다른 출판사와 계약함으로써 불만을 표출하기도 했다. 우울증으로 고생했고 결혼 생활도 순탄치 않았다.

그렇다고 헤세가 비정한 사람은 절대로 아니었다.《데미안》을 유심히 읽어보면 알겠지만 헤세는 세상에 존재하는 모든 사람을 각자 특별함을 지닌 소중한 존재로 인식했다. 세상사 무엇보다 평범한 사람의 이야기와 삶이 무엇보다 소중한 문학적 자산이라고 여겼다. 그래서 그 소중한 하나뿐인 생명이 전쟁으로 인해서 무분별하게 희생되는 현실을 견딜 수가 없었다. 그는 인간 부조리와 잔혹함을 탐구하려 끝없이 노력했고, 그 성찰의 결과가 바로《데미안》이다.

《데미안》은 그 유명세만큼 난해한 것으로 유명하다. 또한 종교적 담론이 자주 등장해서 이 소설을 읽으려면 기독교에 대한 이해가 있어야 하는 거 아니냐는 의문도 갖게 한다. 사실 헤세가 소설을 쓸 때 기독교적 세계관과 지식에 취약한 다른 문화권 독자를 배려했다고 보기는 어렵다. 그러나 서양 문학에서 종교를 빼면 뭐가 남을까? 웬만한 서양 고전은 기독교적 색채가 배어 있다. 더구나《데미안》에서 언급하는 종교적 담론은 종교를 뛰어넘어 인간이라면 한 번쯤은 고민하는 문제와 연결되어 있다고 보아야 한다. 물론《데미안》을 좀 더 깊게 이해하고 싶다면 '창세기' 정도는 읽어보는 게 좋다.

자신이 살았던 시대를 사실적으로 담아내면서 시대와 세대를 아우르는 메시지를 탁월한 솜씨로 엮어낸 소설을 읽는 것은 행운이다.《데미안》을 온전히 이해하는 것은 새가 알을 깨고 세상에 나오는 것처럼 쉬운 일은 아니지만, 알에서 깨어나 만난 세상이 훨씬 더 넓고 아름다운 것처럼《데미안》을 읽기 전의 나보다 읽고 난 후의 내가 좀 더 맑고 깊은 눈으로 세상을 바라보게 될 것이다.

인생의 고비를 건너고 난 헤세의 고백

헤세가 태어난 작은 도시 칼프는 자연경관이 매우 아름다웠다. 헤세는 자신을 둘러싼 아름다운 자연 속에서 동물과 식물을 관찰하면서 큰 관심을 가졌는데 이런 경험이 그의 상상력과 관찰력을 키워주었다. 아버지는 아들이 자신처럼 성직자가 되기를 바라는 마음에서 헤세를 신학교에 입학시켰으나 그는 '시인이 아니라면 그 어떤 것도 하지 않을 것'이라며 자살을 기도하기도 하고 교과서를 팔아치운 돈으로 권총을 사는 등 신학교에서는 도저히 용납할 수 없는 행동으로 학교를 그만둘 수밖에 없었다. 1년 뒤에 다시 학교로 돌아갔지만, 적응하지 못하고 자퇴한 후에 시계 공장에서 톱니바퀴를 닦는 일을 3년간 하다가 문학에 대한 열정에 사로잡혀 작가의 길로 들어섰다. 1904년에 발표한 장편 소설《향수》로 작가적 명성을 얻고 아홉 살 연상의 사진작가 마리아 베르누이Maria Bernoulli와 결혼하여 한동안 행복한 시절을 보냈지만, 반복되는 일상에 적응하지 못하고 끊임없이 떠돌아다녔다.

제1차 세계대전 때는 "문학으로 전쟁에 참여하고 싶지 않다"는 발언 때문에 고국 독일에서 매국노로 낙인찍혔다. 그래서《데미안》을 '에밀 싱클레어'라는 필명으로 발표했다. 이미 베스트셀러작가였던 그가 왜 굳이 필명으로 소설을 발표했는가에 대한 여러 가지 설이 있다. 자신의 명성을 감추고 오직 작품성만으로 승부하겠다는 의지의 표명이라는 설이 있지만, 역시 조국을 배신한 매국노라는 대내외의 비난을 의식했다는 설이 유력하다.

결혼 생활이 불행해지면서 아내 베르누이는 심각한 신경쇠약과 우울증을 앓았고, 헤세 자신도 심한 우울증 때문에 요양원 신세를 져야 했다. 요양원에서 퇴원하고 자신의 지병과 환경을 둘러싼 심적 체험을 바탕으로 쓴 소설이 바로《데미안》이다. 톨스토이가 나이 오십을 기점으로 인생의 의미와 죽음을 다룬 또 다른 문학 세계로 나아간 것처럼, 헤세도 우울증이라는 중대한 사건을 기점으로 전혀 다른 내적 변화를 경험했으며, 그 결과물이《데미안》인 것이다. 톨스토이가 오십에 회심回心을 했다면 헤세도 불혹을 넘어서 '제2의 탄생'을 했다.《데미안》은 인간이 어떤 방식으로 자신에게 닥친 위기를 극복할 수 있는지에 대한 헤세의 고백이라고 할 수 있다.

06

한 인간의 실존적 투쟁과
꺾이지 않는 의지

《노인과 바다》
The Old Man and the Sea

어니스트 헤밍웨이Ernest Hemingway

1899년 미국 일리노이주 오크 파크에서 태어났다. 고등학교 졸업 후 대학 진학을 포기하고 1917년 <캔자스시티 스타>의 수습기자로 일을 시작했다. 1918년 제1차 세계대전 중에 적십자 야전병원 수송차 운전병으로 이탈리아 전선에서 복무했으며, 전선에 투입되었다가 다리에 중상을 입고 귀국했다. 방황하는 젊은이들의 삶을 그린 《태양은 다시 떠오른다》로 베스트셀러 작가가 되었으며, 그 후 1920년대 '로스트 제너레이션(잃어버린 세대)'를 대표하는 작가로 성장했다. 《무기여 잘 있거라》로 작가적 명성을 공고히 했으며, 《누구를 위하여 종은 울리나》는 출판되자마자 수십만 부가 넘는 판매고를 올렸다. 《노인과 바다》로 큰 찬사를 받으면서 퓰리처상을 수상했고, 이후 1954년 노벨문학상을 수상했다. 1961년 신경쇠약과 우울증에 시달리다 1961년 자택에서 엽총 자살로 생을 마감했다.

헤밍웨이가 부른 백조의 노래

어니스트 헤밍웨이는 미국 현대문학을 대표하는 작가다.《노인과 바다》는 헤밍웨이의 대표작이자 가장 대중적인 소설 중 하나다. 이 소설이 그가 남긴 마지막 작품이라는 데에도 큰 의미가 있다.《노인과 바다》에는 작가가 평생을 추구해 온 문학관과 인생관이 잘 담겨 있다. 백조는 평생에 걸쳐 한 번도 울지 않다가 죽기 직전에 비장하고 아름답게 한 번 울고 세상을 떠난다고 한다. 예술가가 죽기 전에 마지막으로 심혈을 기울여 남긴 작품을 '백조의 노래'라고 부르는데, 그런 의미에서《노인과 바다》는 헤밍웨이의 '백조의 노래'다.

헤밍웨이는《노인과 바다》에서 삶에 대한 통찰과 긍정성을 보여주고 있지만, 실제 그의 인생에는 적용하지 못했던 것 같다.《노인과 바다》를 출간한 얼마 뒤 스스로 목숨을 끊으면서 영광과 고난이 교차한 삶을 마감했으니 말이다.《노인과 바다》의 주인공인 산티아고는 자신이 온갖 노력을 다해 잡은 고기를 상어에게 모두 빼앗기고 결국 뼈와 머리만 남았음에도 좋은 일은 오래가지 못하는 법이라며 자신을 위로한다. 인간을 멸망시킬 수는 있지만 결코 패배시킬 수는 없다며 비장한 각오를 다지던 노인의 모습을 생각하면 헤밍웨이의 마지막 선택이 더욱 안타깝다.

작가 나이 쉰세 살에 발표한《노인과 바다》는 인간의 일생에서 가장 빛나는 완숙기에 나온 작품이다. 그는 자신의 경험을 토대로《무기여 잘 있거라》《누구를 위하여 종은 울리나》와 같은 걸출한 장편을 썼지만, 노년이 시작되는 시점에 쓴《노인과 바다》는 이전에 낸 장편에 비해서 간결하고 내면적이고 철학적인 작품이다. 짧고 단순한 소재로 깊고 다양한 성찰을 맛보게 하는 작품이라는 점에서《노인과 바다》야 말로 헤밍웨이의 정신이 응집된 작품이다. 노인이 해변으로 어렵게 끌고 온 고기 뼈와 창처럼 생긴 코를 이웃과 자신을 따르던 소년에게 선물하는 대목은 작가가 얼마나 따뜻한 인간애를 가졌는지 보여주는 장면이다.

다양한 경험을 문학 속에 풀어내다

이 소설은 짧은 분량만큼이나 줄거리도 간단하다. 산티아고라는 멕시코 어부가 80일이 넘도록 고기를 한 마리도 낚지 못하다가 거대한 청새치를 잡아서 항구로 돌아오는 길에 상어 떼를 만나 뼈만 제외하고 모두 잃는다는 내용이다.

헤밍웨이는 어린 시절부터 캠핑과 낚시에 심취해 있었기 때문에 소설 속에 낚시하는 장면을 현장감 넘치고 세밀하게 묘사할 수 있었다.《노인과 바다》는 사실을 기반으로 쓴 소설이다. 헤밍웨이가 소설 속 산티아고 노인처럼 1,000파운드가 넘는 청새치를 낚은 경험이 있기 때문이다. 헤밍웨이는 자신이 잡은 고기의 무게와 크기를 직접 재어보는 습관이 있었다고 한다. 1936년 비미니섬에서 어부가 잡아 올린 청새치를 상어가 물어뜯어 먹는 장면을 목격한 것도 소설의 한 장면이 되었다. 게다가 그는 소설을 더욱 실감 나게 쓰기 위해 소설에 나오는 배와 비슷하게 생긴 배를 직접 타고 먼 바다로 나가 보기까지 했다.

이처럼 헤밍웨이는 다양한 체험을 통해 이미 이야기꾼으로서의 자질을 갖추고 있었다. 코흘리개 시절부터 아버지로부터 캠핑, 낚시, 사격을 배웠으며, 청소년기에는 권투, 수영, 축구 등의 스포츠에도 탐닉했다. 아버지로부터는 남성적인 강한 기질과 장차 소설의 소재로 활용하게 될 남성적인 취미 생활을, 오페라 가수였던 어머니로부터는 글을 쓰는 작가로 발돋움할 수 있는 예술적인 기질을 물려받음으로써 작가로서는 더없이 좋은 가정환경에서 자란 셈이다.

대학 진학을 포기한 헤밍웨이는 〈캔자스시티 스타〉에서 기자로 사회생활을 시작하는데, 신문사가 자리 잡은 캔자스시티는 다른 지역에 비해서 폭력과 매춘 사건이 빈번한 지역이었다. 이때의 경험 또한 그가 작가로 활동하면서 다양한 소재를 찾는 데 도움이 되었다. 신문기자로 활동한 경험은 그가 간결하고 명확한 문체를 구사하는 소설가로 성장하는 데 밑바탕이 되어주었다. 감정을 배제한 하드보일드 스타일hard-boiled style이라는 그의 문체는 기자 생활을 통해 자연스럽게 체득한 것이다.

헤밍웨이는 스페인 내전이 발발하자 특파원 자격으로 전쟁을 직접 취재했고, 그 경험을 토대로 《누구를 위하여 종은 울리나》를 발표한다. 하지만 이후 무려 10년 동안 뚜렷한 작품을 발표하지 못하고 작가로서의 경력이 끝나가려는 순간 《노인과 바다》로 화려하게 문단에 복귀했다. 《노인과 바다》를 게재한 시사주간지 〈라이프〉지 특별호는 나오자마자 무려 530만 부가 팔리는 돌풍을 일으켰다. 〈라이프〉지는 《노인과 바다》를 게재하는 조건으로 헤밍웨이에게 당시로서는 전대미문인 4만 달러라는 엄청난 인세를 지급했다. 이른바 '전설의 귀환'이었다.

우직하고 묵직한 인간성을 그린 작품

《노인과 바다》는 작가의 경험에서 나온 작품이며, 소설 속 주인공인 산티아고 노인이 곧 헤밍웨이라는 사실도 의심할 여지가 없다. 즉 헤밍웨이가 산티아고 노인을 통해 자신의 이야기를 들려준 셈이다. 산티아고 노인의 행적과 말을 따라가다 보면 헤밍웨이의 인생관이 고스란히 드러난다. 그렇다면 헤밍웨이는 이 소설로 무슨 말을 하고 싶었던 걸까?

헤밍웨이는 우직함, 용맹, 단순함, 진실, 확고부동함 등 인간이 가질 수 있는 모든 미덕을 산티아고라는 인물에 투영했다. 그러다 보니 산티아고를 예수로 상정한 것 아니냐는 추측이 있기도 했다.

영미권의 대부분의 명작은 기독교 사상을 바탕으로 두는 경우가 많기 때문이다. 산티아고가 그를 따른 소년과 함께 고기를 잡으러 갔다가 실패한 40일은 예수가 광야에서 겪은 40일의 고통이며, 산티아고가 청새치를 낚아 올리기 위해서 벌인 3일간의 사투는 예수가 십자가에 매달려 받은 3일간의 고통이고, 산티아고의 상처투성이가 된 손은 못에 박힌 예수의 손을 상징하고, 뼈만 가지고 간신히 항구에 돌아온 노인이 돛대를 메고 죽을힘을 다해 언덕을 오르는 모습은 예수가 십자가를 메고 골고다 언덕을 오르는 모습을 연상케 한다는 해석이 설득력을 갖는 이유다.

그렇다고 헤밍웨이가 자신을 예수에 버금가는 인물로 묘사하려고 했던 건 아니다. 다만 자신을 비롯한 모든 인간이 추구해야 할 인간으로서의 미덕을 산티아고에 투영함으로써 우리에게 일종의 인생 스승을 제시했다고 볼 수 있다.

메마른 문체 안에 녹인 따뜻한 인간미

《노인과 바다》는 얼핏 '자연을 상대로 인간이 벌이는 사투'를 그린 소설로 보이지만, 사실은 자연의 섭리에 순응하는 인간의 모습을 그렸다는 평가가 더 적합하다. 산티아고 노인이 청새치나 상어와 벌이는 싸움은 자연에 대항하고 저항하는 인간의 모습이 아니라 자연스러운 먹이사슬의 한 과정을 보여준다.

자연에 맞서 싸우는 《노인과 바다》 속 장면들은 자연의 위대함 앞에 인간은 한낱 미약한 존재라는 사실을 잘 보여준다. 《노인과 바다》의 산티아고도 비록 청새치는 잡았지만, 더 거대하고 강력한 상어 떼에게 패하고 모든 것을 잃는다. 위대한 자연을 완전히 정복하는 것은 불가능하다는 사실을 간접적으로 우리에게 보여주는 것이다.

헤밍웨이를 일컬어 감정 없는 메마른 문체를 구사한다고 평가하지만, 《노인과 바다》에는 그런 문체 안에 인간적이며 따뜻한 사랑과 우정을 녹여냈다. 나이는 정확히 알 수 없지만 소년 마놀린은 노인에게 존경과 사랑을 베푼다. 가족도 돈도 없고, 고기도 잡지 못하는 어부 산티아고를 마놀린은 마치 예수의 충직한 제자처럼 따르고 헌신한다.

마놀린의 부모가 산티아고를 운이 없는 사람이라 낙인찍고 아들에게 다른 배를 타라고 명령하는데도 마놀린은 계속해서 산티아고를 보살핀다. 음식과 커피를 가져다주고 미끼로 쓸 정어리도 구해준다. 기진맥진한 노인이 집에 돌아오자 곁을 지키며 치료해주고 눈물을 흘린다. 어린 시절 자신의 스승이자 영웅에게 보내는 존경일 수도 있지만, 마치 부모를 모시는 듯 사랑을 베푼다.

산티아고도 소년에게 따뜻한 마음으로 보답하며 교분을 쌓고, 절망스러운 상황에서도 밝은 미래를 꿈꾼다. 소년과 노인은 서로 의지하며 우정을 나누는 관계다. 나이를 초월하여 신의와 사랑으로 맺어진 관계이기도 하다. 뼈만 남은 청새치를 잡아 온 노인을 비웃지 않고 존경심을 보여주는 이웃과 상처투성이가 된 노인의 손을 보고 눈물을 흘리는 소년의 모습은 인간미의 극치다. 극적인 서사가 없어 지루하고 건조한 작품이라 생각하다가도 이 장면에서는 누구나 뜨거운 감동을 느낄 것이다.

헤밍웨이는 노인과 소년을 통해서 인간이 나눌 수 있는 가장 이상적인 관계를 보여주며, 나아가 절망과 반목이 아닌 희망과 사랑으로 가득 찬 세상을 꿈꾼다. 《노인과 바다》는 모든 것을 잃은 노인의 절망을 이야기하는 작품이 아니라 우정과 사랑만 있다면 그 어떠한 고초도 이겨낼 수 있다는 희망을 이야기하는 작품이다.

사람은 혼자서는 살아갈 수 없다. 수많은 사람과 사랑과 믿음의 관계를 맺고 서로의 의지가 되어 살아가야 한다. 《노인과 바다》에서 헤밍웨이가 하고 싶은 말도 그것이다. 마놀린과의 우정을 통해서 다시 한번 청새치를 잡을 수 있다는 용기와 힘을 얻는 산티아고 노인처럼 사람의 미래는 사람이다.

07

지금도 우리를 감시하는
빅브라더의 시선

《1984》
Nineteen Eighty Four

조지 오웰 George Orwell

1903년 영국령 인도의 벵골주 모티하리에서 세관 관리 아들로 태어났다. 본명은 에릭 아서 블레어Eric Arthur Blair이며 조지 오웰은 필명이다. 태어난 다음 해인 1904년에 어머니와 함께 영국으로 돌아왔다. 가정 형편이 여의치 않아 대학에 진학하지 않고 영국의 식민지 미얀마에서 경찰로 5년간 근무했으나 영국의 제국주의적 만행을 목격하면서 경찰을 그만두고 작가가 되기로 결심했다. 파리와 런던을 전전하며 극빈자의 생활을 하면서도 소설과 에세이 등을 꾸준히 발표했으며, 1937년 스페인 내전에 참전하면서 제국주의와 전체주의 체제에 대한 비판 의식을 갖게 되었다. 700여 편의 작품을 남기고 1950년 마흔일곱 살의 나이에 세상을 떠났다.

유토피아를 꿈꾸는 디스토피아를 그리다

《1984》는 1949년에 발표되어 영국에서 1년 동안 5만 부, 미국에서는 36만 부가 팔리는 대성공을 거둔 소설이다. 현재까지 영문판으로만 1,000만 부 이상 판매되었고 65개 이상의 언어로 번역된 베스트셀러다.《1984》는 조지 오웰이 쓴 마지막 작품으로서 평생 동안 축적된 그의 정치적 견해와 사상이 가장 잘 반영된 소설이기도 하다. 오웰은《1984》으로 절대적인 권력이 어떻게 인간의 존엄성과 자유를 말살할 수 있는지를 적나라하게 보여주었다.

소설 속 '오세아니아'라는 전체주의 국가에서는 개인의 생활을 철저하게 부정하며, 가정이라는 개념이 없다. 역사와 기록은 조작되고 언어는 왜곡되어 사람들의 사고 능력은 제한된다. 자식이 부모를 고발하는 등 도덕이 타락하고 인간 존엄성이 말살된 세상이 바로 오세아니아다.

이 소설은 디스토피아 소설의 출발을 알린 중요한 저작이다. 그러나 단순히 유토피아 실현이 불가능하다는 암울한 메시지를 주는 책은 아니다.《1984》는 디스토피아 세계를 현실감 있게 묘사함으로써 전체주의를 비판하고 경고하지만, 아무리 비참한 디스토피아일지라도 인간 개개인이 비판적 사고와 행동을 잃지 않으려고 노력한다면 유토피아를 구현할 수 있다는 희망을 이야기하는 소설이다. 다르게 말하면 이 소설은 우리가 인간 존엄성과 자유를 지키지 않으면 소설 속 오세아니아와 같은 세상이 올 수도 있다는 일종의 경고라고 할 수 있다.

이 소설의 주인공 윈스턴은 비참한 결말을 맞이하지만, 자신이 투쟁에서 이겼다고 단언함으로써 유토피아 실현에 대한 희망을 전한다. 이 점이 《1984》를 단순한 디스토피아 소설로만 보기 어려운 이유이며, 이 소설이 가지고 있는 문학적, 사회적 가치다.

이 소설은 우리나라에서 이미 1950년대에 번역, 출간되었지만 당시로서는 먼 미래인 1984년을 다뤘다는 점에 초점을 맞추어 미래를 다룬 판타지 소설로 인식하는 분위기였다. 당시 우리나라는 여전히 국가 권력에 의해 개인의 자유와 존엄성이 박탈되는 시대였지만, 소설의 비판적 메시지에 주목하여 당시 우리 사회의 강압적인 현실을 비판적으로 바라보는 시선은 많지 않았다.

조지 오웰의 반체제 정신은 어디에서 왔을까

《1984》에서 읽을 수 있는 권위와 독재에 대한 오웰의 비판 의식은 상당 부분 자기 경험에서 비롯되었다. 오웰은 여덟 살부터 열네 살까지 세인트 시프리언스 예비학교를 다녔다. 사립 기숙학교였던 이곳은 이튼스쿨 같은 명문 학교 입학을 최우선 목표로 삼고 아이들에게 강압적인 교육을 실시했다. 체벌과 언어적 폭력은 일상이었다. 영국을 대표하는 문인 새뮤얼 존슨^{Samuel Johnson}조차

체벌이야말로 가장 좋은 교육 수단이라 여겼듯이, 과거 영국 학교들은 체벌을 당연시했고 대나무로 아이들을 때리는 일이 흔했다.

어린 시절 가난하고 심약했던 오웰은 교장으로부터 온갖 매질과 학대를 당해야 했다. 오웰이 다닌 사립학교는 주로 상류층이 다녔기 때문에 학비가 비쌌다. 1년 학비가 180파운드였는데 이는 오웰의 아버지가 받았던 연금의 절반 수준이었다. 교장은 장학금에 의지할 수밖에 없었던 오웰을 무시하고 학대했으며, 이때부터 오웰은 가난한 자의 설움과 고통을 절실히 느꼈다.

학교를 졸업한 오웰은 경제적 사정이 여의치 않아 명문대학에 진학하지 못하고 10대 후반의 나이로 대영제국의 경찰이 되어 미얀마에 부임했다. 하지만 미얀마에서 제국주의가 식민지에 가한 착취와 폭력을 목격하고 본격적으로 반제국주의자가 되었다. 휴가 차 영국에 돌아온 오웰은 식민지 주민 못지않은 고통과 가난에 시달리는 또 하나의 계층, 즉 노동자 계급이 존재한다는 것을 자각하게 된다. 또한 1936년 의용군으로 참전한 스페인 내전의 경험은 그를 전체주의에 대한 비판 작가로 만들기에 충분했다.

정치 소설을 예술의 경지로

오웰은 글쓰기를 일종의 숙명적 책무로 인식한 작가였다. 그는 폭로해야 할 사회적 부조리, 대중이 꼭 알아야 할 어떤 진실이 있기

에 글을 쓸 수밖에 없다고 여겼다. 그가 병마와 싸워가며 《1984》
를 최후의 걸작으로 남긴 이유도 마찬가지다. 진실을 숨기고 왜곡
하여 미래도 독재자의 입맛에 따라 조작하며 대중들을 복종시키
는 사회가 올 수도 있다는 것을 경고하고 싶었기 때문이다.

비슷한 시기에 활동한 영국 작가 제임스 조이스, 버지니아 울
프 등은 주로 인간의 내면세계를 다룬 작품을 발표했지만, 오웰은
사회, 정치, 권력에 대한 냉철한 비판의 시선을 거두지 않았다. 다
른 영국 작가들에게서 발견하기 어려운 매우 특별한 문학적 가치
를 추구한 작가였다고 할 수 있다. 동시대 다른 작가들이 문학의
예술성에 치중했다면 오웰은 문학의 사회적 책임에 몰두했다고
볼 수 있다. 그의 문학적 지론은 "현재는 정치 시대다. 만약 당신
이 침몰하는 배에 타고 있다면 당신은 침몰하는 배를 주시할 것
이다"라는 말로 요약된다. 인간 존엄성을 말살하는 국가라는 침몰
하는 배를 비판하고 인간 존엄성을 추구해야만 하는 정치적 작가
로서의 운명을 밝힌 것이다.

오웰이 《1984》를 집필하던 1940년대 유럽은 혼돈과 위기의
시대였다. 파시즘과 나치즘의 광풍이 몰아치면서 세계대전이 일
어났고, 그 여파로 세계 경제마저 휘청거렸다. 마치 침몰하는 배
와 같았던 당시 유럽 상황을 고려하면 작가가 한가로이 예술을
위한 예술에 몰두하기는 어려웠을 것이다. 그러니 오웰에게 전체
주의에 대한 비판이야말로 당장 꺼야 할 급한 불이었다. 오웰은

작가라면 모름지기 위험을 무릅쓰고라도 현재의 정치 상황과 고통받는 인간의 현실을 직시해야 한다고 주장했고, 그러한 자신의 주장을 《1984》에 고스란히 담았다.

동시대인의 고통과 혼란한 정치 상황은 오웰이 작가가 된 이유이기도 하다. 오웰은 자신이 만약 평화로운 시기에 살았다면 다른 작가들처럼 작가로서의 명성, 예술에 대한 열정에 기반한 수려한 문체나 인물 묘사에 치중한 글을 썼을 것이라고 밝힌 바 있다. 그렇다고 해서 오웰이 암울한 시대 상황을 고발하는 데에 몰두한 건조한 글만 쓴 건 아니다. 오웰은 말년에 이르러 자신의 정치적 소설을 예술적 작품으로 승화시키고 싶어 했다. 따라서 《1984》를 읽는 독자들은 작품 속에 담긴 인간성 파괴와 비참한 현실을 읽으면서도 전체주의 사회에 항거하는 인간의 모습을 흥미진진하게 읽기도 한다.

오웰 또한 소설 내용이 너무 정치에 치중하면 독자들 입장에서 읽기가 부담스럽고 등장인물들에게서 생동감을 느낄 수 없다는 우려를 했다. 그래서 《1984》를 집필할 때 독자들에게 소설 읽는 재미와 문학으로서의 매력을 줄 수 있도록 많은 고심과 노력을 더했다. 그가 아무리 정치적 비판 의식을 담아 소설을 썼다 해도 결국 소설이라는 장르는 미학적 장치를 가미할 수밖에 없다.

《1984》는 정치적 소설을 넘어 사랑 소설로 읽을 수 있는 서사가 존재한다. 이 소설의 배경이 되는 오세아니아에서는 사랑이 바탕이 된 성행위를 금지한다. 인간으로서 누리는 가장 기본적인 욕구인 사랑의 감정마저 정부가 통제하는 것이다. 그렇다면 사랑이 따르는 성행위야말로 전체주의 정부에 항거하는 용감한 수단이자 해방구인 셈이다. 따라서 주인공 윈스턴이 감시를 피해 사랑하는 연인 줄리아와 성행위를 하는 것 자체가 오웰이 추구한 전체주의에 대한 개인의 저항을 상징한다고도 볼 수 있다.

오웰이 구축한 세밀한 인물 묘사 덕분에 독자들은 윈스턴과 줄리아의 위험한 사랑이 제발 이루어지기를 바라게 된다. 더구나 《1984》의 첫 문장 "4월, 맑고 쌀쌀한 어느 날이었다. 시계가 13시를 알리고 있다"는 이 소설이 가지고 있는 문학적 아름다움을 상징하는 명문장으로, 영문학 역사상 가장 뛰어난 첫 문장으로 찬사를 받는다. 이렇듯 《1984》는 정치적 비판 의식과 문학으로서의 작품성을 하나로 융합한 예술적 가치가 뛰어난 소설이다.

지금도 여전한 1984의 시대

《1984》라는 제목은 오웰이 이 소설을 쓴 1948년의 48을 84로 뒤집은 것이다. 오웰 자신도 1984년이라는 정확한 시기를 염두에 두고 글을 쓴 것은 아니다. 주인공 이름인 윈스턴 스미스도 당시 정치가였던 윈스턴 처칠과 영국에서 가장 흔한 이름인 스미스를 빌린 것에 불과하다. 이 소설은 오웰이 막연하게 수십 년쯤 지나면 이렇게 폭력적이고 강압적인 정부가 나타나지 않을까 하는 상상력에 기반해 썼다. 그러나 오웰의 상상력은 1984년이라는 시기뿐만 아니라, 그 시기를 훨씬 지난 지금까지도 여전히 유효하다. 그가 우려한 전체주의 정부의 악행을 세계 곳곳에서 발견할 수 있으니 말이다.

《1984》가 출간된 지 70년이 넘었지만, 이 소설의 영향력은 여전히 현재진행형이다. 이 소설을 읽지 않은 독자라고 할지라도 서구에서는 하나의 고유명사로 자리 잡은 소설 속 독재자 '빅 브라더'라든가 "빅 브라더가 당신을 지켜보고 있다"라는 문구는 햄릿의 "죽느냐 사느냐 그것이 문제다"라는 대사만큼이나 유명하다는 걸 알고 있을 것이다. 또한 영화와 연극, 심지어 회화로도 재생산되고 있는 것을 생각하면 이 소설이 가지고 있는 영향력과 지속성을 짐작할 수 있을 것이다.

이 소설은 오웰의 통찰과 혜안이 유감없이 발휘되었는데, 우선 개인의 생활을 낱낱이 감시하는 텔레스크린이라는 장치가 대표적이다. 현재 한국을 비롯한 대부분 나라는 개인의 안전과 범죄를 예방한다는 명목으로 CCTV를 촘촘하게 설치해서 개인의 일거수일투족을 지켜보고 있다. CCTV를 이용해 타인의 일상을 감시자처럼 지켜보는 것은 국가나 단체뿐만 아니라 평범한 개인도 하는 일이다. 부모는 CCTV를 이용해서 아이들이 놀고 있는 놀이터나 유아원을 지켜보기도 하고, 업주는 가게에서 일하는 직원을

CCTV로 지켜본다. 편의점에서 일하는 직원들은 본인이 근무하는 동안 업주나 상사가 마치 소설 속 빅 브라더처럼 자신을 지켜보는 환경에서 일하는 경우가 많다. 학교도 마찬가지다. 학교 폭력이나 안전사고를 예방한다는 명목으로 교내 곳곳에 CCTV가 설치되어 있다. 현대인은 자신도 모르는 사이에 자신의 일상을 누군가에게 감시받으면서 살아가는 것이다. 우리가 분신처럼 사용하는 휴대전화는 어떤가. 우리가 언제 어디서 무엇을 구매했는지, 누구와 통화를 했고 어떤 내용을 문자메시지로 주고받았는지 모두 알고 있다. 내가 가지고 다니는 도구가 내가 의식하지 못하는 사이에 나를 감시하는 빅 브라더인 셈이다.

《1984》에는 당이 발표한 모든 예측은 정확한 것이라고 증명이 되며, 불필요한 사건이나 의견은 모두 삭제되었다는 구절이 나온다. 권력자의 입맛에 따라 뉴스나 통계 자료마저 왜곡하는 모습은 지금도 자주 볼 수 있다. 권력자에 의한 언론 통제나 조작은 오웰이 이 소설을 쓰면서 통찰한 것처럼 공산주의뿐만 아니라 자본주의 사회에서도 폭넓게 자행되고 있는 것이 현실이다. 모든 것을 왜곡해서 자신들의 목표를 달성하는 권력층, 자기편이라는 이유로 조건 없이 지지하고 복종하는 진영 논리, 아무런 비판 의식 없이 맥주, 축구, 영화에만 탐닉하는 우리들의 모습은 소설과 별반 다르지 않다.

어떤 독자는 이 소설의 내용이 지극히 상식적이어서 식상하고 재미없다고 평가하기도 하고, 또 다른 독자는 어렵고 지루하다는 평가를 내놓기도 한다. 하지만 1940년대에 쓴 소설이 2020년대의 상식이 되었다는 자체만으로도 이 소설은 읽을 만한 가치가 충분하다. 이점이야말로 작가의 천재성과 놀라운 작가적 상상력을 반증하는 것이니 말이다. 누구나 읽을 수 있는 쉬운 정치 소설이 마치 추리 소설을 읽는 듯한 재미를 선사하면서도 지금의 사회 작동 원리를 비판적으로 바라보게 하고, 그 시스템 안에서 무비판적으로 살아가는 우리의 모습을 돌아볼 수 있게 한다는 사실은《1984》가 위대한 소설인 가장 강력한 이유다.

08

참혹한 현실 속에서 피어나는
인간의 존엄성과 생명력

《분노의 포도》
The Grapes of Wrath

존 스타인벡 John E. Steinbeck

1902년 캘리포니아 살리나스에서 태어났다. 1919년 스탠퍼드대학에서 문학과 창작 수업을 들었지만, 1925년 중퇴했다. 이후 5년간 노동자와 기자로 생계를 이어가다가 1935년 《토르티야 마을Tortilla Flat》을 출간하면서 작가로서 명성을 얻는다. 이후 캘리포니아의 노동 계층에 대한 소설을 집중적으로 썼으며, 1939년에 출간한 《분노의 포도》로 퓰리처상을 수상한다. 주로 억압받고 핍박받는 민중이나 모든 사람이 겪을 수 있는 운명적 상황을 다뤘다. 인간에 대한 따뜻한 시선을 담은 그의 문체와 고통받는 가난한 사람에 대한 묘사 덕분에 미국을 대표하는 소설가로 평가받는다. 1962년 공감 능력이 풍부한 유머와 예리한 사회 관찰을 결합한 글을 쓴 공로로 노벨문학상을 수상했다. 1968년 세상을 떠났다.

《분노의 포도》는 어떻게 탄생했을까

《분노의 포도》는 1930년대 아직 대공황의 그늘에서 벗어나지 못한 미국을 배경으로 이주 노동자로 몰락한 조드 일가를 통해 당시 비참했던 미국의 현실을 생생하게 보여주는 작품이다. 1962년 스웨덴 한림원은 노벨문학상 수상자로 스타인벡을 선정하면서 그가 노벨문학상을 수상하게 된 결정적인 작품이 《분노의 포도》라고 밝히기도 했다.

이 작품의 주인공 톰 조드는 살인죄로 4년간 감옥살이를 한 후 가석방되어 부모가 사는 농가로 향한다. 하지만 그 지역의 농장은 모래바람으로 농사를 모두 망쳐버린 뒤였다. 조드의 가족들은 일꾼을 구한다는 캘리포니아로 떠나지만, 그곳도 노동자들이 풍족하게 살 수 있는 곳은 아니었다. 일하려는 사람들은 많고 농장들은 단합하여 저임금으로 노동자를 고용하고 있었다. 《분노의 포도》는 노동자 계급에 녹록치 않았던 당시 미국의 현실을 낱낱이 드러내면서 그 참혹한 현실 속에서도 분연히 일어서는 강인한 인간의 생명력과 희망을 이야기한다.

출간 당시 선풍적인 반응을 얻으며 40만 부 이상이 판매되는 기록을 세운 이 작품은 자본주의의 민낯을 예리하게 비판한 소설이라는 평가를 받으며 대중적으로도 예술적으로도 큰 성공을 거둔다. 그러나 작품이 탄생하기까지는 쉽지 않은 여정이 있었다.

비참한 생활을 했던 두 이주 노동자의 우정과 사랑을 그린 《생쥐와 인간》이 대중의 주목을 받으면서 적잖은 돈을 번 스타인벡은 《분노의 포도》의 무대가 될 오클라호마 평원으로 여행을 떠난다. 마치 절망한 톰 조드 일가가 얼마 남지 않은 재산을 모두 털어서 꿈과 희망을 찾아 낡은 트럭을 장만한 것처럼 말이다. 스타인벡은 가뭄으로 자식처럼 아끼던 농작물과 농토를 대지주에게 빼앗긴 채, 농장 일꾼 모집 광고만 믿고 무작정 길을 떠난 농부들을 만나러 가는 길이었다.

당시 스타인벡이 어떤 생각으로 여행을 시작했는지는 그가 어렵게 마련한 자동차 애칭으로 어렴풋이 짐작할 수 있다. 그의 자동차 애칭은 돈키호테가 모험을 찾아 떠나면서 함께 한 말 이름 로시난테에서 따왔다. 마치 돈키호테처럼 스타인벡은 로시난테를 타고 40일 동안 광활한 미국 중서부 지역을 여행했고 소설에 쓸 자료를 모았다. 스타인벡은 주로 자신의 경험과 여행을 통해서 얻어낸 자료에 근거해서 《분노의 포도》를 집필했기 때문에 이 소설은 발표되고 나서 문학작품으로 인정되고 평가받지 못했다. 동시대 사람들은 이 소설을 문학작품이라기보다 하나의 기록으로만 인식했고 이 소설에 담긴 사회, 정치, 경제적 논의에 대해서만 언급했다.

스타인벡은 이 작품에서 세밀한 현실 묘사에 집중했다. 전체 소설 분량의 6분에 1에 이르기까지 주인공이라고 할 수 있는 조드 일가나 월슨 일가는 등장조차 하지 않는다. 대신 주로 가뭄, 은행가와 농부의 갈등, 농부들이 세간을 정리할 수밖에 없는 사정, 농장 지대에 버려진 농가의 황량한 모습 등으로 채워진다. 스타인벡은 농부들에 대한 감상을 일체 배제함으로써 독자 스스로 당시 미국 사회의 비극을 실감하도록 글을 전개한다. 소설 속에 기록의 장을 배치함으로써 객관적인 자료에서는 담을 수 없는 감동과 공감을 불러일으키는 것이다. 이 기법이야말로 작가 스타인벡이 가지고 있는 중요한 매력 중의 하나다.

스타인벡이 정치적 담론보다는 서민들의 일상생활과 고충에 주목했다는 사실은 그가 냉전 체제가 서슬 퍼렇던 1947년, 종군 사진기자 로버트 카파Robert Capa와 함께 소련을 직접 여행하고 남긴 《러시아 저널》이라는 책으로도 증명된다. '사진과 함께 담은 소탈한 기록'이라는 목표 아래 스타인벡은 군사시설에는 얼씬도 하지 않은 채, 러시아 사람들이 어떤 옷을 입고 다니는지, 저녁으로 뭘 먹는지, 파티는 어떻게 하는지, 어떤 음식이 파티에 나오는지, 어떻게 죽어가는지, 어떻게 춤추고 어떤 노래를 하며, 아이들은 학교에 어떻게 가는지에만 관심을 갖고 기록으로 남겼다. 이 평범한 내용으로 스타인벡은 러시아 사람들도 전쟁을 싫어하고 평화를 원한다는 묵직한 메시지를 주었다.

《분노의 포도》는 위험한 소설이다?

주로 하층민의 삶에서 영감을 얻었던 스타인벡은 그의 또 다른 명작 《에덴의 동쪽》에 등장하는 캘리포니아주 살리나스라는 시골에서 가난한 농부의 아들로 태어났다. 문학에 전념할 수 있겠다는 막연한 기대로 화물선을 얻어 타고 뉴욕에 갔지만 그를 기다리고 있는 것은 공사판에서 벽돌 나르기, 철공소 인부, 술 배달, 과수원 인부, 페인트칠 견습공 등 막일뿐이었다. 뉴욕이라는 기회의 땅을 찾은 스타인벡이 막노동이라는 냉혹한 현실에 부딪힌 것이나 《분노의 포도》 속 오클라호마 농부들이 캘리포니아에서 마주친 잔인한 현실은 매우 흡사하다. 오클라호마 농부들이 과장과 허위로 가득 찬 농장 인부 모집 광고를 보고 무작정 캘리포니아로 향한 것처럼 스타인벡도 당시 대도시를 동경한 빅붐big boom에 이끌려 구체적인 계획이나 정보 없이 뉴욕으로 향했다. 하지만 스타인벡은 뉴욕에 정착하지 못했다. 그리고 결국 과로에 지쳐 자포자기하는 심정으로 고향으로 돌아왔다.

탐욕에 젖어 하층민을 철저하게 생산 도구로만 여긴 자본가와 그런 자본가에게 이용당하며 고통받는 노동자의 비참한 삶을 극명하게 대조시킨 《분노의 포도》는 사회비판적 성향이 강한 걸작으로 평가받는다. 특히 자본가들이 굶어 죽어나가는 사람이 있는데도 자신들의 이익을 위해 식량을 불태우고 가축을 살처분하는 장면에서는 분노가 치솟는다. 개미처럼 일을 해도 입에 풀칠하기조차 힘든 노동자들이 영글어가는 포도처럼 분노를 키워가는 모습은 당시 기득권층에게는 위험한 소설로 인식되었다.

급기야 《분노의 포도》는 금서로 낙인찍혀 법정에 제소되기에 이른다. 1930년대 대공항 이후로 미국 사회에 몰아닥친 사회적 불의, 불평등, 경제 정책의 문제점을 고발함과 동시에 뜨거운 휴머니즘을 이야기하는 이 소설이 좌익사상을 선동하는 불온한 소설로 치부되기 시작한 것이다. 심지어 미국정보기관 FBI가 스타인벡을 요주의 인물로 주목하여 오랫동안 사찰할 정도였다. 이런 이유로 당시 대지주가 많이 살았던 캘리포니아를 중심으로 불매운동이 벌어졌으나, 이 소설에 열광한 대중을 이길 수는 없었다.

휴머니즘이 작가정신이었던 스타인벡

대공항이 절정에 달했던 1930년대에는 스타인벡 말고도 많은 소설가와 시인들이 사회 불평등 문제를 다룬 작품을 많이 발표했다. 그러나 대다수 작가가 주로 도시 노동 문제를 다루었던 데 반해, 스타인벡은 농장에서 막일을 한 자신의 경험과 농부에 관한 높은 관심으로 농부들의 빈곤 문제를 다룬 《분노의 포도》를 발표할 수 있었다. 소재와 주제에서 당시 여타 다른 소설과 차별성을 가진 《분노의 포도》는 특별한 주목과 인기를 끌었다.

불매운동과 금서 소동은 오히려 이 소설을 전국적인 베스트셀러로 만들어주었고, 당시 최고의 영화감독이었던 존 포드John Ford에 의해 영화화되면서 소설과는 다른 큰 감동을 주었다.

스타인벡은 《분노의 포도》를 계기로 이후 미국 자본주의의 부작용을 고발하는 작가의 길로 들어섰다. 그렇다고 해서 스타인벡이 줄곧 사회고발 소설만 쓴 것은 아니다. 스타인벡은 새로운 소설을 발표할 때마다 이전과는 다른 주제와 기법을 시도한 실험적인 작가였다. 작품 활동 초기에는 해적이 나오는 역사 소설을, 말년에는 멕시코 사람을 주인공으로 한 신비주의적인 소설을 발표하기도 했다. 우리가 《분노의 포도》를 사회고발 소설로 읽으면서도 모험 소설을 읽는 듯한 전율과 흥미를 느끼는 이유가 바로 여기에 있다. 다양한 작품 스타일에서 보여준 것처럼 스타인벡은 강렬하면서도 역동적인 문체로 독자들을 긴장시킬 줄 아는 힘이 있다. 비정할 정도로 등장인물의 행태를 사실적으로 표현함으로써 독자들에게 픽션과 논픽션의 경계가 어디까지인지 궁금증을 불러일으킨다.

무엇보다 《분노의 포도》를 읽는 독자들은 거대 자본에 고통받는 가족들의 따뜻한 가족애를 통해 극단적인 상황에서 인간을 일으켜 세우는 것은 결국 가족과 사랑임을 깨닫는다. 큰 위기 앞에서 톰 조드 일가는 서로 싸우고 원망하며 갈등을 일으키지만, 그 와중에서도 서로에 대한 믿음과 사랑을 잃지 않는다. 짐승처럼 살아가야 할 운명에 부딪힌 농부들이 서로를 불신하거나 갈등을 일으키지 않고 하나로 뭉쳐 노인과 아이를 보호하고, 난관에 부딪힐 때마다 협력해서 극복해나가는 모습은 이 소설이 결국 인간에게 희망을 걸고 있음을 보여준다.

스타인벡이 꿈꾸는 따뜻한 공동체의 힘은 이 소설의 압권이라고 할 수 있는 젖을 물리는 장면에 고스란히 담겨 있다. 임신한 채로 고달프고 위험한 트럭 여행을 하다가 결국 아이를 사산한 톰의 여동생은, 6일 동안 굶주려서 죽어가는 한 낯선 남자에게 젖을 물린다. 감당할 수 없는 절망이 지나가면 또다시 더 가혹한 절망이 이어지는 이 소설은 이토록 희망적이고 성스럽기까지 한 마지막 장면으로 독자들의 마음을 울린다.

작가 스타인벡의 위대함은 그의 고발정신에서 비롯된 휴머니즘이라고 볼 수 있다. 《분노의 포도》는 분노를 사랑으로 승화시킨 작품이다. 1945년 발표한 《통조림공장 골목》 서문에 실은 작가의 말은 작가가 품은 인간에 대한 사랑과 연민을 증명한다.

"어떤 남자가 언젠가 말했듯이 그곳 사람은 윤락녀, 중매쟁이, 도박꾼, 건달들이다. 그게 전부라는 말이다. 그러나 만약 다른 남자가 다른 구멍으로 살펴보았다면 이렇게 말했을 수도 있다. 성인, 천사, 순교자, 더할 나위 없이 선한 사람들이라고."

09

결혼제도를 통해 인간의 감정과 심리를 정교하게 직조하다

《오만과 편견》
Pride and Prejudice

제인 오스틴 Jane Austen

1775년 영국의 햄프셔주 스티븐턴에서 8남매 중 일곱째로 태어났다. 그녀의 아버지는 가난한 목사였지만 서재에는 500여 권의 책이 있었고 제인 오스틴은 아버지의 책을 마음껏 읽을 수 있었다. 열여섯 살 때부터 희곡을 쓰기 시작했으며, 스물한 살에 첫 장편소설을 썼다. 1805년 아버지의 죽음으로 경제적 어려움에 빠지자 어머니와 함께 형제, 친척, 친구 집을 전전했다. 1809년 아내를 잃은 셋째 오빠 에드워드의 권유로 햄프셔주의 초턴에 정착했고, 그곳에서 생을 마감할 때까지 평생 독신으로 살았다. 작가로서 왕성하게 작품활동을 이어가다가 1816년 《설득》에 이어 《샌디턴》을 집필하면서 병세가 깊어져 1817년 마흔두 살로 생을 마감했다. 사실주의, 유머, 풍자가 풍부한 제인 오스틴의 소설은 오늘날 세계문학을 대표하는 작품으로 평가받는다.

19세기 영국 사회에서 여성이란

《오만과 편견》은 딸만 다섯인 베넷가의 둘째딸 엘리자베스와 그녀의 자매들을 둘러싼 세 명의 남자 사이에서 벌어지는 사랑과 결혼에 대한 이야기다. 사랑을 나누는 남녀와 부모의 결혼관에 대한 인식 차이를 통해 소설의 배경이 되는 시대의 사회적 문제점과 모순을 묘사한다.

19세기 영국은 농업 국가에서 산업 국가로 발돋움하던 시기였다. 따라서 농업 사회 전통이 무너지고 주로 상공업에 종사하는 중산층이 사회 중심층으로 발돋움하던 때였다. 이 시기 영국은 재산에 따라 상류, 중류, 하류 계급으로 나뉘었는데, 그만큼 재산이 집안과 가족 구성원을 평가하는 잣대이기도 했다. 심지어는 상류 계급조차도 재산에 따라 귀족, 신사, 지주 등으로 세분화했으니 재산의 정도가 개인의 사회적 지위에 얼마나 중요한 평가 기준이었는지 알 수 있다. 그러다 보니 결혼 또한 사랑보다는 돈이 절대적 조건이었다. 톨스토이의 소설 《안나 카레니나》에서 등장인물들이 '요새도 구시대적인 연애결혼을 하는 사람이 있다'라며 한탄하는 것처럼, 19세기 영국인들에게 결혼이란 재산 정도에 따라 제 짝을 찾는 것이 합리적이었다. 19세기에 영국 소설 속에서 '재산'에 대한 언급이 많은 이유도 여기에 있다.

이처럼 재산이 모든 것을 결정하는 시대에 여성은 특히 불리했다. 《오만과 편견》을 탄생시킨 주요한 동기이며 당시 여성에 대한 사회적 억압을 상징하는 '한정 상속'이라는 제도는 당시 여성들이 오직 돈 많은 남자를 만나 결혼하는 것을 지상과제로 삼는 데 결정적인 원인이 되었다.

한정 상속이란 오직 장남이 집안의 모든 재산을 상속받는 것을 말한다. 만약 자식 중에 아들이 없으면 딸이 아닌 친척 남성에게 재산을 상속해야 했다. 부모는 자신들의 재산 정도에 따라 딸에게는 결혼할 때 지참금만 주었는데, 당시 여성들은 지참금이 얼마나에 따라 좋은 신붓감인지 아닌지 판가름되었다. 《오만과 편견》의 주인공 엘리자베스도 한정 상속 제도의 희생양이다. 그녀의 아버지 베넷 씨는 큰 재산을 가지고 있었지만, 딸만 다섯이어서 그의 모든 유산은 딸이 아닌 조카 콜린스에게 상속될 처지였다.

당시 여성들이 이 제도에 관해 어떻게 생각했는지는 베넷 부인이 남편에게 털어놓는 푸념을 보면 알 수 있다. "당신 재산을 당신 자식을 제외하고 한정 상속해야 하는 것이 세상에서 제일 가혹한 일이라고 나는 확신해요."

오스틴 역시 《오만과 편견》의 첫 문장에서 돈과 결부된 결혼과 당대의 물질주의를 꼬집었다. "돈 많은 독신 남자가 아내를 원한다는 것은 널리 인정되는 보편적인 진리다."

오스틴은 이 문장으로 돈 많은 남자가 아내를 찾는 것이 아니라 여자가 돈 많은 남자를 찾기 마련이라는 것이 '널리 인정되는 보편적인 진리'임을 말한다.

그러니 당시 결혼 적령기의 여성들이 할 수 있는 일이란 이 불합리한 제도에 따라 돈 많은 남성과 결혼하여 그에게 복종하며 사는 것뿐이었다. 당시 여성들은 교육도 제대로 받지 못했으며 파티에서도 남성이 자신에게 접근해 주기만을 기다려야 하는 수동적인 처지였다. 베넷 씨의 딸들도 마찬가지였다. 그들이 오직 소망할 수 있는 것은 재산 많은 남자를 찾아 결혼하는 것이었다. 지금의 시선으로 본다면 지극히 여성 비하적인 설정이지만 이것이 19세기 영국의 현실이었다. 19세기 영국 여성들에게 결혼은 단순한 낭만이나 사랑이 아니고 장차 자신이 속하게 될 사회적, 경제적 계급을 결정하는 중대 사안이었다.

현실의 벽을 깨는 엘리자베스와 다아시의 사랑

베넷 가문의 둘째 딸이자 이 소설의 주인공 엘리자베스도 결혼을 통해 생계를 유지해야 한다는 자신의 처지를 누구보다 잘 알고 있다. 외모는 다른 자매에 비해 내세울 것이 없지만 지성과 재치가 넘치는 그녀는, 돈 많은 남자와의 혼사에 모든 정성을 기울이는 언니나 동생과 달리, 자기만의 결혼관을 실현하려고 애쓴다. 오스틴 소설의 여자주인공 중에서 가장 지적이고 매력적인 인물이라고 평가할 수 있는 엘리자베스는 가부장적인 사회 속에서도 자신의 소신을 굽히지 않는다. 그래서 아버지의 재산을 물려받을 콜린스의 자신만만한 청혼을 단호히 거절한다. 뿐만 아니라 부유한 집안의 상속자로 당당하고 자신감 넘치는 다아시를 오만하다고 단정한다. 하지만 시간이 지날수록 다아시가 진실하고 속 깊은 사람이라는 것을 깨닫고 그와의 사랑을 이룬다. 엘리자베스가 자신의 '편견'을 반성하고 다아시는 자신의 오만을 버리면서 두 사람은 한 단계 더 성숙한다.

《오만과 편견》 속 엘리자베스는 '백마 탄 왕자만을 기다리는' 수동적인 여성이 아닌, 남성과 동등한 관계이고 싶어 하는 진보적인 여성이다. 자신의 청혼을 거절한 엘리자베스를 두고 '부끄러워하는 여자들의 버릇'이라고 치부하는 콜린스를 향해 엘리자베스는 자신을 예쁜 여성이 아닌 이성을 가진 존재로 보아달라고 호소한다. 상대의 감정을 살피지 않는 이기적인 콜린스의 태도를 비난하면서, 여성이라는 존재의 독립성을 강조하는 것이다. 성직자인 콜린스는 자신의 사회적 지위를 내세워 결혼 시장에서 우위를 점하려는 속물이다. 오스틴은 권력에 아첨하고 자신의 이익만 좇는 소명 의식 없는 성직자에 대한 풍자를 통해 부패한 영국 교회가 자성하기를 간접적으로 요구한다.

또한 오스틴은 작품 속에 마차를 자주 등장시킴으로써 당시 사회에 만연한 재산 지상주의를 비판한다. 오스틴이 살았던 18세기 후반과 19세기 초만 해도 가장 일반적인 이동 수단은 걷는 것이었다. 말이나 마차는 부자의 전유물이었다. 오스틴을 비롯한 당시 작가의 문학작품에 나오는 마차는 신분의 상징이다. 《오만과 편견》에서 부유한 미혼 남성은 사치스러운 마차를 소유하고 이용하지만 《맨스필드 파크》에서 가난으로 인해 어린 나이에 친척 집에 맡겨지는 주인공 패니는 역마차를 타고 고생스러운 여행을 한다. 당시 역마차나 우편 마차는 젊은 여성 혼자서 타기에는 대단히 부적절하다고 여겨질 만큼 위험한 교통수단이었음을 생각하면 패니의 처량한 처지를 더욱 생생하게 이해할 수 있다.

《오만과 편견》에서 사랑에 빠진 리디아와 위컴이 역마차를 타고 야반도주하는 장면을 통해서도 그들의 절박함을 알 수 있다. 당시 역마차는 가난의 상징이었다. 오스틴은 평생 동안 단 한 번도 여행을 가지 않았지만, 신기하리만큼 마차에 대한 지식이 해박하여 등장인물의 신분과 상황에 딱 맞는 마차를 등장시킨다. 소설 속에는 단순하게 '마차'라는 이름으로 불리지만 차체의 모양, 바퀴 수, 탑승 승객 수, 마차를 끄는 말의 수에 따라서 종류가 천차만별이다.

《오만과 편견》에는 주로 2륜 마차나 4륜 마차가 등장하는데 2륜 마차라고 할지라도 말 한 필이 끄는 2륜 마차와 말 두 필이 끄는 2륜 마차는 비용이나 속도에서 큰 차이가 난다. 말 두 필이 끄는 2륜 마차 커리클은 오늘날로 치면 부유층 자제가 모는 스포츠

카에 해당한다. 속도가 빠른 만큼 사고도 잦았지만 젊은 부자들은 커리클을 애용했다. 《오만과 편견》에서 부유한 다아시가 여동생과 함께 엘리자베스를 만나기 위해 램튼에 있는 여관에 올 때 타고 온 마차가 바로 커리클이다. 그러니까 다아시는 스포츠카를 타고 엘리자베스를 만나러 온 셈이다.

부유한 빙리는 당시 상류층이 애용했던 4륜 마차 셰이즈를 소유하고 있었다. 당시 마차는 유지비도 많이 들고 값비쌌기 때문에 부자들도 마차에 칠한 도색이 벗겨질까 안절부절못할 정도였다. 오스틴이 빙리가 셰이즈를 타는 것으로 설정한 이유는 빙리의 허영기를 보여주기 위해서였다. 당시 영국에서 상위 0.1퍼센트 안에 들어가는 부자라고 추정되는 다아시가 자신의 부에 걸맞은 최고급 마차를 소유하지 않는다는 것도 진실한 사람은 물건으로 자신의 부를 과시하지 않는다는 오스틴 자신의 가치관을 보여주기 위함이다.

우리가 제인 오스틴에 열광하는 이유

오스틴은 세밀한 주변 묘사와 재치 넘치는 이야기 전개를 구사하는 18세기 이래의 사실주의 소설을 이어받았지만, 지나친 감정 묘사를 줄이고 지적인 명료함과 풍자성이라는 자신만의 문학세계를 구축한 현대적인 작가다. 주로 시골을 배경으로 소설을 썼기 때문에 지나치게 제한된 소설이라는 비판도 있지만 당대 관습에 맞서는 새로운 가치관을 정립했을 뿐만 아니라, 인간 본성을 깊게 탐구한 작가라는 긍정적인 평가가 더 우세하다.

전쟁, 기아, 전염병, 종교와 같은 거시적인 주제가 아닌, 주로 일상생활 속에서 발견할 수 있는 결혼과 사랑이라는 작은 주제를 선택해 글을 쓴 것은 그녀의 한계가 아니라 자신의 가치관과 문학관을 좀 더 실감 나게 드러내기 위한 최선이었다고 볼 수 있다. 오스틴의 소설에는 동시대의 가장 큰 사건 중의 하나였던 프랑스혁명에 관해서는 단 한 줄도 언급이 없고 사회적으로 핍박받던 민중에 대한 묘사도 전혀 없다. 그러나 그녀는 개인의 행동을 억압하는 사회적 제도와 부조리를 분명히 인식하며 글을 썼다. 콜린스를 통해 당시 부패하고 세속화된 교회와 성직자를 풍자하기도 한다. 개인을 억압하는 사회적 모순을 극복하고 새로운 가치관을 찾아내려는 작가적 창의력, 속물근성이 만연한 부조리한 사회를 풍자하는 예리한 비판 의식 등 오스틴만의 문학적 역량이 가장 잘 반영된 작품이 바로 《오만과 편견》이라고 할 수 있다.

오스틴이 애정을 숨기며 갈등하는 청춘 남녀의 지극히 일상적이고 단순한 소재로 《오만과 편견》이라는 명작을 남길 수 있었던 것은 인간의 모순된 양면을 꿰뚫어 볼 수 있는 그녀의 통찰력 덕분이다.

오스틴의 작품 중에서도 전 세계적으로 가장 사랑받는 《오만과 편견》은 수많은 문학작품과 영화, 드라마의 토대가 되었으며 로맨스 소설의 고전이자 원류로 평가받는다. 출간한 지 200여 년이 지난 작품이 여전히 전 세계 독자들의 사랑을 받고 수많은 예술 장르의 영감이 된다는 사실만으로도 시간과 시대를 초월한 이 작품의 가치를 알 수 있다.

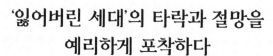

10

'잃어버린 세대'의 타락과 절망을
예리하게 포착하다

《위대한 개츠비》
The Great Gatsby

프랜시스 스콧 피츠제럴드 Francis Scott Key Fitzgerald

1896년 미네소타주 세인트폴에서 태어났다. 1913년 프린스턴대학에 입학했으나 학점 미달로 자퇴한 뒤, 미 보병대 소위로 입대하여 제1차 세계대전에 참전했다. 1920년 첫 장편소설 《낙원의 이쪽》을 발표하여 큰 성공을 거두었다. 뉴욕으로 이주하여 호화로운 생활을 누리며 《아름답고도 저주받은 사람들》《재즈시대의 이야기들》 등의 작품을 발표했다. 1925년에 발표한 《위대한 개츠비》로 많은 작가와 평단의 극찬을 받으며 소설가로서 입지를 굳혔으나, 사치스러운 생활과 이후 발표된 책의 판매 부진, 부인 젤다의 신경쇠약 증세로 불행한 나날을 보냈다. 1927년부터 영화사에서 시나리오 작가로 일했지만 뚜렷한 성과 없이 알코올에 의지해 하루하루를 연명했다. 1940년 《마지막 거물》을 집필하던 중 심장마비로 세상을 떠났다.

《위대한 개츠비》는 왜 위대한 소설인가

미국 현대문학의 지평을 연 위대한 걸작으로 평가받는《위대한 개츠비》는 세계대전 후 공허함에 빠진 미국 사회를 배경으로 물질만능주의에 빠진 청춘들의 좌절과 절망을 그려낸 작품이다. 출간되었을 당시 평단과 작가들의 평가를 보면 이 작품이 당시 얼마나 큰 주목을 받았는지 알 수 있다.

"그 친구가 이처럼 좋은 소설을 쓸 수 있다면, 앞으로 이보다 더 뛰어난 작품도 얼마든지 쓸 수 있을 거라 생각한다."(헤밍웨이), "헨리 제임스 이후로 미국 소설이 내디딘 첫걸음"(T. S. 엘리엇) 등 극찬을 받은 작품이다. 하지만 평단의 호평과는 달리, 이 책의 판매 성적은 그리 좋지 못했다. 첫 소설《낙원의 이쪽》의 판매량에 절반에도 미치지 못했다고 하니, 작가의 실망감이 어땠을지는 가늠이 되고도 남는다.

광란의 시대이자 재즈의 시대였던 1920년대 미국을 배경으로 한《위대한 개츠비》는 가난한 농부의 아들로 태어난 개츠비의 욕망에 대한 이야기다. 부잣집 딸 데이지를 만나 사랑에 빠지지만 신분의 격차와 빈부의 차이를 극복하지 못하고 헤어진 뒤, 그녀를 쟁취하기 위해 거대한 부를 일구고, 그녀 앞에 다시 나타나면서 벌어지는 사건을 다룬 이 작품은 단순한 연애 소설이 아니다. 이 작품에는 세계대전이 끝난 뒤 미국을 사로잡은 부에 대한 동경,

계급적 모순, 아메리칸드림의 허상 등 미국 사회의 어두운 단면이 모자이크처럼 펼쳐진다.

1920년대 미국의 이면

제1차 세계대전이 끝난 후 초토화된 유럽과 달리 미국 본토는 아무런 피해가 없었으며 경제 대국으로 나아가려는 시점이었다. 광란의 시대라고 불릴 만큼 경제 호황으로 물질적 풍요가 넘실댔고, 어떤 주식이라도 사두기만 하면 돈을 번 시기이기도 했다. 교통의 발달로 소비가 급속도로 증가했으며 자동차, 라디오, 냉장고와 같은 신문물이 발달하여 개인의 여가도 크게 확대되었다. 하지만 급속한 경제 발전에는 빛과 어둠이 공존한다.

　1920년대는 빛의 시대이기도 했지만 빈부 격차와 계층 갈등이 본격화된 어둠의 시대이기도 했다. 《위대한 개츠비》는 이 시대에 만연한 계층 갈등을 다룬 소설이다. 바다를 사이에 두고 부자들이 사는 이스트에그와 서민들이 사는 웨스트에그는 이 소설이 계층 간 갈등을 다루고 있다는 것을 상징한다. 지극히 물질 지상주의적 사고를 하는 데이지와 예일대학에서 풋볼 선수를 지낸 남편 톰은 미국 경제 대호황 시절 부를 축적한 상류층을 대표하며, 자신의 유일한 자랑거리인 외모를 이용해 톰의 애인으로 살아가는 머틀과 전쟁에 참전하고 자신의 정체를 숨겨가면서까지 신분 상승을 노리는 개츠비는 하류층을 대표한다.

개츠비는 아메리칸드림을 꿈꾸다가 결국 실패한 인물이다. 그런데도 왜 미국인은 개츠비를 가장 닮고 싶어 하는 미국인으로 생각할까? 개츠비가 어떤 인물인지는 그가 죽고 난 후 그의 아버지가 이 소설의 화자인 개츠비의 친구 닉에게 보여준 개츠비의 하루 일과표를 보면 알 수 있다. 개츠비는 군인처럼 새벽 6시에 일어나 운동, 공부, 노동, 웅변 연습으로 하루를 채우며, 시간을 허비하지 않고 담배를 피우지 않으며 저축을 열심히 하고 부모님께 효도한다는 생활신조를 가지고 있다. 개츠비는 노력을 바탕으로 미래로 나아가는 사람이었다. 미국의 위인 벤저민 프랭클린Benjamin Franklin이 주장한 '하늘은 스스로 돕는 자를 돕는다'라든가 '누구나 노력하면 성공할 수 있다'라는 지론을 가장 잘 실천한 미국인인 것이다.

미국인이 개츠비에 열광한 이유는 그가 아메리칸드림을 이뤄냈기 때문이 아니다. 개츠비는 성공을 꿈꾸며 밀주사업을 하고 학력을 속이며, 심지어 이름까지 세탁한 인물이다. 그런데도 그는 꿈을 이루지 못했다. 미국인들은 그의 성공을 동경해서가 아니라 최선을 다해 살았지만, 결국 신분의 벽을 극복하지 못하고 실패하고 마는 개츠비에 연민을 느끼고 그의 열정에 공감하는 것이다.

개츠비가 자신의 인생을 다 바쳐 사랑한 첫사랑 데이지와 남편 톰은 전통적인 부자다. 그들은 개츠비처럼 빠르게 부를 축적한

신흥 부자를 멸시한다. 개츠비가 매일 수백 명의 손님을 초대해 성대한 파티를 열지만 톰은 관심을 두지 않는다. 이미 만난 적이 있는 개츠비를 알아보지도 못한다. 자신들의 계급에 속하지 않는 인물에는 관심조차 두지 않는 것이다. 인사치레로 저녁 식사 자리에 개츠비를 초대했는데 개츠비는 그들의 의도를 파악하지 못한 채 감격하여 온갖 치장을 하고 초대에 응하지만, 데이지와 톰은 그런 개츠비를 비웃을 뿐이다.

톰과 그의 지인들이 자신을 친구로 생각한다는 생각에 들떠서 식사 자리에 가려고 준비하는데, 그들이 이미 자리를 뜨고 없다는 것을 알게 되는 개츠비에 대해 어떻게 연민을 가지지 않을 수 있을까? 어떻게 해서라도 신분 상승을 해야겠다는 생각에 사로잡혀 자신의 출신과 학력을 위장하는 개츠비의 행동은 인간적으로 이해가 될 법도 하다. 자신의 사랑을 받아주지 않는 데이지가 저지른 음주 사망 사고를 대신 뒤집어쓰고 결국 피해자의 남편에게 살해당하는 개츠비를 보면 동정심이 생기기도 한다. 매일 수백 명의 손님을 초대해 화려한 파티를 열었지만 정작 그의 장례식에 참석한 사람은 두 명뿐이었다. 서글픈 삶이 아닐 수 없다.

아무리 미국 사회가 능력 중심이고 누구나 노력하면 성공할 수 있다는 성공 신화의 나라라지만, 개인의 노력으로 넘어설 없는 보이지 않는 벽이 존재한다. 이런 이유로 수많은 미국인이 개츠비의 모습에서 자신의 모습을 보는 것이다. 개츠비는 부와 명예를 일구기 위해서 근면 성실하게 살아가는 소시민과 타고난 배경을 극복하지 못하도록 만드는 폐쇄적 사회 구조에 좌절한 모든 미국인의 자화상이다.

《위대한 개츠비》는 장차 다가올 대공황을 예견한 소설이기도 하다. 개츠비의 비참한 죽음에는 맹목적으로 돈을 좇는 시대는 결국 파국을 맞이할 수밖에 없다는 저자의 통찰이 담겨 있다. 대공황 시기에 피해를 본 것은 소수 자본가만이 아니었다. 대공황을 온몸으로 처절하게 감당한 것은 하층민이었다. 대공황 시절 미국에는 1,300만 명의 실업자가 발생했는데 실업자의 대부분은 노동자, 흑인, 농부 등 하층민이었다. 개츠비가 데이지의 범죄를 대신해서 죽자 음주 사망 사고 당사자인 데이지와 남편 톰이 한가로이 여행을 떠나는 장면은 대공황 시대의 비극을 적나라하게 예견했다.

개츠비는 왜 위대한가

많은 독자들이 이 소설의 제목이 왜 '위대한 개츠비'인지 궁금해한다. 개츠비는 위대함이라는 단어와 어울리지 않는 인물이기 때문이다. 그가 일군 부는 범죄를 통해 얻은 것이며 데이지에 대한 사랑도 그녀의 부와 가문에 대한 동경심에서 비롯된 부분도 있기 때문이다. 그러나 개츠비는 가난한 집에서 태어나 스스로 하루 일과표를 만들어 실천하고 자기 계발을 할 정도로 성실한 사람이었다. 1마일 밖에서 들리는 희망의 소리를 들을 수 있을 정도로 희망의 아이콘이었다. 미래에 대한 낙관적 인생관으로 자신의 자리에서 성공을 이루기 위해 최선을 다하는 모습은 비록 부정한 수단을 이용했다 하더라도 본받을 만한 지점이 있다.

개츠비가 추구한 부와 닉을 비롯한 그의 주변 인물이 추구한 부는 다르다. 자신의 풍족한 삶을 목표로 한 그들과 달리, 개츠비는 자신이 아닌 사랑하는 연인을 만족시키기 위해서 부를 축적한다. 그의 평생에 걸친 순애보적 사랑은 독자들로 하여금 개츠비에게 연민과 동정을 느끼게 하는 대목이다.

1930년대 미국의 대공황 시대는 윤리 관념이 무너지고 쾌락만을 추구한 시대이기도 하다. 톰은 아내에게 만족하지 않고 애인과 밀회를 즐기는 인물이다. 그러나 개츠비는 죽을 때까지 데이지만을 사랑한다. 데이지에 대한 맹목적인 그의 사랑은 인간 욕망의 비극성을 보여주기도 하지만, 절대적 사랑에 대한 순수성을 보여주기도 한다.

이런 개츠비의 슬픈 삶은 소설 속 화자인 닉을 감화시키기도 한다. 닉은 시대 조류에 따라 세속적으로 사는 인물이다. 그러나 6개월 동안 만나 교류했던 개츠비를 통해 그는 극심한 빈부 격차로 인간 존엄성이 상실되고 물질적 풍요로움만이 삶의 목표가 되어버린 동부를 떠나 고향으로 되돌아간다.

개츠비처럼 살았던 피츠제럴드

피츠제럴드는 뛰어난 재능을 지닌 작가였지만, 그의 삶은 평탄하지 않았다. 마치 개츠비처럼 그 또한 성공과 욕망 사이를 오가며 비극적인 삶을 살았다. 그가 인생 후반에 남긴 편지에는 "지난번에 빌려주신 돈은 잘 받았습니다"라는 문구가 빈번히 등장한다. 태어나서 처음 말한 단어가 'up'이었다는 말이 나올 정도로 신분 상승 욕구가 강했던 피츠제럴드는 《위대한 개츠비》에도 무려 202회나 up이라는 단어를 썼지만 결국 부와 명예를 얻지는 못한다. 지나친 사치와 낭비로 죽을 때까지 경제적 어려움을 겪은 데다 사랑하는 아내 젤다와의 불화와 그녀의 정신질환으로 고통을 겪었다.

피츠제럴드는 개츠비처럼 돈이야말로 행복과 사랑을 이뤄주는 근원이라고 생각했고 평생 경제적 성공을 위해 고군분투했다. 개츠비는 미국인에게 아메리칸드림을 실현하기 위해 평생을 바친 인물로 비친다. 그리고 데이지는 그가 평생 이뤄야 할 꿈이자 목표였다. 피츠제럴드에게는 젤다가 그랬다.

《위대한 개츠비》를 통해서 피츠제럴드는 순수한 이상을 망각하고 오로지 경제적 성공만을 꿈꾸는 사람들에게 진정한 행복이란 무엇인가에 대해 묻는다. 1920년대 미국의 어두운 면을 날카롭게 비판하면서 그 화려함 속에서 스스로 타기를 주저하지 않는 등장인물들, 그리고 그 속에 움트는 사랑과 순수성이 파도와 같이 밀려들며 밀려나가는 소설이 바로《위대한 개츠비》다. 마치 개츠비처럼 부를 얻고 명성을 얻었으나, 그 안에서 뜨겁게 타들어간 피츠제럴드는 어쩌면 당시 미국인이 꿈꾸던 아메리칸드림의 쓸쓸한 뒷면을 보여주는 인물인지 모른다. 그의 묘비명에 적힌《위대한 개츠비》의 마지막 구절은 그래서 더 마음을 울린다.

"우리는 조류를 거스르는 배처럼 끊임없이 과거로 떠밀려가면서도 앞으로 계속 전진하는 것이다."

11

뜨거운 사랑 끝에
잔혹한 파멸

《젊은 베르테르의 슬픔》

Die Leiden des Jungen Werthers

요한 볼프강 폰 괴테 Johann Wolfgang von Goethe

독일의 시인, 극작가, 소설가, 과학자, 정치가, 연극 감독이었을 뿐 아니라 식물학과 해부학에도 조예가 깊은 전방위적인 지식인이다. 1749년 프랑크푸르트에서 부유한 집안의 장남으로 태어났다. 어릴 때부터 부족할 것 없는 교육을 받았으며 책도 많이 읽었다. 라틴어와 그리스어, 불어, 이탈리아어, 그리고 영어와 히브리어를 배웠고, 미술과 종교 수업뿐만 아니라 피아노와 첼로, 승마와 사교춤도 배웠다. 1765년부터 1768년까지 아버지의 권유로 라이프치히에서 법학 공부를 시작했다. 그러나 전공인 법학 강의보다 문학 강의를 더 열심히 들었다. 문학 역사상 가장 위대한 작가 중 한 명으로 평가받으며 오늘날에도 서구 사회에 깊고 광범위한 영향을 미치고 있다. 1832년 심장 발작으로 세상을 떠났다.

사회적 파장을 일으킨 소설

'베르테르 효과'라는 말을 들어본 적이 있을 것이다. 유명인 또는 평소 존경하거나 선망하던 인물이 자살할 경우, 그 인물과 자신을 동일시해서 자살을 시도하는 현상을 말한다. 이 말의 유래가 된 소설이 바로 《젊은 베르테르의 슬픔》인데, 이 작품은 1774년 발표되자마자 엄청난 인기와 사회적 파장을 불러일으켰다. 당시 괴테를 유럽의 유명 작가로 끌어올린 작품이면서, 작품 속 주인공인 베르테르의 옷차림이 유행하고 모방 자살까지 일어나는 등 유럽 전역에서 폭발적 인기를 끌었다. 심지어 독일 전역에서 수많은 사람들이 이 젊은 작가를 만나기 위해 프랑크푸르트로 몰려들었다고 한다. 18세기 말 독일에서 일어난 문예 운동인 질풍노도Sturm und Drang 시대의 대표작으로서 지금까지 문학 사상 최고의 걸작이라고 평가받는 《젊은 베르테르의 슬픔》은 사랑에 관한 불멸의 작품으로 문학사에 남아 있다.

괴테는 자신의 경험을 문학으로 승화시키는 데 탁월한 작가였다. 《젊은 베르테르의 슬픔》도 괴테의 경험에서 비롯된 작품이다. 1772년 베츨라 법원에서 판사 시보로 근무하던 괴테는 샤를로테 부프라는 여인을 사랑하게 된다. 그녀는 《젊은 베르테르의 슬픔》에 나오는 여주인공 로테처럼 지적이고 청순한 외모의 밝은 성격을 지닌 인물로 순식간에 괴테를 사로잡았다.

그러나 그녀는 이미 약혼자가 있었고 괴테는 절망할 수밖에 없었다. 괴테는 소설 속 주인공 베르테르처럼 끊임없이 구애하지는 않았다. 오히려 그녀에게 약혼자가 있다는 사실을 알고 홀가분하게 여겼다. 그녀와의 사랑은 이룰 수 없었지만, 실연의 아픔도 겪을 일이 없다고 생각했다. 그러니 그녀를 사랑함으로써 겪을 고통도 없고, 책임을 질 일도 없다고 여겼다. 베르테르는 이루어지지 않은 사랑 때문에 자살을 하지만 괴테는 이루어질 수 없는 사랑에 낙심하지 않았다. 괴테는 샤를로테에게 '사랑했다'라는 편지를 남기고 베츨라를 홀연히 떠나버렸다.

그리고 그때 즈음 라이프치히대학에 다니다가 알게 된 예루살렘이라는 친구가 유부녀를 사랑했다가 실연하여 자살하고 말았다는 소식을 접했다. 괴테는 자신의 경험과 친구의 사연을 바탕으로《젊은 베르테르의 슬픔》을 발표한다. 당시로서는 파격적인 서간체 형식을 갖춘 이 소설은 약혼자가 있는 여인을 사랑했다가 사랑을 이루지 못하고 자살하는 베르테르의 이야기다.

괴테에게《젊은 베르테르의 슬픔》은 치유의 글쓰기라고 볼 수 있다. 자신의 슬픔을 문학으로 승화시켜 평정심을 되찾고 예전과 같은 삶으로 돌아가는 글쓰기 말이다. 그 후 괴테는 결혼도 하고 모범적인 가장으로 살았다. 샤를로테와는 소설이 발표된 지 40여 년이 지난 1816년에 다시 만났지만, 열병 같은 사랑의 감정은 이미 사라지고 난 뒤였다.

자신의 감정에 충실했던 한 청년의 이야기

《젊은 베르테르의 슬픔》은 출간되자마자 보수적인 독일에서 강한 반감을 불러일으켰다. 베르테르가 자살하는 장면을 지나치게 사실적으로 묘사하여 자살을 부추기는 불온한 서적이라고 주장하는 사람들도 있었고, 실제로 판매 금지 조치를 한 지방 법원도 있었다. 이런 우려는 현실화되어 소설 출간 후 사랑을 이루지 못한 독일의 많은 젊은이가 베르테르처럼 노란 조끼와 파란색 연미복을 입은 채 자살하는 사건이 벌어졌다. 소설 한 권이 사회문제로까지 비화되자 논란이 오갔으나 오히려 이런 논란이 책을 홍보하는 효과를 낳았다.

자살을 미화했다는 이유 말고도 보수적인 독일인은 이미 약혼자가 있는 이성을 사랑하고 구애를 하는 것 자체를 매우 부도덕한 설정이라고 생각했다. 그러나 사회의 통념에 과감히 도전한 소설에 젊은이들은 더 열광했다. 이루어질 수 없는 사랑에 뛰어든 한 인간의 깊은 상실감과 고통을 보여줌과 동시에 사회 통념에 반하는 인간의 진솔한 감정을 유려하게 묘사한 작품성이 이 소설이 가진 힘이었다.

베르테르의 장례식 장면을 묘사한 마지막 문장 "성직자는 한 사람도 그와 함께하지 않았습니다"는 괴테가 왜 이 소설을 썼는지에 대한 실마리를 제공한다. 이 소설은 여러 메시지를 건네지만, 계층 간의 갈등도 비중 있게 다룬다. 즉 성직자를 비롯한 상류층은 자신들만의 가치관이 유일한 진실이며 규범이라며 따르도록 강압했다. 그래서였을까?《젊은 베르테르의 슬픔》을 향한 비난의 대부분은 성직자와 계몽주의자들에게서 나왔다. 자신들의 통념과 가치관에 부합하지 않기 때문에 불온한 도서라는 것이 그들의 진심이었다.

이런 상황을 고려하면 괴테가 쓴 마지막 문장은 성직자와 기독교의 고루하고 포용성 없는 규범을 비판하기 위해 쓴 것이라고 추측할 수 있다. 소설을 읽다 보면 누구나 한 번쯤은 베르테르의 가여운 처지를 이해하며 그가 자살을 선택할 수도 있겠다고 생각한다. 그러나 독일 종교계는 종교적 신념에 따라 베르테르의 자살 행위 자체만 부각시키면서 씻을 수 없는 죄로 보는 시각이 강했다. 괴테는 이런 종교계의 강압적인 가치관을 마지막 문장을 통해 비판한 것이다.

하지만 독자들은 종교계의 이런 반응에 공감하지 않았고 오히려 더 열광적으로 이 책을 읽었다. 괴테 자신도 이루지 못한 사랑에 절망했지만, 결코 자살하겠다는 생각은 하지 않은 전형적인 기독교적 세계관을 가진 사람이었다. 하지만 친구 예루살렘이 자살했다는 이유로 매우 초라한 장례를 치렀고, 성직자는 아무도 장례식에 참석하지 않았다는 소식을 듣고 분노했다. 소설 속에서 베르테르의 장례식이 성대하게 치러졌으며 많은 사람이 참석했지만 성직자는 아무도 없었다는 서사는 당시 기독교의 경직성에 대한 반발심의 표출이었다.

《젊은 베르테르의 슬픔》 덕분에 자살한 괴테의 친구 예루살렘에 관한 관심이 커지면서 일부 독자들은 그의 묘소를 순례하기도 했다고 한다. 많은 독자들이 예루살렘에게 합당한 장례를 치러주지 않은 성직자를 비난하는 한편, 직접 예루살렘의 묘소를 찾아 꽃다발을 헌정하면서 애도하기도 했다. 괴테는 예루살렘과 자살에 대한 냉정한 기독교의 대응을 비판하기 위해 작품 전체에 걸쳐 베르테르를 신앙심 깊은 인물로 묘사했다.

"풀줄기 사이 조그마한 세상에서 바쁘게 다니는 헤아릴 수 없는 조그마한 벌레와 날짐승의 신비로운 모습을 더 가까이 지켜보면 당신의 모습대로 세상을 만드신 전지전능한 분의 존재와 끊임없는 행복 속에서 우리를 지켜주는 한없이 자애로운 분의 숨결을 알아차리지."

베르테르는 약혼자가 있는 여자를 사랑한다는 죄를 자각하고 있었다. 그런데도 인간의 의지로는 어쩔 수 없는 감정을 신에게 고백하며 용서를 구한다. 자신의 잘못을 인정하고 반성하는 태도에서 그가 매우 신실한 기독교인이라는 사실을 부정할 수 없다. 괴테가 생각하기에 교회는 죽은 자를 위로하고 치유하는 곳이지 단죄하는 곳은 아니다. 《젊은 베르테르의 슬픔》은 사랑의 아픔에 관한 이야기인 동시에 관습으로 가득한 사회 속에서 자신의 감정에 충실하고 싶었던 한 청년의 고뇌에 대한 이야기이도 한 것이다.

사랑과 열정에 대한 아름다운 찬사

사회 통념에 도전한 이 소설로 괴테는 독일 청년에게 우상과 같은 존재가 되었다. 자신들은 감히 도전하지 못했던 금지된 사랑을 과감하게 보여줌으로써 일종의 대리만족을 느꼈기 때문이다. 괴테도 이 소설을 출간할 당시 스물다섯 살 청년이었기 때문에 이 작품 속에 들끓는 젊은이의 정서가 같은 또래의 독자들에게 더 절절하게 다가갔던 것이다.

《젊은 베르테르의 슬픔》에 등장하는 인물 누구도 완벽한 악인으로 표현되지 않았다는 점도 주목할 만하다. 비록 부적절한 사랑을 갈구한 인물이었지만, 베르테르는 아이들과 진심으로 즐겁게 어울릴 줄 알았고 아이들이야말로 자신의 마음과 가장 가까운 존재라고 여길 만큼 따뜻한 사람이었다.

로테의 약혼자 또한 베르테르가 자신의 약혼자를 사랑한다는 사실을 알고서도 적개심을 표출하지 않았다. 오히려 베르테르를 배려하며 그를 진심으로 대했다. 로테는 자신이 약혼자가 있는 몸이기 때문에 어쩔 수 없이 베르테르를 거절했을 뿐, 그를 경멸하지도 멸시하지도 않았다.

　이 소설은 동시대 사람들의 살아 있는 이야기였다. 전통적인 소설의 소재, 즉 신화, 전설, 민담과 같은 주제는 교훈적인 측면과 문화 계승이라는 면에서는 매우 중요했지만, 일반적인 독자들에게는 다소 무거운 소재다. 《젊은 베르테르의 슬픔》은 같은 시대를 살아가는 청년들이 겪을 수 있는 사실성이 살아 숨 쉬었기 때문에 독일 청년들에게 열렬한 지지를 받았다. 사랑이라는 소재가 아무리 통속적이라 한들, 사랑은 인류의 영원한 숙제이자 수수께끼다. 괴테는 그 영원한 주제를 통해 다른 사람에게서 사랑도, 정서도 이해받지 못한 외로운 한 인간의 모습을 그려내고 있다. 누군가에 대한 열정과 감정을 노래하는 《젊은 베르테르의 슬픔》은 문학 사상 가장 아름다우면서도 슬픈 러브레터로 기억될 것이다.

12

부조리 속에서 살아가는
우리의 자화상

《이방인》
L'Etranger

알베르 카뮈 Albert Camus

1913년 프랑스 식민지였던 알제리 몽드비에서 가난한 노동자의 둘째 아들로 태어났다. 아버지가 제1차 세계대전 중 전사하고, 청각장애인인 어머니와 할머니와 함께 가난하게 자란 카뮈는 루이 제르맹Louis Germain이라는 훌륭한 스승을 만나 그의 도움으로 장학금을 받고 프랑스 중등학교 리세를 거쳐 알제리대학에 입학했다. 그러나 1930년 폐결핵으로 자퇴해야 했다. 대학에서는 철학을 전공하는 동시에 정치 활동과 연극 활동에 집중했다. 1937년에 첫 산문집 《안과 겉》을 발표하고 꾸준한 작품 활동을 이어가다 1942년 첫 소설 《이방인》을 발표하면서 명성을 얻었다. 1957년 역사상 두 번째로 어린 나이인 마흔네 살에 노벨문학상을 수상했다. 1960년 장편소설 《최초의 인간》을 집필하기 시작했을 때 자동차 사고로 세상을 떠났다.

뫼르소라는 이상한 사람

"오늘, 엄마가 죽었다. 아니 어쩌면 어제, 모르겠다.Aujourd'hui, maman est morte. Ou peut-être hier, je ne sais pas."

이 문장만큼 강렬하면서도 소설 전체 내용을 요약해 주는 첫 문장이 또 있을까? 이 문장은 소설의 전체 내용을 상징하기 때문에《이방인》을 읽지 않은 독자라도 마치 읽은 듯한 착각을 하게 만든다.

알베르 카뮈는 20세기 프랑스 문학을 대표하는 문인이며 그의 대표작 중의 하나인《이방인》은 어디에서든 문학 필독서로 꼽힌다. 특히 실존에 대한 불안과 의심에 사로잡힌 청년들에게《이방인》은 보배 같은 존재다. 이 소설의 명성 덕분에 세상과 불화하는 삶에도 일종의 심오한 의미를 찾을 수 있다는 '부조리'라는 말이 철학적 개념어로 자리 잡았다.《이방인》은 감수성이 예민하고 실존을 찾아 방황하는 사람들의 상징과도 같은 책이며 그들의 비밀스러운 모임에 참석할 수 있는 일종의 입장권이다.

《이방인》은 알제리의 수도 알제를 배경으로 주인공 뫼르소가 갑자기 사망한 어머니의 장례식에 다녀오면서 겪은 일상으로 시작한다. 이웃과의 관계, 연인과의 사랑 등 소소한 사건으로 이어지는 소설은 뫼르소가 아랍인을 권총으로 살해하면서 급속한 전환이 이루어진다. 자신이 저지른 살인 사건에 대한 재판을 받고 최종적으로 사형 선고를 받으면서 뫼르소는 자신의 인생을 되돌아보고, 소설은 그렇게 끝난다.

뫼르소는 어머니의 죽음 앞에서 관습을 따르지 않았다. 눈물을 흘리지도 않고 어머니의 마지막 모습을 지켜보는 것도 거부하며 어머니의 나이조차 알지 못한다. 이 뿐만이 아니다. 어머니의 죽음과 여자 친구와 해변에 가서 노는 것이 무슨 상관인지 알지 못한다. 단지 태양 때문에 아랍인을 살해했다고 말하기도 하고, 자신에게 청혼하는 애인에게 사랑하지 않지만 결혼은 하겠다고 말한다. 누가 봐도 이상한 사람이다.

억압적인 관습과 부조리 속에 갇힌 인간

뫼르소는 그저 기계적으로 자신에게 일어난 사건을 기록할 뿐 거기에 감정을 이입하지도 의미를 부여하려고 하지도 않는다. 《이방인》이 발표되었을 때 독자들은 이 작품을 이해하지 못했다. 보통의 소설이 가지는 납득이 되고 명징한 스토리를 원하는 독자들은 《이방인》을 이상한 소설로 치부했다.

독자들이 느낀 기이함은 뫼르소에게서 비롯된다. 뫼르소는 자신에게 무슨 일이 일어났는지조차 모른다. 그는 자신에게 일어난 일에 대해 시큰둥하게 반응하고 별다른 감정 없이 기록을 남길 뿐이다. 뫼르소는 타인이 자신을 두고 어떤 생각을 하는지 의식하지 않으며 타인의 기대와 생각에 따라 자기 행동을 교정하거나 조정하는 능력이 거의 없다.

이런 뫼르소의 특성이 부조리를 낳는 것이다. 보통 사람들은 타인이 자신을 바라보는 시각과 평가에 따라 행동을 조절하여 외부 세계와 별 마찰 없이 살려고 애쓰지만, 뫼르소는 이를 의식하지 않기 때문에 외부 세계와 단절되고, 그 틈이 커진 나머지 다른 사람과 어울리지 못하는 이방인이 되었다. 그래서 자신의 살인 행위와 자신이 기독교 신자인지 아닌지가 도대체 무슨 연관이 있는지 이해하지 못한다.

또한 어머니 장례식에서 눈물을 흘리지 않고 그녀의 나이를 모른다는 것이 판사의 결정과 무슨 연관이 있는지도 모른다. 그러나 세상은 그렇지 않다. 어머니가 돌아가셨는데 아들이 눈물을 흘리지 않고, 심지어 애인과 해변에 놀러 갔다는 사실, 어머니 사망 애도 기간에 코미디 영화를 보았다는 자체가 타인에게 이해되기 어렵다. 그러나 따지고 보면 재판정 또한 부조리하다. 범죄 사실에 대한 판결이 아닌 다른 사람처럼 행동하지 않았다는 관습적 잣대로 사형 선고를 내렸으니 말이다. 뫼르소의 행위가 아닌 인격을 두고 판결을 내리는 부조리를 범한 것이다. 따라서 뫼르소가 "재판정은 내 영혼에 대해 판결하고 있다"라고 반감을 품는 것은 어쩌면 당연하다.

이 점을 고려하면 뫼르소의 비극은 재판정의 부조리에서 시작되었다고도 볼 수 있다. 뫼르소가 어머니를 사랑하지 않는다는 증거도 없다. 애초에 어머니를 요양원에 보낸 것도 자신이 감당할 수 없는 사정이 있었기 때문이었지 어머니가 싫어서가 아니었다. 뫼르소는 타인이 요구하고 기대하는 의례적인 관습에 무관심할 따름이다. 누구라도 그런 억압과 무언의 강요에 한 번쯤은 거부감을 느끼지 않는가. 그렇게 본다면 뫼르소의 행동을 아주 이해하지 못할 것도 아니다. 우리 중에도 사회적 관례를 지키지 않았다는 이유로 비난을 받아본 경험이 있을 것이다. 따지고 보면 우리 안에는 누구나 뫼르소와 같은 모습이 있다.

카뮈는 뫼르소를 통해 자신의 취향과 주관을 애써 감추고 타인의 시각과 기대에 맞춰 사는 사람을 비판한다. 실제로 많은 사람들이 그렇게 산다. 그래야 세상에서 살아남을 수 있다고 믿기 때문이다. 그러나 카뮈는 타인에게 맞춰진 인생을 살다 보면 정작 본인의 삶의 가치나 의미를 찾을 수가 없다고 말한다. 개인의 삶은 존재하지 않고 오로지 집단에 속한 삶만 존재한다는 것이다. 타인이 정하고 기대하는 정답에 맞춰 살아가는 사람들이야말로 부조리한 삶을 산다는 점을 카뮈는 말하고 싶어 한다.

카뮈의 문학 여정

많은 걸작들이 그렇듯, 의외로 읽은 사람보다 안 읽은 사람들이 더 많다. 책의 명성에 치여 마치 그 소설을 읽은 것 같은 착각을 하기 때문이다. 하지만 이 소설이 너무 유명해서 왠지 호기심이 생기지 않는다 해도 죽기 전에 한 번쯤은 읽어보길 바란다. 숨 가쁘게 진행되는 서사에 넋을 잃게 될 테니 말이다.

《이방인》은 문학적 의미나 해석을 떠나서 서사 자체가 흥미진진한 소설이다. 어머니의 죽음 앞에서 슬퍼하는 기색도 보이지 않고 단지 햇볕 때문에 사람을 죽인다는 건조하고 우울한 주제로 이토록 뛰어난 작품을 쓴다는 것 자체가 놀랍다.

카뮈는 열일곱 살 때 이미 작가가 되기로 결심한 문학청년이었다. 그와 동시에 자신이 반드시 작가가 될 것임을 확신했을 만큼 글쓰기를 자신의 소명으로 여겼다. 그에게 소설이란 자신의 마음속에 있는 응어리를 표현하는 일종의 고백 같은 것이었다. 그리고 일상이었다. 그는 학교에 비치된 책으로 만족하지 않고 시립도서관을 찾아 쥘 베른Jules Verne, 알렉상드르 뒤마Alexandre Dumas를 거쳐 오노레 드 발자크Honore de Balzac를 탐닉했다. 수첩에 자신의 일상을 기록하고 스스로 평가하는 등 일상에서도 그는 작가 그 자체였다. 그가 마흔네 살이라는 젊은 나이에 노벨문학상을 수상한 것은 어쩌면 이미 예견된 일이었는지도 모르겠다.

카뮈를 만든 사람들

카뮈는 유복하지 않은 환경에서 자랐다. 아버지는 전사했고, 가정부였던 어머니는 청각장애이자 문맹이었다. 카뮈는 학교에서 나눠주는 가정형편 조사서의 아버지 란에는 고민하지 않고 전사했다고 적었지만, 어머니 란에는 고심 끝에 '가정부' 대신 '집안일을 하는 여자'라는 잘 사용하지 않는 용어를 썼다. 그는 어머니를 사랑했지만, 어머니의 직업에 수치심을 느꼈으며 수치심을 느꼈다는 자체로 수치심을 느꼈다. 빈곤한 유년 시절이었지만 카뮈는 어린 시절을 즐거움 속에서 살았다고 회고했다. 카뮈에게는 유복한 가정환경 대신 아름다운 지중해라는 친구가 있었기 때문이다.

불우했던 카뮈에게는 인생의 은인이라고 할 수 있는 세 명의 스승이 있었다. 첫 번째가 초등학교 2학년 시절 담임선생이었던 루이 제르맹이다. 그는 빈민가 출신인 카뮈의 재능을 일찍 알아보고 무료로 개인교습을 하는 등 물심양면으로 지원해 카뮈가 장학금을 받고 중고등학교에 진학하도록 도왔다. 형처럼 카뮈도 졸업하자마자 직업 전선으로 나가야 한다고 주장했던 카뮈의 외할머니를 카뮈가 읽고 쓰고 말하며 암기하는 데 천재적인 재능을 가지고 있다며 집요하게 설득한 것도 제르맹이었다. 1957년 노벨문학상을 수상한 카뮈가 깊은 감사를 표하며 노벨상 수상 기념문을 헌정한 것도 바로 제르맹이다.

두 번째 스승은 산문집《섬》으로 유명한 장 그르니에Jean Grenier다. 그 자신이 철학자이자 소설가였던 그르니에는 결핵으로 고생하며 학업을 중단할 처지에 빠진 카뮈를 찾아가 그를 위로하고 격려했으며, 카뮈에게 위대한 철학자에 대한 지식을 가르쳤다. 불량기가 다분한 카뮈를 교실의 제일 앞자리에 앉게 할 정도로 장 그르니에는 카뮈에 강한 애정을 보였다.

카뮈는 이때의 고마움을 잊지 않고 장 그르니에가《섬》을 출간했을 때 "이 책을 펼쳐보지 않은 저 이름 모를 젊은이를 뜨거운 심정으로 부러워한다"라는 구절이 담긴 유명한 추천사를 썼다. 《섬》을 읽어보지 않은 사람이라도 카뮈가 쓴 추천사는 한 번쯤 들어봤을 만큼 어쩌면 책보다 더 유명한 추천사다.

마지막 스승은 아버지가 없는 카뮈에게 "나에게 아버지란 존재에 대한 상상을 할 수 있도록 해준 단 하나의 사람"이었던 이모부였다. 그는 결핵으로 학교를 중단하고 요양하는 카뮈를 거둬들였다. 책으로 가득한 서재를 가진 독서광이었던 그는 카뮈에게 앙드레 지드Andre Gide가 쓴《지상의 양식》을 소개하는 등 문학적인 자양분이 되어준 인물이다.

위대한 작가 카뮈도 이들의 도움과 보살핌이 없었다면 빛을 보지 못했을 것이다. 불우했던 카뮈는 아름다운 지중해 풍경, 축구, 그리고 세 명의 위대한 스승 덕분에 세계적인 작가로 성장할 수 있었다.

어쩌면 작가가 될 수 없었던 어려운 환경에서도 끝끝내 재능을 찾아 작가로 성장한 카뮈의 대표작 《이방인》은 온전히 이해하기 어려운 작품이다. 작품 내에 수많은 상징적 의미가 숨어 있고, 부조리에 대한 깊이 있는 철학적 통찰이 깔려 있기에 다소 난해하게 느껴지기 때문이다. 하지만 난해하다는 것이 이 책을 읽지 않는 정당한 이유가 될 수는 없다. 아무리 어려운 책이라도 반복해서 읽으면 어느새 그 닫힌 문이 열리며 내 안으로 녹아드는 순간이 오기 때문이다. 《이방인》은 그런 의미의 열림을 선사할 읽어볼 만한, 읽어봐야 할 작품이다.

13

존재의 불안감에 대한
통찰이 담긴 문제작

《변신》

Die Verwandlung

프란츠 카프카 Franz Kafka

1883년 프라하에서 태어났다. 1901년 프라하대학에 입학해 독문학과 법학을 공부했으며, 1906년 법학 박사학위를 취득했다. 어릴 때부터 작가를 꿈꿔왔으며, 직장인이 된 뒤에도 꾸준히 글을 썼다. <유형지 등에서> <선고> 등의 단편과 《관찰》《시골 의사》 등의 작품집 외에 일기와 편지도 많이 남겼다. 1917년 폐결핵 진단을 받아 여러 요양원을 전전한 끝에 병이 악화되어 1924년 빈 근교의 한 요양원에서 불과 마흔한 살의 나이로 세상을 떠났다. 기괴하고 초현실적인 곤경에 처한 주인공이 등장하는 작품을 통해 인간의 소외, 실존적 불안, 부조리 등의 주제를 탐구했다. 《변신》은 그의 이런 문학 정신을 가장 잘 반영한 소설이다. 죽는 날까지 단 한 편의 장편소설도 발표하지 않았고 자신의 작품 90퍼센트 이상을 불태워버렸다.

세상의 모든 직장인들을 대변하는 그레고르 잠자

20세기 작가 카프카는 자신이 살았던 시대나 문학 사조, 이념에 연연하지 않고 인간이라면 누구나 가질 수 있는 보편적 문제를 파고든 독특한 작가다. 많은 작가가 자신이 살았던 시대와 문화 등의 바탕 위에 자신의 가치관이나 메시지를 독자들에게 전달했지만, 카프카는 사회문화적인 배경을 무시하고 오직 인간의 보편적 문제에 집중했다. 따라서 다른 작가보다 훨씬 더 깊고 넓게 인간의 보편적인 문제에 관한 통찰을 찾을 수 있었다. 그러므로《변신》을 비롯한 그의 작품을 읽는 데 그 시대를 이해할 필요는 없다.

카프카 문학의 이런 차별점은 그의 소설이 좀 더 넓은 독자층에 사랑받는 이유가 되었다. 아마도 세계문학 역사상 영업사원이라는 지극히 평범한 회사원을 내세워 직장에서는 부속품으로, 가정에서는 돈 버는 기계쯤으로 전락한 인간을 다룬 소설은 1915년에 발표된《변신》이 최초일 것이다. 직장인의 비참한 현실을 다룬 작품으로 가장 먼저 떠올리는 연극《세일즈맨의 죽음》은《변신》의 후예인 셈이다.

부모와 여동생과 함께 사는 미혼 영업사원 그레고르 잠자는 어느 날 아침에 일어나 자신이 끔찍한 벌레로 변신한 것을 발견한다. 카프카는 잠자가 왜, 어떻게 벌레로 변신했는지에 관한 설명을 전혀 하지 않는다. 이 불친절한 서사는 독자들이 직장인의 비애를 좀 더 사실적이고 적나라하게 들여다보도록 유도한다. 자신이 벌레로 변신한 사실을 미처 받아들이지 못한 잠자는 평소처럼 침대에서 일어나려고 하지만 버둥거리다가 바닥에 나자빠진다. 그 황당한 상황에서도 잠자의 눈에 가장 먼저 들어온 것은 책상에 둔 옷감 샘플이다. 직장생활을 하다 보면 개인사보다 직장 일을 우선하는 것이 비일비재하다. 잠자는 벌레로 변한 흉측한 몸을 보고서도 잠이 부족해서 헛것을 본 것이라고 치부하며 자신의 신세를 한탄한다.

"아! 난 하필 이렇게 고된 직업을 선택했을까?" 잠자는 생각에 빠졌다. "날마다 외근이다. 집에서 하는 업무보다 외근을 처리하는 데 훨씬 더 긴장해야 하고 거기다가 나는 이리저리 돌아다녀야 하는 고충까지 있다. 언제나 다음 기차를 놓치지 않을까 전전긍긍해야 하고 불규칙적으로 맛없는 식사를 한다. 매일 다른 사람을 만나야 하고 거래가 단 한 번도 유지된 적이 없고 믿을 만한 관계로도 발전하지도 않아. 악마라도 나타나 이 모든 일을 좀 가져가면 얼마나 좋을까!"

《변신》을 읽지 않은 사람에게 이 구절을 보여주고 2023년도를 사는 한 직장인이 쓴 일기라고 해도 전혀 의심받지 않을 것이다. 외근하면서 고객들을 만나 숨 쉴 틈이 없고 언제나 실적에 시달리면서 불규칙적으로 식사를 하는 직장인의 비애를 이보다 더 어떻게 사실적으로 표현할 수 있을까? 카프카는 작중 인물 잠자의 생각과 행동뿐만 아니라 사소한 물건으로도 직장인의 고충을 적나라하게 보여준다.

갑자기 흉측한 벌레로 변한 잠자는 허둥거리면서도 끊임없이 탁상시계를 바라본다. 잠자를 깨우러 온 어머니도 그에게 6시 45분이라고 알려준다. 잠자의 방에서 째깍째깍 소리를 내며 흘러가는 시곗바늘은 예나 지금이나 일분일초에 목숨을 걸고 움직이는 직장인의 현실을 상징한다. 벌레로 변신한 상황에서도 잠자는 출근 기차를 타지 못할까 봐 전전긍긍하며 자신의 지각을 사환이 사장에게 고자질할까 봐 불안에 떤다.

"부모님만 아니라면 나는 벌써 사표를 냈을 거야. 사장한테 달려가 내가 하고 싶은 말을 다 하겠지. 맞아. 희망이 전혀 없는 것은 아니야. 부모님 빚을 해결할 정도만 돈을 모으면 – 5~6년은 더 회사에 다녀야 할 거야 – 꼭 해내고 말겠어."

지옥 같은 회사 생활로 온갖 스트레스에 시달린 끝에 회사를 시원하게 사표 내고 그동안 하지 못했던 말을 상사에게 퍼붓는 상상을 하지만 출근하면 언제 그랬냐는 듯이 눈치를 보며 일하는 직장인은 어디에나 있다. 당장이라도 그만두고 싶지만, 가족을 부양해야 한다는 책임감 때문에 참고 회사에 다니지 않은 직장인 또한 많을 것이다. 잠자가 벌레로 변신한 것은 어쩌면 직장뿐만 아니라 힘들고 고생스러운 세상에서 사라져버렸으면 좋겠다고 생각하는 모든 직장인의 슬픈 상상이 현실이 된 것이라고도 할 수 있다.

회사원이자 작가였던 생활인 카프카

카프카는 유대인 상인의 아들로 태어난 독일계 소설가다. 카프카가 인간 소외, 불안, 사회 부조리를 탐구한 실존주의 문학의 거두가 된 것은 우연이 아니었다. 1906년 법과대학을 졸업한 그는 노동자 재해 보험국 관리로 근무를 시작한 직장인이었다.

《변신》의 주인공 잠자의 고단한 직장 생활은 곧 카프카 자신의 모습이었다. 카프카는 직장 생활과 작가 생활을 병행하면서 수면 부족과 육체적 피로에 시달려야 했다. 카프카에게 문학이란 작중 인물 잠자의 고단한 직장 생활처럼 언제나 시간에 쫓기고 스트레스로 고통받는 고단한 길이었다. 소설 속에서 묘사된 잠자의 고충과 스트레스는 카프카 자신의 심경과 처지를 묘사한 것이다. 시대를 초월한 직장인의 비애에 대한 현실감 넘치는 묘사는 카프카가 직장인으로서 고단한 삶을 살았기 때문에 가능했다.

잠자가 갑자기 벌레로 변신함으로써 가족들에게 소외당하는 등 그의 작품은 인간 소외의 문제를 다룬다. 카프카가 인간 소외 문제에 관한 탐구를 지속한 것도 자신의 인생 경로에서 비롯되었다. 카프카는 독일어를 사용하는 체코인으로서 완전한 독일인도 체코인도 아닌 이방인으로 평생을 보냈다. 직장인으로 일하면서 소설을 쓴 그는 완전한 직장인도 작가도 아닌 또 다른 이방인이었다. 이런 사정으로 카프카는 언제나 소속감을 느낄 수 있는 울타리 안에 들어가지 못하며 고립과 소외감에 시달려야 했다.

1924년 그가 결핵 요양원에서 세상을 떠났을 때 그의 작품을 아는 사람은 극소수에 불과했고, 장차 그의 문학을 두고 여러 나라가 소유권을 주장할 만큼 세계적 작가로 추앙받을 것이라고 예견한 사람도 거의 없었다. 카프카는 "불안이야말로 나의 본질이다"라고 술회했을 만큼 평생 고립과 소외로 고통받다가 세상을 떠났다. 카프카 문학에 그토록 자주 인간 소외문제가 다뤄진 것은 이런 사정에서 비롯된 것이다. 현대 자본주의 사회에서 고통받다가 탈출의 수단으로 벌레로 변신했지만, 가족으로부터의 고립이라는 또 다른 장애를 만나 결국 죽음을 맞이하는 잠자의 운명이 곧 작가 카프카의 운명이었다. 그런 점에서《변신》은 카프카의 자서전이라고 해도 틀린 말은 아니다.

카프카 문학은 흔히 기괴한 상황 속에서 빠져나갈 수 없는 암울한 처지를 다루는 경우가 많다. 이런 표현 기법은 카프카 이후의 작가들에게 큰 영향을 주어 끊임없이 재생된다. 독자들 입장에서 카프카로부터 영향을 받은 건 아닐까 생각되는 소설은 많다. 예를 들어 1989년에 출간된 김영현의 《벌레》의 주인공은 군사정부 시절 극심한 고문을 당할 때 자신이 벌레로 변신한 듯한 착각을 하면서 카프카의 《변신》을 언급한다.

이렇듯 《변신》은 출간된 이후로 수없이 해석되고 이 작품에 영감받은 수많은 작품을 탄생시켰지만, 현재까지도 현대인의 고립과 소외를 《변신》처럼 극한에 도달할 만큼 생생하게 묘사한 작품은 찾기 힘들다. 《변신》은 얼마나 많은 언어로 번역되었는지보다 《변신》을 번역하지 않은 언어가 몇 개인지를 찾는 것이 더 빠를 만큼 여전히 사랑받는 고전이다.

카프카 문학의 뿌리

《변신》만큼 다양한 해석이 가능한 작품도 드물다. 그 가운데 이 작품을 가족 소설로 보는 시각이 있다. 《변신》은 가족 구성원 사이에서 일어나는 갈등과 소외를 다루는 소설이기도 하며, 그 갈등이 가족 구성원 중 한 명을 죽음에 이르게 할 만큼 치명적이다. 《변신》에 등장하는 잠자의 아버지는 노동할 수 있으면서도 아들에게 의지해 산다. 그런데도 그는 가정에서 절대적인 권력을 휘두르는 폭군에 가까운 인물이다. 소설 속 잠자의 아버지는 카프카의 아버지 헤르만 카프카Hermann Kafka의 분신이다. 조용하고 엄숙한 어머니의 성품을 닮은 카프카와는 달리 그의 아버지는 '가능한 돈을 많이 벌어서 가족들을 굶기지 않고 명문 학교에 자식을 보내 보란 듯이 사는 것'을 인생 목표로 삼는 전형적인 일 중독자이자 가정의 폭군이었다.

어린 카프카가 어머니의 관심을 끌기 위해 한밤중에 목마르다고 칭얼대자 그의 아버지는 카프카를 우악스럽게 끌고 가 오랫동안 문밖에 내팽개칠 정도로 무서운 존재였다. 이 일은 오랫동안 카프카에게 트라우마로 남았는데《변신》에도 그 흔적이 남아 있다. 벌레로 변신한 잠자가 가족들이 편안하게 잘 수 있도록 자신의 방에 갇혀 있도록 강요당하는 대목이 그렇다. 더 끔찍했던 것은 타인에게 엄격했던 카프카의 아버지가 자기 자신에게는 관대했다는 점이다. 가령 그의 아버지는 식사를 할 때는 조용히 해야한다고 아이들을 훈육했지만, 자신은 식사하면서 귀를 후비고 음식을 부주의하게 마구 흘렸다. 원래의 성정대로라면 조용한 철학자나 성직자가 되었을 만큼 감수성이 예민했던 카프카는 아버지의 이런 모습을 통해서 인간 부조리를 통감했고, 이후 자신의 문학에 이런 문제의식을 반영했다.

사실 카프카는 철학을 전공하려고 했다. 하지만 아버지의 강압으로 법대에 진학했고, 그런 카프카에게 글쓰기는 유일한 탈출구였다. 그러나 그의 아버지는 아들이 쓰는 글을 두고 "철없는 젊은 놈들의 난잡한 짓거리"라고 치부했다.《변신》에서 아버지가 벌레로 변한 아들에게 사과를 던져서 아들을 죽음에 이르도록 하는 장면은 카프카가 아버지로부터 받은 상처를 의미한다. 그러나 벌레로 변한 자신을 헌신짝처럼 버리고 학대한 가족에 대한 원망보다는 가족을 위해서 기꺼이 추방과 격리를 감수하는 잠자의 모습은 마치 숭고한 성직자의 희생으로 보인다.

《변신》은 몇 번을 읽어도 그 본질을 파악하기 어려운 거대한 성채와 같은 소설이다. 카프카는 죽음을 앞두고 친구 브로트에게 자신의 미발표작을 모두 소각하라고 유언했지만, 다행스럽게도 브로트는 친구의 유언을 따르지 않았다. 그 덕에 오늘날 우리는 풍요로운 카프카의 문학 속에서 인간과 삶의 본질과 부조리를 들여다보고 사유하는 행운을 누릴 수 있게 되었다.

14

세상 모든
인간사를 담다

《신곡》

La comedia di Dante Alighieri

알리기에리 단테^{Alighieri Dante}

1265년 피렌체에서 태어났다. 일찍이 어머니를 여의었고, 열여덟 살에 아버지마저 세상을 떠났다. 어려서부터 라틴어와 고대 문학을 배웠다. 평생 사랑을 바치게 될 베아트리체 포르티나리^{Beatrice Portinari}를 영감의 원천으로 삼았다. 1289년에는 구엘피당 정권 확립에 공헌하여 6인 행정위원 중 한 명이 되는 등 매우 성공적인 공직 생활을 시작했지만, 전쟁의 소용돌이에 휘말려 서른다섯 살이 되던 해에 추방 선고를 받고 죽을 때까지 망명 생활을 했다. 중세의 마지막 시인이자 근대 최초의 시인으로 불리는 단테는 문학뿐만 아니라 철학, 정치, 언어, 종교, 자연과학에 이르기까지 다양한 분야에서 뛰어난 재능을 보였다. 1321년 고향 피렌치로 돌아가지 못한 채 라벤나에서 세상을 떠났다.

13세기 최고의 지성이 써내려 간 웅장한 서사시

이탈리아의 시인이자 작가이며 철학자 단테가 쓴 《신곡》은 중세 시대에 탄생한 가장 위대한 서사시 중 하나이며 이탈리아어로 쓴 가장 위대한 문학작품으로 꼽힌다. 극소수 지식인만이 사용했던 라틴어가 아닌 피렌체 방언으로 《신곡》을 집필함으로써 현대 이탈리아어를 확립하는 데 기초를 마련한 작품이기도 하며, 근현대 이탈리아 문학이 확립하는 데 중요한 공을 세웠다.

그러나 이 위대한 작품 《신곡》은 거칠게 말하면 우리가 온전히 읽어낼 수 없는 작품이다. 700여 년 전의 천재가 신학, 철학, 정치 등 다방면의 학문에 관한 자신의 모든 지식을 쏟아 부은 이 책을 오늘날 독자가 완벽히 이해할 수는 없는 노릇이다. 이 작품에는 무려 600여 명에 달하는 인물이 언급되는데 그 상당수는 오늘날 한국인들이 들어본 적도 없는 고대와 중세의 인물들이다. 더구나 그 인물이 어떤 직위를 가졌으며 어떤 활동을 했는지에 관한 특별한 수식어도 없이 은유적으로 표현할 뿐이어서 각주 없이는 이 책을 도저히 이해할 수 없다. 가령 '마음이 넓어 보이는 사람'이 1270년에서 1274년까지 살다 간 나바라라는 나라의 왕을 지냈던 엔리코라는 사실을 우리는 짐작조차 할 수 없다. 또한 단테가 단지 '납작코'라고 지칭한 사람이 1270년에서 1285년까지 프랑스 왕을 지낸 필리프 3세라는 사실 또한 우리는 알 수 없다.

단테와 동시대를 살아간 이탈리아 사람들은 저런 식으로 표현해도 그가 누구인지 짐작할 수 있었겠지만, 지금 독자들에겐 너무나 난해한 문제다.

이탈리아어에 익숙지 않은 독자들은 처음부터 끝까지 운율을 맞춘 소리로서의 이탈리아어의 아름다움을 즐길 방법이 없다. 단테는 《신곡》을 활자와 책의 형태로 출간했지만, 인쇄술이 발달하지 않았고 책이 사치품이었던 당시로서는 구술로 이 책을 향유하고 전파할 수밖에 없었다. 《신곡》이 본격적으로 책의 형태로 일반 독자들에게 공유된 것은 출간된 지 100년이 지나서였다. 단테가 이런 사정을 짐작 못했을 리 없다. 그는 당시 지식인들의 언어였던 라틴어가 아닌 민중들이 사용하는 일종의 사투리에 불과한 피렌체어로 《신곡》을 썼을 만큼 책의 확장성에 관심을 두었기 때문이다. 그래서 단테는 《신곡》을 쓸 때 청각적 효과에 신경을 쓸 수밖에 없었다. 확실히 《신곡》은 글로 읽는 것보다 비록 뜻을 잘 알지 못해도 웅장한 이탈리아어로 들어야 그 울림과 여운이 배가된다. 당나귀 몰이꾼마저 《신곡》을 읊을 정도로 이탈리아 민중은 이 서사시를 소리로 누렸다.

정치인이자 문학가였던 단테

《신곡》을 이해하기 위해서는 단테의 일대기를 살펴보는 것이 무엇보다 중요하다. 단테는 1265년 피렌체 귀족 가문의 아들로 태어났다. 부모를 일찍 여읜 그는 당시 관습대로 열두 살의 나이로 약혼을 했다. 그러나 약혼을 하기 전 불과 아홉 살에 파티에서 우연히 만난 베아트리체에게 한눈에 반하고 평생의 연인으로 여긴다. 그리고 그녀의 아름다움과 그녀를 향한 사랑을 담아 문학작품을 쓰기 시작했다. 단테는 9년이 지난 열여덟 살에 꿈에 그리던 베아트리체를 산타 트리니타 다리 근처에서 다시 만났지만, 그녀는 이미 피렌체의 귀족과 결혼한 신분이었다. 그녀는 단테에게 인사를 건넸지만, 단테는 그저 얼굴을 붉히며 말을 더듬거렸을 뿐이다. 이미 피렌체 시내에는 단테가 그녀를 사랑하고 있다는 사실이 파다하게 퍼진 상태였다. 단테는 그녀에게 사랑을 표현하거나 다가가지 못한 채, 그저 시로 그녀에 대한 사랑을 표현했다. 그런 베아트리체가 불과 스물네 살의 나이로 세상을 떠나자 단테는 정신적 위기에 빠진다.

베아트리체가 죽고 5년 뒤, 단테는 결혼을 했고 서른다섯 살에 피렌체를 통치하는 최고 책임자의 자리에 오른다. 젊은 나이에 최고의 자리에 올랐지만 불행하게도 로마 교황청 사절단으로 간 사이에 피렌체의 정권이 바뀌면서 추방을 당하고 만다. 인생의 절정에서 순식간에 나락을 떨어진 단테는 20년간 유랑생활을 하다가 결국 피렌체 땅을 다시 밟지 못하고 쓸쓸하게 죽는다. 《신곡》은 단테가 지옥과도 같은 생활을 하던 20년간의 유랑생활 동안 쓴 대서사시다.

《신곡》은 종교, 신화, 역사, 철학, 천문학을 두루 섭렵하며 인간의 삶과 관련된 모든 지식과 이상을 노래한 역작이다. 단테는 "내 인생의 최고 절정기에 컴컴한 숲속에서 방황하는 나를 발견하였으니 내가 가야 할 바른길을 찾지 못했기 때문"에 이 책을 집필했다고 적었다. 이 첫 문장으로 알 수 있듯이 단테는 피렌체 최고 지도자라는 자리에서 졸지에 유랑자 신분이 된 자신의 처지를 술회했다. 그와 동시에 그때까지 자신을 돌봐준 은인을 천국에 이끌어주고 자신을 배신하고 괴롭힌 적들은 지옥으로 끌고 가 복수를 했다. 이렇듯《신곡》은 단테의 개인적인 감정을 토로한 작품이기도 하지만 인간의 구원을 갈구한 작품이기에 700여 년이 지난 지금에도 추앙받고 있는 것이다.

인간 구원의 길에 대한 탐색

타지를 떠돌던 단테에게 피렌체 정부는 1315년에 조건을 내걸고 귀국을 허락할 뜻을 보였다. 그러나 피렌체 정부의 요구는 단테에게 치욕적이었다. 벌금을 내야 하며 마대를 뒤집어쓴 채 피렌체 중심가 세례당 앞에서 양초를 들고 반성해야 한다는 조건이었다. 단테는 다음과 같이 말하면서 이 제안을 거절했다.

"내가 어디에 있든 태양과 별을 볼 수 있지 않은가? 명예롭지 못하게, 아니 굴욕적으로 시민과 조국 앞에 서지 않고도 어디서나 고귀한 진실을 추구할 수 있지 않은가?"

단테는 한 나라에 충성하고 한 나라의 이익을 위해서 진리를 탐구하는 것이 아니라 전 인류를 위한 진리를 탐구하겠다는 코스모폴리탄적인 지식인의 길을 이미 중세 때부터 걷고 있었다. 그리고 인간이 감내하기 어려울 정도로 거칠고 추운 지역인 라벤나에서 평생 인간을 구원할 수 있는 진리를 탐구하면서 여생을 보냈다. 그러므로 《신곡》은 단테라는 천재가 20년간 고심한 인간 구원에 대한 해답이다.

단테가 《신곡》을 집필한 목적은 '인간을 억누르는 죄의식에서 벗어나게 해주고 평화로운 영혼을 얻는 노력을 하도록' 동기 부여를 하는 데 있다. 그렇다면 단테가 제시하는 이 목적을 달성하는 방법은 무엇일까? 누구나 알다시피 《신곡》은 사후 세계 여행을 통해서 인간이 저지를 수 있는 죄를 낱낱이 살펴보고, 그 죄에서 벗어나기 위한 필수적인 의무를 수행하고 연옥으로 나아가 미미하게 남은 찌꺼기를 완전히 제거한 다음 하나님의 축복을 받는 천국으로 가는 길을 제시한다. 단테는 지옥보다는 천국을 깊이 있게 다루고 있는데, 이점을 보더라도 단테는 지옥보다는 천국에 가는 방법을 민중들에게 알려주고 싶었던 것 같다.

《신곡》이 위대한 이유

'신곡'이라는 제목은 많은 사람들이 알고 있는 것처럼 원제가 아니다. 단테가 이 위대한 서사시에 붙인 제목은 '코메디아Comedia'인데 최초의 단테 연구자로 알려진 조반니 보카치오Giovanni Boccaccio가 '신성한'이란 의미의 'dinina'를 덧붙여 'Divina commedia' 이름으로 부르기 시작했다. 원래 제목이 코메디아라고 해서 오늘날의 희극과 같지는 않다. 중세 유럽에서 비극은 가장 위대한 장르이자 인간의 고귀한 문제를 고귀한 언어인 라틴어로 다룬 것이다. 호메로스Homeros나 베르길리우스Vergilius, 오비디우스Ovidius가 남긴 서사시가 대표적인 예이다.

단테는 극소수 상류층만이 누리는 라틴어가 아닌 이탈리아 민중의 언어로 《신곡》을 썼기 때문에 비극에 상응하는 희극이라는 뜻으로 제목을 사용했다. 지식의 향연에 민중들도 초대할 수 있도록 베로나의 영주 칸그란데 델라 스칼라Cangrande della Scala에게 보낸 서신에 기록된 것처럼 "여자들도 이해할 수 있는 쉬운 말로" 집필했다. 그는 피렌체 민중이 사용하는 일종의 사투리로 인류 역사상 가장 위대한 문예 작품 중의 하나인 《신곡》을 발표함으로써 이탈리아어를 하나의 독립적인 언어의 반열에 올려놓았다. 셰익스피어가 수많은 극 작품을 통해서 영어를 좀 더 풍부하게 만든 공이 있다면, 단테는 피렌체 사투리를 현대 이탈리아로 정립한 인물이라고 해도 틀린 말이 아니다.

단테가 《신곡》을 희극이라고 명명한 중요한 이유가 또 있다. 《신곡》은 비록 모든 희망을 버려야 하는 지옥에서 여행을 시작하지만, 연옥을 거쳐 결국 천국으로 향하는 만큼 비극에서 희극으로 끝나는 작품이기 때문이다. 《신곡》은 희극이라는 제목이 붙었지만 우스운 이야기가 아니라 처참한 지옥으로 시작해 진지한 참회의 연옥을 거쳐 마침내 지고지순한 진리와 환희로 가득 찬 천국으로 이어지는 무겁고 엄숙한 분위기의 서사시인 것이다.

물론 《신곡》에 희극적인 요소가 전혀 없는 것은 아니다. 가령 제8원의 구덩이에서 벌어진 이야기는 웃음을 자아낸다. 아첨하다가 똥물이 가득한 구덩이에 떨어진 알레시오 인테르미넬리는 자기보다 더 더러운 사람이 있는데 왜 자기만 지켜보냐며 단테에게 투덜거리고, 또 어떤 이들은 단테가 얼굴을 알아보려는 기색을 보이자 자기 얼굴을 숨기려고 애쓴다. 이런 희극적인 모습은 《신곡》에 역동성을 가미함으로써 이 서사시의 장중함을 강조하는 효과를 거둔다.

《신곡》은 단테가 로마의 건국 신화를 쓴 위대한 시인 베르길리우스의 안내를 받아 지옥, 연옥, 천국을 차례로 여행하는 이야기로 읽힐 수도 있지만 베아트리체에 대한 단테의 사랑, 복잡하게 얽힌 이탈리아 정치 상황, 부패한 교황과 성직자, 탐욕이 넘치는 사회상, 단테 자신의 억울한 추방 등이 종합된 중세 문명의 모든 것을 담은 서사시다. 한편의 문학작품 속에 이토록 광범위한 사유와 고전이 집대성되고, 당시까지 확립된 신학이 고뇌하는 한 사람의 사후 여행을 통해서 밝혀지는 것이다.

형이상학적인 가르침이 아니라 여행이라는 구체적이고 현대적인 소재를 활용했다는 점 또한 이 작품에 탁월함을 더한다. 단테는 르네상스 시대가 도래하기 전에 이미 근대적인 사고를 한 시대를 앞선 천재였다. 미켈란젤로 부오나로티^{Michelangelo} Buonarroti가 단테를 가리켜 지구 위를 걸어 다닌 사람 중에서 가장 위대한 사람이라고 찬사를 보낸 이유다.

시이자 소설이자 역사 비평서

《신곡》은 분명 시의 형태를 띠고 있다. 그러나 단테라는 주인공이 이승에서 지하에 있는 지옥으로 갔다가 연옥을 거쳐 천국에 도달하는 일종의 판타지 소설이라고 보는 시각도 있다. 서사시의 형태를 택했지만 줄거리가 있으며 신화 속에서나 존재하는 괴물이 마치 살아 있는 것처럼 등장하기 때문이다. 지옥 편은 기독교나 철학에 깊은 조예가 있지 않은 독자라도 흥미롭게 읽어나갈 수 있다.《신곡》은 기독교, 철학, 정치, 윤리의 문제를 다루지만, 그 과정에서 당시까지의 서양 역사와 실존 인물을 등장시킴으로써 일종의 문화, 역사 비평서라고도 할 수 있다.

이 책을 완전히 이해하겠다는 생각만 버린다면 이 작품은 서양 중세 문명에 대한 흥미로운 사실들이 가득한 재미있는 이야기 보따리로 다가올 것이다. 예를 들어 "콘스탄티누스가 소라테산에 사는 실베스테르에게 나병을 낫게 해달라고 읍소하였듯이"라는 문구에 달린 각주를 읽으면 흥미로운 사실을 알게 된다. 우리가 학창 시절 역사 시간에 단 한 줄로 배운 내용, 즉 로마 콘스탄티누스Constantinus I 황제가 기독교를 공인했다는 사실 이면에 감춰진 흥미로운 중세 전설을 만나게 되는 것이다. 원래는 기독교를 박해했던 로마 황제 콘스탄티누스가 나병에 걸렸는데 아이들의 피로 목욕을 하면 낫는다는 이야기를 듣고 그것을 실행하려 했다고 한다. 그러나 자식을 잃을 처지에 놓인 어머니들의 애통한 울음소리를 듣고 그냥 자신이 죽으려고 마음먹었다. 그때 베드로와 바오로가 꿈에 나와 교황 실베스트로 1세Silvestro I를 찾아가면 방법이 있을 것이라고 알려주었다. 기독교 박해를 피해 소라테산에 숨어 지내던 교황 실베스테르를 찾아가서 나병을 낫게 해주는 세례를 받자 나병이 깨끗이 나았다는 것이다. 나병에서 해방된 콘스탄티누스 황제는 수도 로마를 하나님 제전에 받치고 기독교를 공인했다.

평범한 독자들은《신곡》을 각주 없이 읽어나갈 수 없지만 각주와 함께 라면 흥미로운 중세 뒷이야기를 읽는 맛이 쏠쏠하다.

그런데 많은 비기독교인이 가지는 한 가지 궁금증이 있다. 하나님의 존재를 몰랐던 착한 사람이지만 평생 덕을 베풀며 산 선한 사람인데 세례를 받지 못하면 지옥에 가야 하는가에 대한 의문이다. 이에 대해 단테는 친절하고 명쾌한 해답을 준다. 그들은 지옥의 9단 계중에서 가장 약한 죄를 저지른 사람이 가는 첫 번째 구덩이에 간다. 하나님을 믿지 않았기 때문에 천국에는 갈 수 없지만, 육체적 형벌은 받지 않는다. 21세기를 살아가는 신자에게서도 듣기 어려운 해답을 700년 전 한 시인이 알려준 셈이다.

15

방황하는 젊음을
대변하는 목소리

《호밀밭의 파수꾼》
The Catcher in the Rye

제롬 데이비드 샐린저 Jerome David Salinger

1919년 뉴욕에서 태어났다. 열세 살에 맨해튼의 명문 맥버니중학교에 입학했으나 성적 불량으로 퇴학을 당한 후, 열다섯 살이 되던 해에 밸리포지 육군사관학교에 들어갔다. 1937년 뉴욕대학에 입학했으나 중퇴했고, 이후 어시너스칼리지와 컬럼비아대학 등에서 문예창작 수업을 받았다. 1940년 단편소설 《젊은이들》로 문단에 데뷔했다. 1942년에는 제2차 세계대전 중 보병으로 '노르망디 상륙작전'에 참전했으며, 군 생활을 하는 동안에도 여러 작품을 발표했다. 서른두 살이 되던 해에 발표한 자전적 장편소설 《호밀밭의 파수꾼》으로 일약 스타 작가로 부상했으나 이후 뉴햄프셔주 코시니에 잠적하여 1965년 이후로는 어떠한 작품도 발표하지 않고 인터뷰도 응하지 않은 채 살았다. 2010년 뉴햄프셔주 코니시의 자택에서 노환으로 세상을 떠났다.

미국의 황금시대 속 개인의 비극을 다루다

《호밀밭의 파수꾼》은 16세 소년 홀든 콜필드가 학교에서 또 한 번의 퇴학을 당한 뒤 집에 돌아오기까지 2박 3일 동안 겪는 일을 기록한 독백 형식의 소설이다. 뉴욕 맨해튼에 사는 부유한 집안의 둘째 아들인 콜필드는 자기 얘기를 전혀 들어주지 않는 친구와 여러 속물들에게 치여 방황하는 인물이다. 어디에도 적응하지 못하고 방황하는 인물이 주인공인 만큼 이 책은 거침없는 화법과 사회성 짙은 소재로 출간되자마자 단숨에 베스트셀러가 되었다. 독자들뿐만 아니라 영화계와 대중음악계를 사로잡으며 20세기 최고의 미국 현대소설로 칭송받았다. 특히 존 레넌John Lennon을 권총으로 살해한 범인 마크 채프먼Mark Chapman이 경찰이 도착할 때까지 이 책을 읽고 있었던 것으로도 유명하다.

발표되자마자 신드롬에 가까운 열풍을 일으키며 전 세계를 사로잡은《호밀밭의 파수꾼》은 어떤 배경에서 탄생했을까? 당시 미국은 두 차례에 걸친 세계대전의 승전국으로서 비약적인 경제 성장을 이룬 상태였다. 제1차 세계대전에서 중립을 지키다가 국익을 위해서 뒤늦게 참전한 미국은 전쟁이 끝난 후 다른 승전국과 패전국이 전쟁으로 피폐해진 국토를 재건하거나 배상금 문제로 고통받고 있을 때 세계 최고 경제 대국으로 성장했다. 그렇게 미국이 재즈시대 또는 광란의 시대라고 부르는 1920년대를 맞이했고, 이 시대의 정서와 사회상을 담은 대표적인 소설이 피츠제럴드의 《위대한 개츠비》다. 재즈시대 이후 1930년대 경제 대공황을 거친 미국은 제2차 세계대전에서 승전국이 됨으로써 또 한 번의 풍요를 맞는다.

제2차 세계대전 참전국 중 유일하게 자기 나라에서 전쟁을 치르지 않은 승전국 미국의 경제는 1950년대에 또 한번 불타기 시작했다. 당시 미국의 맨해튼 중심가는 불야성을 이루었고 전쟁 때 수행된 모든 규제는 폐지되었으며 그 누구도 연료 걱정을 하지 않았다. 전 세계가 파괴된 시대에 미국만 풍요로웠다. 이를 황금시대라고 부르는데,《호밀밭의 파수꾼》은 이 시기에 발표되어 당시의 정서와 생활상을 잘 묘사한다.《위대한 개츠비》와《호밀밭의 파수꾼》은 경제 대호황을 맞은 1920년대와 1950년대 물질만능주의와 쾌락에 빠진 미국 중상류층의 정신적 빈곤을 담은 소설이다. 그러니까 이 두 작품은 작가의 천재적 재능으로만 탄생한 작품이 아니라 이런 사회적 배경을 거름 삼아 피어난 것이다.

피츠제럴드는 제1차 세계대전에, 샐린저는 제2차 세계대전에 참전함으로써 전쟁의 비참함을 몸소 겪었다. 샐린저는 참전하고 난 뒤 외상후스트레스장애로 평생을 고통받았다.《호밀밭의 파수꾼》에서 학교를 그만두고 방황하다가 결국 요양소에 입소하는 비극적인 주인공 홀든은 작가인 샐린저가 투영된 인물이다. 홀든처럼 샐린저 또한 소외된 사람이었다.

《호밀밭의 파수꾼》은 경제 호황 시대를 산 개인의 비극과 병리적 현상을 통해 동시대 미국 사회 전체의 부조리를 파헤친 소설이기도 하다. 《호밀밭의 파수꾼》은 미국 황금시대를 기록한 작품이자 당시 사회문제와 개인의 비극이 어떤 연관이 있는지 살펴볼 수 있는 사회 소설이기도 하다.

사회 부적응자가 겪은 48시간의 기록

《호밀밭의 파수꾼》의 주인공 홀든은 미국 황금시대를 살아가는 10대다. 그는 학교생활에 적응하지 못해 퇴학당할 위기에 처한다. 그러자 퇴학통지서가 부모에게 도착할 때까지 뉴욕에서 지내기로 하는데, 그는 뉴욕에서 머무르는 3일 동안 만난 다양한 인물을 통해 교육 문제, 성적 타락, 대중 매체의 위선을 체험한다. 홀든은 자신이 속한 학교와 사회에 강한 불신을 품고 나름의 이상적인 사회를 꿈꾸지만, 현실의 벽을 극복하지 못하고 정신 상담을 거쳐 요양소에 가게 된다.

홀든은 키가 185센티미터이며 새치가 많은 고등학생이다. 홀든의 이런 외모는 1950년대에 경제적 호황을 누려 거대 자본주의 국가가 된 미국을 상징한다. 그가 학교에 제대로 적응하지 못하고 룸메이트와 마찰을 빚는 모습은 육체적으로는 성장했지만 정신적으로는 성장을 이루지 못한 미국을 상징한다. 당시 미국 사회는 경제적 성장과 비교하면 정신적 성숙도가 미흡했다. 돈 많은 자본가들은 오직 돈만을 쫓고 내면의 성장이나 약자에 대한 배려심은 미진했다.

당시 미국은 농기계나 자동차 생산 등을 비롯한 대량 생산 체제에 돌입하고 있었으며 효율적인 대량 생산을 극대화하기 위해서는 획일화가 필수적이었다. 그러다 보니 획일화는 산업에서 뿐만 아니라 교육을 비롯한 사회 전체가 추구할 가치로 자리 잡았다. 그러나 사회적 요구에 충실한 획일화된 교육 시스템은 홀든 같은 부적응자를 양산했다.

《호밀밭의 파수꾼》은 강압적이고 획일화된 사회에 반기를 들고 혁명가나 방랑자적 기질을 가진 비트 세대beat generation의 정서를 담은 책이기도 하다. 비트 세대는 홀든처럼 책과 문학을 좋아하는 작가와 예술가들이 주류를 이루었으며, 그들은 산업화가 진행되기 전의 사회가 중요하게 여겼던 자연, 인간의 존엄성, 긍정적인 세계관을 추구했다. 기성세대의 가치에 순응하지 않는 홀든은 당시 미국 사회에 만연한 획일화에 저항하는 비트 세대를 상징하는 인물이다. 전체주의적 정치제도를 채택한 동독은 획일적 체제에 저항하는 홀든이 자국의 젊은이들에게 저항 정신을 심어줄지 모른다는 우려 때문에 《호밀밭의 파수꾼》이 번역되어 출간하는 것을 금지하기도 했다.

자본주의 국가라 할지라도 《호밀밭의 파수꾼》은 기득권 세대에 그리 반갑지 않은 책이었다. 홀든은 센트럴파크 연못에서 노는 오리를 유심히 지켜보다가 겨울이 오고 연못이 얼어붙으면 오리들이 어디로 갈 것인지를 두고 걱정한다. 뉴욕 여행을 하고서 다시 연못을 찾아간 홀든은 오리가 없어졌다는 말을 세 번이나 반복한다. 이 장면은 급속한 산업화로 인해 자연이 파괴되었음을 비판함과 동시에 산업화된 사회로부터 소외되어 자신의 보금자리를 잃은 사회적 약자에 대한 연민이다.

획일화된 교육 제도, 성적 문란뿐만 아니라 환경 훼손까지 지적한 《호밀밭의 파수꾼》은 어처구니없게도 비도덕이고 비교육적이라는 비난을 받았다. 기득권층은 이 소설이 자신들의 치부를 적나라하게 비판했기 때문에 더욱 맹렬히 공격했다. 학교 질서에 순응하지 않고 혼자서 뉴욕을 떠돌아다니는 10대 청소년이 호텔 방에서 창녀를 만나는 장면 하나만으로 기득권층에게는 청소년들이 읽어서는 안 되는 불온한 책인데, 욕설까지 빈번히 등장하니 기성세대로서는 도저히 인정할 수 없는 책이었다. 《호밀밭의 파수꾼》은 기존 질서에 항거하여 록 음악과 마약으로 새로운 삶을 모색하며 '이유 없는 반항'을 외쳤던 히피족 문화의 원류이기 때문에 더욱더 손가락질을 받았다.

사회 현상까지 일으킨 콜필드 신드롬

그러나 예술적 가치는 억압한다고 해서 숨겨지지 않는다. 시간이 흐를수록 《호밀밭의 파수꾼》에 대한 호평이 이어졌다. 한때 청소년에게 판매가 금지되기도 했지만 오래지 않아 현대 미국 사회의 부조리를 예리하게 파헤치는 수작으로 인정되었으며, 자연스럽게 작가의 위상도 상승하여서 샐린저는 피츠제럴드, 헤밍웨이와 더불어 미국 현대 소설을 대표하는 작가로 군림한다. 《호밀밭의 파수꾼》은 1965년 한 해에만 500만 부가 팔렸으며 2011년까지 무려 6,500만 부가 팔린 초대형 베스트셀러가 되었다.

《호밀밭의 파수꾼》의 성공 원인은 여러 가지로 설명할 수 있지만 가장 중요한 것은 경제 호황에도 불구하고 많은 미국인들이 정신적인 빈곤에 시달렸기 때문이다. 경제적 풍요 속에서도 거대한 조직의 부속품으로 전락했다는 소외감이 이 소설에 대한 관심으로 이어진 것이다. 젊은이들은 숨 막히고 염증 나는 사회에서 벗어나고픈 욕구를 홀든을 통해서 대리만족했다. 답답한 체제에서 벗어나고 싶었던 모든 미국인들에게 홀든은 하나의 롤모델이었다.

많은 독자들이 이 소설을 향해 1950년대 미국인의 상실감을 가장 잘 담은 소설이라고 찬사를 보낸다. 1951년 출간 이후로 지금까지도 끊임없이 호평과 악평이 난무하는 논쟁의 대상이 되었다는 점도 이 소설의 판매를 높인 빼놓을 수 없는 요소다. 이 소설에 관한 엄청난 연구와 논쟁은 마침내 '샐린저 산업'이라는 용어까지 탄생하게 만들었다.

샐린저 자신과 가장 가까운 작품

D. H. 로런스^{D. H. Lawrence}는 문학작품에 대한 분석은 그 작품을 쓴 작가에게서 구해야 한다고 말했다. 이처럼 《호밀밭의 파수꾼》을 이해하려면 샐린저의 삶을 들여다봐야 한다. 《호밀밭의 파수꾼》이 폭발적인 관심과 인기를 끈 것과 비례해서 많은 비평가와 독자들은 샐린저가 어떤 인물인지 알기 위해 그의 전기를 찾았지만, 헛수고였다.

샐린저는 자신이 출간한 책에 어떤 약력이나 사진도 싣지 않는 것으로 유명하다. 그는 기자와 인터뷰도 하지 않았고 자기 소설이 명작 선집에 실리는 것도 거부했다. 그가 은둔처로 삼은 뉴햄프셔주 코니시의 주민조차도 샐린저의 존재를 몰랐다고 한다. 이런 여러 가지 이유로 샐린저는 신비로운 작가로 남아 있었다. 그러던 중 1999년에 샐린저의 딸 마거릿 샐린저^{Margaret A. Salinger}가 샐린저의 회고록 《꿈을 잡는 사람 꿈을 잡는 사람^{Dream Catcher}》을 출간하면서 그의 일면이 드디어 세상에 모습을 드러냈다.

마거릿의 회고록에 따르면, 제2차 세계대전 참전에서 돌아온 샐린저는 많은 사람이 생각한 것처럼 곧바로 코니시에서 은둔을 시작한 것이 아니었다. 전선에서 돌아온 샐린저는 가족에게도 연락을 하지 않아서 가족들은 그의 생사조차 확인할 수 없었다고 한다. 그는 전쟁으로 인한 트라우마로 병원에 입원했다가 선불교 센터의 회원으로 등록하여 동양 사상에 심취했다. 선불교 사상을 토대로 1948년《바나나피시의 완벽한 날A Perfect Day for Bananafish》을 비롯해 40여 편의 단편을 발표했다. 샐린저의 선불교 사상에 관한 관심은《호밀밭의 파수꾼》에도 반영되어 홀든이 뉴욕 거리를 3일 동안 방황한 후 동생에게 서부로 떠나겠다고 말하는데, 여기에서 서부 여행은 단순한 여행이 아니고 선 수행을 위한 은둔을 상징한다고 한다.

조용히 작품 활동을 이어가던 샐린저는《호밀밭의 파수꾼》이 발표되고 젊은이들의 우상이 되자 수많은 인터뷰 요청을 받았다. 하지만 각종 매체와 대중으로부터 빗발치는 관심을 피해 유럽 여행을 떠났다. 유럽 여행에서 돌아온 샐린저는 코니시에 23만 에이크의 땅을 마련하여 은둔 생활에 들어갔다. 그가 정착한 코니시는 마치 아메리카 원주민이 사는 듯한 조용하고 묵직한 분위기를 풍기는 동네여서 선 수행에 적합했다.

1972년 한 익명의 출판사가 샐린저 초기 작품을 출간했을 때 샐린저는 이례적으로 〈뉴욕타임스〉와의 인터뷰에 응해 "그 소설들은 선 사상이 반영되지 않았기 때문에 지워지길 바란다"라고 말했다.

　20세기 미국 문단의 이단아 샐린저. 대중들과 소통하는 데 인색했던 그는 지금까지 자신의 작품으로 독자들에게 끊임없이 말을 걸고 있다. 너희들의 청춘은 어떠하냐고, 그 어둠을 말해달라고 말이다.

16

국가를 위해 희생되는
개인의 비극

《개구리》

蛙

모옌莫言

1955년 중국 산둥성의 가난한 집안에서 태어났다. 초등학교 5학년 때 문화대혁명이 일어나자 학업을 포기하고 농촌 생활을 하다가 열여덟 살에 면화 가공 공장에서 일했다. 스무 살에 중국 인민해방군에 입대해 복무하던 중 문학으로 눈을 돌려 1978년부터 소설을 쓰기 시작했다. 1987년 장편소설《붉은 수수밭》을 발표해 큰 반향을 일으켰는데, 장이머우張藝謀 감독의 영화로도 제작되어 각종 상을 휩쓸었다. 2012년 중국 작가로서는 처음으로 노벨문학상을 수상했다. 100여 편이 넘는 그의 작품은 40여 개의 언어로 번역되어 전 세계적으로 읽힌다. <타임>지는 그를 두고 "중국 작가 중에서 가장 유명하고 금지되면서도 가장 빈번히 불법 복제되는 작가 중의 한 명"이라고 평했다.

독특한 작가 모옌

모옌은 우리나라 독자에게 잘 알려진 작가는 아니다. 그러나《붉은 수수밭》이 출간되면서 세계적 작가로 부상했으며 중국 최초로 노벨문학상까지 수상했다. 모옌은 노벨문학상을 수상하기 3년 전인 2009년에, 그때까지 30년 동안 중국에서 금기시되었던 계획생육 문제를 용감하게 비판하여 세상을 놀라게 했다. 타고난 이야기꾼 모옌이 무려 10년에 걸쳐 구상하고 4년에 걸쳐 쓴 작품이 바로《개구리》다.

본인만의 독특한 소설 언어를 구축한 작가 모옌은《개구리》의 한 글자 한 문장을 숙고해 가며 완성했다. 우리나라 독자들은 '개구리'라는 제목으로는 소설의 주제나 내용을 짐작할 수 없겠지만, 중국인들은 제목만으로 충분히 이 소설이 중국의 계획생육 정책을 비판하는 내용이라는 것을 알 수 있다. 개구리를 뜻하는 '와蛙'가 중국어로 아기를 의미하는 '와娃'와 음이 같아서 제목만 보고도 이 소설이 개구리가 아닌 아이에 관한 소설이라는 것을 알 수 있게 되는 것이다.

1960년 이후 여러 아시아 국가는 중국처럼 '다산은 빈곤의 원인'이라는 맬서스의 인구론에 기초한 산아 제한 정책을 펼치고 있었다. 그러나 다른 대부분의 국가가 자녀 계획은 당사자에게 최종 결정권이 있다는 것을 인정하고 홍보와 유인책을 통해 산아 제한을 펼친 데 반해, 유독 중국은 출산에 대한 결정권을 국가가 쥐고 마을과 직장 단위로 할당제를 시행했다. 《개구리》는 중국의 국가 주도 산아 제한 정책이 강행된 과정을 '민중의 언어'로 풀어낸 최초의 작품이다.

이 소설의 화자인 커더우는 아내와의 사이에 딸 하나를 두었다. 아내는 남편에게 아들을 안겨주고 싶어서 갖은 노력 끝에 몰래 둘째를 임신하는 데 성공한다. 하지만 군인이었던 커더우는 둘째를 가질 수 없는 국가 시책에 절대적으로 복종해야 하는 처지였다. 조카 며느리의 임신 사실을 알게 된 산아 정책 고위관리인 고모는 트랙터를 몰고 와 중절 수술을 받지 않는 조카며느리의 친정집을 부수기 시작한다. 친정집이 무너져가는 모습을 지켜보면서 마침내 커더우의 아내는 고모의 뜻에 따라 수술대에 오른다. 그러나 과다 출혈로 죽고 만다. 창백한 얼굴로 남편을 바라보는 아내의 모습은 많은 독자에게 큰 슬픔과 애절함을 던졌다.

《개구리》는 문학적인 의미를 떠나 중국 사회에서 출산 관념에 대한 인식을 바꾸는 계기가 되었다. 1990년 초 코미디 단막극 〈초과 출산 유격대〉가 방영되었을 때 대부분의 중국 시청자는 산아 제한 관리의 감시를 피해 이곳저곳으로 도망치면서 기어코 셋째 자식을 낳으려고 시도하는 극 중 농민 부부를 비웃었다. 그러나 2009년 《개구리》가 출간되자 중국인들은 자녀 출산에 관한 생각을 바꾸어 다자녀를 둔 사람들을 더 이상 비웃지 않았다. 오히려 아이를 지키기 위해 자신의 목숨까지 버리는 부모의 아픔과 눈물을 이해하지 못한 것을 부끄러워하게 되었다.

모옌은 구체적이고 세밀한 묘사를 통해 독자들의 시각, 청각, 후각을 자극하며 마치 독자들이 소설 속 현장에 있는 듯한 착각을 느끼게 한다. 21세기를 살아가는 우리가 마오쩌둥이 다스리던 중국에 사는 듯한 느낌을 받게 되는 것이다.

모옌은 소설 속에 다양한 시도를 구현하는 것으로 유명한데 《개구리》에서 이 장점이 유감없이 발휘된다. 한 편의 소설 속에 편지 형식의 에피소드와 희곡을 혼합하여 구성함으로써 독특한 형식의 소설을 선보인다.

사생활을 통제하는 국가의 폭력성

우리나라는 전 세계적으로 치안이 좋기로 유명하다. 범죄자 검거율도 매우 높다. 조금 과장해서 말하면 완전범죄가 거의 불가능한 나라라고 말할 수도 있다. 그래서 자정이 넘도록 술에 취해 비틀거리면서 뒷골목을 걸어도 범죄에 대한 두려움을 그다지 느끼지 않는다. 우리나라가 이토록 안전한 나라가 된 것은 CCTV와 주민등록증이라는 제도 덕분이기도 하다. 서구 나라들은 대개 개인 정보를 가능한 한 수집하지도 않고 알려고도 하지 않는다. 그것이 사생활을 보호받아야 할 국민의 기본권이라고 생각하기 때문이다. 이에 반해 우리나라나 중국을 비롯한 여러 아시아 국가는 개인의 사생활이 다소 침해되더라도 공익을 위해서 개인 정보 수집과 이용에 관대한 편이다.

이 뿐만이 아니다. 아시아 국가 중에는 국가가 정한 정책을 관철시키기 위해 국민의 사생활에 깊숙이 관여하는 경우가 있다. 그 대표적인 예가 중국과 우리나라의 산아 제한 정책이다. 우리나라는 한국전쟁이 끝나고 경제개발을 위한 산업화 과정에서 풍부한 인력이 제공하는 수혜를 톡톡히 입었다. 인건비가 저렴했던 덕에 좀 더 저렴하게 상품을 생산할 수 있었고, 이는 수출 증대의 큰 원동력이 되었다. 그러나 베이비붐 이후로 폭발적으로 증가한 인구는 식량, 주택, 자원 부족 문제를 일으켰을 뿐만 아니라, 실업률의 증가, 교육 기회의 부족 등을 발생시켜 경제 발전을 더디게 하고 사회문제를 일으키는 원인으로 지목되었다.

경제개발의 원동력이었던 풍부한 인적 자원이 사회 발전의 걸림돌로 지목되면서 정부는 인구를 조절할 필요가 있다고 결정했다. 우리나라는 산아 제한에 대한 캠페인 정도로 그쳤지만 공산주의 국가인 중국은 사정이 달랐다. 중국에서는 정부 차원에서 전 국민을 상대로 피임 방법을 교육했고, 둘째 아이 임신을 아예 범죄로 취급하고 강제 낙태를 자행했다. 국가 발전이라는 명분으로 성생활, 임신, 출산이라는 지극히 개인적인 문제를 정상, 비정상으로 나누고 '법을 위반하는 행위'로 규정하여 처벌한 것이다.

그러나 공산주의 국가 이전에 유교 국가였던 중국 국민은 '계획생육'이라는 중국의 강제 산아 정책에도 불구하고 아들을 반드시 낳겠다는 의지로 맞서는 경우가 많았다. 《개구리》는 도망쳐 가면서까지 아들을 출산하려는 비참한 현실을 만들어낸 중국의 계획생육 정책을 소재로 한다. 정부의 통제와 제재에도 불구하고 자식을 낳고자 하는 인간의 뿌리 깊은 욕구와 어떤 제재에도 포기하지 않는 인간의 심리를 잘 표현했다. 산아 제한이라는 국가 정책에서 비롯된 개인의 희로애락을 서사로 잘 녹여낸 작품이다.

국가의 결정을 따를 수밖에 없는 힘없는 민중

이 소설의 실질적인 주인공 작중 화자의 고모는 출신 성분이 좋으며 외모도 뛰어난 당찬 여장부다. 최신 산파 교육을 받은 그녀는 '산모 배 위에 앉아 이상한 주문을 중얼거리는' 비위생적이고 비과학적인 방법으로 출산을 도왔던 늙은 산파를 밀어내고, 4년 동안 무려 1,400명의 아기를 받아 마을 여성들에게 신적인 존재가 되었다. 그러나 값싼 노동력 확보와 생산성 향상을 위해 시행된 중국의 출산 장려 정책은 식량 공급과 생활수준 하락이라는 문제를 만나 졸지에 역적이 되고 만다. 출산 장려 정책은 폐기되었고 대신 자녀수와 터울까지 국가가 정하는 무자비한 계획생육 정책이 시행되었다. 그와 동시에 출산을 도왔던 고모는 졸지에 아이를 죽이는 사람이 되고 만다.

계획생육 정책의 최일선에 선 실무자로서 고모는 해당되는 주민을 만나 남자에게는 정관수술을, 여자에게는 피임 도구를 강제하며 이를 따르지 않는 가정에는 식량을 배급하지 않고 강제로 낙태 수술을 시술하는 등 강압적인 산아 제한 정책을 실행한다. 고모는 계획생육이라는 중국 사회주의 기본 정책을 수호하기 위해 맹목적이고 잔혹하게 인공 유산을 진두지휘하는 죽음의 신이 된다. 그러나 고모를 마냥 악의 화신으로 몰아갈 수는 없다. 문화 혁명 당시만 해도 식량이 부족했던 터라 해외에서 수입이 여의치 않으면 매년 수백만 명이 죽어 나가는 절박한 상황이었기 때문이다. 《개구리》는 계획생육 정책을 대놓고 비난하지 않는다. 그저 담담히 당시의 실상을 보여줄 뿐이다.

권력의 횡포에도 인간성은 살아 있다

중국의 계획생육에 얽힌 국가와 개인의 대립은 뗏목선 추격 장면에서 절정을 이룬다. 네 번째 출산을 앞둔 산모 왕단은 고모의 강제 인공 유산을 피하려고 뗏목을 타고 남편과 함께 탈출을 감행한다. 하지만 부부 두 사람이 노를 젓는 뗏목은 최신 유선형 쾌속정인 계획생육 전용선에 금방 따라 잡힌다. 그러나 민중들은 목숨을 걸고 도망가는 뗏목 부부의 편이 된다. 심지어 계획생육 전용선에 탄 샤오스쯔는 뗏목선이 도망 갈 시간을 벌어주기 위해 수영도 하지 못하면서 일부러 물속에 빠진다. 그러고는 "어서 빨리 도망쳐! 얼른 아기를 낳아! 배에서 나오는 순간 그 아기는 한 명의 사람으로 중화인민공화국의 인민으로 보살핌을 받을 수 있어"라고 절규한다.

결국 냉혹한 저승사자 고모도 뗏목으로 옮겨 타서 악마의 손이 아닌 의사의 손이 되어 출산을 돕는다. 아이를 죽이려고 배를 추격했던 고모는 아이를 살리기 위해 전속력으로 달렸던 것이다. 그러나 산모는 미숙아 딸을 출산했고 결국 출혈로 사망하기에 이른다. 이 비극은 《개구리》가 잔혹한 사회 고발에 가까운 기록임을 보여준다.

모옌은 《붉은 수수밭》이라는 재미와 문학성을 갖춘 수작을 발표한 작가답게 계획생육이라는 잔인한 국가정책을 소재 삼아 인간의 심리를 흥미진진하게 풀어나간다. 계획생육 정책에 대해서 직접적인 목소리를 내지 않으면서도 이 정책을 시행하는 관리와 이 정책에서 도망치려는 민중들의 다양한 모습을 통해 이 정책을 사실적으로 표현한다.

이 책을 처음 접한 독자들은 분량에 압도당하지만, 이 소설은 꽉 찬 서사와 유려한 구성으로 한순간도 흥미를 놓칠 수 없을 만큼 재미있다. 비인간적인 주제를 인간적으로 다룬 소설이기에 진한 감동과 여운이 밀려오기도 한다.

뗏목 추격 장면 하나만으로도 타고난 이야기꾼으로서의 면모를 보여주는 모옌은 이 책에서 너무나도 많은 메시지를 전달한다. 국가의 명령으로 순산을 돕는 산파에서 아이를 죽이는 저승사자로 변모해야 하는 개인의 무력함, 국가의 명령을 수행해야 하는 힘없는 개인이 위기에 처한 타인을 이해하고 연민하여 자신의 목숨을 위태롭게 하면서까지 돕는 모습, 아내의 목숨을 담보로 하면서까지 아들을 가지려는 인간의 욕심, 이 모든 것에도 불구하고 결국 원하는 바를 이루지 못하고 죽음에 이르는 비극 등 이 많은 메시지는 누구도 미워할 수 없는 인간미 넘치는 인물 묘사 능력으로 우리에게 명징하게 다가온다.

번역본이 600쪽에 가까운 대작이지만 한 페이지도 허투루 넘기기 어려울 만큼 이야기를 풀어나가는 모옌의 서사 능력은 탁월하다. 국가가 통제하는 개인의 삶을 이야기하면서 구수한 옛이야기를 듣는 듯한 흥미와 재미를 느끼게 해주는 이 책을 읽지 않는다는 것은 책으로 얻을 수 있는 최고의 즐거움을 모르고 살아가는 일이 될 것이다.

17

자유를 향한
한 인간의 거룩한 투쟁

《그리스인 조르바》
Zorba the Greek

니코스 카잔차키스 Nikos Kazantzakis

1883년 크레타 이라클리온에서 태어났다. 1919년 공공복지부 장관으로 임명되어 제1차 세계대전 평화 협상에 참석하기도 했으나 이듬해 장관직을 사임하고 파리로 갔으며 그 후 유럽을 여행했다. 1953년 소설 《미할리스 대장》이 발간되자 그리스정교회는 카잔차키스를 맹렬히 비난했으며, 이듬해 로마가톨릭교회도 《최후의 유혹》을 금서 목록에 올렸다. 1951년과 1956년 두 차례에 걸쳐 노벨문학상 후보에 지명되는 등 세계적으로 문학성을 인정받았다. 그리스 독자들이 좀 더 공감할 수 있도록 작품 대다수를 그리스어로 쓴 것으로도 유명하다. 1957년 중국 정부의 초청으로 중국을 여행했으며 일본을 경유해 돌아오던 중 백혈병 증세를 보여 독일의 병원으로 옮겨졌으나 10월 26일 세상을 떠났다.

조르바와 조르바스

1946년에 발표된 《그리스인 조르바》는 주인공이자 작중 화자인 '나'가 그리스 아테네에서 크레타섬으로 가는 배를 기다리다가 우연히 만난 조르바와 의기투합하는 것으로 시작된다. 동업자가 된 그들은 몇 달 동안 함께 생활하면서 탄광 사업을 한다. 이 시절 동안 '나'는 조르바와 깊은 교류와 대화를 하면서 큰 영향을 받아 정신적으로 성장한다.

《그리스인 조르바》는 마치 우화와 같은 아름다운 필체로 쓰였지만, 이 소설이 카잔차키스가 실제로 겪은 일을 토대로 쓴 소설이라는 사실을 아는 독자는 그리 많지 않다. 1914년 제1차 세계대전이 한창일 때 카잔차키스는 그리스 북부 지역을 여행하다가 '요르기오스 조르바스'라는 인물을 우연히 만난다.

소설 속 내용처럼 이 둘은 만나자마자 둘도 없는 친구가 되었고 실제로 함께 갈탄 사업을 벌였으며 조르바스는 탄광을 관리하는 감독관으로 일했다. 이들이 함께 탄광을 운영한 것은 소설과 달리 크레타섬이 아니고 펠로폰네소스 반도 남부 지역이었다. 그들은 탄광 사업만 함께 운영했을 뿐만 아니라, 1919년 카잔차키스가 그리스 공공복지부 장관으로 임명되어 볼셰비키혁명으로 공산국가가 된 소련에서 학살 위기에 빠진 15만 명의 그리스인을 구출하는 임무를 맡았을 때도 함께 일했다. 소설 속 '나'와 조르바는 탄광 사업에 실패했지만 카잔차키스와 조르바스는 15만 명이 넘는 그리스인들을 무사히 구출하여 안전한 지역으로 이주시키는 데 성공했다.

소설 속 내용처럼 카잔차키스는 조르바스에게 긍정적 영향을 많이 받은 것으로 보인다. 자신의 영혼에 가장 깊은 영향을 준 인물을 거론하면서 호메로스Homeros, 부처, 앙리 베르그송Henri Bergson, 프리드리히 니체Friedrich Nietzsche 등 인류의 영원한 스승이자 위대한 철학자들과 함께 조르바스를 꼽을 정도였으니 말이다. 카잔차키스가 왜 그토록 조르바스를 존경하고 많은 영향을 받았는지는 소설 속 두 주인공의 대화를 읽다 보면 이해가 된다.

소설 속 조르바는 남들과 전혀 다른 삶을 살지만, 그 누구보다 진실하고 인간에 대한 강한 연민을 가진 사람이다.《그리스인 조르바》를 사실에 기반을 둔 자전적 소설이면서 성장 소설이라고 말하는 이유다. 소설 속 '나'는 '조르바'와의 교류를 통해 정신적으로 성장한다. 그리고 이 소설을 읽는 독자들 또한 소설 속 '나'처럼 조르바로부터 깊은 감동과 공감을 느끼게 된다.

종이 위에 붙잡아 두고 싶었던 조르바스

카잔차키스와 조르바스는 탄광 사업에 실패하고 각자의 길을 걷는다. 그러나 조르바스를 잊지 못하고 그리워하던 카잔차키스는 조르바스가 그에게 보여주었던 행적과 말을 종이 위에 붙잡아 두어야겠다는 생각에 《그리스인 조르바》를 집필한다. 이 소설이 마치 우화나 동화처럼 느껴지는 이유는 극적인 서사가 없기 때문이다. 사실 독자들은 소설 속 조르바가 혼자서 탄광 사업에 성공해 보겠다고 고군분투할 때 이미 탄광 사업이 여의찮을 것이라고 예감한다. 특별한 반전이 없는 소설이라는 뜻이다. 카잔차키스가 워낙 작중 인물의 캐릭터를 독자들에게 잘 전달해서 그런지 모르겠지만, 이 소설은 대체로 독자들이 예상한 대로 스토리가 흘러가며 특별한 갈등을 찾기도 어렵다.

카잔차키스 자신이 이 소설을 두고 '소설의 형태를 이용한 추도사'라고 밝혔을 정도로 이 소설은 조르바스의 행적과 말을 기록한 책이다. 그러므로 이 소설은 지극히 사실에 기반을 둔다. 카잔차키스가 이 소설을 불과 45일 만에 쓸 수 있었던 것도 자신의 경험대로 기술했기 때문이다. 《그리스인 조르바》에 특별한 서사가 없음에도 불구하고 독자들이 이 소설을 흥미롭게 읽어나갈 수 있는 것은 작가 자신의 경험이 토대가 됐기 때문이며, 여기에 카잔차키스의 작가적 능력이 가미되었기 때문이다.

《그리스인 조르바》의 배경 크레타섬이 작가의 고향이라는 점도 이 소설에 사실성을 더한다. 카잔차키스는 크레타섬이 그리스에 병합되지 않고 오스만제국의 지배를 받던 시절에 태어났다. 동서양을 잇는 관문이라는 크레타섬의 위치는 카잔차키스가 좀 더 다양한 문화를 접하게 도와주었고 오스만제국의 영향 아래 고통받았던 어린 시절의 기억은 그가 민족주의적인 글쓰기를 하는 동기가 되었다.

소설 속 '나'의 외조부 일화는 우리가 카잔차키스 소설을 읽는 즐거움을 알려준다. 크레타섬에 사는 '나'의 외조부는 매일 저녁 거리를 거닐면서 외부에서 온 여행자를 찾는다. 그리고 여행자를 자기 집에 데려와 융숭한 저녁을 대접한 뒤 밥값 대신에 여행자가 사는 지역에 대해서, 그리고 여행자가 겪은 경험에 대해서 들려달라고 부탁한다. 외조부는 여행자의 경험을 듣는 것으로 섬 밖 사람들이 사는 모습을 간접 경험한다. 그래서 그는 섬 밖을 여행할 필요가 없다. 《그리스인 조르바》를 읽는 독자들도 카잔차키스가 조르바스에게 받은 감동과 통찰을 생생하게 간접 경험한다. 마치 독자 자신이 조르바스를 직접 만나 그의 이야기를 듣는 것처럼 말이다.

이런 이유로 《그리스인 조르바》는 전 세계 50여 개국의 나라에서 번역 출간되어 읽힌다. 이 책은 대중성뿐만 아니라 탁월한 문학성으로 1951년 이후로 무려 아홉 차례에 걸쳐 노벨문학상 후보에 올랐다. 비록 노벨문학상을 받지는 못했지만 1957년 카잔차키스와 함께 노벨문학상 후보에 올라 수상자가 된 알베르 카뮈는 자신보다 카잔차키스가 100배는 더 상을 받을 가치가 있다고 술회하기도 했다.

카잔차키스가 조르바스에게 배운 것

소설 속에서 작가 카잔차키스의 내면을 고백하는 '나'는 자신의 문제에 주로 집중할 뿐 타인의 문제에 관심을 두지 않는다. 그는 크레타섬으로 향하는 배를 기다리면서 자신을 책망한 친구를 회상한다. 박해받는 동포를 함께 구하러 가자는 친구의 제안을 받고 '나'는 동참하지 않는다. '나'는 친구의 지적대로 사회문제에 관심 없이 '종이와 잉크에 파묻혀' 사는 인물이다. 즉 '나'는 실천력 없는 나약한 지식인이다.

그러나 타인을 위해 자신의 목숨을 바친 친구의 소식을 듣고 그는 실천적 지식인으로 변모하기 시작한다. 조르바와 함께 석탄 사업을 한 것도 행동하지 못하는 자신의 정체성에서 탈피하고 싶었기 때문이다. 그리고 '나'는 여러 나라를 여행하고 온갖 책을 읽어봤지만 결국 찾지 못한 나약한 정체성에 대한 해결책을 조르바를 통해 발견한다.

소설 속 조르바는 나약하고 행동력이 부족한 '나'와는 달리 자신의 목표를 달성하기 위해 자기 신체를 스스로 잘라낼 정도로 강한 의지와 돌파력을 지닌 인물이다. 그가 도자기 빚는 일을 하면서 물레질에 방해가 된다는 이유로 도끼로 자기 손가락을 반쯤 잘라버렸다는 일화가 이를 증명한다. 조르바에게 자유란 자신이 하고자 하는 목표와 자신이 추구하는 신념을 방해하는 것이 있다면 그것이 무엇이든 간에 없애버릴 수 있는 용기와 행동력이다.

'나'는 조르바와의 교류와 대화를 통해서 자신을 좀 더 넓고 높은 관점에서 내려다보는 식견을 갖추게 된다. 그리고 정서적으로 성장해 나가면서 처음에는 낯설었던 조르바의 독특한 행태를 조금씩 이해하고 공감해 가면서 차츰 타인에 관한 관심을 높여가는 실천적 지식인으로 성장한다. 또한 자신을 책벌레라고 비아냥거리는 친구를 향해 "종이만 보는 책벌레에서 땅을 파헤치는 두더지가 되었다"라고 말하면서 일하는 즐거움을 아는 존재로 변모한다. 이런 의미에서 《그리스인 조르바》는 성장 소설이자, '나'의 성장은 곧 카잔차키스의 성장을 의미한다.

인간에게 자유란

광산을 물려받고 여러 나라를 여행할 정도로 유복해 보이는 '나'와는 달리 조르바는 뚜렷한 직업도 재산도 없지만 바람처럼 자유롭게 살아간다. 그러나 '나'는 좁은 책상과 책에 사로잡혀 좀처럼 자유를 만끽하거나 행복을 추구하려는 의지가 부족하다. 그런 '나'에게 조르바는 끊임없이 인간은 자유와 행복을 추구해야 하는 존재라고 가르친다. 그리고 자신의 삶을 통해서 자유를 추구하는 삶이 얼마나 행복한지 보여준다.

우리 현대인들은 여러모로 자유로운 존재다. 그러나 과연 현대인 중에서 자신이 자유롭게 살아간다고 자부할 사람이 얼마나 될까. 우리 대부분은 겉으로는 자유로워 보이지만 실제로는 스스로가 선택한 울타리에 갇힌 하인과 같은 삶을 살아간다. 좀 더 넓은 집을 구하고, 좀 더 큰돈을 벌고 싶다는 욕망에 시달리면서 직장에서는 좀 더 높은 자리에 가고 싶다는 욕심에 사로잡혀 있다. 타인과 자신을 끊임없이 비교하면서 질투심과 열등감의 노예로 산다. 그러나 조르바는 인간의 욕심이 클수록 더 노예와 같은 삶을 살 수밖에 없다는 진리를 우리에게 알려준다.

조르바가 말하는 자유는 실천하기 어려운 형이상학적인 과제가 아니다. 조르바가 말하는 자유는 신과 자연이 우리에게 베푼 축복을 귀하고 여기고 즐겁게 사는 것이다. 지나치게 사회적 경제적 성공만 좇는 대신에 사랑하는 사람을 만나 마음껏 사랑하고 육체적 쾌락을 즐기며 하루의 피로가 몰려오면 맛있는 음식을 맘껏 먹고 푹 자는 것이 조르바가 말하는 인생이고 행복이다.

"우리는 영혼이라는 무거운 짐을 지고 다니는 신체라는 이름의 동물을 마음껏 먹이고 메마른 목은 포도주로 적셔 주었다. 음식은 금방 피로 바뀌었고 세상은 아름답게 보였다. 우리 곁에 앉은 여성은 갈수록 젊어졌다."

조르바는 한마디로 삶과 육체를 긍정하는 존재다. 육체를 사랑하는 것이 뭐 그리 대단한 의미냐고 의문을 제기하는 사람도 있을 것이다. 그러나 육체를 사랑하는 것은 생각보다 쉽지 않다. 육체는 세월이 지나갈수록 늙고 추해지기 때문이다. 그러나 조르바는 늙어서 시든 오르탕스 부인을 끝까지 사랑하며 보호한다. 그는 쾌락만을 추구하는 인물이 아니며 육체의 아름다움 이면까지 끌어안을 줄 아는 사람이다. 조르바를 위대하다고 말하기는 어렵지만 분명히 고결하다고 말할 수는 있다.

조르바는 우리에게 세속적 욕심에서 벗어나 자유롭게 살라고 가르치지만, 이 조언을 선뜻 따르기는 어렵다. 평생에 걸쳐 이룩한 세속적 성공과 성취를 쉽게 포기할 수 없기 때문이다. 이것이 바로 많은 사람들이 자유롭고 평화롭게 자신에게 주어진 삶을 마음껏 누리는 조르바를 부러워하는 이유다.

18

사회의 제약과 구속을 벗어던진
두 사람의 유랑기

《허클베리 핀의 모험》

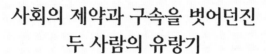

마크 트웨인Mark Twain

본명은 새뮤얼 랭혼 클레먼스Samuel Langhorne Clemens로 1835년 미주리 주에서 가난한 개척민의 아들로 태어났다. 열두 살 때 아버지를 여의고 그 후 인쇄소의 견습공이 되어 일을 배우며 각지를 전전했다. 1857년 미시시피강 의 수로 안내인이 되었는데, 그의 필명인 마크 트웨인은 강의 뱃사람 용어로 안전수역을 나타내는 평균 깊이 2패덤을 뜻한다. 1867년 관광단과 동행해 유럽과 팔레스타인 등지로 여행을 떠나, 그 기행문《철부지의 해외여행기The Innocents Abroad》를 출간하면서 명성을 얻기 시작했다. 당대의 노예제도, 인종차별, 기독교 근본주의자들을 강도 높게 비판한 선구자적 지식인이기도 했다. 1910년 스톰필드에서 심장마비로 세상을 떠났다.

미국 문학의 시작점

1885년에 출간된 《허클베리 핀의 모험》은 남북전쟁 직전 노예제도가 성행하던 시절 흑인들의 고통스러운 삶을 적나라하게 그린 소설이다. 1863년에 링컨 대통령이 노예 해방 선언을 하면서 1865년에 노예제도는 폐지되었지만, 미국 사회에는 오늘날에도 여전히 인종차별이 존재한다. 물론 인종차별은 비단 미국에서만 일어나는 현상이 아니다. 《허클베리 핀의 모험》이 오늘날에도 여전히 읽히는 이유는 인종차별이 과거의 일이 아닌 오늘의 일이기 때문이다.

노예제도 폐지 후에도 흑인들은 여전히 처우가 개선되지 못한 채 온갖 차별과 핍박으로 고통받아야 했다. 특히 남부 지역 대농장주들은 남북전쟁으로 인한 경제적 손해를 흑인 탓으로 몰아가면서 흑인의 자유를 억압하는 '흑인법'을 부활시켜 흑인을 더욱 핍박했다. '흑인 단속법'이라는 악법까지 만들어 흑인은 술을 사지도 팔지도 못하게 했으며 집 없이 거리를 유랑하는 흑인에게 벌금을 부과할 수 있도록 하는 등 흑인의 기본권을 철저히 말살했다. 노예제도 폐지 이전보다 더 가혹한 악습이 자연스럽게 시행된 것이다.

《허클베리 핀의 모험》의 배경은 남북전쟁 직전이지만 마크 트웨인은 남북전쟁 후 흑인에 대한 도를 넘는 착취와 만행을 지켜보면서 느낀 분노와 흑인에 대한 죄의식을 담아 이 책을 썼다. 표면적으로 이 소설은 백인 소년 허크와 흑인 노예 짐이 자유를 찾아 이곳저곳을 다니면서 겪은 모험담이다. 그러나 이 소설은 아직 세상을 잘 모르는 순진무구한 허크의 시선을 통해 노예제도가 성행하는 미국 사회의 어두운 면을 조명한다.

자신의 조상이 마녀재판 판사로 활동한 이력을 두고 평생 속죄하는 마음으로 살았던 너새니얼 호손처럼 마크 트웨인은 차별받고 고통받는 흑인들에게 속죄하는 마음으로 《허클베리 핀의 모험》을 썼다. 소설 속에는 위에서 언급한 흑인에 대한 기본권을 박탈하는 악법에 대한 묘사도 담겨 있다.

역설적이게도, 이 소설이 발표되자 미국 도서관들은 '검둥이 nigger'라는 단어가 자주 등장하고 등장인물인 흑인을 비하한다는 이유로 이 책을 금서로 지정했다. 너무나 거칠고 저속해서 우범 지역에나 어울리는 소설이라고 깎아내리기까지 했다. 미국 도서관은 《허클베리 핀의 모험》에 내재된 수많은 풍자적 요소를 간과하지 못하고 오직 마크 트웨인의 사실적이고 생생한 언어 표현에만 주목한 것이다.

그러나 이렇게 평가절하된 작품에서 미국 문학은 시작되었다. "《허클베리 핀의 모험》 이전과 이후에는 아무것도 없다"라는 어니스트 헤밍웨이의 발언과 "마크 트웨인은 작가들의 할아버지다"라는 윌리엄 포크너William Faulkner의 찬사가 이어지면서 이 소설을 미국의 현실을 객관적으로 드러낸 걸작이라고 재평가하는 분위기가 조성되었다. 미국 도서관이 지적한 거칠지만 유머러스한 풍자적 표현은 마크 트웨인을 위대한 작가로 만들어준 요소 중의 하나로 주목받았다. 마크 트웨인이 《허클베리 핀의 모험》에서 구사한 방언이나 유머러스한 필체는 이 소설 이후 출간된 흑인이 등장하는 소설에 대한 하나의 출발점이 되었다는 점도 놓치지 말아야 한다.

미국 사회에서 흑인의 존재란

마크 트웨인이 이 책에서 흑인에 대한 멸시와 학대를 적나라하게 묘사한 이유는 흑인을 열등한 존재로 인식해서가 아니라, 흑인을 차별하고 멸시하는 현실을 사실적으로 묘사함으로써 인종차별에 대한 경각심을 불러일으키기 위해서였다. 가령 24장에서 엉터리 연극 공연으로 관객들을 속이고 큰돈을 번 공작과 왕이 또 다른 한탕을 찾으러 갈 동안에 흑인인 짐을 오두막 안의 밧줄에 묶어 놓은 채 갇혀 있어야 한다고 말하는 부분이 그렇다. 묶어두지 않으면 도망친 노예라고 오해받아 짐이 더 위험할 수 있다는 우려에서 나온 행동이지만 흑인을 마치 짐승처럼 묶어둔다는 발상 자체가 그들을 동등한 인간으로 여기지 않는다는 뜻이다.

짐을 묶어두는 것 말고 대안으로 생각한 방책은 더 가관이다.

짐을 온통 파란색으로 칠한 다음 "아라비아인 병자임. 미친 상태가 아닐 때는 해코지를 하지 않음"이라고 쓰인 판자를 오두막 앞에 세워둔 것이다. 그리고 짐에게 누가 오두막에 접근하면 난폭한 들짐승처럼 마구 짖어대라고 말한다. 짐을 집 지키는 개 정도로 취급하여 '개 조심'이라고 적힌 푯말을 세워둔 것과 다름없다.

사람에게 짐승처럼 짖으라는 생각 자체가 흑인을 인격체로 생각하지 않기에 나온 발상이다. 마크 트웨인은 백인들이 흑인에게 가하는 학대와 비인격적인 대우를 보고 들은 대로 소설에 묘사했기 때문에 독자들은 인종차별의 부당함을 생생하게 인식한다. 마크 트웨인은 백인 소년과 흑인 소년이 피부색을 초월한 우정을 나누는 장면을 통해 단지 피부색이 다르다는 이유만으로 차별과 멸시를 일삼는 미국 사회의 비인간성을 비판한다.

문학적 자양분이 된 마크 트웨인의 고향

배가 많이 드나드는 한니발이라는 동네에서 자란 마크 트웨인은 슬픈 표정을 한 채 대농장으로 팔려가는 흑인 노예를 직접 목격한 적이 있다. 이 기억은 마크 트웨인이 어른이 될 때까지 그의 기억 속에 생생히 남아 있었다. 마크 트웨인이 흑인 노예제도의 부당함에 대한 교육을 받은 건 아니었다. 당시 교육기관은 흑인 노예의 문제점에 대해서 전혀 인식하지도 가르치지도 않았다. 교회는 한술 더 떠서 노예제도는 하나님도 허락한 신성한 제도라고 설교하기도 했다. 백인에게 노예제도는 부와 권력을 안겨주는 중요한 수단이었기 때문에 그들은 자신들의 기득권을 지키기 위해 노예제도를 옹호할 수밖에 없었다. 그러나 어린 시절 목격한 팔려나가는 노예의 슬픈 눈은 마크 트웨인의 가슴속에서 계속 요동쳤고 마침내 《허클베리 핀의 모험》을 통해서 분출되었다.

《허클베리 핀의 모험》은 마크 트웨인의 고향 마을의 아름다움과 어린 시절에 대한 향수를 노래하는 소설이기도 하다. 마크 트웨인의 고향인 한니발은 인종차별이 극심했던 당시 미국 상황을 비판하는 공간이기도 하지만 산업화로 물들지 않은 자연에 대한 그리움의 원천이기도 하다. 마크 트웨인은 미시시피강에서 수로 안내원으로 일한 경험이 있어서 누구보다 미국 남부 시골의 아름다움을 충분히 체감했고, 따라서 사실적인 묘사가 가능했다.

《허클베리 핀의 모험》의 두 주인공 소년이 여행에서 만난 아름다운 남부 자연은 산업화하여 인간 존엄이 퇴색해 가는 문명 세계를 벗어나 자연과 조화를 이루며 살아가는 이상적인 세계관을 나타낸다. 우리는 《허클베리 핀의 모험》을 사회비판 소설로서뿐만 아니라 낭만적인 이상향을 꿈꾸는 동화로도 읽는다. 이 소설은 속박을 거부하는 소년과 미시시피강이라는 대자연을 접목함으로써 미국인의 핵심적인 가치 중의 하나인 자유에 대한 열망을 담았다. 허크가 미시시피강에서 백인우월주의를 버리고 모든 인간은 평등하다는 각성을 하게 된다는 설정은 미국 사회의 부조리를 해결하는 데 생태적 공간이 중요한 역할을 한다는 점을 간접적으로 시사한다. 이런 이유로《허클베리 핀의 모험》은 마크 트웨인의 천재성이 유감없이 발휘된 명작이라고 평가받는다.

사실적 언어로 가득한 대화체 소설

마크 트웨인은 원래 유머러스한 필체로 명성을 쌓은 작가였다. 그러나 갈수록 자신이 살고 있는 시대와 세상을 진지하게 담아내는 작업에 몰두해 갔다. 그럴 수밖에 없는 것이 마크 트웨인의 생애 대부분을 차지하는 19세기 미국은 산업화가 한참 진행되었던 격동의 시대였기 때문이다. 마크 트웨인은《허클베리 핀의 모험》을 통해서 도덕성이 무너지고 물질만능주의가 팽배한 19세기 미국 사회를 강력하게 비판했다.

마크 트웨인에게는 다른 사회비판적 소설을 쓴 작가와 차별되는 독특함이 있었다.《허클베리 핀의 모험》은 세르반테스와 셰익스피어 이후 가장 뛰어난 해학가로 불렸던 마크 트웨인을 예리한 관찰자로 변모시킨 일등 공신이다.

많은 작가들이 작가의 설명이나 작중인물의 행동을 통해서 간접적으로 작중인물의 개성과 성격을 보여준 것과 달리, 마크 트웨인은 인물들의 다양한 대화를 통해서 작중인물의 개성과 의식이 변화되는 과정을 유려하게 표현했다. 마크 트웨인이 애용하는 인물 묘사 방법인 대화를 통해서 작중인물의 특징을 알리는 기법은 일반 독자들에게 더 진정성 있게 다가왔고 더 큰 공감을 안겨주었다.

그렇다면 마크 트웨인은 왜 대화체를 즐겨 썼을까? 누구나 알다시피 《허클베리 핀의 모험》에는 백인과 흑인이라는 대척점에 있는 계층이 중심인물로 등장한다. 첨예한 갈등 관계에 있는 두 인물이 화합하여 누구나 존중받는 세상을 그리고 싶었던 마크 트웨인은 중심인물들을 서로 끊임없이 소통하게 함으로써 서로를 존중하고 깊이 받아들이는 과정을 현실적으로 그리고 싶었던 것이다. 두 사람의 대화에 그들 계층이 사용하는 방언을 사용함으로써 소설을 더욱 풍성하고 생생하게 만드는 데 기여한 것도 대화체의 역할이었다.

미국의 정체성을 담은 가장 미국적인 작가

《허클베리 핀의 모험》에서 작중인물들은 토속적인 미국 방언으로 대화를 나눈다. 이 점이 바로 마크 트웨인을 미국 문학사에서 독보적인 위치에 서게 만든 요인이다. 남북전쟁 직전 미국 남부지역에서 널리 사용되었던 문화에 대한 지식을 마크 트웨인만큼 잘 아는 작가는 없었다. 이런 이유로 미국 정신을 알려면 마크 트웨인을 읽어야 한다는 이야기가 있고, 미국의 국민 시인이라 칭송받는 월트 휘트먼Walt Whitman보다 몇 배나 더 미국적인 작가라는 극찬을 받는 것이다.

문법과 발음을 무시한 미국 토속 방언을 가미한 마크 트웨인의 소설은 아직 봉건적 문체에서 벗어나지 못한 유럽 문학에 대한 도전이자 비판이었다. 이 점이 마크 트웨인을 미국 대중 소설을 대표하는 미국의 아이콘이라고 부르는 이유다. 구어체 사투리를 사용하고 평범한 민중을 소설 속 중심인물에 배치함으로써 마크 트웨인은 당시 미국 사회를 좀 더 폭넓고 진솔하게 서술할 수 있었고 미국인의 이상과 가치관을 좀 더 광범위하게 담을 수 있었다.

마크 트웨인이 애용한 미국 방언은 저절로 체득한 것이 아니었다. 그는 미국 방언을 정확하게 익히기 위해 방언을 제대로 발음할 때까지 수없이 되뇌었다고 한다. 이 일화는 마크 트웨인이 미국 방언의 가치를 일찍이 알아보고 소설에 반영하기 위해서 꾸준히 노력했다는 것을 보여준다. 사회적 계급에 따라 다양하게 나타나는 방언을 소설에 적용함으로써 마크 트웨인은 다양한 인종과 문화권에 속한 미국인의 정체성을 풍부하게 소설에 담을 수 있었다.

《허클베리 핀의 모험》은 미국 사투리 구어체를 문학에 반영한 최초의 작품이다. 마크 트웨인은 고전을 가리켜 "모든 사람이 격찬하지만 아무도 읽지 않는 책"이라고 말한 바 있다. 그러나 정작 자기 작품은 이 정의에서 제외된다. 오늘날까지 마크 트웨인의 책은 수많은 독자들에게 읽히고 있기 때문이다.

19

기발한 모험담 속에 감춰진
풍자의 묘미

《걸리버 여행기》
Gulliver's Travels

조너선 스위프트Jonathan Swift

1667년 아일랜드 더블린에서 태어났다. 태어나기 전에 아버지가 사망해 큰
아버지 손에 자랐다. 1682년 트리니티 칼리지에 입학했다. 졸업한 뒤 1688
년 유명한 정치가이자 학자로 당시는 정계에서 은퇴한 윌리엄 템플William
Temple 경의 개인비서로 일했다. 그 후 1694년 아일랜드로 돌아가 성직을 얻
어 킬루트 성당에서 생활했고, 더블린 근처 라라카의 교회 목사로 일하기도
했다. 1710년 토리당의 기관지격인 신문 <이그재미너>의 편집장을 맡아 정
치평론 등을 쓰며 이름을 알렸다. 1726년에 《걸리버 여행기》를 런던에서 출
간하면서 명성이 높아졌다. 1730년대 말엽부터 정신착란 증세가 나타났고
1742년에는 발광상태에 빠지는 등 노년에 정신장애로 고생하다가 1745년
세상을 떠났다.

《걸리버 여행기》, 인간 혐오인가 세태 풍자인가

아마도《걸리버 여행기》를 모르는 독자는 거의 없을 것이다. 웬만한 사람들은 어린 시절 이 소설을 동화로 읽었을 것이며, 설령 읽지 못했더라도 밧줄로 꽁꽁 묶여 누워 있는 걸리버 그림은 기억날 것이다. 그도 저도 아니라면 줄거리만큼은 대충 알고 있을 것이다. 그러나 300쪽이 넘는 이 소설 완역본을 읽은 독자는 생각보다 많지 않다. 어린 시절 동화로《걸리버 여행기》를 읽은 뒤 이소설을 잘 알고 있다고 생각하는 사람이 많다. 그러나 이 소설의 완역본을 읽기 시작한 독자들은 어린 시절 읽었던 그 동화와 같은 책이 맞는지 당황하기 시작한다.《걸리버 여행기》가 출간되었을 때 이 책에 대한 평가는 극명하게 갈렸다.

굉장히 새롭고 괴이한 소설이어서 독자들에게 즐거움과 놀라움을 동시에 느끼게 해준다는 호평도 있었다. 정치, 교육, 윤리, 종교, 법률 제도가 저지른 수많은 오류와 부정에 대한 풍자라는 칭찬도 있었다. 반대로 이 소설을 비판한 사람들은 저자인 조너선 스위프트를 인간 혐오로 가득 찬 미친 사람으로 취급하기도 했다.

분명한 사실은 이 소설이 우리가 생각하는 만큼 아름답고 재미나기만 한 소설은 아니라는 것이다. 스위프트를 향한 이런 비판은 당시 시대 상황을 고려하면 당연한 일이었다. 18세기 유럽은 르네상스 인본주의를 바탕으로 인간 존엄성에 대한 자각이 이제

막 깨어나려는 시대였다. 이런 시대에 인간의 존엄성과 지적 능력을 의심한《걸리버 여행기》는 비난을 살 수밖에 없었다.

　스위프트가 인간을 혐오한다는 비판은 그에게는 가혹하리만큼 억울한 일이었다. 스위프트는 평생 가난한 이웃을 구제하려고 애썼을 뿐만 아니라 자신의 수입 중 일부를 떼어 가난한 자를 돕는 기금을 조성하기도 했다. 그는 자신의 수입을 생활비, 빈민 구제비, 자신이 죽은 후 자선을 위한 기금으로 삼등분하는 등 계획적이고 실천적인 빈민 구제에 나섰다. 마치《레 미제라블》에서 가난한 자를 위해서 자신의 수입을 나눈 미리엘 주교를 연상하게 하는 천사와 같은 삶을 산 사람이다.

　스위프트가 평생 적립한 기금으로 그의 사후 더블린에 성 패트릭 병원이 건립되었다는 사실만 보아도 그가 웬만한 부자보다 더 열심히 빈민 구제에 앞장섰다는 사실을 알 수 있다. 스위프트는 인간을 혐오하기는커녕 고통받는 민중들이 노예와 같은 삶에서 벗어나 인간다운 삶을 살기를 염원했던 인물이었다.《걸리버 여행기》에서 인간 혐오라고 오해할 수 있는 내용들은 인간을 혐오하고자 함이 아니었고, 당시 부패한 권력과 사회를 비판하고 풍자한 것이다. 스위프트는《걸리버 여행기》곳곳에 인간에 대한 분노와 미움을 담고 있지만 그가 소설을 통해서 추구한 것은 인간이 나아가야 할 올바른 방향이지 인간 혐오가 아니다.

조너선 스위프트는《걸리버 여행기》를 왜 썼을까

스위프트는 변호사였던 아버지의 유복자로 태어났다. 그가 태어나기 7개월 전에 세상을 떠난 아버지의 부재로 빈곤하게 살아야 했던 스위프트는 큰아버지의 도움을 받아 어렵게 대학 공부를 마쳤다. 신교도 중심이었던 트리니티 칼리지에 다녔던 스위프트는 가톨릭교도인 제임스 2세가 왕위에 오르자 영국으로 추방당했다. 이 시절 독서에 탐닉한 스위프트는 자신에게 풍자글을 쓰는 데 재능이 있다는 것을 발견하고 본격적으로 풍자적 글쓰기에 돌입했다.

소설가이자 신학자이기도 했던 스위프트는 아일랜드 독립 운동의 지도자로도 활동했다. 그는 1724년 'M. B. 드래피어M. B. Drapier'라는 필명으로 영국의 아일랜드 식민지 지배 정책을 비판하는 공개 편지를 발표했다. 그러자 영국 정부는 'M. B. 드래피어'의 정체를 제보하는 자에게 300파운드를 지급한다는 현상문을 내걸었다. 'M. B. 드래피어'의 정체가 스위프트임을 대다수 아일랜드 사람은 잘 알고 있었지만 그 누구도 스위프트를 당국에 신고하지 않았다. 평소 가난한 자와 약한 자를 위해서 헌신했기에 아일랜드의 국가 영웅으로 존경받고 있었기 때문이다.

스위프트가 살았던 시대는 데카르트의 합리주의와 계몽주의 철학이 주류를 이루었던 시대다. 인간이 가진 합리적인 생각으로 자연을 개발하고 수치 계량화하여 인간의 필요에 맞게 이용할 수 있다고 생각했다. 합리주의와 계몽주의는 한마디로 인간의 이성으로 세계 질서를 파악하고 개선할 수 있다고 생각했다. 합리적인 인간의 이성을 통해서 개인의 행복을 얼마든지 획득할 수 있다는 것이다.

하지만 스위프트는 이런 생각에 동의하지 않았다. 그가 생각하기에 인간 이성은 합리적이고 선하게만 작동하지 않았다. 합리주의는 이성을 바탕으로 한 과학기술을 발달시켜 인간의 삶이 과거에 비해 개선될 것이라고 믿었지만 스위프트가 생각하기에 합리주의는 인간 존엄성보다 물질적 이득에 더 치중하기 때문에 인간을 도구화하고 인간 존엄성을 파괴하는 것으로 보였다. 사실 당시 학문, 정치 경제, 사회, 종교를 이끈 합리주의는 모든 인간의 복지와 행복을 추구하기보다는 소수의 권력자와 기득권 세력의 이익에만 봉사했다.

이런 합리주의의 부작용을 직접 목격한 스위프트는 민중을 착취하는 권력자의 탐욕과 지배자의 강압을 비판하고 풍자하기 위해《걸리버 여행기》를 발표했다.《걸리버 여행기》에는 이기적이고 기회주의적이며 욕구와 허상에 빠져 있는 인간상이 대거 등장한다.《걸리버 여행기》에 나오는 이런 인간상은 당시 유럽 사회에 만연한 부패와 타락을 반영한 것이다. 스위프트 생각대로 이성을 바탕으로 둔 낙관주의는 그저 환상에 불과했고 오로지 부패와 타락이라는 부작용만 나타났다.

스위프트가 영국 본토가 아니라 영국의 지배를 받았던 식민지 아일랜드 출신이라는 것도 그가 영국 정치를 신랄하게 비판한 이유 중의 하나다. 많은 독자들이 스위프트를 영국 작가라고 생각하지만, 그는 영국보다는 아일랜드적 성향을 자신의 문학적 자산으로 여긴 작가였다. 스위프트는 자신의 작품 곳곳에 영국의 정치, 사회, 경제에 대해 과감한 비판을 서슴지 않았다. 그가 비록 영국에 대한 반감으로 영국 사회를 풍자하고 비판하는 《걸리버 여행기》를 썼지만, 풍자에 그치지 않고 영국 사회가 나아가야 할 방향을 제시했다는 것도 분명한 사실이다.

조너선 스위프트식 풍자

스위프트는 주로 인간 사회의 이기심을 중심으로 정치를 풍자했다. 그는 기득권 세력의 권리나 도덕의 위선적인 모습을 폭로함으로써 권력의 횡포를 비판하는 전통적인 풍자 문학의 원리를 충실히 따른다.

《걸리버 여행기》의 소인국 사람들은 굽이 높은 구두를 신는 사람과 굽이 낮은 구두를 신는 사람들이 대립하며 싸운다. 걸리버에 비해 12분의 1 크기에 불과한 소인들이 사소하기 그지없는 굽높이로 서로 싸우는 모습을 통해서 스위프트는 당시 영국의 보수당(토리당)과 자유당(휘그당)이 벌인 당파 싸움을 풍자한다. 소인국 왕이 업무 수행 능력보다는 밧줄을 타고 춤을 추는 등의 잔재주로 관리를 등용하는 모습을 통해 우리는 당시 영국 사회가 얼마나 부패했으며, 능력보다는 인맥과 아부로 출세 여부가 결정되는 사회였다는 사실을 알게 된다.

반면 두 번째로 방문한 대인국은 스위프트가 상상한 유토피아를 상징한다. 소인국에서는 군주가 절대 권력을 휘두르지만 대인국은 전제군주의 모습은 찾을 수 없다. 대인국에서는 전쟁도 없고 모략도 없다. 대인국은 인품과 분별력을 겸비한 통치자가 부패를 방지하고 안정된 정치를 시행한다.

이처럼 스위프트는 부패한 소인국과 이상적인 정치 제도를 실현한 대인국을 대비함으로써 인간 세상이 나아가야 할 방향을 제시한다.

공중에 떠 있는 나라 라퓨타 기행에서는 실생활과 아무런 관련이 없는 탁상공론에 몰두하는 당시 영국의 철학자나 과학자를 풍자한다. 예를 들어 걸리버의 옷을 짓는 재단사는 오로지 수치에만 몰두하느라 정작 그가 만든 옷은 걸리버 몸에 맞지 않는다. 라퓨타의 관리는 업무 중에도 하인들이 몽둥이로 때려주지 않으면 백성들이 아무리 외쳐도 그들의 소리를 듣지 않고 오직 공상과 논쟁만 할 뿐이다. 여기서 백성들의 아우성은 변화와 개혁을 원하는 외침을 상징하며 아무 소리도 듣지 않으면서 사색에만 빠져 있는 관리는 백성의 삶을 돌보지 않고 오직 탁상공론만 일삼는 영국 지배층을 상징한다.

《걸리버 여행기》, 왜 읽어야 할까

인간 혐오를 조장한다는 이유로 출간 당시 낯선 비판을 받았던 《걸리버 여행기》가 오늘날 18세기 영국 문학을 대표하는 작품으로 추앙받는 이유는 무엇일까? 이 작품이 당시 유행하던 풍자문학 중에서도 당대 영국 사회와 인간 세상을 탁월하게 풍자했기 때문이다. 《걸리버 여행기》는 인간의 이성만으로 충분히 좋은 세상을 만들어갈 수 있다는 생각에 사로잡힌 시대의 한복판에서 인간의 이성이 정말 그렇게 위대한가에 대해 반문한다. 인간 사회의 부조리함과 치졸함을 날카로운 필체로 묘사함으로써 인간이란 어떤 존재인가를 통찰하고 있는 것이다.

이 작품은 소인국, 거인국, 천공의 섬, 말의 나라 등 가공의 세계와 오줌, 대변 등 인간의 원초적 호기심을 자극하는 요소를 전면 배치함으로써 어른이나 아이 할 것 없이 재미나게 읽을 수 있는 요소를 고루 갖추었다.

네 번째 여행국인 말의 나라에서 돌아온 걸리버가 자신을 반기는 가족들 냄새에 기겁하여 기절하거나 사람을 피해 마구간에서 말과 함께 생활하는 모습은 스위프트가 인간을 혐오하는 작가라는 오해를 사는 단서가 되었으며 아이들이 읽기엔 적합하지 않은 책이라는 오명을 뒤집어 쓸 법도 하다. 출간 당시에도 이런 이유로 총 4부작으로 출간된 《걸리버 여행기》가 금서로 지정되어 3, 4부를 삭제한 상태로 재출간돼야 했으며 그나마 살아남은 1, 2부도 어린이용 동화로 각색되어 출간되었다.

걸리버가 인간을 멀리하고 말과 함께 살려는 광기를 보이는 이유는 돈키호테의 광기처럼 다양하게 해석할 수 있다. 이 장면을 두고 인간을 거부하는 행동이라고 생각할 수 있지만 소설이라는 장르의 특성에 충실한 설정이라는 평가도 있다. 소설의 결말이 걸리버의 축적된 경험의 산물이라는 것을 생각하면 걸리버의 마지막 광기는 걸리버 철학의 응집이라고 볼 수 있다.

걸리버는 말의 나라에서 인간을 대변하는 야만적인 야후를 만나고 그에 대한 반감이 커진 나머지 이성적인 말과의 소통을 통해서 삶의 의미를 찾는다. 그가 인간 세상에 돌아와서 사람에 대한 두려움에 사로잡혀 말의 나라에서 친숙하게 지냈던 말과 소통하며 함께 살아가는 설정은 지극히 소설다운 결말이다. 독자들은 걸리버가 경험한 사실을 간접경험하면서 걸리버가 인간을 멀리할 수밖에 없겠다고 공감하게 된다.

'독자들을 지루하게 만들지 않겠다'라는 스위프트의 글쓰기 전략에 따라 소인국, 거인국, 라퓨타 등 9개 나라를 여행한 내용을 다루고 있는 《걸리버 여행기》는 번역본이 500쪽이 채 안 될 정도로 전개 속도가 무척 빠르다. 주로 동화로 인식되어 성인이 된 후에도 손이 잘 가지 않는 소설이지만, 18세기에 나온 뛰어난 풍자 소설이라고 평가할 만한 가치가 충분하다.

20

돈키호테와 산초의 모험담 속에 감춰진 인간에 대한 해학과 해석

《돈키호테》
Don Quixote

미겔 데 세르반테스 Miguel de Cervantes Saavedra

세르반테스는 1547년 스페인에서 태어나 외과의사였던 아버지를 따라서 전국을 떠돌아다녔다. 어린 시절 인문학 학교에 잠시 다닌 것을 제외하고는 정규교육을 거의 받지 못했다. 20대 초반에 레판토 해전에 참전하여 한쪽 팔을 잃는 장애를 입어 '레판토의 외팔이'라는 별명을 가지게 되었다. 전쟁이 끝나고 귀국하다가 해적에게 붙잡혀 오랜 인질 생활을 겪었고 거액의 몸값을 지불하고 풀려났다. 장애인이 된 참전용사로서 신대륙에 일자리를 간청했지만 거절당한다. 결국 세무 공무원으로 일하다가 뇌물을 받은 혐의로 옥살이를 하는 도중 《돈키호테》를 구상하여 출간했다. 책은 대성공이었지만 판권을 이미 팔아버렸기 때문에 수중에 들어오는 돈은 미비했고, 1915년 《돈키호테》 2부를 출간한 뒤 1916년 쓸쓸하게 세상을 떠났다.

서양 근대 소설의 원류가 되다

스페인어 문화권에서 가장 위대한 작가이면서 세계 최고 작가 중한 명인 미겔 데 세르반테스가 쓴《돈키호테》는 근대 소설의 시작을 알린 작품이자 역사상 가장 뛰어난 소설로 꼽힌다. 이 소설은 돈키호테의 모험, 민담, 고전 우화 등 모든 형식의 서사를 총망라한 서양 최초의 근대 소설이라고도 할 수 있다. 전지적 작가 시점으로 이야기를 이끌어간 기존의 기사 소설과 달리《돈키호테》는 등장인물들의 대화로 이야기를 전개한다.

세르반테스에 대한 평가는 밀란 쿤데라의 한마디로 요약된다. "세상의 모든 소설가는 어떤 식으로든 모두 다 세르반테스의 후손들이다." 미국의 문화 비평가 라이오넬 트릴링Lionel Trilling은 《돈키호테》이후의 모든 산문은《돈키호테》가 다룬 주제의 변주곡에 지나지 않는다고 단언했고, 프랑스 비평가 르네 지라르Rene Girard는《돈키호테》이후에 나온 모든 산문은《돈키호테》를 다시 썼거나 한 부분을 다시 쓴 것이라고 말했을 정도로《돈키호테》는 출간된 지 수백 년이 지난 지금도 최고의 지위를 누린다. 한마디로 서양 근대 소설은 모두《돈키호테》에서 출발한다고 해도 틀린 말이 아니다.

고전을 읽는다는 것은 다양한 문화에 대한 배경지식을 쌓고 깊은 사유를 함으로써 통찰력과 창의력을 길러주는 행위라고 말할 수 있다. 《돈키호테》를 읽는다는 것은 다른 고전이 가지고 있지 않은 특별한 열매를 얻는 것이다. 시대, 인종, 나이를 초월하는 소설을 읽는 즐거움과 재미를 주면서도 현대문학에서 모방했거나 미래에 나타날지 모르는 혁신적인 구성까지 갖추고 있다. 문학성을 떠나서 재미 그 자체로만 따져도 《돈키호테》는 역사상 최고의 소설이다. 요즘 유행하는 웹툰과 비교해도 뒤지지 않을 정도로 재미있다.

가브리엘 가르시아 마르케스^{Gabriel Garcia Marquez}를 비롯한 호르헤 루이스 보르헤스^{Jorge Luis Borges}, 이탈로 칼비노^{Italo Calvino}, 무라카미 하루키, 살만 루슈디^{Salman Rushdie} 같은 현대를 대표하는 거장들이 답습한 마술적 사실주의나 독자를 이야기 속으로 초대하거나 작가가 사라지는 등의 설정은 《돈키호테》에서 시작된 혁신적 기법이다. 《돈키호테 1》의 출간과 독자들의 반응을 《돈키호테 2》에서 언급하고 대화의 주제로 삼는 설정은 현대 소설 기법으로 보아도 혁신적이다.

기사 소설 속 기사를 동경한 세르반테스

13세기 영국과 프랑스를 중심으로 발전한 기사 소설은 돈키호테와 같은 편력 기사들의 영웅적인 모험을 다룬 장르다. 기사 소설에 등장하는 기사들은 비상한 능력을 갖춘 사람들인데 하나같이 모험심, 용기, 정의감을 갖추고 있었다. 영국과 프랑스에 비해 시기적으로는 늦었지만 스페인 사람들도 기사 소설의 매력에 빠지기 시작했다. 16세기에 이르러 기사 소설은 서민뿐만 아니라 귀족과 성직자, 황제에 이르기까지 전 국민에게 사랑을 받았다. 따지고 보면 돈키호테의 행태가 아주 비현실적인 것은 아니었다. 실제로 아메리카 신대륙에 첫발을 디딘 스페인 정복자들은 자신들이 기사 소설에 나오는 기사가 된 것과 같은 환상에 빠져서 신대륙 정복에 열을 올렸다.

젊은 시절 수행비서로 일하며 나름 안정된 인생을 살 수 있었던 세르반테스가 돌연 입대하고 제대 후 세무 공무원으로 생계를 유지할 수 있었음에도 신대륙에 파견가고자 여러 차례 청원을 한 것도, 따지고 보면 시시하고 평범한 인생보다는 돈키호테처럼 모험을 열망하고 있었기 때문이다. 세르반테스도 돈키호테처럼 기사 소설을 탐독하고 군인과 전쟁에 대한 존경과 동경심을 가졌던 것으로 보인다. 자신의 소망대로 레판토 해전에 참전한 세르반테스는 마치 기사 소설에 등장하는 기사가 된 것 같은 벅찬 기분이었을 것이다. 《돈키호테》 1부에 등장하는 "저는 고대하던 출전의 열망에 심장이 떨립니다"라는 구절은 따지고 보면 세르반테스 자신의 심정을 이야기한 것이다.

레판토 해전에서 부상을 입고 장애인이 되었음에도 4년이나 더 전투에 참여했다는 사실과 제대 후 무적함대의 물자보급관에 지원했다는 사실은 세르반테스가 얼마나 기사 소설에 깊게 빠져 있었고 얼마나 열렬히 군인을 동경했는지 짐작하게 한다. 어린 시절부터 기사 소설을 탐독하고 용감한 기사가 되는 꿈을 꾸었던 세르반테스에게 군인이라는 신분은 쪼들린 생활 속에서도 차마 포기할 수 없었던 마지막 희망이었다.

세르반테스를 흔든 두 가지 사건

16세기 후반 세르반테스의 인생을 뒤흔든 두 가지 사건이 일어난다. 첫 번째 사건은 무적함대의 패배였다. 무패를 자랑하던 스페인 무적함대의 몰락은 물질적인 손해보다 정신적인 충격이 더 컸다. 무적함대의 패배는 스페인에서 해상 무역의 패권을 네덜란드에 넘겨주는 결과를 낳았고 사회 전체에 패배 의식과 절망감을 안겼다.

두 번째 사건은 세금 징수원으로 일하던 그가 정부 허락도 받지 않고 밀을 매각했다는 죄목으로 감옥에 간 사건이다. 이 사건의 진상은 자세하게 알 수 없다. 다만 나라를 위해 싸우다가 총알에 왼팔이 일그러졌고 가슴뼈와 치아가 부서졌음에도 4년간이나 더 전쟁에 참전한 애국심 강한 사람이 개인적인 욕심 때문에 비리를 저질렀다고 보기는 어렵지 않느냐는 추측이 있을 뿐이다.

어쨌든 세르반테스에게 이 두 사건은 더 이상 현실에서 기사가 되기보다는 문학으로 기사도의 이상을 펼치고 싶다는 욕망을 키웠다. 그래서 탄생한 작품이 《돈키호테》다. 직접 레판토 해전에 참전해서 이교도와 전투를 벌이고 부상을 당한 세르반테스는 비리로 감옥에 갇히는 개인적인 불행까지 겹치자 기사 소설을 패러디해 보겠다는 새로운 아이디어를 떠올렸다. 따라서 《돈키호테》에 나오는 모든 소재와 내용은 기존 기사 소설에서 빌려온 것이며, 여기에 세르반테스가 갖고 있던 기사 소설에 대한 해박한 지식이 더해진 것이다.

《돈키호테》는 현대 독자들이 읽어도 무척 재미나고 포복절도할 장면이 많다. 세르반테스가 현대에 태어났다면 소설가보다는 코미디 프로그램 작가로 더 크게 성공했을지도 모르겠다는 생각이 들 만큼 그의 유머 감각은 천재적이다. 그러나 아무리 오늘날 독자들이 《돈키호테》를 재밌게 읽는다 해도 당대 스페인 독자가 맛보았던 즐거움을 따라갈 수는 없다. 왜냐하면 당시 스페인 독자들은 이미 기존 기사 소설의 애독자였으며 우리는 전혀 눈치 챌 수 없는 패러디적 요소를 놓치지 않고 간파할 수 있었기 때문이다. 더구나 번역본을 읽어야 하는 우리나라 독자는 아무리 뛰어난 번역이라도 기사 소설을 교묘히 패러디한 원문의 맛과 재미를 온전히 누리기는 힘들다. 그러나 이 모든 난관을 넘어서서 《돈키호테》는 시대와 세대를 불문하고 모든 독자들에게 소설 읽는 즐거움과 웃음을 선사한다.

기사 소설의 명예를 지켜라

세르반테스가 기사 소설을 패러디한 것은 단지 독자들에게 웃음을 선사하기 위함은 아니었다.《돈키호테》서문에서 밝힌 것처럼 멀쩡한 사람을 미친 사람으로 만드는 "기사 소설 나부랭이를 혼내주기" 위해서라고 보기도 어렵다.《돈키호테》초반부를 보면 기사 소설에 중독된 돈키호테가 미쳐서 집을 나갔다는 제보를 들은 동네 신부와 이발사가 돈키호테가 읽고 소장하는 기사 소설을 재판하는 장면이 나온다. 돈키호테의 조카와 하녀는 모든 기사 소설을 버리고 싶어 했지만, 정작 신부와 이발사가 기사 소설 마니아임이 밝혀진다. 신부는 기사 소설에 대한 방대한 지식을 자랑하며 자신이 생각하기에 좋은 기사 소설은 버리지 않는다. 박식하면서 대학을 졸업한 신부는 돈키호테와 누가 최고의 기사인지를 두고 논쟁을 벌일 만큼 기사 소설의 열혈 독자였다.

신부는 번역을 거치면서 원문이 훼손된 기사 소설, 허무맹랑한 이야기를 무례하게 떠벌리는 기사 소설, 알 수 없는 지저분한 이야기를 쓴 기사 소설은 가차 없이 불태워 버리라고 명령하지만, 작품성이 뛰어난 기사 소설, 문체가 고상하고 명확하면서 정확하고 분별력을 갖춘 인물을 묘사한 기사 소설은 살려둔다. 평범하게 먹고 잠자고 본인 침대에서 사망하며, 사망하기 전에 유언을 남기는 등 보통 사람처럼 행동하는 기사가 등장하는 소설은 이발사에게 읽어보라고 권하기까지 한다.

이를 통해 우리는 세르반테스가 '사실성'이 우선되고 거기에 즐거움이 추가된 기사 소설을 중시했음을 알 수 있다. 세르반테스는 신부의 기사 소설 심판 장면을 통해서 기사 소설 자체를 비판하는 것이 아니라 멀쩡한 사람을 미치게 할 정도로 허무맹랑하며 문체가 조악한 기사 소설이 우후죽순처럼 쏟아져 나오는 세태를 비판한다. 기사 소설의 팬이면서 기사도를 인생 신조로 삼고 있는 세르반테스 입장에서는 기사 소설이 형편없이 타락하는 것을 지켜볼 수가 없었을 것이다. 그에게 기사 소설이란 단순한 오락거리가 아니라 어지러운 세상을 구원하는 빛에 가까웠기 때문이다.

현실성 없이 어렵기만 하고 아무 의미도 없는 수식어로 가득한 기사 소설에 대한 비판은 "아리스토텔레스가 다시 살아 돌아온다고 해도 무슨 말인지 알 수 없는 문장을 이해하고 거기에서 의미를 도출하기 위해서 밤을 새우곤 했다"라는 《돈키호테》의 구절로 명확해지는데, 세르반테스는 이런 기사 소설이야말로 세상의 빛이 되어야 할 기사도를 전하지 못할 뿐만 아니라 삶의 모범적인 기능도 수행하지 못한다고 생각했다. 어쩌면 세르반테스는 《돈키호테》를 출간함으로써 세상에 떠돌아다니는 '엉터리 기사 소설'을 비판하고 '진정한 기사 소설'을 부활시키고 싶어 했는지도 모른다.

유럽 문화의 총집산

《돈키호테》 속에서는 수많은 이야기가 등장한다. 이 소설은 돈키호테와 산초가 겪는 모험담만을 다루지 않는다. 돈키호테가 여행하면서 만난 많은 등장인물이 들려주는 인생 이야기와 그들의 경험은 소설 속의 또 다른 단편소설이나 다름없다. 독자들은 이야기 속의 또 다른 이야기 속으로 여행하는 셈이다. 물론 이 모든 이야기가 세르반테스의 작가적 상상력에서 나온 것은 아니다.

세르반테스는 당시 유행하던 기사 소설의 내용뿐만 아니라 유럽에서 출간된 모든 문학 장르, 인문 서적은 물론이고 세상에 떠돌던 민담, 전설, 속담까지 동원해서 전혀 새로운 기사 소설을 썼다. 일부 독자들은 주요 스토리보다 오히려 서브 스토리가 더 재미있다고 이야기할 만큼 소설 속 단편소설은 하나같이 흥미롭다. 소설 속에서 속담 중독자라고 묘사된 산초 판사가 말한 속담만 정리해도 한 권의 속담집이 완성될 정도이니 세르반테스가 얼마나 자료 수집에 몰두했는지 짐작할 만하다.

《돈키호테》는 유럽의 기사 소설 애독자를 위한 새로운 기사 소설이 아니고 동서고금을 망라한 모든 인류를 사로잡을 수 있는 요소들을 총집결한 작품이다. 정처 없이 떠도는 편력 기사 돈키호테처럼 이 책을 읽는 독자들도 이 소설이 대체 어디로 흘러가는지 짐작조차 하기 힘들 정도다.

돈키호테, 광인인가 현인인가

《돈키호테》속에 나오는 인물들조차 돈키호테가 광인인지 현인인지 헷갈려한다. 분명 기사에 관련된 일에 관해서 돈키호테는 미친 사람이고 그의 말을 믿는 하인 산초는 바보임이 틀림없다. 하지만 그렇다고 돈키호테를 미친 사람으로 생각하기엔 그는 너무나 현명하고 사려 깊다. 산초도 마찬가지다. 산초가 공작이 꾸민 장난으로 잠시 통치자가 되었을 때 내린 판결과 그가 직접 만든 법률은 솔로몬 못지않게 진보적이며 현명하다. 돈키호테와 산초가 멀쩡했던 순간에 나눈 대화는 시대를 관통하는 통찰력을 주기에 충분하다. 또한 시인이 되고 싶은 청년에게 돈키호테는 이런 충고를 한다.

"작가로서 자기 생각보다 남의 의견에 귀를 기울인다면 유명해질 수 있다네. 세상 어느 부모치고 자기 자식이 못생겨 보인다고 생각하는 사람은 없지. 그러니까 본인 머리가 낳은 자식이고 보면 그런 잘못은 더하지 않겠는가?"

글을 '머리가 낳은 자식'이라고 표현한 천재성이 놀라울 따름이다. 자신이 쓴 작품은 모두 대단해 보이지만 결국 시인으로서 성공하기 위해서는 독자의 비판에 귀를 기울여야 한다는 뜻이다.

먹고살기 힘든 시인을 꿈꾸는 자식을 못마땅해 하는 부모를 향해 돈키호테는 자식이 하고자 하는 일을 부모라는 이유로 막아서면 안 된다고 충고한다. 진로를 제안하거나 설득하는 정도는 괜찮다는 지극히 현실적인 조언도 한다. 이보다 더 냉철하고 정확한 조언이 어디 있겠는가.

돈키호테가 섬의 통치자가 된 산초에게 한 조언은 더 놀랍다. 돈키호테는 직무에 어울리는 복장을 갖출 것이며, 물가를 안정시키고 쓸데없는 포고를 남발하지 말고, 장터를 자주 방문하라고 충고한다. 21세기 정치 컨설턴트의 조언이라고 해도 믿을 정도다. 돈키호테의 조언을 받은 섬의 통치자 산초가 마련한 법령들은 17세기 초반의 것이라고는 믿기지 않을 만큼 진보적이다. 포도주의 품질과 평판에 따라 가격을 정하기 위해 원산지를 표시하며, 장애인이나 가난한 자로 행세하여 혜택을 누리는 자가 없도록 별도로 관리 법령을 시행하는 것은 오늘날 행정에서 흔히 볼 수 있는 일이다.

'징조'에 관한 돈키호테의 통찰은 재미를 넘어서 감동을 준다. 돈키호테는 징조라는 것은 자연의 섭리에 기반을 두고 있는 것이 아니니 어떤 일을 두고 좋은 징조라거나 좋은 일이 생길 것이라고 기대하지 말고 그저 좋은 사건이었다는 정도로 여기라고 충고한다. 자연이 먼저 귀띔을 해주기라도 한 것처럼 그토록 짧은 찰나가 미래에 올 불행이나 행복을 알려준다고 믿어서는 안 된다는

것이다. 아무런 과학적 근거가 없는 징조에 근거 없는 희망을 품
거나 좌절하지 말라는 이야기다.

세르반테스는 좋은 글을 쓰는 방법을 알았고 돈키호테는 좋은
행동을 하는 방법을 알았다.

21

가장 숭고한 선은
가장 저급한 악으로부터 배운다

《올리버 트위스트》
Oliver Twist

찰스 디킨스 Charles John Huffam Dickens

1812년 영국 포츠머스에서 여덟 자녀 중 둘째로 태어났다. 경제 관념이 없는 아버지 때문에 힘든 유년 시절을 보내야 했고, 그 때문에 열두 살 때부터 런던 의 구두약 공장에서 하루 10시간 이상의 노동을 해야 했다. 열악한 작업환경 에서 고된 노동을 해야 했던 어린 시절의 경험은 장차 그의 작품 세계에 큰 영 향을 주었다. 집안 형편으로 결국 학교를 그만두고 속기술을 배워 의회 기자 로 일했으나 문학에 대한 꿈을 접지 않았다. 1833년 첫 단편 「포플러 거리의 만찬」을 발표하면서 작가로서 첫 걸음을 내딛었다. 1937년 첫 장편소설 《픽 윅 클럽 여행기》가 크게 주목받았고, 연이어 《올리버 트위스트》가 폭발적인 사랑을 받으면서 인기 작가로 자리매김했다. 1870년 열두 권으로 기획된 대 작 《에드윈 드루드의 미스터리》 집필 도중 심장마비로 세상을 떠났다.

성장 소설인가, 범죄 소설인가

찰스 디킨스의 《올리버 트위스트》는 부제목 「교구 소년의 성장」에서도 알 수 있듯이 구빈원에서 태어나자마자 고아가 된 올리버의 성장 스토리다. 올리버가 자신을 학대하는 구빈원 관리와 장의사로부터 도망쳐 런던에 도착하고 우여곡절 끝에 여러 사람의 도움을 받아 건강을 회복하여 교육받으며 신체적 정신적으로 성숙하는 내용을 다룬 작품이다. 《올리버 트위스트》는 올리버 자신이 의도한 것은 아니지만 범죄행위에 가담하고 그를 둘러싼 많은 범죄자의 생활이 세밀하게 묘사되어 있어 범죄 소설로 읽힐 수도 있다.

흔히 앵글로색슨족을 가리켜 기록에 미친 사람들이라고 말한다. 사전편찬자로 유명한 새뮤얼 존슨Samuel Johnson은 17세기 이후 활동한 시인 52명의 생애와 작품 활동에 관한 저서 《영국 시인전Lives of the Englisn Poets》이라는 대작을 남겼는데 무려 10권 분량이다. 또 새뮤얼 존슨을 추종한 작가 제임스 보즈웰James Boswell은 영어 원서로 1,400쪽이 넘는 전기 《새뮤얼 존슨전The Life of Samuel Johnson》을 남겼다.

영국은 이미 18세기인 1773년에 세상에 악명을 떨친 범죄자를 기록한 총 5권 분량의 연대기 《뉴게이트 캘린더Newgate Calendar》를 발간했는데, 여기에는 각 범죄자의 범죄 이력, 사건 개요가 자세히 기록되어 있다. 많은 소설가가 《뉴게이트 캘린더》를 참고하고 영감을 얻어 작품 활동을 했고, 이런 소설을 뉴게이트 소설 또는 범죄 소설이라고 부른다. 《올리버 트위스트》 또한 《뉴게이트 캘린더》를 참고해서 집필했으니 이 소설을 범죄 소설이라고 부를 만한 충분한 근거가 된다.

기자의 눈과 작가의 손끝에서 탄생한 작품

《올리버 트위스트》의 배경이 되는 영국 빅토리아 시대는 보수적인 가치관이 득세한 시절이다. 그러다 보니 하층민의 범죄를 주로 다룬 범죄 소설은 불온한 것으로 간주되었는데, 선량한 사람에게 범죄에 관한 정보와 이야기를 들려줌으로써 사회 불안을 일으킨다는 것이 그 이유였다. 당시 기득권층은 범죄 소설을 읽고 노동자들의 불만이 표출되어 반사회적인 단체 행동을 할 수 있다고 우려했다. 물론 그들의 걱정이 마냥 근거 없는 것은 아니었는데, 1830년대 영국 사회가 잉글랜드 북부에서 발생한 폭력 시위와 남부 농업 지대에서 일어난 폭동 때문에 한바탕 몸살을 앓았기 때문이다. 지배 계층에게 범죄 소설은 단순한 오락이 아니고 사회체제를 전복시키는 위험물에 가까웠다. 디킨스를 비롯한 많은 문인들은 범죄 소설을 통해 사회의 민낯을 고발하고 하층민들이 범죄를 저지를 수밖에 없는 처지를 알리고 싶어 했다. 찰스 디킨스를 필두로 해서 발자크, 빅토르 위고, 알렉상드르 뒤마[Alexandre Dumas], 도스토옙스키 등의 작가들이 그런 부류였다.

디킨스는 교도소와 죄수, 가혹하고 불공정한 사회제도, 나약하고 불쌍한 아이들, 지배 계층의 탐욕과 권력에 대한 욕구를 소설에 담았다. 《올리버 트위스트》를 두고 일부 독자들은 약자에 대한 배려를 촉구하고 사회 부조리를 고발하는 등 사회에 공헌한 바와는 별도로 문학성은 다소 부족하다고 비판하기도 한다. 올리버 트위스트가 시종일관 선한 성품으로 착하게만 살다가 결국은 착한 사람의 도움을 받아 그동안 겪었던 모든 고생을 보상받고, 그를 괴롭히던 악당들 모두가 벌을 받는다는 설정이 지나치게 평면적인 동화 같은 이야기라는 비판도 가능하다. 《베니스의 상인》에 등장하는 유대인을 악덕 고리사채업자로 묘사한 셰익스피어 못지않게 디킨스가 범죄 소굴 우두머리인 페이긴을 끊임없이 유대인이라고 강조한 대목은 당시 영국인이 가지고 있는 인식의 한계를 완전히 벗어나지 못했다는 평가도 할 수 있다.

하지만 아무도 주목하지 않는, 혹은 아무도 말하려 하지 않는 사회문제를 소설의 소재로 포착하여 풀어내는 능력은 다른 작가가 흉내 내기 힘든 디킨스만의 재능이다. 디킨스가 활동하던 시대보다 전 시대는 산업혁명으로 눈부신 경제발전을 이뤄냈지만, 하층민의 생활은 전보다 더 빈곤했다. 18세기 말에서 19세기 초에 이르기까지 극소수의 자본가들은 배를 불렸지만 새로 생겨난 노동자 계급은 하루 종일 가혹한 노동 여건에 처한 채, 인간다운 삶을 포기하며 살았다. 배부른 한 끼는커녕 끼니를 때우는 것조차 힘겨웠다. 한마디로 산업혁명 시기야말로 노동자들에게는 '고난의 시대'였다.

소설가이기도 했지만, 의회를 출입하는 기자로도 활동한 디킨스는 법률이 어떻게 기득권 세력에만 유리하도록 만들어지는지 생생하게 지켜보았기 때문에 당시 만연한 사회 부조리를 해결해야 한다는 경각심을 가지게 되었다. 이렇게 그가 직접 보고 겪은 일과 사회문제에 대한 비판 의식이 결합해《올리버 트위스트》가 탄생한 것이다. 기자로 활동하면서 체득한 세밀한 관찰력과 작가로서의 천재성이 만든 결과물이라고 할 수 있다.

사회 기득권층에 보내는 강력한 메시지

《올리버 트위스트》의 주인공 올리버는 구빈원에서 태어나 온갖 학대를 경험하는데 이 내용은 당시 사회적 논란이 된 구빈원 문제를 비판한 것이다. 소설의 내용처럼 빈민을 구제하겠다고 세워진 구빈원은 예산 지원에만 눈독을 들이고 막상 아동들에게는 굶어 죽을 수도 있을 만큼 빈약한 식사와 온갖 학대를 가했다. 필요에 따라 자진해서 입소하는 복지시설이 아니라 가난하다는 이유로 강제로 갇혀 지내야 하는 수용 시설에 가까웠다. 극빈자들에게 구빈원은 혐오 시설이었다. 당시 영국 지배계층은 빈민 구제 정책이 오히려 하층민의 도덕적 해이를 일으키며, 복지 정책으로 게을러진 탓에 마침내 그들이 범죄의 길로 들어서게 된다고 믿었다. 그래서 아예 구걸을 불법화했고 구빈원이 적극적으로 나서서 빈곤한 사람을 구제하는 것을 막았다.

소설 속 올리버처럼 빈민들은 학대를 피해 거리를 떠돌면서 구걸하거나 소매치기를 하거나 살인을 저지르는 범죄자가 될 수밖에 없는 처지였다. 빈민층들이 도덕적인 해이로, 혹은 게을러서 범죄를 저지르는 것이 아니라 사회의 구조적인 문제 때문에 어쩔 수 없이 범죄의 소굴로 들어간다는 《올리버 트위스트》의 설정은 소설 속 범죄자들에 대한 연민과 동정을 유발한다.

이 소설은 당대 다양한 계층에서 널리 읽혔고 지금도 명작으로 남아 있다. 어쩔 수 없는 사정으로 범죄자가 된 사람의 비극이 디킨스의 손끝에서 생생하게 되살아났기 때문이다.

당시 시행한 구걸 금지법과 방랑 금지법은 숨어 지내고 범죄를 저지르기 쉬운 대도시 런던으로 빈민들이 모여들게 만들었고 이들 중 상당수가 범죄자가 되었다. 이런 사실은 《올리버 트위스트》에 고스란히 반영되었다. 올리버의 인생 경로는 창작의 산물이라든가 흥미를 돋우기 위한 문학적 장치가 아니라 당시 하층민의 실상을 그대로 묘사한 것이다. "아내를 살려보겠다고 길거리에서 구걸했더니 나를 감방에 처넣더군. 돌아왔더니 아내는 죽어가고 있었어"라는 한 남편의 절규를 통해 구걸 금지법이나 불합리한 빈민 구제 제도의 잔혹함을 고발한다. 올리버 트위스트가 자신을 학대하는 장의사에게서 도망치다가 잠시 들린 마을에는 "이 구역에서 구걸하는 자는 감방에 집어넣겠다"라는 경고문이 기다리고 있었다.

《올리버 트위스트》에 묘사된 지저분하고 혼란한 빈민 거주 지역의 열악한 환경은 정부가 빈민들에 대한 근본적인 문제를 해결하지 않는다는 디킨스의 비판이다. 범죄 집단인 유대인 페이긴의 소굴조차도 나름의 연대와 의리가 있는 모습을 보여줌으로써 빈민을 구제하겠다는 구제원보다 더 살 만한 곳이라고 느껴지는데, 이 설정 자체가 빈민원와 당시 영국 지배계층에 대한 강력한 비판이다. 이런 시선은 디킨스가 독자들과 영국 사회에 전달하고 싶었던 메시지다.

페이긴은 비록 범죄자 소굴의 우두머리지만 휘하에 둔 어린 소매치기들을 위해서 소시지를 넉넉히 요리해서 손수 만찬을 준비한다. 소매치기 소굴에는 음식뿐만 아니라 동료애, 웃음, 온정도 존재한다. 일찍이 올리버가 구빈원이나 장의사 사업장에서 받아보지 못한 호사였다. 페이긴이 이끄는 범죄자 소굴에 대한 일부 긍정적 묘사는 구빈원이 상징하는 당시 사회 부조리에 대한 풍자이자 비판으로 읽힌다. 이런 점에서 이 소설은 부랑자와 빈민을 소재로 삼았지만 하층민만을 독자로 설정하고 쓴 것은 아니고 사회 지배계층도 염두에 두었다고 추측할 수 있다. 빈곤한 상황에 처한 빈민을 위한 정책을 마련할 수 있는 상류층과 기득권층을 독자층으로 설정해서 그들에게 사회제도의 개선과 변화를 촉구하고 있는 것이다.

사실적인, 너무나 사실적인

《올리버 트위스트》에 등장하는 인물은 모두 실존 인물을 기반으로 했으며, 범죄 행각 또한 자료에 근거해서 묘사했다. 줄거리가 허구일 뿐이지 배경 묘사를 포함한 대부분의 서술은 모두 자료를 토대로 한 것이다. 그러니 이 소설은 머리가 아닌 발로 쓴 소설에 가깝다. 당시 런던 사람들은 야심한 시간이나 새벽에 '런던 구석구석에서' 디킨스를 발견할 수 있었고, 그를 '런던에 존재하는 유일하게 신성한 존재'라고 인식했다. 소설을 쓰기 위한 자료를 수집하기 위해 수도 없이 런던 뒷골목을 돌아다녔기 때문에 그에게 런던 뒷골목은 대로처럼 편안한 장소였다.

작가 개인의 상상력에 기반한 묘사보다 역사적 사실에 기반한 묘사가 훨씬 더 큰 설득력과 공감을 얻기 마련이다. 오늘날 독자들은 소설 속 런던의 소매치기들이 왜 툭하면 손수건을 훔치는지 의아할지도 모른다. 코 묻은 손수건이 무슨 가치가 있어서 연습까지 해가면서 손수건을 탐하는지 이해하기 어렵다. 그러나 이런 손수건 소매치기 또한 디킨스가 얼마나 사실에 입각해서 글을 썼는지 잘 보여주는 대목이다.

18~19세기 영국 사회의 신사·숙녀들에게 손수건은 요즘처럼 값싼 물건이 아니었다. 대부분 비단을 이용해서 아름답고 정교한 수를 놓은 제법 비싼 필수품이었다. 당시 런던 시민에게 손수건은 요즘으로 치면 스마트폰과 같은 기능을 수행했다. 이를테면 손수건을 건네주는 것은 미안하다는 뜻이었고, 손수건을 접은 것은 상대에게 말을 하라는 표시였으며, 손수건을 자기 어깨 위에 걸치는 것은 상대에게 자신을 따라오라는 신호였다. 공공장소에서 자신의 감정을 직접적으로 표현하는 것을 꺼렸던 여성들은 손수건을 통해 자신의 의사를 표현했다. 말하자면 당시 여성들은 손수건으로 상대에게 문자메시지를 보낸 것이다.

아무래도 손수건은 지갑이나 다른 귀중품보다 신경을 덜 썼기 때문에 위험부담 없이 쉽게 훔칠 수 있는 물건이기도 했다. 한마디로 당시 영국에서 손수건은 훔치기 쉬웠고, 훔치고 나서 숨기기도 쉬웠으며, 팔기도 쉬운 물건이었다. 그러니 작고 가벼우며 비싼 데다 추적하기 어려운 손수건 소매치기는 대단히 매력적인 직업이었던 것이다.

가장 찰스 디킨스다운 소설

이 소설에 대한 극단적인 평가는 빅토리아 여왕과 멜버른 경의 일화에서도 잘 드러난다.《올리버 트위스트》가 발표되자 빅토리아 여왕은 이 소설에 흠뻑 빠져서 귀족인 멜버른 경에게 일독을 권했다. 그러나 멜버른 경은 단 몇 쪽만 읽고 나서 소설에서 묘사한 런던의 참혹한 모습에 기겁했으며, "나는 이런 지저분한 것을 싫어합니다. 이런 책은 읽고 싶지 않아요. 이런 비참한 것들이 현실에 존재한다는 것이 싫습니다. 그래서 나는 이런 것들이 글로 쓰이지 않았으면 합니다"라며 불평했다.

이 소설에 관한 상반된 소감은 비단 빅토리아 여왕과 멜버른 경에게만 해당되는 것은 아니다. 많은 독자들이 이 소설을 읽고 불편해했지만, 또 한편으로는 이 소설을 읽는 즐거움에 빠져들기도 했다. 사실 '점잖음'과 '명예'를 중요한 가치로 여겼던 빅토리아 시대 사람들에게는 적나라한 범죄 수법과 범죄자들이 사용한 저급한 언어가 난무하며, 창녀의 일상을 적나라하게 묘사한 이 소설이 편했을 리 없다.

동시대에 활동한《허명의 시장》을 쓴 윌리엄 새커리조차 이 소설이 범죄자에 대한 동정심을 유발할 수 있다며 찰스 디킨스를 비판하기도 했다. 빅토리아 시대 사람들은 문학작품은 모름지기 독자들이 불쾌하지 않도록 아름답고 도덕적이어야 한다고 생각했으니, 이런 비판은 어쩌면 당연한 것이었다. 애초에 디킨스도 《올리버 트위스트》를 발표할 때 이런 반응을 예상했다. 그러나 그는 글쓰기를 멈추지 않았고 소설에 대한 비판을 감수하면서까지 출간을 강행했다. 하층민에 대한 인식 변화와 정책적인 지원이 그 무엇보다 시급한 문제라고 생각했기 때문이다.

디킨스는 '가장 숭고한 선은 가장 저급한 악으로부터 배울 수 있다'고 믿었다. 이 소설이 가지고 있는 또 하나의 매력은 부패하고 가혹한 구빈원을 가리켜 '자비로운 영국법의 고귀한 사례'라고 표현한 것처럼 반어적인 유머가 곳곳에 자리 잡고 있다는 점이다. 울며 웃다가 정신없이 읽어나가는 소설의 전형이다.

사실 여러 면에서 《올리버 트위스트》는 디킨스가 쓴 가장 위대한 소설이라고 단언하기는 어렵다. 그러나 가장 찰스 디킨스다운 소설이라는 점은 누구도 반박하기 어려운 사실이다.

22

자연에 도전하는
인간의 슬픈 투쟁

《모비 딕》
Moby Dick

허먼 멜빌 Herman Melville

1819년 무역상이던 아버지 앨런과 어머니 머라이어의 둘째 아들로 뉴욕에서 태어났다. 유복한 어린 시절을 보냈지만 열세살 때 가세가 기울어 학업을 중단한 뒤 은행이나 상점의 잔심부름, 농장일 등을 전전하며 살았다. 스무 살에 선원이 되어 바다로 나간 그는 스물두 살에 포경선을 타고, 이후 포경선 선원과 미 해군이 되어 5년 가까이 남태평양을 누볐다. 1846년 첫 작품 《타이피 Typee》로 평단의 주목을 받으며 작가의 길로 들어선다. 그 뒤로 《오무Omoo》 《마디》 등을 발표하지만 평단의 차가운 반응으로 생활고에 시달리다가 마지막 소설 《선원 빌리 버드 인사이드 스토리Billy Budd, Sailor: An inside story》 를 남긴 채, 1891년 심장 발작으로 세상을 떠났다.

저주받은 걸작

허먼 멜빌은 선원이었던 자신의 경험을 살려 여러 작품을 발표했다. 《모비 딕》이라는 대작을 남겼지만, 살아생전에 크게 빛을 보지 못했고, 세상을 떠날 당시에는 거의 잊힌 작가였다. 하지만 사후 100년이 지난 1991년부터 대대적으로 재평가되기 시작했으며, 특히 《모비 딕》은 미국의 위대한 소설 중 하나로 평가받는다. 그는 19세기를 살다 간 미국인이라고 믿기지 않을 만큼 인종주의와 백인우월주의에 매몰되지 않고 기독교 중심 세계관을 예리하게 비판한 작가이기도 하다.

《모비 딕》은 미국에서조차 한동안 '포경업 관련 도서'로 분류되어 도서관에 비치되어 있을 만큼 소설이라기보다는 포경학에 가까운 책으로 읽혔으며, 실제로도 소설의 많은 부분이 고래와 포경업에 관한 내용이다. 고래에 대한 장광설은 다르게 생각하면 작가가 작품 소재에 대해 얼마나 철저하게 접근했는지 알 수 있는 부분이다.

멜빌이 이 작품을 집필할 때 선원으로서의 경험도 큰 자산이 되었지만, 고래에 관한 책을 도서관 수준으로 모으고 읽고 참고한 점도 작품에 전문성과 사실성을 부여하는 데 큰 몫을 담당했다. 그러나 당시 그는 해양소설을 전문으로 쓰는 작가 정도로 인식되었고, 남태평양에서의 모험을 담은 《타이피》라는 소설은 베스트셀러에 오르긴 했지만, 그 이후로는 크게 주목받지 못했다.

멜빌은 《타이피》를 발표한 이후 더 성공적인 경력을 쌓기는커녕 발표하는 작품마다 평단과 대중의 주목을 받지 못했다. 《모비 딕》도 거의 주목받지 못했는데, 시대를 잘못 타고난 불운도 작용했다. 《모비 딕》이 출간되었을 때 이 소설을 헌정받은 너새니얼 호손과 그의 아내를 제외하고 그 누구도 이 작품을 주시하지 않았다. 1891년 멜빌이 죽었을 때 《모비 딕》은 3,715부가 팔렸는데 1만 6,320부가 팔린 《타이피》에 비하면 얼마나 참담한 성적인지 짐작할 수 있다. 오늘날에도 《모비 딕》은 다양한 해석이 오가는 책이다. 그러니 당대에는 주목받기 어려운 낯선 형식의 소설이었을 것이다.

이 소설은 그만큼 시대를 앞서간 작품이었고 다양한 해석의 여지가 있는 작품이다. 어쨌든 20세기에 들어와서야 그는 재평가받았고, 마침내 마크 트웨인, 헨리 제임스Henry James, 윌리엄 포크너 등과 함께 미국을 대표하는 작가가 되었다. 오늘날에 와서는 《모비 딕》을 읽고 감탄한 독자들이 그의 다른 작품을 읽고 나서 같은 작가가 쓴 책이 맞느냐는 의문을 품을 정도로 《모비 딕》은 멜빌의 작품 세계에서 압도적인 위치를 차지한다.

《모비 딕》은 분명 소설이지만 시집이라고 할 수 있을 정도로 문장이 아름답다. 그러나 오늘날 독자들이 고전을 읽기 어려워하는 주요한 이유 중의 하나가 '장광설'이라는 것을 참작하면 이 소설을 난해하다고 평가하는 건 어쩌면 당연한 일일지도 모른다.

이 소설의 대부분은 고래와 포경업에 관한 세밀한 지식, 항해하는 과정에서 겪은 소소한 에피소드가 차지하고 종교, 사회, 인간 심리에 관한 통찰이 양념처럼 곁들여져 있다. 《모비 딕》을 읽는 것은 자신이 포경선 선원이 되어 강렬한 해양 경험을 하고 마침내 셰익스피어와 성경을 흡수한 것이나 다름없다. 난해하다는 선입견을 걷어내고 이 소설을 집어 들면 포경선 항해의 일상이 마치 연속극을 보는 것처럼 눈앞에 펼쳐진다. 이 소설을 읽다 보면 시대를 앞선 저자의 놀라운 통찰력과 인간 심리에 대한 날카로운 시선을 만나게 된다.

허먼 멜빌이어서 쓸 수 있었던 소설

허먼 멜빌이 활동한 19세기 중엽 미국은 산업사회로 진입하면서 전통적인 인간 중심의 가치관이 무너지고 자본과 성장에 매몰되어 있었다. 그 어느 때보다 빈부격차는 심해지고 인종 계층 간의 차별이 극심했다. 미국 사회는 산업 발전에 심취하여 근거 없는 낙관주의가 팽배했다. 《모비 딕》은 이 당시 미국 사회에 만연한 산업화에 대한 터무니없는 낙관주의와 산업화로 인한 구조적인 문제를 비판한다. 인간 존중을 경시하고 사회적 문제를 무시하며 모두가 장밋빛 미래를 꿈꾸고 있을 때, 멜빌은 외롭지만 날카로운 사회 비판을《모비 딕》을 통해 외치고 싶었던 것이다. 멜빌은 "눈에 보이는 세상은 사랑의 세상이지만 눈에 보이지 않는 세상은 공포의 세상"이라는《모비 딕》의 한 구절을 통해서 미국 사회의 어두운 면을 조명했다.

멜빌이 세상의 이면을 바라볼 수 있었던 것은 자본주의가 팽배한 세상에서 어두운 밑바닥 생활을 온몸으로 겪었기 때문에 가능한 일이었다. 1832년 아버지를 일찍 여읜 멜빌은 열세 살부터 농부, 수로 안내인, 광부, 가게 점원과 같은 일을 전전하다가 열아홉 살 나이로 선원 생활을 시작했다. 이때의 경험은 개인적으로는 고난과 고통이었지만, 작가로서는 장차《모비 딕》이라는 걸작을 통해서 통렬한 사회 비판을 할 수 있는 밑거름이 되었다.

선원 생활로 고래와 포경업에 대한 지식을 쌓아 올리고 밑바닥 생활로 미국 사회의 부조리에 대한 비판 의식이 생긴 멜빌은 1851년 마침내《모비 딕》을 출간했다.

인종차별에 대한 문제의식

이 소설의 줄거리는 간단하다. 자신의 한쪽 다리를 앗아간 모비 딕이라는 흰고래에 대한 복수심에 불타는 에이허브라는 선장이 다양한 배경과 인종으로 구성된 선원들과 함께 고래를 추적한다는 이야기다.

주인공이자 기독교 신자인 이스마엘은 이교도이면서도 식인종 출신인 퀴케그와 우정과 신의를 쌓아간다. 아무리 다양한 인종과 계층이 뒤섞인 포경선이라고는 하지만 매우 파격적인 설정이 다. 미국과 영국에서 노예무역을 불법으로 인정한 것이 1808년이고, 이 소설이 발표된 1851년을 지나 1860년에도 영국 정부는 노예선을 나포해서 노예를 해방하는 일을 하고 있었다. 그러니까 이 소설이 발표된 시점에도 미국과 영국에서는 흑인 노예무역이 성행하고 있었다. 더구나 퀴케그는 이스마엘을 만나는 날 뉴질랜드 원주민의 머리를 팔러 다니고 있었다. 물론 이스마엘도 퀴케그와 친구가 되기 전에는 그를 악마라 생각했고 자신을 잡아먹는 것은 아닌지 무서워했다.

괴상한 문신이 가득한 무시무시한 외모와는 달리 퀴케그가 소박하고 정직하며 수천의 악귀와 맞서 싸울 수 있는 기백이 서려 있음을 확인한 이스마엘은 퀴케그가 소크라테스의 지혜를 닮은 고결한 철학을 가진 사람이라는 것을 알아차리고 곧 절친이 된다. 퀴케그에게서 문명의 위선과 달콤한 기만이 숨어 있지 않은 순박함을 발견한 이스마엘은 적극적으로 그에게 손을 내민다.

《모비 딕》에서 가장 흥미롭고 재미난 부분이 바로 이스마엘과 퀴케그가 우연히 만나 절친이 되는 과정을 그린 장면이다. 멜빌은 이 부분을 통해서 인종차별에 대한 경고와 인간의 상호 협력과 배려를 강조하고 있다.

종교에 대한 관용

기독교만이 유일한 종교이며 기독교 세상만이 사람이 살 만한 세상이라고 믿었던 19세기 중엽 미국 사회에서 멜빌만큼 다른 종교에 대한 관용을 보여준 작가는 없다. 이스마엘은 나무로 만든 우상을 섬기고 낯선 의식을 치르는 퀴케그의 신앙을 존중하는 태도를 보인다. 이스마엘은 야만인으로 여기던 이교도 퀴케그와 친분을 쌓으며 어느 특정 인종이 우월하고 특정 종교만 옳다는 편견을 버린다. 기독교 모태신앙인 이스마엘은 이교도임에도 불구하고 교회 예배에 참석한 퀴케그에게 동화되어 나뭇조각 우상을 존중하고 그의 의식에 동참한다. 기독교 신자로서 이교도가 섬기는 나뭇조각을 숭배하는 행위는 어떻게 설명할 수 있을까? 이에 대한 이스마엘의 독백은 멜빌이 가지고 있던 타 종교에 대한 관용을 잘 보여준다.

즉 너그럽고 인자한 하나님이 기껏 이교도가 섬기는 나뭇조각에 질투할 리 없다는 것과 숭배라는 것은 결국 하나님의 뜻대로 하는 것인데 하나님의 뜻이란 이웃이 우리에게 해주기를 원하는 것을 우리가 이웃에게 해주는 것이니 이웃인 퀴케그가 원하는 것, 즉 자신과 함께 나뭇조각에 의식을 치르는 것을 해주는 것이 왜 잘못이냐는 것이다.

멜빌은 이스마엘의 대사를 통해 그 당시로서는 상상하기 어려운 종교에 대한 관용을 말한다. 누가 어떤 종교를 믿든 다른 사람을 죽이거나 모욕하지 않는 이상, 그 사람과 같은 종교를 믿지 않는다는 이유로 그 사람의 종교를 두고 이런저런 말을 하지 않아야 한다고 멜빌은 말한다. 그렇지만 그 사람이 광신도가 되어서 다른 사람에게 고통을 주고 세상을 혼란에 빠지게 한다면 그 사람에게 따지겠다고 말한다. 이 구절은 19세기뿐만 아니라 21세기 세계에도 뼈아픈 경종이 아닐 수 없다.

자연에 대한 경이와 존중

19세기 미국 사회는 '동물은 기계에 지나지 않으며 자연은 개발해서 최대한 많이 수확해야 한다'는 데카르트식 합리주의에 기반한 개발 지상주의 시대였다. 농사를 짓지 않거나 개발하지 않은 자연은 그 자체가 비효율로 취급되었던 시대이기도 했다. 그 시대를 살았던 멜빌은 어느 정도 자본주의 논리에서 완전히 벗어나지 못한 모습을 보여준다. 포경업의 중요성을 누누이 이야기할 뿐 고래를 보호해야 한다는 인식은 전혀 보여주지 않는 한계를 지니고 있다. 당시까지만 해도 자연이나 동물을 보호해야 한다는 개념 자체가 없었던 시절이었고 멜빌 또한 그랬다.

그러나 《모비 딕》을 주의하여 읽다 보면 멜빌이 인간은 자연의 일부에 지나지 않으며 자연과 인간은 공생해야 한다는 생각을 간접적으로나마 피력한 흔적을 찾을 수 있다. 다양한 인종이 결합한 포경선 피쿼드호는 개발과 돈벌이에 치중했던 미국 사회를 상징하며, 오직 개인적인 복수심에 불타서 다른 선원들을 사지로 몰아넣는 에이해브 선장은 타협과 배려 없이 실적에 목을 매는 사회지도자를 상징한다. 그리고 이익을 위해서라면 자연 따위는 언제나 파괴할 수 있다는 산업 사회를 대변한다.

합리적이고 사려 깊은 일등항해사 스타벅은 모비 딕에 대한 원한에 사무쳐 온갖 위험을 무시하고 선원들을 다그치는 에이해브 선장을 향해서 "말 못 하는 짐승에게 무슨 복수를 한다는 말입니까"라며 반기를 든다. 포경선에서 가장 용맹한 선원이지만 그 누구보다도 자연을 두려워하는 스타벅은 "고래를 두려워하지 않는 자는 내 보트를 타지 말라"며 자연을 대함에 있어서 신중함을 보인다. 스타벅이 자연을 두려워하고 동물에 대한 개인적인 악감정을 품는 것은 무모한 짓이라고 일갈하는 모습을 통해 멜빌은 자연과 인간이 공존해야 한다는 메시지를 전하는 셈이다.

1854년 미국 대통령 프랭클린 피어스Franklin Pierce는 아메리카 원주민 부족에게 조상 대대로 살아온 땅을 팔라고 강요한다. 그러자 두와미시 부족의 추장 시아스Sealth는 이렇게 반박한다.

"백인들은 어떻게 우리가 숨 쉬는 공기와 물 그리고 땅을 사고 팔 수 있다고 생각할 수 있느냐? 사람은 자연 일부분이며 자연은 인간의 한 부분이다. 향기를 품은 꽃은 우리의 형제자매이며 사슴, 말 또한 우리들의 형제다."

아메리카 원주민이 가졌던 자연과 인간이 공존하는 자연관은 산업화에 길든 미국 사회에서 전혀 받아들여지지 않았다. 그러나 멜빌을 비롯한 미국의 깨어 있는 지식인은 조금씩 인간과 자연이 공존하는 세상을 꿈꾸기 시작했다. 멜빌은 좀 더 맛난 음식을 먹기 위해서 동물을 극한으로 학대하는 푸아그라를 비판함으로써 오직 식량이 떨어질 때만 사냥하는 아메리카 원주민의 자연관을 옹호하는 흔적도 보여준다.

멜빌은 에이해브 선장의 광기에 저항하는 스타벅의 자연에 대한 신중한 태도를 통해서 미국 건국 초기의 이상이었던 자연과 인간이 공존하는 세상에 대한 가능성을 생각했다. 자연의 아름다움을 알지 못하고 자연을 오직 정복의 대상으로 삼은 에이해브를 파멸시킴으로써 자신의 메시지를 드러낸 것이다.

《모비 딕》을 쓴 멜빌의 탁월한 점은 자연을 눈앞에 보일 듯 사실적으로 묘사했을 뿐만 아니라 고래를 대하는 인간들의 다양한 모습을 통해 자연에 대한 객관적인 인식을 집요하도록 찾고 있다는 점이다. 멜빌은 자연과 인간이 함께 살아갈 방법을 모색했다는 공적도 있다. 괜히 《모비 딕》을 두고 '미국 문학을 열 단계쯤 발전시킨 정도가 아니라 미국 문학을 창시했다'는 찬사를 보내는 것이 아니다.

《모비 딕》을 읽는 독자는 최소한 세 번은 매우 놀랄 것이다.

압도적인 문체에 놀라고 넓고 깊은 주제에 놀라고 기발한 형식에 놀란다.《모비 딕》은 고래 이야기로 인간 문명을 통찰한 세상에서 제일 독창적이면서도 장엄한 소설이다.

23

정신승리와 자기합리화의 시조
아큐의 일대기

《아Q정전》

阿Q正傳

루쉰魯迅

1881년 저장성 사오싱의 지주 집안에서 태어났다. 1898년 난징의 강남수사
학당에 입학, 계몽적 신학문에 큰 영향을 받았다. 1902년 졸업 후 일본에 유
학, 고분학원을 거쳐 1904년 센다이 의학전문학교에 입학했지만, 국민정신
을 개조하는 데 문학의 중요성을 통감하고 의학을 단념했다. 1905~1907년
혁명당원 활동에 참가하고, 1909년 귀국하여 고향에서 교편을 잡다가 1911
년 신해혁명이 일어나자, 남경임시정부와 북경정부의 교육부원이 되어 일했
다. 1918년 처음으로 루쉰이라는 필명으로 중국 현대문학 사상 첫 번째의 중
국 구어체로 쓴 《광인일기》를 발표하여 신문학운동의 기초를 다졌다. 1920
년 이후에는 베이징대학, 베이징여자사범대학 등에서 교편을 잡았다. 1936
년 폐결핵으로 상하이에서 세상을 떠났다.

의학도 루쉰이 문학도가 된 이유

루쉰은 중국의 현대문학을 대표하는 작가이자 사회운동가다. 루쉰의 작품 대부분은 중국 문학을 상징하는 고전의 반열에 올랐다. 특히 1949년 중화인민공화국이 수립된 이후 중국 공산당으로부터 '민족의 영웅'으로 추앙받았고 마오쩌둥毛澤東은 '중국 문화대혁명의 총사령관'으로 부르며 평생 루쉰을 존경했다. 루쉰에 대한 평가는 국경을 초월하여 일본의 노벨문학상 수상 작가 오에 겐자부로大江健三郎는 그를 두고 '20세기가 배출한 아시아 최고 작가'라며 찬사를 아끼지 않았다.

많은 문학작품이 그렇지만 《아Q정전》은 작가인 루쉰의 생애를 먼저 살펴보는 것이 이 소설을 이해하는 데 큰 도움이 된다. 1881년 중국에서 태어난 루쉰의 원래 이름은 주장수周樟壽다. 1918년 〈신청년〉이라는 잡지에 그의 첫 백화문 소설, 즉 구어체 중국어를 사용한 작품인 《광인일기》를 발표할 때 루쉰이라는 필명을 사용했는데 이 이름은 혁명revolution에서 따온 것이다. 《광인일기》 하나만으로 루쉰은 중국 국민에게 널리 알려지게 되었다.

그가 살다 간 시대(1881~1936)는 중국뿐만 아니라 전 세계적으로도 격동의 세월이었다. 톨스토이가 러시아를 뒤흔든 혁명의 시대를 묘하게 피한 시대를 살다 간 덕분에 자신의 정치적 견해를 밝히지 않아도 된 운 좋은 작가였다면, 루쉰은 정치적 글을 쓸 수밖에 없는 운명이었다.

　명문 사대부 집안에서 태어난 루쉰은 중국에서 영문학, 독일어, 수학, 지질학 등 서양 학문을 고루 섭렵했다. 중국에서 공부를 마친 루쉰은 정부 장학생으로 일본으로 유학을 가 의학을 전공했다. 이때부터 민족주의에 눈을 뜬 루쉰은 의학이야말로 불우한 중국 동포를 도울 수 있는 가장 적합한 학문이라고 생각했다. 그는 의학을 공부하는 한편 찰스 다윈Charles Darwin, 니콜라이 고골 Nikolai Gogol, 안톤 체호프, 프리드리히 니체를 탐독함으로써 문학적 소양과 장차 자신이 지켜나갈 사상적 기반을 마련했다. 일본에서 돌아온 1918년 처음 발표한 소설이 바로《광인일기》다.

　그 이후 중국 현실 사회에 깊은 관심을 갖게 된 루쉰은 중국이 처한 시국과 관련한 몇 편의 글을 발표하다가 드디어 1921년 그의 대표작《아Q정전》을 발표하기에 이른다. 루쉰은《광인일기》와《아Q정전》사이의 몇 년 동안 총 8편의 단편소설을 발표했는데, 이를 바탕으로 소설 작법이라든가 사실주의에 관한 나름의 세계관을 구축했다.

　《아Q정전》은《광인일기》보다 한층 더 완숙의 경지에 이른 상태에서 쓴 소설이다. 따라서《아Q정전》은 루쉰이 문학을 통해서 추구한 혁명정신을 가장 충실히 반영한 작품이다.

국민 작가 루쉰은 누구인가

《아Q정전》을 발표하고 난 이후 루쉰은 본격적으로 중국 봉건사회의 잔재를 타파하자고 외쳤으며, 러시아 사실주의 문학의 선구자인 고골 작품을 번역하는 등 사실주의 소설가로 발돋움했다. 《광인일기》에 이어 《아Q정전》을 발표한 루쉰은 중국 최초로 서양 스타일의 소설을 발표한 소설가이자 가장 위대한 중국 현대 작가라는 명성을 누리게 된다. 그가 세상을 떠나자마자 중국에서는 20권짜리 《루쉰 전집》이 출간되었는데 이는 전례가 없는 일이었다. 그를 늘 따라다니는 '위대한 사상가' '현대소설의 창조자'라는 수식어가 말해주듯이 일찍이 중국에서 루쉰만큼 추앙받은 작가도 드물다.

물론 루쉰에 대한 압도적인 국민적 추앙은 국민당과 권력 투쟁을 벌이면서 반정부적 애국심이라는 메시지가 절실했던 중국 공산당의 욕심이 상당 부분 작용한 것도 사실이다. 공산주의 혁명이 완숙기에 이른 1940년대에 이르러 루쉰은 중국의 정신적 지주이자 민족혼을 상징하는 작가로 추대되었다. 마오쩌둥은 루쉰을 중국 문화혁명 최고의 작가로서 시대를 초월한 민족 영웅이라 추켜세우면서 루쉰이 가고자 한 방향이 곧 중국문화가 나아가야 할 길이라며 확고한 존경심을 보여주었다.

일본에서 의학 공부를 하던 루쉰은 본인 의지에 따라 의학 공부를 그만두었는데 장래가 보장되는 의학 공부를 왜 그만둔 것일까? 수업을 조금 빨리 마친 어느 날, 한 교수가 러일전쟁과 관련된 슬라이드 자료를 보여주었다고 한다. 만주 지역에서 한 중국인이 러시아군의 스파이 노릇을 했다는 이유로 처형당하는 자료 사진이었다. 사진 자료 속 중국 민중들은 자신들과 아무런 관련 없는 전쟁에서 억울하게 희생당하는 동포를 보면서도 분노도 느끼지 않고 그저 남의 일처럼 처형 장면을 구경하고 있었다. 이 충격적인 장면을 본 루쉰은 의학 공부를 그만두고 문학을 통해서 무지한 중국 민중들의 정신을 고쳐야겠다고 결심했다. 몸을 고치는 의사보다는 정신을 고치는 문학가의 길을 걷는 것이 조국을 위한 충성이라고 생각한 것이다.

루쉰의 문학에는 사회 개혁을 외치고 구태에서 벗어나야 한다는 메시지가 담겨 있다. 루쉰이 생각하기에 구태의연한 정신을 개조하지 않고는 중국이 봉건 사회에서 벗어날 방법이 없어 보였기 때문이다. 비록 신해혁명으로 왕조 국가는 사라졌지만 수천 년 동안 지속되었던 봉건적 통치가 중국인에게 심어놓은 노예근성은 문학을 통한 혁명을 거치지 않고서는 타파하지 못한다고 생각한 것이다.

《아Q정전》을 탄생시킨 중국의 상황

1911년 신해혁명으로 청나라가 망하고 중화민국이 탄생했다. 청나라의 멸망은 단지 한 왕조의 멸망이 아니고 2000년 넘게 지속된 황제를 중심으로 한 중앙집권적 전제 왕조가 없어진 큰 사건이었다. 중국은 혼돈에 빠졌고 중화민국 대총통 자리에 오른 위안스카이袁世凱는 시국 안정은 도모하지 않고 왕조시대로 되돌아가 자신이 황제가 되겠다는 야욕으로 불타올랐다. 그는 자금을 마련하기 위해서 차관을 들여오는 한심한 인물이었다.

당시 중국은 아편전쟁 이후로 제국주의 국가의 침탈로 국가 재정이 바닥난 상태였는데, 위안스카이는 국회 승인도 받지 않고 일본, 영국, 프랑스, 러시아, 독일 공동 은행단에 1억 달러라는 거액을 빌렸다. 굴욕적으로 강대국에서 손을 내밀어 돈을 빌린 중국은 자주국으로서의 권리 행사를 못하고 강대국에 끌려 다니는 거의 식민지국에 가까운 상태가 되어버렸다.

위안스카이가 죽자 중국은 마치 춘추전국시대를 방불케 할 만큼 온갖 군벌들이 사리사욕을 채우기 위해 혈안이 되었다. 중국 서민들은 군벌들 사이의 전쟁, 자연재해, 어지러운 정치 상황이라는 이중 삼중고에서 고통받았다.

이런 어지러운 나라 사정을 고심하던 루쉰이 생각한 돌파구는 글쓰기를 통한 사회 변혁이었다. 그에게 전국적인 작가의 명성을 안겨준《광인일기》에 고무받아 1921년에 발표한 소설《아Q정전》은 자신이 겪는 굴욕을 정신 승리로 위안하는 '아큐'라는 인물을 통해 근대 중국의 정치, 경제, 풍습, 종교 등을 담은 사실주의 문학의 결작이다. 루쉰이 소설의 배경으로 삼은 마을 미장은 근대 중국 사회의 축소판이다. 루쉰은 미장이라는 작은 시골 마을에서 일어난 여러 에피소드를 통해 신해혁명 전후 혼란스러운 중국 사회를 묘사했다.

문제적 인간 아큐

루쉰은 주로 농민, 빈민, 지주, 지식인을 소설에 등장시키는데 언제나 중심인물은 농민이었고, 비판과 풍자의 대상도 농민이었다. 루쉰이 생각하기에 중국 농민이 가장 먼저 정신 개조를 해야 하는 계층이었기 때문이다.

이 소설의 주인공 아큐는 집도 직업도 없이 동네 사당에 살며 그저 동네 사람들이 보리를 수확하라고 하면 보리를 수확하고, 노를 저으라 하면 노를 짓는 날품팔이 인생을 살아간다. 언제나 남에게 착취당하고 놀림받는 존재지만, 자존심이 강한 아큐는 남과 싸울 때 자신이 훨씬 더 힘이 세다고 생각한다. 이런 아큐의 행태는 실속 없이 자존심만 강한 중국인의 특성을 비유한 것이다.

아큐의 성격을 한마디로 요약하면 정신 승리다. 그는 정신 승리라는 방법으로 자신을 속인다. 다른 사람에게 두들겨 맞으면 아들에게 맞았다고 생각하면서 아들이 아버지를 때리는 비도덕적인 사회라고 정신 승리를 한다. 그러면서 마음속으로 자신을 때린 상대에 대한 역전승에 도취하여 자리를 떠난다. 동네에 혁명이 일어났을 때는 자신이 혁명군이 됐다고 상상하면서 평소 자신이 미워하는 이들을 떠올리며 살려줄 인물과 죽여야 할 인물을 선별한다. 혁명과 관련된 아큐의 정신 승리는 루쉰이 생각한 혁명의 부조리를 상징한다. 혁명을 대의가 아닌 오로지 자신의 욕심을 채우기 위한 기회로만 생각하는 아큐는 혁명이 일어났지만, 혁명의 의미를 제대로 파악하지 못한 중국 민중들을 상징한다.

아큐는 무식하고 나약한 농민이지만 스스로를 "옛날에는 부자였고 학식이 높으며 일을 잘하는 훌륭한 사람"이었다고 정신 승리를 하며 살아간다. 아큐의 이런 행태는 실패를 인정하지 않고 정신 승리를 통해 스스로를 위안을 하는 중국인을 풍자한 것이다. 좀 더 구체적으로 말하자면, 신해혁명 이후 강대국에 동네북 신세가 되었으면서도 아무런 문제의식을 느끼지 않고 그저 현실에 안주하며 살아가는 중국인을 풍자한 것이다.

아큐는 전형적으로 강자에게 약하고 약자에게 강한 인물이다. 그는 강자에게 아무리 핍박받고 모욕받더라도 반항하지 않으며 복지부동한다. 반면 자신에게 만만한 상대를 만나면 여지없이 괴롭힌다. 강자가 때리면 본인이 매를 벌었다고 생각하며 반항조차

하지 않지만, 약자를 만나면 욕을 하고 두들겨 패는 것이다. 아큐의 이런 처신은 "그들은 양이면서도 짐승이다. 힘이 센 짐승을 만나면 양이 되지만 약한 양을 만나면 짐승으로 돌변한다"라고 중국인의 특징을 비판한 루쉰의 생각이 투영된 것이다. 루쉰은 중국인과 중국 사회를 비판하고 개조를 위한 수단으로 문학적 풍자를 선택했다.

이 소설이 발표된 당시 많은 중국인은 자신의 이야기를 소설로 쓴 게 아닌가 생각했다고 한다. 그만큼《아Q정전》은 쓸데없이 허세만 부리는 중국인의 정서를 사실적으로 묘사한 작품이다.

사실주의 작가 루쉰

《아Q정전》에서 묘사한 정신 승리는 중국인 특유의 단점을 상징한다. 자신의 실수나 단점을 인정하지 않고 자기 자신을 속이거나 상상으로 합리화시켜 정신적 극복 방책으로 삼는 성향 말이다. 핍박과 모욕을 당하면서도 저항하지 않으며 비굴하게 현실에 안주하는 아큐의 모습은 당시 각계각층의 중국인에게서 발견할 수 있는 결함이었다. 중국 문화가 세계 최고라는 중화사상에 빠져 있던 중국인들은 1920년대 당시 강대국에 침략당하고 착취당하는 현실을 인정하고 싶지 않았다. 이런 사정으로 당시 중국인들에게 정신 승리는 일종의 고통을 잊게 하는 마취제였다.

정신 승리로 살아가는 아큐는 중국인의 성향을 거울에 비추듯 묘사해서 중국의 국민성을 드러내 보이려는 루쉰의 의도에서 탄생했다. 지독할 정도로 현실을 사실적으로 묘사한 루쉰 문학은 중국인의 정신적 결함을 만천하에 드러내어 중국의 근대화를 앞당기는 공을 세운다. 루쉰이 묘사한 중국인의 정신 승리법은 중국인을 비하하고자 함이 아니라, 오히려 자주적이고 민족주의적인 의식 없이 현실에 안주하는 중국인에 대한 연민에 가깝다.

《아Q정전》은 신해혁명의 실패 원인이 역사의 주체인 민중의 낡은 의식 속에 있다고 말한다. 민중을 계몽하기 위해 쓴 소설이지만 다른 계몽주의 소설에서 흔히 발견되는 설교하는 말투가 거의 없다. 루쉰은 아이러니와 풍자 속에 슬며시 설교를 감출 수 있는 작가였다.

루쉰이 중국 민중들을 계몽하기 위해 쓴 《아Q정전》를 읽다 보면 우리 자신에게서도 아큐를 발견하면서 공감하게 된다. 그만큼 이 소설은 1920년대 격동의 시대를 산 중국인을 넘어서 지금, 이 순간에도 정신 승리라는 마취제를 사용하며 자신의 상황을 변명하는 우리의 이야기이기도 하다.

24

피를 팔 만큼 고단할지라도
삶은 위대하다

《허삼관 매혈기》

許三觀賣血記

위화 余華

1960년 중국 저장성에서 태어났다. 1983년 단편소설 《첫 번째 기숙사》를 발표하면서 작가의 길에 들어섰다. 그 후 중단편소설을 연이어 출간하며 중국 제3세대 문학을 대표하는 작가로 인정받기 시작했다. 1993년 두 번째 장편소설 《인생》을 통해 중국을 대표하는 소설가로 자리매김했으며, 장이머우 張藝謀 감독에 의해 같은 제목의 영화로 만들어져 칸 영화제에서 황금종려상을 수상했다. 1998 그린차네 카보우르 문학상, 2002 제임스 조이스 문학상, 2004 프랑스 문화 훈장, 2004 반즈앤노블 신인작가상, 2005 중화도서특별공로상, 2018 보타리 라테스 그린차네 문학상 등 다수의 상을 수상한 세계적 작가다.

중국 민중의 이야기를 민중의 시선으로 담다

위화는 중국 현대문학을 대표하는 작가이며 자신의 어린 시절 경험을 살려 현대 중국을 비판적이며 풍자적인 시각으로 소설에 담아내는 작가다. 1996년에 출간된 《허삼관 매혈기》는 위화를 중국을 대표하는 작가로 만드는 데 크게 공헌했다. 초창기에는 주로 폭력이나 죽음을 많이 다뤘지만, 1990년대 이후부터는 삶에 대한 통찰과 풍자를 바탕으로 현실 세계를 비판하는 내용을 주로 다룬다. 전 세계적인 명성을 가진 작가인 만큼 한국 독자들에게도 가장 낯익은 중국 작가가 아닐까 싶다.

무라카미 하루키가 한국에서 가장 많이 읽히는 일본 작가라면, 위화는 한국에서 가장 인기 높은 중국 작가다. 노벨문학상을 수상한 중국 작가 모옌의 이름을 잘 모르는 독자는 많지만, 위화를 잘 모르는 독자는 드물다. 위화의 인기 비결과 작품 세계를 이해하려면 먼저 그의 독특한 인생 이력을 살펴봐야 한다.

외과 의사 부부의 아들로 태어난 위화는 문화대혁명(1966~1976)이라는 격동의 시대에 유소년 시절을 보냈다. 대학 입시에 실패하고 열아홉 살에 곧바로 생활전선에 뛰어들었는데, 당시 중국에는 직업 선택의 자유가 없었기에 국가로부터 치과의사로 일하라는 명을 받고 곧바로 일을 시작한다. 그러나 말이 치과의사이지 실제로 그는 치아를 뽑는 발치사에 가까웠다. 그 당시 중국 치과의사는 오늘날처럼 전문직이 아니라 교육을 제대로 받지 못한 하층민에게 주어지는 직업이었다.

의과대학은커녕 대학조차 다니지 않은 선배 발치사로부터 교육받은 그는 첫 출근 당일부터 치아를 뽑기 시작해 5년 동안 총 1만 개가 넘는 치아를 뽑았다고 한다. 하루 종일 다른 사람 입을 들여다보면서 치아를 뽑던 그는 이 생활을 평생 할 수 있을지 회의가 들었고, 작가가 되기로 결심한다.

이후 위화는 자신의 습작을 전국 곳곳 잡지에 꾸준히 투고했는데, 어느 날 베이징에 있는 〈베이징 문학〉이라는 잡지사로부터 소설을 게재해주겠다는 연락을 받고 마침내 등단한다. 어두운 소설의 결말을 밝게 수정해 달라는, 작가로서는 받아들이기 힘든 요청을 받았지만 당장 작가로 데뷔하겠다는 욕심에 위화는 출판사가 시키는 대로 원고를 수정했다고 한다.

초기 활동 시기에 속하는 1980년대 그의 단편소설은 폭력과 살인, 그리고 잔혹한 장면이 난무했는데 거기에는 이유가 있었다. 위화는 초등학생을 거쳐 고등학생에 이르기까지 문화대혁명 시기를 겪으면서 매일 무장 투쟁을 목격했다. 피 흘리는 시위대를 지켜보는 것이 일상이었다. 가정환경도 피와 매우 친숙했다. 부모가 모두 외과 의사였기 때문에 핏자국 가득한 수술복과 피투성이 거즈를 날마다 보고 살았다. 선혈이 낭자한 소설을 하도 많이 쓰다 보니 쉬고 있거나 잠을 자야 할 시간에도 무의식 속에 피 냄새가 진동하는 것을 느꼈고, 정신적 위기감을 느낀 위화는 그때부터 평범한 사람을 주인공으로 하는 가족 소설을 쓰기 시작했다.

위화의 책이 본격적으로 팔리기 시작한 것은 1990년대 이후부터다. 물론 1990년대 이후의 위화 소설에 대해 찬사만 있었던 것은 아니다. 소설의 시장성을 겨냥하여 신문이나 텔레비전에서 쉽게 볼 수 있는 이야기를 억지로 꿰맞춘 수준 낮은 작품을 쓰는 작가라는 비판이 대표적이다. 그러나 위화는 작가라는 직업은 모름지기 세상을 평가하는 검사도 변호사도 아니고 묵묵히 세상을 기록하는 서기에 불과하며, 세월이 지나서 한 시대를 제대로 이해하기 위해서는 서기가 남긴 기록을 살펴보아야 한다며 이런 비판을 정면으로 반박했다.

위화는 작가가 창작에만 몰두한 나머지 생존하기 위해서 고군분투하는 민중에 관심을 기울이지 않는다면 세상을 제대로 담은 작품을 쓰지 못하게 된다고 생각했다. 그는 진실에 가까이 가기 위해서 중국 서민 생활을 유심히 관찰하고 경험했다. 그런 의미에서 위화는 그 어떤 작가보다 중국이 당면한 현실을 가까이에서 목격하고 사실적으로 담아낸 일종의 서기라고 할 수 있다.

자신의 눈으로 본 세태를 글로 표현한 위화의 문체는《허삼관 매혈기》의 배경인 1940~1970년대를 살아보지 않은 중국 젊은 이들뿐만 아니라 외국인들 사이에서도 열렬한 지지를 받는 비결이다. 정치·경제적 회오리 속에서 목숨을 걸고 피를 팔아야 했던 허삼관의 이야기는 당대 중국 사회를 비춘 거울이며 우리 부모 형제들의 이야기다. 예리한 시선으로 보태지도 줄이지도 않고 동시대를 기록해서 중국의 민낯을 고스란히 드러낸 위화의 소설이 세월이 지날수록 더 많은 독자들에게 공감과 감동을 선사하는 이유다.

가족애와 휴머니즘이 주는 감동과 여운

《허삼관 매혈기》는 아내가 결혼 전 사귀던 남자와의 사이에서 태어난 남의 자식을 아들로 받아들이는 우여곡절과 가족을 부양하기 위해 자기 피를 팔며 살아가는 허삼관 가족의 생존기를 다룬 작품이다. 위화는 가족 소설을 통해 저항과 투쟁이라는 어두운 1980년대 문학 세계에서 벗어나 좀 더 밝은 시선으로 인간을 탐색하기 시작한다.

《허삼관 매혈기》는 민초의 처절한 생존기를 다루면서도 독자의 배꼽을 잡게 하는 유머로 가득하다. 비참한 현실을 다루면서도 위화 특유의 긍정주의와 유머로 독자들에게 깊은 여운을 남기는 문체는 한국 독자들에게 높은 인기를 누리는 비결이다. 비참하기만 한 역사적 사실이라도 위화의 소설 속에서는 담담한 일상으로 받아들여지고 어떻게 해서라도 극복할 수 있다는 소박한 희망으로 승화된다.

《허삼관 매혈기》의 시대적 배경은 1949년에서 1958년으로 이어지는 중국이다. 이 시기는 3년 동안의 흉년, 대약진운동을 거친 고난의 시대였다. 한마디로 이 소설은 춥고 배고픈 시대를 온몸으로 겪었던 중국 민중의 생존 분투기라고 할 수 있다.

이 작품의 주인공 허삼관은 남다른 인물인데, 남의 자식을 키웠다는 사실을 알고도 보통 남자들처럼 피가 다른 아들 일락이나 아내 허옥란보다는 일락의 생부인 하소용에 대해 적개심을 표출한다는 점에서도 그 성정을 엿볼 수 있다. 일락은 남의 자식이며 아내는 자신을 속이고 결혼한 잘못을 저질렀지만, 허삼관에게 그들은 이미 가족이다. 생애 처음으로 뽑은 피를 팔아 마련한 돈으로 결혼한 허삼관은 핏줄보다는 가족이라는 울타리가 더 중요한 인물이다.

무엇보다 가족을 중요하게 생각하는 허삼관은 언제나 가정을 마음의 안식처로 여겼던 작가 위화의 지론을 반영한 인물이다. 이 작품이 피를 파는 어두운 현실을 다루면서도 따뜻한 가족애와 인간미를 전달하는 이유는 작품 저변에 흐르는 가족애와 휴머니즘 때문이다.

허삼관이 피를 파는 시기는 중국의 현대사에서 매우 어려웠던 시기와 일치한다. 허삼관의 매혈은 잘못된 경제 정책과 혼란스러운 정치 상황이 얼마나 서민을 절박한 상황으로 몰고 갔는지를 잘 보여주는 장치이기도 하다. 끼니를 잇기도 힘든 주민을 찾아와

거들먹거리는 관리, 피를 파는 사람과 병원 사이에서 돈을 버는 브로커 등은 서민의 곤궁을 이용해 자신의 사리사욕만 채우는 권력층을 상징한다.

허삼관은 처음 판 피로 결혼을 했고 두 번째 판 피는 남의 자식인 일락을 위해서 쓰는 대범한 인간미를 보여준다. 허삼관의 이런 인간미는 일락의 친부 하소용과 대비된다. 장남인 일락이 셋째 아들 삼락을 대신해 이웃 아이의 머리를 돌로 때려서 다치게 하는 바람에 치료비를 물어줄 처지가 되었을 때 가난한 허삼관은 일락에게 친부가 하소용이니 그에게 치료비를 받아오라고 시킨다. 그러나 자신을 찾아온 아들 일락에게 하소용은 자신의 아들로 인정할 수 없으니 다시는 찾아오지 말라며 냉대한다. 치료비를 받지 못한 다친 아이 부모가 허옥란이 어렵게 마련한 가재도구를 싣고 가버리자 허삼관은 병원비를 물어주고 빼앗긴 가재도구를 다시 찾아오기 위해 두 번째로 피를 판다. 허삼관의 이런 모습은 아무리 어려운 고난이 닥쳐도 절대로 절망하지 않고 묵묵히 살아갈 방법을 찾아가는 강인한 민중을 대변한다.

허삼관의 가족 사랑은 여기에서 그치지 않는다. 간염에 걸린 일락이 상하이에 있는 대형 병원에 치료받으러 갈 처지가 되자 허삼관은 여러 번 피를 팔며 일락을 돌본다. 남의 핏줄인 아들을 위해 자신의 피를 파는 허삼관의 모습은 시대와 세대를 막론하고 독자들에게 큰 감동과 여운을 주기에 충분하다.

이 세상 모든 아버지들을 위해

친아버지보다 책임감이 더 강하며 헌신적이고 사랑이 가득한 양아버지 허삼관의 모습은 승리반점 에피소드에서 절정을 이룬다. 1960년경 3년 동안 가뭄이 이어져서 굶주림에 시달리는 가족과 오랜만에 맛있는 음식을 먹기 위해서 허삼관은 또다시 피를 판다. 일락이 남의 핏줄이라는 사실을 알고 있었던 허삼관은 일락에게 약간의 돈을 주고 고구마를 사 먹으라고 보낸 다음 나머지 가족들을 데리고 승리반점으로 간다. 일락은 친부인 하소용을 찾아가서 국수를 사달라고 졸랐지만, 냉대만 당한 후 집으로 돌아오지 않는다. 일락이 사라진 것을 안 허삼관과 허옥란은 거리를 헤매다가 결국 일락을 발견한다.

일락을 업은 허삼관은 아이에게 욕을 퍼붓지만, 10년이나 키워주었는데 자신을 겨우 양아버지로밖에 인정하지 않는다며 일락을 원망한다. 허삼관은 일락을 데리고 승리반점으로 향한다. 허삼관이 일락을 업고 국수를 함께 먹으러 가는 장면은 언제 읽어도 뭉클하다.

"아버지, 지금 우리 국수 먹으러 가는 건가요?"
허삼관은 갑자기 욕을 그만두고 따뜻한 목소리로 대꾸했다.
"그래."

이 장면이야말로 가족애와 인간미를 넘어선 휴머니즘의 극치다. 마을 사람들을 향해서 일락을 자신의 친아들로 인정하지 않는 사람은 칼로 베어버리겠다며 선언하는 장면 또한 웃음과 눈물을 함께 선사하는 위화 소설의 백미다. 평생 자신을 아들로 인정하지 않다가 죽을 때가 되어서야 아들이라고 주장하는 아버지 하소용을 일락은 결국 아버지로 인정하지 않는다. 그러자 허삼관은 이렇게 말한다.

"내가 늙어 죽으면 그냥 널 키워준 걸 기억해서 슬픔이 우러나와 눈물 몇 방울 보여주면 나는 그것으로 됐어."

《허삼관 매혈기》는 이 세상에 존재하는 모든 아버지를 위한 위화의 따뜻한 위로다.

25

삶의 비참함을
외면하지 말아야 하는 이유

《목로주점》
L'Assommoir

에밀 졸라 Emile Zola

1840년 파리에서 태어났다. 아버지의 죽음 이후 궁핍하게 살았지만 거장들의 문학을 접하며 작가의 꿈을 꾸기 시작했다. 1862년부터 아셰트 출판사에서 일하다가 1866년 본격적으로 글을 쓰기 시작한다. 이 후 여러 신문에 논평을 기고했으며 인상주의 화가들을 옹호하거나 제2제정을 비판하는 글들을 발표하면서 젊은 논객으로서 이름을 드높인다. 20권으로 구성된 대하소설 '루공 마카르 총서' 중 《목로주점》이 베스트셀러가 되면서 작가로서 최전성기를 맞는다. 1898년 「나는 고발한다!」라는 장문의 글을 신문에 실어 드레퓌스를 옹호하는 입장을 펼치다가 모독죄로 1년 구형을 받고 영국에서 1년 동안 망명 생활을 한다. 1902년 막힌 굴뚝 때문에 가스 중독으로 세상을 떠났으나 단순 사고가 아니라 살해되었다는 주장도 여전히 남아 있다.

자연주의 소설, 에밀 졸라로 시작되다

《목로주점》은 1877년에 발표되자마자 엄청난 판매부수를 올린 작품이다. 출간 3년 후에는 100쇄를 돌파했으며 19세기 프랑스 최초의 베스트셀러로 등극했다. 이 당시 에밀 졸라가 빅토르 위고 보다 더 많은 인세를 받았다고 하니 얼마나 많은 부수가 판매되 었는지 알 만하다.

의외로 많은 독자들이 이 소설의 제목을 보고 낭만적이며 목 가적인 내용을 기대한다. 그러나 막상 책을 펼치면 지독하리만큼 비참한 프랑스 민중의 실상 묘사에 혀를 내두르게 된다. 그렇다고 지루한 역사책 같은 소설은 아니다. 이야기를 풀어나가는 졸라의 탁월한 재능이 마치 영화를 보는 것처럼 우리 눈앞에 생생하게 펼쳐지기 때문이다. 그만큼 졸라의 서사 능력이 마음껏 발휘된 소 설이다. 일부 독자들은 재미에만 치중한 소설이 아닌가 볼멘소리 를 내기도 하는데, 특히 초반부 동네 빨래터에서 두 여인이 난투 극을 벌이는 장면에서는 웃음이 터져 나올 지경이다. 주인공 제르 베즈가 한순간에 상대를 제압해서 치마를 벗긴 다음 빨래터에서 익힌 솜씨로 노동요를 부르며 박자에 맞춰 상대 여자의 볼기짝을 빨랫방망이로 때리는 장면을 읽다 보면 이 소설이 사회고발 소설 이 맞는지 의심이 될 정도다. 소설에 흠뻑 빠져 책을 다 읽고 나서 야 주인공들의 처지에 연민을 느끼게 된다.

《목로주점》은 나폴레옹 3세가 지배하던 제정 프랑스 시대를 배경으로 파리 변두리에서 살아가던 노동자들의 삶을 묘사한 민중 소설이다. 민중의 고통을 적나라하게 파헤쳤다는 점에서 비슷한 시기에 발표된 《레 미제라블》과 여러모로 닮은 소설이지만, 빅토르 위고가 소설 속에서 적극적으로 자신의 지론을 펼친 데 반해 졸라는 비정하리만큼 일체의 감상과 의견을 제시하지 않고 마치 해설자가 없는 기록 영화처럼 노동자들의 비참한 삶을 그리고 있다. 작가의 목소리를 담지 않은 플로베르의 《마담 보바리》처럼 이 소설을 읽다 보면 마치 영화를 보는 듯한 생동감을 맛본다.

졸라 작품의 매력 중 하나가 세밀한 배경 묘사인데 《목로주점》은 노동자들이 살았던 주택이나 그들이 활동했던 주변 환경 묘사가 타의 추종을 불허한다. 졸라는 여기에 만족하지 않고 19세기 하층 노동자들이 사용하는 날것의 언어를 그대로 재현했다.

문학작품은 모름지기 아름다운 언어로 쓰여야 한다는 전통주의 문학관이 서슬 퍼렇게 살아 있던 시절이었기 때문에 졸라가 묘사한 노동자들의 욕설, 은어, 비속어는 당대 비평가와 독자들의 거센 비판과 항의의 표적이 되었다. 〈공공의 선〉이라는 신문에 첫 게재되자마자 공공질서를 파괴한다는 이유로 검찰이 신문사를 여러 번 방문하여 조사를 벌일 정도였다. 사회 분위기 탓에 졸라는 별수 없이 연재를 중단해야 했지만, 1877년에 검열로 삭제한 부분을 모두 살려 출간하기에 이른다.

그의 고초는 여기에서 끝나지 않았다. 표현들이 저급하고 추하며 등장인물들이 너무나 비도덕적이라는 이유로 이 작품은 기차역 서점에서는 판매가 금지되는 처분을 받았다. 빅토르 위고와 플로베르 등 누구보다 졸라의 작품 세계를 이해할 만도 한 동시대 작가들 또한 등장인물들의 난잡한 성생활, 저급한 언어를 지적하며 호의적인 반응을 보이지 않았다. 그러나 노동자들의 살아 있는 목소리야말로 이 소설을 위대한 작품으로 끌어올리는 원동력이 되었다.

이 소설의 출간으로 졸라는 베스트셀러가 작가가 되어 큰돈을 벌었다. 그리고 피지배자의 비참한 삶을 그린 자연주의 문학의 대가로 찬사받는다. 아름다움보다는 진실에 주목하는 사실주의의 극단적 형태라고 볼 수 있는 자연주의 문학은 졸라가 문을 열었고 졸라와 함께 소멸했다고 해도 틀린 말이 아니다.

철저한 자료 조사와 작가의 경험으로 쌓아 올린 금자탑

졸라는 《목로주점》을 집필하기 전에 이미 오늘날 자연주의라고 부르는 장르의 시작을 준비하고 있었다. 졸라는 소설의 무대가 되는 장소를 답사해서 철저하게 자료를 수집했다. 우리가 졸라의 작품을 읽을 때 맛보는 생생한 현장감은 작가의 머릿속에서 나온 것이 아니라 발로 뛴 현장 탐사를 기반으로 하는 '철저한 집필 계획서'에서 나온 것이다. 졸라는 현장감 있는 소설을 쓰기 위해서 구트 도르 거리에 있는 노동자들의 생활공간과 주변 거리를 사진 찍듯이 여덟 장 분량으로 메모했다.

현장 자료 수집과 작가적 역량만으로 《목로주점》을 쓴 것은 아니다. 졸라는 자기 경험 또한 창작의 원천으로 삼았다. 이 작품을 집필하기 전에 이미 그는 파리 부자들과 격리된 소상공인들, 장인들, 술집 주인들, 가난한 노동자들이 주로 살았던 동네에서 10년 이상 거주한 적이 있었다. 졸라 또한 가난, 빚, 실업으로 오랫동안 고통받았고, 어머니와 함께 파리 빈민가에서 오래 살았다. 졸라가 살았던 빈민가는 《목로주점》 속 구트 도르 거리와 비슷한 곳이었는데 그곳에는 소설 속에 등장하는 마부, 세탁부, 노동자, 급사, 가난한 장인들이 많이 살았다. 노동자와 알코올중독을 소재로 하는 《목로주점》의 배경으로 구트 도르 거리를 선택한 것도 우연이 아니었다.

구트 도르 거리는 18세기부터 이곳에서 재배된 포도나무 때문에 붙여진 이름이고 '구트 도르' 자체가 프랑스어로 '알코올 방울'을 의미한다. 이 거리는 주변에 있는 공장 때문에 늘 석탄 가루가 날려서 어둡고 지저분했다. 이 거리에는 급격한 산업화로 먹고 살기가 힘들어진 농촌 빈민들이 몰려와 살았기 때문에 교회와 관공서로부터 멀리 떨어져 있었고 심지어 학교도 없었다. 소설 속 주인공 제르베즈처럼 주류 사회에서 밀려난 빈민들이 주로 살았던 이곳은 범죄와 타락이 난무하는 '야만인'들이나 사는 곳으로 인식되었다.

그러나 이곳에도 희망은 있었다. 비록 열악하지만, 열심히 성실하게 일하면 비교적 깨끗한 집에 살며 생계는 유지할 수 있었다. 소설 속 제르베즈와 노동자 쿠포가 바로 그런 경우다. 성실한 제르베즈와 쿠포는 결혼 초기 열심히 돈을 모아 번듯한 세탁소를 차려 남부럽지 않게 살아간다. 그러나 아무리 성실한 사람이라도 예상하지 못한 시련과 역경을 만나면 여지없이 삶이 무너진다는 것을 이 부부는 잘 보여준다.

나름대로 안정된 삶을 살아가던 제르베즈 부부 앞에 그녀의 옛 애인 랑티에가 찾아오고 그녀의 남편이 알코올중독에 빠지면서 그들의 삶은 일순간 나락으로 떨어진다. 젊고 아름답고 선한 제르베즈는 결국 계단 아래 어두컴컴한 구석에서 굶어 죽은 채로 발견된다. 《목로주점》은 노동자의 비참한 현실을 가감 없이 보여줌으로써 사회 부조리와 가난이 얼마나 개인의 삶을 피폐하게 만드는가를 고발하는 작품이다.

빈민층의 비참하고 희망 없는 삶에 대한 고발

졸라는 《목로주점》을 통해서 열악한 노동환경뿐만 아니라 비위생적인 주거환경에도 큰 관심을 보였다. 제르베즈와 주변 인물들이 주로 살았던 아파트는 당시 의사들이 걱정했던 오염과 비위생이 만연한 공간이다. 제르베즈가 처음 이 아파트에 발을 들였을 때 극심한 악취 때문에 공포에 사로잡히는 것처럼 말이다.

온갖 악취가 뒤섞여 서로가 서로를 오염시키는 주거환경 속에서 갇혀 사는 노동자들은 결국 나락으로 갈 수밖에 없다는 것을 졸라는 고발한다. 19세기 초 전염병이 번지자 기득권층은 가난한 사람들을 제르베즈가 살았던 빈민 아파트로 몰아넣었다. 그래야 오염과 전염으로부터 자신들을 보호할 수 있다고 믿었기 때문이다. 빈민을 한곳에 몰아넣으면 사회로부터 그들을 격리할 수 있을 뿐만 아니라 경비원을 통해서 감시하기에도 편리했다.

소설 속 경비원 구르와 아파트 관리인 보슈 부인은 마치 포로를 감시하듯이 세입자를 관찰하고 그들의 사생활에 간섭한다. 하수인에 불과한 구르조차 노동자를 가혹하게 대한다. 심지어는 매서운 겨울 추위에 꿇어앉아 물청소하는 늙은 가정부 페루 할멈을 연민하기는커녕 쓸모없는 늙은이라며 다그치고 욕을 하며 급여도 깎는다. 또 임신한 상태로 입주한 제화공 여성을 마치 악녀처럼 여기면서 혹시 남자를 불러들이지는 않나 감시하며 만삭이 된 그녀를 거리로 내쫓는다. 쫓겨난 제화 여직공은 결국 굶주림을 견디다 못해 자신의 아이를 살해한 죄로 5년 형을 선고받는다.

졸라는 빈민 아파트라는 공간을 통해 빈민들이 얼마나 오염되고 위험한 주거환경에 고통받는지 고발하고, 가난한 사람 자체를 악으로 설정하여 감시와 엄한 처벌만이 그들에게 적합한 처우라고 믿는 기득권 세력의 횡포를 지적한다. 빅토르 위고처럼 졸라도 도시 빈민들이 범죄를 일으키고 알코올중독에 빠지는 것은 그들이 원래 나약하고 악한 인간이기 때문이 아니라, 사회 부조리가 그들을 막다른 골목으로 몰아갔기 때문이라고 생각했다.

삶의 고통과 참혹함을 소설로 쓰는 이유

알코올중독 문제는 19세기 중엽에도 노동자를 나락으로 밀어 넣는 사회악으로 지목받았다. 노동자 문제를 다룬 《목로주점》은 당연히 알코올중독을 중요한 소재로 다룬다. 제목(L'Assommoir)부터가 변두리 술집 주인, 카바레, 도살용 도끼, 동물을 잡는 덫이라는 중의적인 의미가 있다. 다시 말하면 술이라는 덫으로 노동자들을 도살한다는 뜻이다. 소설 속에서 술을 만드는 증류기는 "술집 홀을 가득 채우고 큰 도로로 흘러넘쳐서 파리라는 거대한 구덩이를 홍수처럼 범람시킬 것이 분명한" 괴물로 묘사되며, 술이라면 질겁하는 제르베즈는 몸을 부들부들 떨면서 뒷걸음친다.

그러나 제르베즈는 생활이 몰락하자 술에 의지하며 결국 알코올중독으로 사망한다. 그녀의 남편인 쿠포는 더 극적으로 알코올의 위험을 보여준다. 결혼할 때 술을 마시지 않겠다고 다짐했지만, 술친구의 유혹에 굴복하여 결국 동네 술집을 순례하는 신세가 되고 마는 것이다. 노동의 세상이 아닌 알코올의 바다에 빠진 그는 제르베즈와 마찬가지로 알코올중독으로 죽는다. 졸라는 빈민가에 가득한 술집이 성실한 근로자이며 다정한 가장이었던 쿠포를 타락하게 만든 유해 환경이라는 점을 고발한다.

제르베즈의 딸 나나 또한 타고난 성정보다는 주어진 환경 때문에 타락의 길로 접어든다. 부모가 불륜을 저지르는 장면을 목격하면서 문란한 성행위를 저지르기 시작한 것이다. 제르베즈 부부가 알코올중독으로 사망하는 것이나 나나가 화류계의 여왕으로 등극하는 것 모두 따지고 보면 인간이란 자신이 처한 환경에 영향을 받는다는 것을 간접적으로 보여준다.

《목로주점》은 삶의 비참함과 고통에 대한 이야기다. 졸라가 굳이 이런 불편한 이야기를 하는 이유는 "화려하고 눈부신 살롱에 도착하기 위해서는 길고 지저분한 부엌을 거쳐야 한다"라고 생각했기 때문이다. 졸라에게 사회를 변혁하는 가장 좋은 방법은 사회적 약자의 비참한 실태를 최대한 사실적으로, 꾸밈없이 보여주는 것이었다.

26

언어의 마술사가 직조한
위험한 사랑, 본능의 사랑

《롤리타》
Lolita

블라디미르 나보코프 Vladimir Nabokov

1899년 러시아의 상트페테르부르크에서 귀족 가문의 장남으로 태어났다. 대부분의 러시아 귀족처럼 프랑스어와 영어를 자유자재로 구사할 줄 알았다. 많은 유산을 상속받았지만 1917년 볼셰비키혁명으로 모든 것을 잃고 가족과 함께 독일로 망명했다. 케임브리지의 트리니티 칼리지에서 불문학과 러시아 문학을 공부한 후, 독일과 파리를 오가며 생활했고 이때부터 시린 Sirin이라는 필명으로 글을 쓰기 시작했다. 1940년 나치를 피해 미국으로 이민을 가면서 영어로 글을 썼고, 시인, 소설가, 비평가, 번역가로 활동하며 대학에서 문학을 가르쳤다. 하지만 《롤리타》의 대대적인 성공으로 교수직을 사임하고 전업 작가로 활동한다. 1961년 스위스로 건너가 1977년 그곳에서 세상을 떠났다.

세기의 금서

《롤리타》는 블라디미르 나보코프의 대표작이며 미국에서 출간되자마자 3주 만에 10만 부가 판매된 베스트셀러다. 두 번의 영화화, '롤리타 콤플렉스'라는 정신분석학적 용어의 탄생, 문화예술 전반에 끼친 영향력을 생각할 때 《롤리타》는 문학사에서 영원히 회자될 만한 작품이다.

한 중년 남자의 열두 살 소녀를 향한 범죄적 사랑과 집착을 다룬 《롤리타》는 내용이 지나치게 파격적이어서 나보코프가 살았던 미국을 비롯한 영미권 출판사가 감히 출간을 감행하지 못할 정도였다. 결국 프랑스에서 1955년에 영어판으로 출간되었는데, 당시 영미권에 비해 비교적 개방적이었던 프랑스에서조차 금서로 지정되었고 우여곡절 끝에 1958년에 미국에서, 1959년에 영국에서 발간되었다. 프랑스에서 잠시 이 책이 판매되고 있을 때 많은 영국인은 프랑스 여행길에 이 책을 구매하여 영국 본토로 들여왔는데 이를 못마땅하게 생각한 프랑스 주재 영국 대사관이 문제를 제기하는 바람에 프랑스도 어쩔 수 없이 이 책을 금서로 지정했다.

3년 뒤 금서 지정이 해제되고 영국과 미국에서 출간되자마자 《롤리타》는 베스트셀러에 올랐다. 이 책은 어린 여자아이를 사랑한 중년 남성의 이야기를 다룬 작품으로, 출간된 지 70년이 되도록 치열한 논쟁을 불러일으키고 있다. 출간 당시《롤리타》와 비슷한 이유로 충격과 논쟁을 불러온 D. H. 로런스의《채털리 부인의 사랑》이라든가 제임스 조이스의《율리시스》가 이제는 독자들에게 친근하거나 고리타분한 고전소설 정도로 인식되고 있는 데 반해, 이 소설은 여전히 뜨거운 논쟁의 중심에 있다.

특히《율리시스》는 출간 당시는 한편의 포르노그래피 소설이라며 혹평받았지만, 지금은 모더니즘을 대표하는 소설로 주목받고 있다. 그러나《롤리타》는 여전히 극렬한 논란에서 벗어나지 못한 상태다. 심지어 나보코프가 교수로 근무한 학교의 일부 학부모는 자기 자식이 어두운 골목길에서 혹시 나보코프와 마주칠까 걱정했다고 한다. 그런데도《롤리타》는 랜덤하우스 출판사가 선정한 '20세기 최고 영어권 소설'에서 4위를 차지할 만큼 영문학을 대표하는 소설이다. 이 작품에 관한 논란은 여전하지만 독특한 문체, 구조, 서사 방법 등에서 새로운 소설 기법을 만든 기념비적인 예술 작품이라는 사실을 부정하는 사람은 많지 않다.

사랑일까 범죄일까

소아성애pedophilia는 고대 그리스어의 '아동pedeiktos'과 '사랑philia'을 의미하는 단어에서 비롯된 말이다. 소아성애는 그 대상이 대략 10세 정도의 아동이며 대부분 여자아이에 대한 선호도가 높다. 가해자는 40~50대 중년 남성인데, 이들은 내성적이며 겉으로 보기엔 점잖은 사람이 많다. 소아성애는 피해자에게 평생 씻을 수 없는 트라우마를 남기는 중대범죄지만 역사적으로 보면 어느 시대에나 빈번히 행해졌다.

일반적으로 소아성애자들은 아이를 괴롭히지 않고 폭력도 행사하지 않는다. 아동의 환심을 사야 하므로 언제나 호의로 그들을 대한다. 소아성애자의 가장 뚜렷하고 중요한 특징은 자신들의 성적 취향에 대해서 언제나 자기합리화를 한다는 것이다.

《롤리타》의 화자인 험버트 교수는 위에서 말한 소아성애자의 전형이다. 그는 롤리타를 짓밟았음에도 자신은 오직 헌신적인 사랑을 했을 뿐이고, 오히려 롤리타로부터 배신당한 피해자라고 항변한다. 그리고 거의 병적으로 롤리타에게 집착한 자신의 행동 또한 여행하다가 갑자기 사라진 롤리타의 무책임한 행동 때문이라고 자기합리화한다. 험버트의 자기합리화는 끝없이 이어져 자신은 그저 롤리타를 순수한 마음으로 사랑한 것이며 롤리타의 매력을 인지한 예술가라고 자부한다. 그리고 남성이 어린 여자의 매력에 빠지기 위해서는 10년이나 20년을 넘어 드물게는 90년까지의 나이 차가 필요할 때도 있다며 자기변명을 늘어놓는다.

험버트는 자신에게 소아성애자라는 용어도 용납하지 않고 교묘하게 다른 용어로 자신의 범죄를 미화한다. 그는 자신이 좋아한 아동을 님펫이라고 부르는데, 이는 그리스 신화의 님프에서 따온 것이다. 험버트는 소아성애자라는 정확한 용어 대신에 자신이 직접 만든 님펫광증이라는 용어를 사용함으로써 자신의 범죄 행위를 미화한다. 자신은 소아성범죄자가 아니라 그리스 신화에 나오는 요정을 사랑하는 중년 신사라는 것이다.

《롤리타》에는 소아성애자에 관한 적나라하고 사실적인 내용이 너무 많아서 나보코프 자신이 소아성애자가 아니냐는 의심을 받기도 했지만, 사실 이 소설은 소아성애자를 옹호하는 소설이라기보다는 끊임없이 자신을 합리화하는 소아성애자를 비판하는 소설로 읽히기 쉽다. 험버트가 자신의 소아성애적 행각을 나름대로 합리화하지만, 이 변명을 곧이곧대로 믿는 독자는 거의 없기 때문이다.

외국어로 작품을 쓰는 고통, 그리고 업적

블라디미르 나보코프는 러시아 페테르부르크에서 귀족의 자제로 태어났지만 1917년 발발한 볼셰비키혁명 때문에 영국, 독일, 프랑스를 전전하며 망명 생활을 하다가 마침내 1940년 미국에 정착하여 미국 시민권을 획득했다. 조국을 등지고 미국 시민이 된 나보코프는 더 이상 러시아어로 작품을 발표할 수 없었기 때문에 영어로 소설을 쓰기 시작했다. 나보코프는 여러 외국어에 능통했지만 일상 언어로 외국어를 사용하는 것과 문학작품을 외국어로 쓰는 것은 전혀 다른 차원의 이야기다.

이런 고충 때문에 영어사전을 끼고 살면서 영어로 글을 썼는데,《롤리타》는 외국인이 외국어로 썼다는 게 믿기지 않을 만큼 아름다운 문장이 인상적이다. 마치 노래를 부르듯이 자연스럽게 흐르는 시적인 영어라는 찬사를 받았으니 그의 천재성을 인정하지 않을 수 없다. 작가에게 모국어를 사용할 수 없는 외국에 산다는 것은 문학적인 사망 선고에 가까운 재앙이다. 물론 나보코프는 어린 시절부터 외국어를 원어민 수준으로 익혔지만, 외국의 사회 문화적 배경지식이나 사회 체험이 부족하기에 외국어로 작품 활동을 해나간다는 자체가 매우 어려운 일이다. 인터넷이나 통신이 아예 없거나 보편화되지 않았던 시대에 살았던 나보코프는 이 모든 역경을 자신의 독특한 문학적 역량으로 극복했다. 즉 영어의 시선으로 자신의 모국어인 러시아어를 타자화함으로써 전에 없던 언어 세계를 발견한 것이다.

나보코프는 소설로 도덕이나 철학 따위를 주장하는 작가를 혐오했으며 자신의 소설이 단순히 소설 그 자체로 읽히기를 원했다. 자신의 소설은 도덕 교과서가 아니라는 것이다. 이런 태도 또한 망명 작가라는 처지에서 비롯된 것일지 모른다. 타국에서 외국어로 소설을 쓴 나보코프는 자신의 문학에 정치, 경제, 문화적 상황을 거의 담지 않았다. 작품으로 교훈을 주기보다는 문학적 실험과 탐색에 집중한 작가다.

《롤리타》에서도 그런 면면을 볼 수 있다. 가령 이 소설은 주로 1인칭시점으로 전개되다가 갑자기 3인칭시점으로 전환되어 마치 독자들이 작가와 한 판 게임을 하는 듯한 묘미를 준다. 나보코프의 소설에는 빈틈이 없으며 마치 노래 가사의 뜻을 생각하지 않고 리듬 자체를 즐기는 것과 같은 신기한 경험을 하게 된다. 따라서 나보코프의 소설은 여러 번 반복해서 읽어야 진가를 느낄 수 있다. 그래야 작가가 만들어놓은 복잡한 미로를 하나씩 발견해 갈 수 있는 것이다. 바로 이 점이 나보코프의 의도이며 독자를 위해 그가 준비한 선물이다. 그의 소설은 철저하게 미학적 희열을 추구한다. 20세기 현대문학을 통틀어 나보코프는 제임스 조이스와 함께 문학이 언어와 소리의 예술임을 가장 두드러지게 보여준 작가다.

이렇듯 나보코프의 천재적 언어 감각은 창작뿐만 아니라 번역에서도 탁월한 업적을 남겼다. 그가 유럽으로 망명하기 전 번역한 루이스 캐럴Lewis Carrol의 《이상한 나라의 앨리스》는 지금도 러시아 번역사에서 신화적인 업적으로 통한다. 제임스 조이스를 계승한 다른 두 명의 언어예술가 호르헤 루이스 보르헤스Jorge Luis Borges, 사무엘 베케트Samuel Beckett와 달리, 나보코프는 러시아어와 영어를 오가는 창작과 번역으로 서구권과 슬라브권 독자 모두를 사로잡았다는 점에서 특히 위대하다.

여전히 논쟁 중인 《롤리타》

《롤리타》는 의붓딸을 사랑하는 의붓아버지의 이야기인 만큼 소아성애자의 자기합리화를 비판하는 소설로 읽히는 등 인간 심리를 탐구한 소설로 여겨지기도 한다. 그러나 작가의 항변과 달리 《롤리타》는 정신분석학적인 해석의 여지가 많은 작품이다.

우선 험버트가 소아성애자가 되는 과정은 우연이 아니며 타고난 성향도 아니다. 험버트가 어린 시절 어머니를 여의었고 첫사랑이었던 에너벨이 자신과 애정 관계를 나눈 얼마 뒤에 죽어버린 사건이 그가 소아성애적 성향을 갖게 된 원인이었다고 분석할 수 있다. 험버트는 태어나서 처음으로 에너벨과 바닷가 동굴에서 성적 접촉을 시도하지만 지나가던 두 성인 때문에 뜻을 이루지 못하고 만다. 이 일은 험버트에게 평생 지울 수 없는 트라우마를 남긴다.

더구나 에너벨이 얼마 뒤에 죽어버리는 바람에 다시는 그녀와 성적인 관계를 시도조차 할 수 없게 되고 만다. 이때의 트라우마로 평생 에너벨과 비슷한 나이대의 소녀를 성적 대상으로 삼게 된다고 볼 수 있다. 험버트가 서른일곱 살의 나이로 미국에 도착했을 때 샬로트라는 여자의 집에 방을 빌려 살게 된 것도 에너벨을 연상케 하는 롤리타 때문이다. 험버트는 롤리타를 완전히 독차지하기 위해 그녀를 철저하게 감시할 뿐만 아니라 그녀를 곁에

두기 위해 자동차 여행을 떠난다. 자동차라는 좁은 공간에 갇힌 롤리타는 험버트를 제외한 외부 사람과 접촉하기조차 어렵다.

이런 험버트의 행동은 조현병이나 다름없다. 따라서 《롤리타》는 소아성애에 빠진 중년 남자의 조현병을 분석한 소설로 해석될 수도 있다. 험버트가 요양원에 입소할 때도 정신분석학적인 요소가 드러난다. 험버트는 자신을 동성애자나 성불구자라 말하며 의사들을 속인 채 요양원에 입원하는데, 이는 나보코프가 정신분석학적인 지식을 작품 속에 투영한 것으로 보인다.

한편 험버트는 겨우 세 살 때 어머니를 여의는데 정신분석학적인 이론에 따르면 생후 18개월까지는 어머니와 친숙한 관계를 맺고 오이디푸스 콤플렉스를 벗어나야 한다. 그러나 험버트는 어머니의 부재로 오이디푸스 콤플렉스에서 벗어나지 못했고, 이로 인해 소아성애자로 성장했다는 설명이 가능하다. 존 레이 주니어 박사 쓴 《롤리타》의 서문에 《롤리타》는 정신병리학 분야에서 하나의 고전으로 자리 잡을 것이 분명하다고 밝히고 있는 점도 참고할 만하다.

《롤리타》는 나보코프 문학 인생에서 획기적인 전환점이 된 작품이다. 나보코프는 이 소설을 발표하고 나서 본격적으로 러시아어와 작별을 하고 영어로 글을 쓰는 작가가 된다. 더구나 《롤리타》는 러시아어로 구상한 것을 영어로 바꿔서 쓴 이른바 '내적 번역'을 거쳐 완성한 작품이기 때문에 나보코프가 유난히 애정을 쏟은 작품이기도 하다. 나보코프는 영어로 먼저 발표한 《롤리타》를 타인이 번역해서 자신의 의도가 훼손되는 것을 우려해 자신이 직접 러시아 현실을 반영하여 러시아권 독자들이 이해할 수 있는 번역으로 재탄생시켰다.

《롤리타》는 나보코프라는 작가가 하나의 언어 테두리에 머무는 작가가 아닌, 하나의 작품에 여러 언어를 녹여내는 다중 언어의 작가로 새출발하는 계기를 마련해 준 작품이라고 말할 수 있다. 우리는 그런 나보코프의 언어를 음미하며 책을 읽으면 된다. 이 책은 그것만으로도 충분히 가치가 있다.

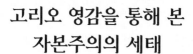

27

고리오 영감을 통해 본
자본주의의 세태

《고리오 영감》
Le Pere Goriot

오노레 드 발자크 Honore de Balzac

1799년 프랑스 투르 지방에서 태어났다. 1815년부터 아버지의 뜻대로 법학 공부를 시작했고, 공증인 사무실에서 서기를 하기도 했지만, 1819년 공증인 의 길을 포기하고 자신이 원하던 작가의 길을 걷기 시작한다. 하지만 좀처럼 두각을 나타내지 못한 채 출판업을 시작했으나, 성공하지 못하고 막대한 빚을 지게 된다. 발자크는 이때 진 빚을 갚기 위해 수많은 콩트와 소설을 발표한다. 왕성한 창조력과 정열로 20년간 90편의 장편과 중편, 30편의 단편, 5편의 희 곡을 써낸다. 1832년부터 교제해 온 한스카 부인과 1850년 3월에 결혼식을 올렸으나 그해 8월에 건강이 악화되어 세상을 떠났다.

사실주의 소설의 닻을 올리다

오노레 드 발자크는 자신이 살았던 세상을 세밀한 부분까지 예리하게 관찰하고 있는 그대로 묘사하여 사실주의라는 장르를 창시한 작가 중 한 명이다. 후대 작가로부터 '우리 모두의 아버지'라고 칭송받은 발자크는 도덕적으로 완전히 착하지도 악하지도 않은 작중 인물을 탄생시켰으며 이런 그의 문체는 에밀 졸라, 찰스 디킨스, 구스타브 플로베르, 헨리 제임스와 같은 수많은 작가에게 영향을 끼쳤다.

19세기 프랑스를 그림으로 옮겨놓은 듯한 그의 사실주의 소설을 두고 프리드리히 엥겔스Friedrich Engels는 직업적인 경제학자, 통계학자, 역사학자보다 더 배울 것이 많다고 평가했으며 귀스타브 플로베르는 본인이 살았던 시대를 완벽하게 이해한 작가라고 말했다.

발자크 문학은 프랑스 사회가 구조적으로 대변혁한 시대 상황을 광범위하게 반영하고 있다. 특히 《고리오 영감》을 통해서 파리를 중심으로, 갈수록 산업화를 향해서 치닫는 세상과 개인의 내면에 가득한 욕망을 절묘하게 표현했다.

1835년에 발표된 《고리오 영감》은 왕정복고 시대인 1819년 11월부터 고리오 영감이 세상을 떠난 1820년 2월까지를 배경으로 삼고 있지만 역사적 사건과 연관된 내용은 없다. 그러나 발자크는 3개월간의 사건을 통해 산업화가 팽배한 19세기 초반을 조망하고 앞으로 다가올 시대를 예견한다.

이 작품을 집필할 시점에 발자크는 낭만주의에서 사실주의로 변신하는 시기였다. 《고리오 영감》은 발자크가 시도한 모든 노력의 열매이자 그가 앞으로 써나갈 작품의 토양이 되었다. 이전 소설에서 연마한 인물과 서술 기법의 완성된 형태가 《고리오 영감》에서 온전히 발휘되었다. 아울러 여러 소설에 같은 인물을 반복 등장시키는 새로운 기법을 적용한 작품이기도 하다.

발자크가 촘촘히 빚어낸 인간 모자이크

발자크는 자신이 살았던 19세기를 입체적으로 그려내고 싶었다. 발자크가 현대 작가였다면 자신의 소설을 영화, 드라마 시리즈 등 다양한 매체를 통해 소설의 외연을 확장할 수 있었겠지만, 19세기 작가였던 그가 구상한 방법은 여러 작품을 유기적으로 연결해서 하나의 세상을 구축하는 것이었다. 발자크는 《고리오 영감》을 한참 집필하던 1834년 10월경, 전에 발표한 소설과 앞으로 쓸 작품을 한 편의 거대한 이야기로 묶으려고 결심했다. 그래서 탄생한 것이 《인간 희극》이라는 거대 산맥이다. 90편에 달하는 소설이 하나의 이야기를 형성하는 이 대작에서 발자크는 자신의 소설에 나오는 모든 등장인물을 서로 연결해서 산업화에 매몰된 19세기 프랑스를 완벽하게 그려내기로 마음먹는다. 발자크는 자신의 야심 찬 계획을《고리오 영감》에서 처음으로 실현했다.

발자크가 추구한 문학관은, 예를 들어 '부성애'라는 한 가지 주제를 한 작품이 아닌 여러 작품을 통해 입체적으로 살펴보자는 것이다.《고리오 영감》한 편만으로도 부성애에 대한 깊은 통찰을 이끌어낼 수 있지만 발자크는《외제니 그랑데》《절대의 탐구》《엘베르 사바뢰스》《현대사의 이면》이라는 또 다른 작품을 제시함으로써 독자에게 부성애에 대한 좀 더 깊은 성찰과 다양한 관점을 선사한다.

90편으로 이루어진《인간 희극》에는 총 2,472명의 등장인물이 등장하는데 이 중에서 573명이 여러 소설에 등장한다. 한 인물을 자신의 여러 작품에 재출현시키는 방법을 처음 시도한《고리오 영감》을 읽어보면 이전에 발표했던 소설에 등장하는 35명의 인물이 다시 나온다.《고리오 영감》이 발자크에게는 새로운 시대를 처음 실현한 작품이기 때문에 이 작품 이후에 발표된 소설에도 많은 등장인물이 다시 나온다. "호적부와 한판 대결을 벌이겠다"라는 야심으로 자신이 경험한 세상에 존재하는 모든 인간을 담으려고 했기 때문에《고리오 영감》은 제목과 달리 고리오 혼자 소설 전체를 아우르며 이끌어가지는 않는다. 고리오 영감의 두 딸을 비롯한 라스티냐크, 보세앙 부인, 보트랭도 서사를 이어가는 중심인물로 등장한다.

발자크를 읽는 또 다른 재미

고리오 영감은 프랑스혁명이라는 혼란기를 틈타 거대한 부를 축적하지만 두 딸에 대한 맹목적인 사랑으로 막대한 지참금을 얹어 두 딸을 귀족과 은행가에게 시집보낸다. 초라한 하숙집에서 쓸쓸한 노년을 보내던 고리오 영감은 얼마 남지 않은 재산마저 딸들에게 모두 빼앗긴 채 외롭게 죽는다. 맹복적인 부성애를 상징하는 고리오 영감 외에 이 작품에는 또 다른 주인공이 존재한다. 시골 하급 귀족의 장남으로 아버지의 전폭적인 지원 아래 성공을 꿈꾸며 파리에 진출한 라스티냐크다. 그는 힘들고 불확실한 학업보다는 사교계에 진출해 자신의 성공을 보장해 줄 여자를 만나 성공하기를 꿈꾼다.

냉혹한 현실과 부딪히면서 어렸을 때의 순수함과 고귀함을 잃어버린 라스티냐크는 오직 출세를 위해 타인을 이용하며 돈만을 쫓는 탐욕스러운 인물로 변해간다. 《고리오 영감》에서 중심인물로 이야기의 한 축을 담당한 라스티냐크는 《인간희극》에 포함된 다른 여러 소설에 다시 등장한다. 가령 《나귀 가죽》에서는 아버지의 갑작스러운 사망과 집안의 몰락으로 방황하는 라파엘이라는 젊은이를 사교계로 끌어들여 다양한 사교술을 전수하는 한량으로 등장하며, 《읽어버린 환상》에서는 저명한 은행가 뉘생장의 부인의 애인으로 나오며, 《지식 없는 배우들》에서는 막대한 돈으로 백작 지위를 받아 뉘생장의 딸과 결혼하는 인물로 등장한다.

발자크 문학에서 등장인물의 겹치기 출연은 그가 왜 자신의 문학을 '희극'이라고 불렀는지 잘 보여준다. 예를 들어 라스티냐크의 하숙집 동료인 비앙숑은《고리오 영감》에서는 가난한 의과 대학생으로 열심히 공부하는 겸손한 인물로 등장하지만《잃어버린 환상》에서는 시대를 고민하는 청년들의 비밀조직의 회원이자 당대 최고의 명의로 나온다.《고리오 영감》에서 고리오 영감의 첫째 딸의 애인이면서 그녀를 망하게 한 막심 드 트라이유는《아르시의 국회의원》에서는 인생에 지치고 환멸을 느끼는 40대 중년 남성으로 다시 등장한다. 이런 식으로 발자크는 소설 속 등장인물의 역할과 비중을 자유자재로 변경하면서도 일종의 거미줄처럼 서로를 연결하여 복합적인 이야기를 창작한다.

《고리오 영감》을 비롯한 발자크 소설은 여러 인물이 소설의 주도권을 나눠 가지기도 하고, 한 소설에서 중심축이었던 인물이 다른 소설에서는 주변 인물로 나오기도 하며, 때로는 다른 인물들의 대화를 통해서 간접적으로 언급되기도 한다. 이런 기법은 독자들에게 묘한 즐거움을 준다.《나귀 가죽》을 먼저 읽은 독자들은 이 소설에 등장하는 라스티냐크의 과거 행적을《고리오 영감》을 읽음으로써 낱낱이 알게 된다.《인간 희극》이라는 세계에 발을 딛는 독자들은 소설을 읽는 순서에 따라 다른 재미를 맛보게 된다.

《인간 희극》에 소속된 한 부분이기도 하면서 한 권의 소설로도 완벽하게 구성된 《고리오 영감》은 추리 소설적 요소가 다분하다. 소설 초반에 고리오 영감은 철저히 베일에 가려진 인물이다. 그러나 그가 뒤로 물러나고 라스티냐크와 두 딸로 이야기의 초점이 옮겨가면서 고리오 영감에 대한 비밀은 양파 껍질이 벗겨지듯이 하나씩 밝혀진다.

라스티냐크는 출세를 위해 접근한 고리오 영감의 딸을 통해서 고리오 영감에 대한 비밀을 하나씩 알게 된다. 《고리오 영감》은 당시로서는 드문 열린 결말을 보여준다. 비참하게 죽은 고리오 영감을 묻어준 라스티냐크는 영감의 무덤 앞에서 파리 시내를 바라보면서 "우리 두 사람의 싸움이 시작되었어"라고 외치는데, 이 말은 라스티냐크가 새로운 이야기를 펼쳐나가겠다는 암시다.

《고리오 영감》의 결말은 마치 소설의 시작과 같은 느낌도 든다. 그만큼 이 소설의 결말은 독자들에게 새로운 궁금증을 불러일으킨다. 독자들이 《고리오 영감》을 읽고 나서 《나귀 귀족》으로 옮겨간다면 《고리오 영감》이 암시한 뒷이야기를 읽게 된다. 발자크 소설에 일단 한번 발을 들여놓으면 그의 작품을 모조리 읽을 수밖에 없는 '발자크 늪'에 빠지게 되는 것이다.

개인적 불행과 작가 세계

이렇게 뛰어난 작품을 남긴 발자크지만 그의 생애는 그렇게 영광스럽지 못했다. 그는 초라한 다락방에서 글쓰기 공부를 하며 혹독한 가난을 겪었다. 고생을 해봐야 현실을 깨닫는다고 생각한 어머니가 파리에서 구할 수 있는 가장 비참하고 더러운 방을 그에게 구해주었기 때문이다.

위대한 작가가 되고 싶었지만, 발자크의 현실은 시궁창이었다. 더러운 방에서 악전고투 끝에 완성한 《크롬웰》이란 작품은 당시에도 현재에도 누구도 인정하지 않는 졸작이다. 그러나 그 정도 했으면 투항하고 집으로 돌아오라는 가족의 말을 발자크는 따르지 않았다. 그는 먹고살기 위해 싸구려 소설을 대량 생산했고 일확천금을 노리며 출판업을 시작했으나 남은 것은 죽을 때까지도 갚지 못할 빚이었다.

한번에 큰돈을 벌어 마음 편하게 소설을 쓰고 싶었던 발자크는 평생 빚쟁이들한테 쫓겨 다녔다. 심지어 자신의 명의로 집도 사지 못하는 처지가 되었다. 일종의 신용불량자였던 셈이다. 현재 발자크 박물관으로 쓰이는 발자크 집은 출입문이 두 개인데 빚쟁이로부터 도망치기에는 최적의 구조였다.

그래서일까? 발자크의 소설 속에는 돈과 관련된 내용이 무수히 등장한다. 파산에 관한 것이라면 발자크의 소설은 백과사전이나 다름없다. 19세기 초반의 파산법 개요나 적용 방법뿐만 아니라, 당시 파산법이 어떤 불합리한 점을 가지고 있었고 사람들에게 어떻게 받아들여졌는지 발자크의 소설만큼 정확하고 자세히 설명하는 자료나 문학작품은 존재하지 않는다.

《인간 희극》은 19세기 프랑스 파산법에 관한 종합 보고서라고 할 법하다. 발자크는 이 작품에서 파산법에 관한 자세한 정보를 제공했을 뿐만 아니라 파산법이 가지고 있는 불합리성, 적용에서 편법, 그리고 빚을 갚지 못하면 가게 되는 채무자 감옥의 부당함을 강도 높게 비판함으로써 산업혁명 시대에 극명하게 나타났던 경제적 부조리의 근본적인 문제를 따진다. 중세 기독교 세상에서 터부시했던 돈이 산업혁명 시대에 들어서 토템이 되자 돈이 모든 사회악의 원인이 되었다고 발자크는 생각했다. 돈은 사회악의 근원이기도 했지만, 발자크에게 창작의 원천이 되었던 것은 분명한 사실이다.

거꾸로 생각해 보면 다른 작가는 감히 꿈도 꾸지 못할《인간 희극》의 대작업도 모두 발자크의 빚 덕분에 빛을 보았다. 빚이 없었다면 그 엄청난 분량의 글을 쓸 동기 부여가 생기지 않았을 것이다.《고리오 영감》만 해도 그렇다. 그는 이 소설을 집필할 때 매일 18시간에서 20시간에 이르는 초인적인 집필 일정을 소화하다가 의사의 만류로 간신히 속도를 늦추기도 했다.

한 통계학자의 계산에 따르면 발자크는 쉰한 살로 죽을 때까지 5만여 잔의 커피를 마셨다고 한다. 발자크에게 커피는 검은 석유였다. 발자크라는 엄청난 글쓰기 기계를 계속 작동하게 해주었기 때문이다. 그가 가는 곳이라면 그곳이 어디든 커피 포터도 함께였다. 그는 커피가 없으면 글을 쓰지 못했으며 커피를 타는 성스러운 작업을 그 누구에게도 맡기지 않고 직접 했다.

발자크에게 《고리오 영감》은 매우 각별한 작품이다. 물론 독자들에게도 마찬가지다. 19세기 말 이래 《고리오 영감》은 《인간희극》 총서 중에서 압도적으로 많이 공식 교육 과정 프로그램에 채택되었으며, 다른 작품보다 훨씬 자주 단행본으로 출간되었다. 교육 과정 속에서 하도 발자크를 접하다 보니 프랑스 학생들에게 발자크는 지겹고 재미없는 작가라는 편견이 자리 잡을 정도다. 하지만 이렇게 많은 교육 과정에서 《고리오 영감》이 언급되고 있다는 것은 그만큼 이 작품이 불후의 명작이라는 사실을 간접적으로 보여준다. 우리나라 독자들이 발자크의 방대한 작품 세계 중 극히 일부만 접하고 있다는 사실이 아쉬울 따름이다.

28

인간의 죄악,
파멸인가 구원인가

《주홍 글자》
The Scarlet Letter

너새니얼 호손 Nathaniel Hawthorne

1804년 매사추세츠주의 세일럼에서 청교도 명문가의 아들로 태어났다. 학생 때부터 소설을 즐겨 읽었던 호손은 여러 번의 좌절 끝에 1837년 친구의 도움으로 첫 단편집 《두 번 들려준 이야기》를 출간했는데, 이 책으로 에드거 앨런 포 Edgar Allan Poe의 극찬을 받았다. 1846년 오랫동안 민주당에 공헌한 대가로 세일럼의 세관에 검사관으로 임명되었다. 하지만 1849년 정권 교체로 해임되었고, 이후 집필에 몰두하여 이듬해 《주홍 글자》를 완성했다. 1852년 대학 친구인 프랭클린 피어스의 대통령 선거운동을 위해 《프랭클린 피어스의 생애 The Life of Franklin Pierce》를 썼고, 당선된 피어스가 그를 영국 영사로 임명하자 1853년부터 1857년까지 리버풀에서 근무했다. 미국에 돌아온 뒤 과도하게 집필에 몰두하면서 건강을 잃었다. 1864년 건강을 회복하기 위해 떠난 여행 중 세상을 떠났다.

숨 막히는 청교도 사회에서 인간의 삶이란

《주홍 글자》의 시대적 배경인 17세기 중엽 보스턴은 개인의 사고와 행동에 대한 제약이 극심한 청교도 사회였다. 독자들이 이 소설을 읽을 때 염두에 둬야 할 중요한 사실은 이 소설이 출간된 것은 1850년, 즉 19세기 중반이지만 이 소설의 배경은 17세기 중엽이란 사실이다. 종교의 자유를 찾아 신대륙에 정착한 17세기 청교도인들은 모국인 영국이 어떤 유럽 국가보다 정치적 종교적 자유를 보장한 것과 다르게, 개인의 개성과 자유를 극도로 억압했다. 영국에서는 가능하거나 약간의 제약을 받는 정도의 유흥이라도 보스턴에서는 꿈도 꿀 수 없었다.

칼뱅주의를 신봉한 신대륙의 청교도는 원죄를 저질러 이미 타락한 인간 심성이 죄로 더 이상 더럽혀지지 않도록 엄격히 계율을 적용해야 한다고 믿었다. 마치 개인의 쾌락을 죄악시한 조지 오웰의 《1984》나 올더스 헉슬리Aldous Huxley의 《멋진 신세계》에서 그린 디스토피아를 연상케 하는 시대였다.

19세기에 살았던 호손은 개인의 자유와 존엄성을 억압하는 17~18세기 청교도 사회를 소설 초반부터 강력하게 비판한다. 게으르거나 부모 말을 잘 듣지 않는 사람은 채찍질용 기둥에 묶여 처벌받았으며, 이교도들은 채찍질을 당한 후 마을에서 쫓겨났고, 대낮에 술에 취해 비틀거려도 두들겨 맞고 쫓겨난 시대였다고 묘사한다. 19세기만 되었어도 조롱이나 비웃음 정도로 끝날 잘못도 17세기 미국 청교도 사회에서는 사형을 선고받곤 했다고 호손은 말한다. 놀랍게도 많은 사람들이 중세의 전유물이라고 생각한 마녀재판이 실존했던 시대이기도 했다. 호손이 보기에 17세기 청교도야말로 세상에서 가장 편협하고 독단적인 무리였다.

17세기 미국 청교도인들이 왜 그토록 종교적 규범에 집착했는지 추측할 수 없는 것은 아니다. 유럽에서 메이플라워호를 타고 신대륙으로 건너온 사람들의 절반은 책에서도 접하지 못한 낯선 환경, 추위와 기근, 전염병 등으로 신대륙에 도착한 지 1년이 채 되기도 전에 사망했다. 신대륙에서 만난 아메리카 원주민과는 모든 면에서 가치관이 달랐다. 유럽에서 건너온 백인들은 익숙하지 않은 땅에서 느끼는 공포심과 불안감, 더불어 원주민의 땅을 강탈한 자신들의 행위에 대한 정당성을 확보하기 위해 기독교 사상을 과장하여 적용하고 청교도 정신을 엄하게 적용했던 것이다.

섬세하고 탁월한 심리묘사가 돋보이는 작품

《주홍 글자》는 외간 남자의 아이를 출산했다는 이유로 평생 주홍 글자를 달고 다녀야 하는 여인을 소재로 한다. 무소불위의 권력으로 개인을 억압하는 청교도와 자유를 박탈당하고 신음하는 개인의 갈등을 그린 소설이다. 호손에게《주홍 글자》는 그동안 자신이 단편소설에서 다룬 청교도 사회의 강압과 그에 따른 사회 구성원의 고통을 통합하는 소설이자, 소설가로서 경력의 정점에 오르게 한 대표작이기도 하다.

이 소설은 손에 땀을 쥐게 하는 서사나 다양한 인물 간의 갈등이 넘쳐나는 소설을 아니다. 그런데도 미국인들이 이 소설을 두고 미국 문학을 대표하는 소설로 손꼽는 데는 그만한 이유가 있다. 탁월한 창의력과 상상력으로 죄를 저지른 인간의 심리를 섬세하고 탁월하게 묘사했다는 점에서 그렇다. 호손은 뉴잉글랜드 역사의 대변자로 17세기 미국인들의 청교도적 생활을 다양한 기법을 활용해 문학으로 승화시킨 작가로 평가받기도 한다. 그 자신이 유력한 청교도 집안 출신이기 때문에 인간 심리에 대한 해박한 통찰과 종교와 죄에 관한 심리를 해석할 수 있는 탄탄한 기반을 갖추고 있었기에 가능한 일이었다.

청교도 사회를 향한 단호한 비판

17세기 미국 보스턴에서 펼쳐지는 이 작품은 '간음하지 말라'라는 일곱 번째 십계명을 어긴 헤스터 프린과 그녀의 간통 상대인 딤스데일 목사, 그리고 딤스데일 목사의 말 못하는 비밀을 알아차리고 복수 기회를 엿보는 헤스터의 전 남편 칠링워스에 관한 이야기다.

헤스터는 쾌락을 위해 불륜을 저지른 것이 아니다. 헤스터는 남편 칠링워스가 죽었다고 생각했으며, 더구나 이 부부는 사랑 없이 결혼한 관계였다. 헤스터와 딤스데일 목사는 서로를 진심으로 사랑했다.

헤스터는 평생 주홍 글자를 몸에 달고 다닐 만큼 잘못을 저지른 죄인이 아니다. 개인의 생각과 행동에 대한 엄격한 규범을 정해두고 조금이라도 이 규범에서 벗어나면 어떠한 관용도 베풀지 않고 혹독한 처벌을 일삼은 편협하고 비인간적인 사회가 낳은 희생자에 가깝다. 딤스데일이 헤스터와 결혼을 선언하지 못한 것 또한 당시 청교도 사회의 억압 때문이었다. 성직자 신분으로 혼전 성관계를 맺고 아이를 가졌다는 자체만으로 그는 더 이상 성직자로서 출세를 노릴 수 없는 원죄를 저지른 셈이다.

호손이 청교도에 대한 깊은 이해와 지식을 바탕으로 종교와 죄를 다룬 소설을 써서 청교도를 강도 높게 비판한 데에는 나름의 이유가 있다. 호손의 5대조인 윌리엄 호손William Hawthorne은 세일럼 지역의 치안판사로 부임하여 아메리카 원주민과 퀘이커교도를 추방하고 박해한 인물이며 그의 아들인 4대조 존 호손John Hawthorne은 세일럼 지역의 마녀재판에 관여한 인물이었다.《주홍 글자》에 묘사한 청교도 지도자들의 만행은 곧 호손의 조상 이야기였던 것이다.

호손은 조상의 잘못과 죄를 무척 부끄럽게 생각하고 평생 반성하는 태도로 살았다.《주홍 글자》도 그런 호손의 죄의식과 반성에서 탄생한 것이다. 그는 이 소설로 청교도 사회의 억압과 청교도 성직자의 위선을 가혹할 정도로 비판한다.

뿐만 아니라 호손은《주홍 글자》의 결말 부분에서 헤스터의 남편 칠링워스가 자신의 막대한 재산을 악마의 씨앗으로 불린 헤스터의 딸 펄에게 물려주게 함으로써 화해와 용서를 묘사했다. 이 장면은 칠링워스가 보여준 증오와 복수심은 인간 사회에 도움이 되지 않을뿐더러 오히려 타인의 삶을 파괴하고 공동체의 분열을 일으킬 수 있다는 점을 암시한다.

이 장면을 감안하면《주홍 글자》는 청교도 사회를 비판하기 위해 쓴 소설이기도 하면서 동시에 청교도 사회가 나아가야 할 행복한 공동체에 대한 가능성을 이야기하는 소설에 가깝다고 볼 수도 있다.

호손의 소설이 가진 매력

종교적 색채가 강한 이 소설은 다소 난해하고 지루하게 다가올 수도 있다. 그러나 독자들의 가슴을 뭉클하게 하는 감동 또한 느낄 수 있다.

헤스터는 간통 죄를 저지른 대가로 평생 치욕의 상징으로서 주홍 글자를 달고 다녀야 하는 운명이다. 그러나 그녀는 자신의 운명을 한탄하지도 타인을 원망하지도 않는다. 그 대신 타인에 대한 조건 없는 사랑을 베푼다. 자신을 나락에 빠지게 한 딤스데일 목사에 대해서도 원망조차 하지 않는다. 그녀는 자신의 운명을 받아들이고 사랑을 실천함으로써 자신을 정체성을 죄인에서 사랑받는 존재로 탈바꿈시킨다.

소설 초반 간통을 저지른 죽어 마땅한 죄인으로 치부되었던 헤스터는 자신을 엄벌한 사회에 진실한 봉사를 베풀며 마침내 당당하고 우아한 귀부인으로, 더 나아가 성모 마리아의 이미지를 가진 인물로 대접받는다. 자신을 억누르는 사회 관습을 극복하려고 노력하는 모습이나 외국으로 떠나 새로운 출발을 하려는 장면에서는 진취적이며 당찬 그녀의 모습에 독자는 감명받는다.

한편 아메리카 원주민 마을에서 2년 동안 붙잡혀 있다가 죽을 고비를 넘기고 간신히 아내가 사는 마을로 돌아온 칠링워스 또한 극적인 변화를 보이는 인물이다. 아내와의 극적인 만남을 기대한 그를 기다리고 있는 것은 간통을 저지른 죄로 치욕의 표시인 주홍 글자를 달고 있는 아내의 모습이었다. 독자들의 예상과 달리, 그는 감옥에 수감된 아내를 찾아와 원망보다는 자신의 무능을 한탄하고, 자신에게 과분한 결혼이었음을 고백한다. 믿기지 않을 만큼 관용과 포용을 보여준 칠링워스지만, 누구보다 더 잔인한 복수를 감행하는 잔혹한 인물이기도 하다.

헤스터의 딸 펄도 이중성을 지니고 있다. 그녀는 헤스터에게는 세상에 둘도 없는 보물이지만 치욕의 상징으로 표현되기도 한다. 펄은 어머니 헤스터에게조차 이중적인 시각으로 인식되고 있다. 자기 딸을 빼앗아 가려는 목사와 총독의 계획을 알고 용감하게 총독의 관사를 찾아가 양육 권리를 주장할 만큼 딸을 사랑하면서도 한편으로는 펄을 굉장히 똑똑하지만 종잡을 수 없고 고집불통이며 악의를 품은 듯한 존재로 생각하기도 한다.

펄은 어떤가. 그녀는 상황에 따라 유쾌하고 명랑한 아이지만 때로는 우울하고 악마를 연상케 하는 어두운 언행을 일삼는다. 독자들은 이 소설을 다 읽고 나서도 도대체 펄이 어떤 정체성을 가진 인물인지 확신하지 못한다.

이처럼 《주홍 글자》에 나오는 등장인물들은 독자들이 종잡을 수 없는 다양한 면모를 가진 입체적인 인물로 묘사된다. 하나의 정체성에 머물지 않고 상황에 따라 시시각각으로 변화하며 새로운 정체성을 독자들에게 보여주는 것이다.

이 지점이야말로 호손을 다른 빅토리아 시대 소설가와 차별되는 작가로 만든다. 호손은 인물과 사건의 이중성을 보여줌으로써 일시적으로는 독자를 혼란스럽게 만들지만 결국에는 한 인물과 사건을 시각에 따라 다양하게 해석할 수 있음을 보여준다. 인물과 사건을 입체적으로 묘사하고, 단언이나 정의를 내리지 않는 호손의 작품은 인간의 양면성을 통해 규범이나 규제의 불합리성을 강조한다.

《주홍 글자》는 영국 소설의 사실주의와 차별화된 기법을 사용한 미국 소설의 시작이다. 따라서 이 작품은 단순한 고전이 아니라 새로운 배경과 인물을 보여준 혁명이었다.

29

폭풍 같은 사랑 안에 담은
인간 실존의 이야기

《워더링 하이츠》
Wuthering Heights

에밀리 브론테 Emily Bronte

1818년 영국 요크셔주 손턴에서 여섯 남매 중 다섯째로 태어났다. 그중 셋째 딸이 《제인 에어》로 잘 알려진 샬럿 브론테다. 아버지는 목사였지만 문학에 조예가 깊었고 아버지의 영향을 받은 남매들은 10대 초반부터 산문과 시로 습작을 했다. 세 살 때 어머니가 사망하고 청소년기에 세 명의 언니들도 병으로 세상을 떠나면서 정신적으로 큰 충격을 받은 채 성장했다. 1847년 엘리스 벨이라는 남성적인 가명으로 《워더링 하이츠》를 출간했다. 언니 샬럿이 쓴 《제인 에어》가 출간 즉시 큰 인기를 얻으며 성공을 거둔 것과 달리 《워더링 하이츠》는 출간 당시 작품 내용이 지나치게 야만적이고 비도덕적이라는 이유로 많은 비판을 받았다. 작품을 출간한 이듬해인 1848년 폐결핵으로 서른 살의 짧은 생을 마쳤다.

작가의 성장 과정이 녹아든 작품

많은 비평가가 이 책의 주인공 히스클리프와 캐서린의 사랑을 영문학 사상 최고의 사랑이라고 말한다. "내가 바로 히스클리프야 Am Heathcliff"라는 캐서린의 대사는 문학 사상 가장 명료하고 강렬한 사랑 표현이다. 히스클리프와 캐서린의 사랑은 거침이 없고 직설적이다. 그들의 사랑은 이 작품의 매력이자 독자들을 매혹하는 지점이다.

히스클리프와 캐서린의 사랑만큼이나 강렬한 것이 이 소설의 제목이다. '거친 바람이 휘몰아치는 저택'이라는 의미의 '워더링 하이츠'는 이 소설의 중요한 배경이 되는 장소다. 제목 자체로 소설의 분위기와 배경을 짐작하게 하는 공간감을 보여준다.

워더링 하이츠와 스러시크로스 그레인지라는 두 저택에 사는 사람들의 2세대에 걸친 사랑과 갈등, 그리고 복수를 그린 이 소설은 지역과 연도가 명확하게 명시되어 있는데, 이런 구체성을 보여주는 것은 작가인 에밀리 브론테가 태어나고 성장하면서 목격하고 느낀 지역을 소설의 배경으로 설정했기 때문이다.

《워더링 하이츠》가 한정된 배경에서 이야기 대부분이 전개되는 것은 작가의 삶과 관련이 있다. 1818년 가난한 목사의 딸로 태어난 에밀리 브론테는 영국 요크셔 지방의 하워스에 자리 잡은 아버지의 목사관에서 성장했는데, 이 지역은 소설의 무대처럼 산과 목초지로 에워싸인 산골이었다. 어머니는 일찍 세상을 떠난 데다 목사 일로 바쁜 아버지는 자녀들과 함께할 시간이 많지 않았다. 친구가 거의 없는 비사교적인 에밀리 브론테는 짧은 학교생활을 마치고 목사관에서 주로 지냈으며 오빠와 자매들의 죽음을 연이어 목격한다. 고요하고 어두운 작가의 성장 과정은 그녀의 작품에 고스란히 녹아 있다.

배신과 증오의 끝에 깨달은 진정한 삶의 가치

《워더링 하이츠》는 출간되자마자 독특하고 신비로운 작품이라는 평가와 함께 에밀리 브론테를 단숨에 유명 작가로 만들어 주었다. 당시까지만 해도 소설이란 최소한의 문학적 형식이라는 전통을 가지고 있으면서 독자들에게 읽는 즐거움을 줘야 한다는 고정관념에 지배받고 있었다. 그러나 《워더링 하이츠》는 문학작품이 갖춰야 한다고 기대되던 문법이나 틀을 완전히 무시하고 오로지 '재미'만을 지상과제로 삼은 선구적인 소설이다. 《워더링 하이츠》는 백인과 유색인종, 남성과 여성의 대립과 화해라는 가치를 자연스럽게 풀어낸다. 일반적으로 고전이라 불리는 명작 뒤에는 수많은 아류작이 배출되기 마련인데 《워더링 하이츠》는 그런 아류작도 거의 찾아보기 어렵다. 그만큼 독창적이고 개성 넘치는 작품이다.

19세기 영국 사회를 배경으로 하는 《워더링 하이츠》는 여성과 유색인에 대한 차별과 멸시가 일상적이었던 당시 세태를 비판한다. 당시 여성은 재산을 상속받을 권리가 없었으며 교육받을 기회도 주어지지 않았다. 집 안에서 책을 읽는 것 외에는 자기계발을 할 수 있는 기회도 차단되어 있었다.

《워더링 하이츠》는 에밀리 브론테도 예외가 아니었던 여성에 대한 차별이 공공연했던 당시 세태를 고스란히 담고 있다. 19세기 영국 여성들은 가정 내에서 일어나는 대소사가 세상의 전부였고, 여성의 가치란 조용히 남성을 내조하며 집안일에 전념하는 데 있었다. 결혼을 한다고 해도 여성의 지위는 전혀 변하지 않았다. 법적으로는 남성과 한몸이 되지만 여전히 여성은 남성의 보호와 감독 아래 살아야 했다.

소설 속에서 부드럽지만 교양 있는 린튼 가족과 우울하고 거친 언쇼 집안은 백인 지배 계급을 상징하며, 유색인종인 히스클리프와 여자라는 이유로 백인 남성에게 지배받는 캐서린은 사회적 약자를 대변한다. 히스클리프와 캐서린은 백인 남성이라는 계층에 지배받고 핍박받는 사회적 약자로서 동료 의식을 느끼고 서로의 부족한 점을 보듬어주고 현실에 저항해 나가는 인물이다. 학대받다가 결국 피비린내 나는 복수를 감행하는 히스클리프의 행태나 단식으로 자신의 뜻을 관철하려는 캐서린의 태도는 모두 지배사회를 향한 저항이다.

에밀리 브론테는 히스클리프를 검은 머리와 눈, 그리고 검은 머리카락을 가진 존재로 묘사함으로써 히스클리프가 유색인종의 특징을 소유한 인물이라는 것을 강조한다. 19세기 영국 사회의 피지배계층임을 부각하는 것이다. 언쇼가 리버풀에서 굶주리고 오갈 데 없는 고아 히스클리프를 워더링 하이츠로 데리고 왔을 때 사람을 지칭하는 그[he]가 아닌 사물을 의미하는 그것[it]으로 지칭되는 것만 보아도 당시 유색인종에 대한 백인들의 혐오가 얼마나 심했는지 알 수 있다.

히스클리프를 발견한 장소가 리버풀이었다는 점도 그에 대한 멸시가 드러난다. 19세기 영국의 리버풀은 대규모 노예시장이 열렸던 곳이다. 유색인종은 곧 노예나 다름없다는 당시 사회의 인식을 보여주는 설정이다. 히스클리프를 이유 없이 학대하는 힌들리의 행동이 당시로서는 특별한 것이 아니었다. 백인들은 유색인종에겐 인격이나 감수성이 거의 없어서 동물처럼 가혹하게 다루더라도 고통을 잘 견뎌낸다는 선입견을 품고 있었다.

여성이라는 이유로 캐서린이 겪은 불이익과 억압은 히스클리프한테 가해진 것만큼 가혹하지는 않았지만 만만찮았다. 언쇼가 죽은 이후 가장이 된 그녀의 오빠 힌들리는 그녀에게 가부장적인 지배를 가한다. 그녀는 장롱에 숨어서 힌들리의 억압에서 벗어나 보려고 시도하고 마침내 황야로 탈출을 시도한다. 개에게 물려 우연히 머물게 된 스러시크로스 그레인지에서 그녀는 극진한 사랑과 보살핌을 받고 멋진 여성이 되는 방법을 깨친다. 워더링 하이츠가 야만의 영역이었다면 스러시크로스 그레인지는 문명의 영역이었다.

히스클리프는 유색인이라는 이유로 린턴가 사람들에게 부랑자나 도둑으로 취급당한다. 캐서린과 함께 린턴가 사람들에게 발견됐을 때, 백인인 캐서린은 온갖 종류의 친절과 호의를 제공받는 반면, 히스클리프는 원숭이나 다름없는 존재로 취급받는다. 그나마 캐서린은 백인이기에 결혼을 통해서 신분 상승을 하지만 히스클리프는 힌들리로부터 인간답게 살 수 있는 최소한의 교육받을 권리조차 박탈당한다. 캐서린은 히스클리프를 사랑했지만 백인인 자신과 유색인인 히스클리프와의 사랑이 이뤄질 것이라는 기대는 전혀 하지 않았다. 그래서 히스클리프를 배신한 것이다. 이런 식으로 에밀리 브론테는《워더링 하이츠》에 인종과 성별 간의 갈등을 사실적이고 입체적으로 부각했다.

그러나 에밀리 브론테는 인종이나 성차별 문제를 극한 투쟁의 관계로 몰고 가지는 않는다. 처절한 복수 끝에 복수가 무의미하다는 것을 깨달은 히스클리프는 스스로 목숨을 끊고, 두 가문의 악연은 2세대에 이르러 결국 화해와 사랑으로 끝나기 때문이다. 소설의 초중반에 휘몰아치던 배신과 증오, 격정과 절망이 소설의 결말에서 따뜻한 애정과 희망으로 마무리되는 것을 볼 때 에밀리 브론테는《워더링 하이츠》를 통해 인간 간의 이해와 사랑이라는 가치를 보여주고 싶었던 것 같다.

인간의 욕망이 가져온 비극과 그 치유

피지배 계층으로 온갖 고초를 당한 히스클리프는 기존의 지배계층과 똑같은 방식으로 복수를 감행하고 부를 축적한다. 히스클리프는 여성이 결혼하면 그와 동시에 여성이 소유한 재산이 모두 남편에게 간다는 당시 제도를 악용하여 사랑하지도 않은 이사벨라와 결혼한다. 그리고 자신이 힌들리에게 당한 것처럼 아내 이사벨라와 아들 린튼을 학대하고 교육하지 않아 짐승의 상태에 이르게 한다. 사랑하는 아내를 잃고 비탄에 빠져 술과 도박에 빠져든 힌들러를 기만해서 모든 재산을 빼앗고 무자비한 폭력을 가한다. 마치 영국이 식민지를 착취했던 것처럼 두 집안의 재산을 강탈하면서 복수의 칼날을 휘두른다.

평생 복수와 부를 위해 살아온 히스클리프는 헤어튼과 캐시의 진실한 사랑을 지켜보면서 결국 자신의 욕망을 포기한다. 그리고 죽음을 선택함으로써 헤어튼과 캐시가 결혼하여 행복하게 살 수 있도록 상황을 만들어준다. 두 가문의 저택과 재산을 모두 손에 넣은 히스클리프가 주변 사람 모두를 불행하게 만든 뒤 쓸쓸하게 죽어가는 모습을 통해서 에밀리 브론테는 돈과 권력만을 추구하는 현대인을 비판하고 있는지도 모른다.

히스클리프를 통해서 에밀리 브론테는 비틀어진 욕망을 충족하기 위한 삶은 행복해질 수 없다는 진리를 알려준다. 히스클리프의 잔인한 복수는 그가 어린 시절에 당한 학대에 대한 보상과 파괴된 자아를 회복하고 싶은 욕망에서 온 것이다. 그러나 아무리 이유가 정당하다 한들, 자신의 심성을 파괴하는 방법으로는 상처를 치유할 수도 고통을 보상받을 수도 없다.

에밀리 브론테는 히스클리프의 삶을 통해 인간에게 가장 절실한 것은 인간다움이라는 것을 강조한다. 소설의 말미에서 히스클리프와 헤어튼이 화해하는 장면이라든가 죽어서라도 영혼이나마 하나가 되는 히스클리프와 캐서린을 통해 에밀리 브론테는 인간이 가진 가장 순수한 감정을 회복하는 것이야말로 인간을 가장 인간답게 할 수 있음을 말하고 있다.

폭풍 같은 사랑, 그리고 인간성의 회복

《워더링 하이츠》는 분명 암울하고 어두운 소설이다. 이 소설을 읽다가 《오만과 편견》 같은 소설을 읽으면 '그래, 세상은 원래 이렇게 밝고 아름다운 거야'라는 생각이 들 정도다. 하지만 배신과 증오, 복수와 절망 사이를 격정적으로 오가는 《워더링 하이츠》는 인간 세상의 축소판이다. 잔인하고 감정적이고 극단적인 등장인물들에게 독자들이 매혹되는 이유는 그들이 너무나 나약한 인간의 모습을 하고 있기 때문일 것이다. 특히 히스클리프를 향한 독자들의 연민은 그가 복수를 포기하고 캐서린 유령과 재회하는 장면에서, 그리고 히스클리프의 독백 장면에서 최고조에 이른다. 아마 히스클리프라는 전무후무한 남자 캐릭터가 이 작품이 지금까지 사랑받는 이유 중의 하나일 것이다.

인간의 심연을 날카롭게 들여다보면서 이를 품격 있는 필치로 그려낸 에밀리 브론테. 그녀가 남긴 단 하나의 소설《워더링 하이 츠》는 누구도 흉내 내지 못한 폭풍 같은 사랑 이야기이면서 흔들 리고 깨지고 미워하고 증오하는 사람들이 마침내 사랑으로 올곧 이 서는 인간 드라마다.

30

인간의 영혼과 인간의 심리를 해부한 명작

《마담 보바리》

Madame Bovary

귀스타브 플로베르 Gustave Flaubert

1821년 노르망디의 루앙에서 태어났다. 1840년에 바칼로레아에 합격하고 파리의 법과대학에 입학했지만, 1843년 신경병 발작 이후 법학을 그만두고 문학에만 몰두한다. 이 무렵에 아버지와 여동생을 잃었다. 1851년 이집트 여행에서 돌아와 《마담 보바리》를 쓰기 시작했다. 하지만 작품이 출간되자마자 풍기 문란과 종교 모독으로 기소되어 경범재판소에서 재판을 받았다. 다행히 무죄 판결을 받으면서 유명 작가의 반열에 올라섰다. 1869년에 친구를 잃으면서 신경병이 재발했고, 그 뒤 연이어 사랑하는 사람들을 잃고 낙담한다. 1880년 뇌출혈로 세상을 떠난 그는 시처럼 리드미컬하고 과학의 언어처럼 정확하며 단검처럼 독자의 생각을 파고드는 문체를 추구한 작가로 유명하다.

플로베르, 기소당하다

1857년은 프랑스 문학사에서 매우 중요한 해이다.《마담 보바리》와《악의 꽃》이라는 장차 프랑스 문학을 대표하게 될 작품이 발표됨과 동시에 경범 재판에 넘겨졌기 때문이다. 4년이라는 세월을 바쳐 완성한 작품이 반사회적이고 외설적이라는 혐의로 재판에 넘겨지자 저자 귀스타브 플로베르의 분노는 컸다. 다행히 무죄 판결을 받았지만 19세기 프랑스 문단을 뒤흔든, 세계문학사에 길이 남을 중요한 문학 소송으로 자리매김한 사건이다.

플로베르는 글자와 글쓰기를 동시에 익힌 천재였다. 아홉 살에 인생 첫 희곡 작품을 썼고 열 살이 되기 전에 작가가 되기로 결심할 만큼 글쓰기에 뛰어난 재능을 보였다. 신경병을 앓았던 플로베르가 거의 십자가를 매는 절박한 심정으로 쓴 작품이 바로《마담 보바리》다.

그러나 유부녀가 남편을 두고 두 남자와 불륜을 저지른 끝에 집안이 풍비박산 난다는 이 책의 줄거리가 당대에 환영받을 리 만무했다. 잡지 〈드뷔 드 파리〉에 연재할 당시부터 독자들에게 지나치게 선정적이라는 이유로 항의가 쏟아졌고 잡지사 측은 일부 내용을 삭제할 것을 플로베르에게 요구할 정도였다. 하지만 자신의 모든 것을 갈아 넣어 완성한 작품에 손을 댈 수 없었던 플로베르는 연재 자체를 중단하겠다고 맞섰다. 그러나 이미 검찰은《마담 보바리》가 풍속, 공공 도덕, 종교 도덕을 위반했다는 혐의로 플로베르를 기소할 준비를 하고 있었다.

그리고 마침내《마담 보바리》가 출간되자마자 플로베르는 재판에 넘겨지고 만다. 그러나 그는 경제적으로 부유했기 때문에 전직 국회의장과 내무부 장관을 거친 세나르라는 유능한 변호사를 고용해서 무죄를 끌어낸다.

이 소동으로 한층 더 유명해진《마담 보바리》는 플로베르에게 작가적 명성과 대중적 인기를 안겨주었다. 이 책이 얼마나 인기 있었는지는 유럽 전역에서 일어난 다양한 에피소드를 통해 확인할 수 있다. 독일 함부르크에서는 남녀가 특별한 목적으로 빌리는 마차를 보바리라고 불렀으며 프랑스 파리 뮤직홀에서는 보바리라는 이름을 가진 가수가 속속 등장했다.

외설인가 예술인가에 대한 오랜 논쟁

불륜이나 외설은 문학의 오래되고 흔한 주제다. 조반니 보카치오 Giovanni Boccaccio가 쓴《데카메론》만 해도 노골적인 성행위에 대한 묘사뿐만 아니라 성직자인 수녀와 신부의 성행위에 대한 호기심까지 거침없이 다뤘다. 그런데도《마담 보바리》가 재판에 넘겨진 이유는 전통적인 외설과는 다른 반사회적인 요소가 많았기 때문이다. 역설적으로《마담 보바리》를 기소한 검사의 의견이야말로 이 작품의 특별함에 대한 증언이기도 하다.

그렇다면《마담 보바리》의 어떤 부분이 외설로 공격받았던 걸까? 주로 공공 도덕 및 풍속과 관련한 부분인데 여성의 옷차림, 신체 묘사, 불륜 묘사, 결혼 생활, 뒷골목의 저속한 풍속 등에 대한 묘사가 공격받았다. 출근하는 남편을 배웅하는 엠마가 실내복 차림이었다는 점, 엠마가 외간 남자와 왈츠를 추다가 서로의 다리가 겹치는 장면, 농업 공진회 행사에서 엠마가 불륜 상대인 루돌프의 향수 냄새를 맡는 장면, 루돌프와 엠마가 사랑을 나누는 장면 묘사, 공증인이 돈을 빌리려는 엠마의 손과 팔을 더듬는 장면, 엠마가 애인과 밀회하면서 거칠게 옷을 벗는 장면, 엠마가 루돌프와 헤어진 슬픔을 달래기 위해서 기도하는 장면 등도 사람들에게 나쁜 인상을 주었다. 결론적으로《마담 보바리》를 문학 재판에 넘긴 피나르 검사는 이 소설의 부제 '시골 풍속'에 대해서 '시골 여인의 간통 이야기'라는 새로운 부제를 제시하는 것으로 소설 내용 자체가 간통 그 자체임을 천명했다.

《마담 보바리》가 이토록 심한 고초를 겪은 까닭은 불륜을 희화하고 풍자하는 방식으로 다루지 않았기 때문이다. 전통적으로 불륜을 소설로 푸는 방식은 정해져 있었다. 늙은 남편을 두고 젊은 외간 남자와 바람을 피우는 젊은 아내가 결국 비참한 결말을 맞고 늙은 남편은 고통받는 통속극의 형식이 대부분이었다. 그러나《마담 보바리》는 불륜을 아주 새로운 시각으로 바라본다. 불륜과 합법적인 결혼을 동일선상에 두는 파격을 보인 것이다. 또한 불륜을 저지른 엠마가 도덕적인 단죄를 받지 않는다는 점도 당시 사회 통념으로는 용납할 수가 없었다. 엠마는 불륜을 저질렀기 때문이 아니라 스스로 원했기에 죽음을 맞이했다.

엠마는 법적인 처벌이나 도덕적 단죄를 받지 않고 자신이 정한 날짜와 시간에 자신이 정한 방식대로 죽음을 선택한다. 그리고 불륜의 피해자인 엠마의 남편 샤를이 뒤늦게 아내의 외도를 알고서 분노하는 것이 아니라 그녀에 대한 사랑이 더 깊어졌다는 대목도 당대인들에겐 개탄할 부분이었다.

플로베르는 "결혼의 추함과 불륜의 환멸"이라는 마담 보바리의 대사를 통해 불륜과 결혼 생활을 동일선상에 놓았다. 사회 통념에 따르면 결혼은 힘들고 후회스러울지는 몰라도 결코 추할 수 없는 가치다. 만약 보바리가 '결혼의 환멸과 불륜의 추함'이라고 말했다면 이 소설에 대한 반감이 훨씬 덜 했을 것이다.

엠마가 불륜 상대인 루돌프와 처음으로 정사를 나누고 나서 "다시 한번 사춘기를 맞는 행복이 솟구쳤다"라고 말한 것이나 "사랑의 기쁨"이라고 말하는 등 불륜을 예찬하는 대사도 비난을 사기에 충분했다. 뿐만 아니라 불륜 상대와 헤어진 엠마가 종교에 의지하는 장면을 묘사함으로써 불륜이라는 반사회적인 행위에 종교적 이미지를 더했다는 점에서 《마담 보바리》를 반사회적 소설이라고 매도하는 분위기도 있었다. 엠마가 종교 활동에 열중함으로써 연애하는 듯한 환희와 쾌감을 맛보는데, 이 장면도 종교적 행위와 불륜을 동등한 가치를 두었다고 지적받기도 했다.

플로베르 글이 갖고 있는 매력

플로베르가 활동한 당시의 전통적인 문예관은 문학에 윤리적 교훈을 담아야 했다. 사회의 온갖 무질서와 부조리 속에 나타나는 악을 그림을 그리듯이 보여주는 것이 아니라, 인간의 지성을 고양하고 풍속을 아름답게 꾸미면서 인간 정신을 숭고하게 재창조해야 한다는 것이 전통적인 문학의 임무였다. 그러나《마담 보바리》는 이런 문학관에서 멀리 떨어진 작품이었다. 불륜에 대한 작가의 의견이나 감상은 일체 배제된 채, 자유간접화법이라는 새로운 기법으로 이야기를 이끌어가는 주체를 사라지게 함으로써 독자와 소설 속 등장인물 사이의 간격을 없애고 독자 스스로 등장인물과 공모자가 되도록 설정했다.

이 소설을 읽는 독자들은 마치 연극을 관람하듯이 등장인물 곁에서 그들을 지켜보는 듯한 착각에 빠진다. 그리고 등장인물에 대한 평가를 오로지 독자의 판단에 맡긴다. 그래서 독자들은 등장인물과 함께 호흡하며 그들의 여정에 동참한다. 이 작품이 출간되고 난 뒤 파리의 한 극장에서 연극으로 각색해 무대에 올리자고 제안했을 만큼 이 소설은 극적인 요소를 두루 갖추고 있다.

물론 작가가 작품에 개입하지 않고 독자들의 판단에 맡겨두는 서술은 독이 될 수도 있다. 이 작품을 삐딱하게 보는 독자들이 억측을 남발하기 때문이다. 그러나 그러한 약점마저 플로베르는 신경 쓰지 않았다. 그만큼 이 작품이 가진 진정성에 자신이 있었다는 뜻이기도 하다.

등장인물에게 어떠한 애착도 없다는 점은 플로베르 글의 독특함이다. 일반적으로 작가는 자신이 어렵게 구현한 등장인물에게 애착을 갖기 마련이다. 그러나 플로베르는 그런 문법에서 탈피했다. 젊고 아름다운 엠마는 고통 없이 빨리 죽는 자살 방법을 선택했으나 현실은 길고 고통스러운 죽음이었다. 엠마에게 몰입한 독자는 이 장면이 너무나 비정하고 무심하다고 느낄 수밖에 없다.

그러나 플로베르는 주인공 엠마를 어리석다고 생각했고 그렇기에 그녀에게 비참한 죽음을 주었다. 엠마가 남편 샤를에게 애정을 전혀 느끼지 못하고 그를 혐오했지만, 샤를은 그런 아내를 바라보면서 사랑을 느끼고 행복해한다. 이런 장면에서조차 플로베르는 아무런 목소리를 내지 않는다. 이 장면을 지켜보는 독자들은 마치 자신이 샤를에게 빙의한 것처럼 분노를 느끼지만 말이다.

이토록 매정한 작품을 쓰는 작가였지만 플로베르는 매우 성실한 작가였다. 하루 종일 글을 쓰다가 새벽 2시에 잠들었다가도 새로운 영감이 떠오르면 1시간 뒤에라도 일어나 글을 수정하곤 했다. 글 쓰는 시간을 최대한 확보하기 위해서 먼 거리에 사는 애인의 집까지 찾아가지 않고 중간 지점에서 만나 잠깐의 밀애를 즐기곤 바로 다시 돌아와 집필에 몰두했을 정도다.

그는 퇴고에 병적으로 집착해서 수정에 수정을 거듭했다. 플로베르는 일물일어설 物一語說, 즉 '한 가지 물건에는 한 가지 단어만 존재한다'는 신념하에 어떤 물건이나 상황에 최적인 단어를 고르고 또 골랐다. 아무리 천재 작가라도 고통스러운 작업이 아닐 수 없다. 이 책을 집필할 당시 플로베르는 마치 무거운 돌덩어리를 손 위에 올리고 연주하는 피아니스트의 심정이었다고 한다. 마침내 《마담 보바리》를 완성하고 나서 친구들에게 소설을 소개했는데, 하루에 7~8시간씩 총 3일 동안 고성으로 낭독을 했다고 한다. 심사숙고 끝에 선택한 단어와 글이 얼마나 운율적으로 아름다운지 자신의 목소리로 직접 읽어봐야 직성이 풀리는 사람이었다.

무엇을 쓸 것인가가 아니라
어떻게 쓸 것인가에 대한 대답 같은 작품

플로베르는 아무것도 말하지 않으면서 세상의 모든 것을 말했다는 칭송을 받는다. 그는 무無에 관한 글, 아무 주제도 없는 글, 최소한의 소재만을 사용한 글이 가장 아름답다고 생각했다. 그는 자신의 문학적 지향에 따라 《마담 보바리》의 내용보다 문체에 집중했다. 플로베르는 무엇을 쓸 것인가가 아니고 어떻게 쓸 것인가를 고민한 최초의 작가이며 그에 대한 첫 대답이 《마담 보바리》다.

이와 같은 플로베르의 새로운 시도는 오늘날 포스트모더니즘 소설의 기원이 되었다. 소설은 주제가 특별하거나 거창할 필요 없이 수려한 문체만으로도 명작의 반열에 오르기에 부족함이 없다는 사실을 증명하는 책이 바로 《마담 보바리》다. 세밀한 심리 묘사와 완성도 높은 묘사력으로 소설을 시의 경지에까지 끌어올린 19세기 프랑스 문학의 위대한 업적이라고 할 수 있다. 프랑스 문학을 읽어보겠다고 마음먹었다면 이 소설을 반드시 거쳐야 한다. 프랑스 문학에서 《마담 보바리》는 도저히 비껴갈 수 없는 교차로와 같은 소설이기 때문이다.

31

자신을 잃은 남자의
뒤늦은 회한

《남아 있는 나날》
The Remains of the Day

가즈오 이시구로石黑一雄

1954년 일본 나가사키에서 태어났다. 1960년 해양학자인 아버지를 따라 영국으로 이주해 켄트대학에서 철학을 공부하고, 이스트앵글리아대학에서 문예 창작으로 석사 학위를 받았다. 첫 소설 《창백한 언덕 풍경》으로 위니프레드 홀트비 기념상을 받았으며 《부유하는 세상의 화가》로 휘트브레드상과 이탈리아 스칸노상을 받고, 부커상 후보에 올랐다. 1989년에 발표한 세 번째 소설 《남아 있는 나날》은 제임스 아이보리James Ivory 감독의 영화로 제작되어 큰 화제를 불러 모았다. 그는 문학적 공헌을 인정받아 1995년 대영제국 훈장을, 1998년 프랑스 문예훈장을 받았다. 2010년 <타임스>가 선정한 '1945년 이후 영국의 가장 위대한 작가 50인'에 선정되기도 했다.

가장 영국적인 작가의 가장 영국적인 작품

일본계 영국 소설가이며 소설뿐만 아니라 시나리오 작가와 작곡가로도 활동 중인 가즈오 이시구로는 2017년 노벨문학상을 수상했으며 현재 영어로 글을 쓰는 가장 뛰어난 작가 중 한 명으로 찬사를 받는다. 여섯 살 때 영국으로 이주한 이후 일본의 정체성을 탐구한 작품을 발표했으며 과학 소설과 역사 소설 등 다양한 장르를 섭렵하며 작품 활동을 이어 나가고 있다.

많은 독자들이 작가 이름을 보고 당연히 일본 작가가 쓴 일본적인 작품이라 생각하겠지만《남아 있는 나날》은 지극히 영국적인 소설이다. 이시구로는 일본에서 태어났지만 아버지를 따라 영국으로 이주한 일본계 영국인이다. 그는 30대 중반까지 일본에 단 한 차례도 방문하지 않았으며 팝 음악을 비롯한 영국 문화를 좋아하는 전형적인 영국 청년으로 성장했다.

일본 중년 여성이 주인공으로 등장하고 1945년 원자폭탄 투하의 비극을 다룬 첫 소설《창백한 언덕 풍경》으로 문단의 주목을 받았지만, 등장인물과 배경이 영국이 아니었기에 일본 작가로 취급하는 시선이 있었다. 자신을 이방인 작가쯤으로 여기는 문단 반응에 분기탱천한 이시구로가 가장 영국적인 소설을 쓰겠다는 각오로 낸 책이 바로《남아 있는 나날》이다. 그는 이 작품으로 1989년 부커상을 받았으며 28개 언어로 번역되는 등 큰 성공을 거두었다.

《남아 있는 나날》은 영국문화와 가치관을 사실적으로 표현한 것으로도 유명하지만 영국인 특유의 우월감도 여과 없이 담고 있다. "집사다운 집사는 영국에만 존재하며 영국을 제외한 다른 나라들에서 사용하는 호칭이 무엇이든 간에 오로지 하인만이 존재한다는 이야기를 자주 듣는다. 자기감정을 절제하지 못하는 대륙인들은 집사가 되지 못한다"는 문장을 보면 이 소설이 얼마나 영국 문화를 잘 담아냈는지 알 수 있다.

인생의 진정한 가치를 찾아서

이시구로는 소년 시절부터 팝과 기타에 심취되어 밥 딜런^{Bob} ^{Dylan}, 레너드 코헨^{Leonard Cohen} 등 유명 뮤지션에게 깊이 매료되었다. 열다섯 살 때부터 작곡을 시작한 이시구로는 총 100여 곡을 작곡할 정도로 음악에 빠져 있었는데, 이때 작곡한 곡이 주로 1인칭 화자가 노래하는 곡이었고, 이 경험으로 자신의 모든 소설에서 1인칭 시점을 사용한다. 《남아 있는 나날》도 달링턴 경 저택의 집사로 일하는 스티븐슨의 1인칭 시점으로 전개된다.

제2차 세계대전이 끝난 1950년대 집사 스티븐슨이 미국인 새 주인을 만나면서 소설은 시작되지만, 이 소설의 대부분은 스티븐슨의 회고 형식으로 1930년대 전 주인 달링턴 경을 모셨던 시절을 다룬다.

1930년대 자신과 함께 일했던 캔튼이 보낸 편지를 받고 그녀에게 다시 함께 일하자고 제안하기 위해 스티븐슨은 난생처음 여행을 떠난다. 6일간에 걸친 여행에서 소소한 에피소드가 펼쳐지면서 1930년대 시절 옛 주인 달링턴 경과 함께했던 나날들이 스티븐슨의 회고로 묘사된다.

스티븐슨은 집사라는 직업에 대한 무한한 자부심과 소명의식을 지닌 인물이다. 주인에게 절대적으로 충성하며 주인의 결정에 대해서는 어떠한 반감도 가지지 않고 실행한다. 심지어 유대인 출신 하녀 두 명을 해고하라는 주인의 명령을 받은 뒤 켄튼의 반대에도 불구하고 거침없이 그들을 해고할 정도였다. 히틀러에게 협조하여 반유대주의자라는 비난을 받는 주인 달링턴 경을 두고 "그가 얼마나 진정한 신사인지 모르는 무지에서 나온 오해"라며 두둔하기도 한다.

스티븐슨의 회고 중심의 서술은 대부분 주인 달링턴 경에 쏠린 세간의 비난과 오해를 해명하고 두둔하는 역할을 한다. 스티븐슨은 집사란 은식기에 광을 낼 뿐 주인의 의견에 반대하거나 자신의 견해를 밝히지 않아야 한다고 생각한다. 자신과 마찬가지로 집사였던 아버지가 목숨이 경각에 이르렀는데도 집사로서 책무를 다하기 위해 임종조차 지키지 않는 인물이다. 그는 이 일에 대해서도 집사로서 직무에 충실한 것이야말로 아버지가 가장 원했던 일이었을 것이라 단언하면서 전혀 후회하지 않는다.

대부분의 독자들은 스티븐슨이 부친의 임종조차 지키지 않고 그에게 호감을 느끼고 있는 직장 동료 켄튼이 자식 대신 죽은 자의 눈을 감기고 시신을 추스르는 장면에 안타까운 마음을 가진다. 개인사는 챙기지 않고 오로지 일에만 매달리는 스티븐슨의 처지를 이해하지 못하는 것은 아니다. 그렇게 사는 사람이 여전히 많기 때문이다. 그런 공감대가 형성되기에, 노년에 이른 스티븐슨이 사랑과 일상을 모두 포기했던 자신의 과거, 새로운 인생을 시작할 수도 없는 현재 처지를 생각하며 눈물 흘리는 장면에서 많은 사람들이 깊은 감동을 느끼는 것이다.

《남아 있는 나날》은 자신의 정체성을 일과 동일시한 한 인간의 모습을 통해 과연 인간이 추구해야 할 가치는 무엇인지에 대해 묻는다.

스티븐슨이 그토록 지키고 싶었던 영국의 가치

스티븐슨의 옛 주인 달링턴 경은 인종차별주의적이고 소수자를 적대시하는 귀족 중심의 영국성을 상징한다. 달링턴 경의 소설 속 언행이 곧 당시 지배층의 가치관이었다. 당시 영국 귀족들은 자신들의 기득권을 지키기 위해서라면 뭐든지 했다. 그러나 제2차 세계대전 이후로 제국주의 국가로서 영국의 영광은 쇠락했고 권력층이 추구하는 영국성은 빛이 바랬다. 한때 영광과 명예의 상징이었던 달링턴 경의 저택이 미국인에게 경매로 넘어가는 사건은 영국의 영광이 쇠락했음을 의미한다. 다인종 다문화 국가로 변해가는 과정에서 영국성과 새로운 가치관은 충돌하기 시작했고 영국의 정체성에 대한 혼란이 가중되었다. 스티븐슨이 새 주인인 미국인과 생활하면서 적응하지 못한 채 실수를 연발하는 모습은 과거의 영광을 잊지 못하고 향수에 젖은 영국인의 정서를 대변한다.

이시구로는 새로운 시대에 적응하지 못하고 과거의 영광에만 집착하는 스티븐슨을 통해 지난날의 영광만을 그리워하는 영국인을 우회적으로 비판한다. 아울러 과거의 영광을 재현하고자 영국인이 펼친 '영국 문화유산 운동'을 비롯한 과거 영광에 대한 향수를 불러일으키려는 여러 시도를 비판한다. 예의 바르고 명예를 중요하게 생각하는 달링턴 경이 유대인이라는 이유만으로 직원을 해고하고 엘리트주의에 매몰되어 나치에 협력하면서 여성의 정치 참여와 같은 좀 더 민주적인 정치제도를 불신하는 모습은 폐쇄적이고 인종차별주의적인 영국의 정치제도를 비판하려는 의도다. 그리고 상사의 명령에 기계적으로 복종하는 스티븐슨의 모습은 비판 의식이나 참여 의식 없는 사회가 얼마나 위험한지 보여주려는 작가의 메시지다.

스티븐슨의 뒤늦은 후회와 반성

옛 관습과 습관에 매몰된 스티븐슨은 새로운 미국인 주인이 좋아하는 미국식 유머를 익히기 위해 밤새워 연습하는 등 명예로운 집사직의 소명에만 집착한다. 새 주인의 배려로 난생처음 떠난 6일간의 여행에서 만난 마을 사람과 해리 스미스가 들려주는 민주주의에 대한 의견을 들으면서도 그는 좀처럼 자기 생각을 포기하지 않는다.

소설 말미에서 마을 사람과 해리는 스티븐슨에게 자유민주주의에 대한 견해를 설파한다. 그들은 스티븐슨에게 인간은 모두 자유롭게 자신의 의견을 밝힐 수 있도록 태어났으며 사람의 고귀함은 자유로운 의사 표명에서 나온다고 주장한다. 시민들이 히틀러와 같은 독재자와 싸우지 않으면 결국 세상은 영국 귀족이나 독재자와 같은 힘 있는 소수와 다수의 노예로만 이루어질 것이며 다수의 시민은 인간의 존엄성을 가지지 못한다는 사실도 강조한다. 그러나 스티븐슨은 다수의 평범한 시민이 어떻게 고도의 정치적인 사안에 대해 의견을 표출할 수 있겠냐며 회의적인 반응을 보인다. 민주주의는 시대에 걸맞지 않으며 영국은 오로지 소수 귀족에 의한 전체주의가 더 시급하다고 고집한다.

이시구로는 이 소설로 영국 사회의 엘리트 중심주의를 옹호하는 것이 아니라 상명하복과 소수에게 집중된 정치권력에서 기인

한 사회의 불합리와 구태를 비판한다.

이시구로의 이 의도에 부합하는 인물이 한때 스티븐슨을 사랑했던 켄튼이다. 그녀는 스티븐슨이 일에 몰두하느라 놓친 사랑과 인간미, 그리고 자신의 의견을 적극적으로 표현하는 민주주의적 정치관을 가진 인물이다. 스티븐슨이 주인의 명령에 따라 아무런 잘못이 없는 유대인 하녀 두 명을 해고하려고 하자 그녀는 조직의 일원으로서 상사인 스티븐슨에게 해고의 부당함을 적극적으로 주장한다. 켄튼의 이런 모습은 스티븐슨이 만났던 마을 사람과 해리의 민주적 정치관과 일치한다. 오로지 직분에만 몰두하여 주변을 살피지도, 자신의 인생을 돌보지도 않는 스티븐슨과 달리, 그녀는 적극적으로 자신의 인생을 개척하며 이웃을 배려하고 부조리에 저항한다.

스티븐슨은 켄튼과의 대화를 통해 별다른 고민 없이 유대인 하녀를 해고한 일을 반성하며 자기를 돌아볼 줄 아는 인물로 성장한다. 과거 켄튼의 사랑을 받아들이지 못한 일도 뼈저리게 후회한다. 스티븐슨은 일에는 완벽한 사람이었지만 개인으로서는 한없이 부족한 인물이다. 6일간의 여행과 켄튼과의 재회를 통해 스티븐슨은 일을 떠난 일상의 행복이 얼마나 소중한지를 깨닫고 다른 사람과 소통하고 그들의 생각을 받아들이는 좀 더 성숙한 인간으로 성장한다.

《남아 있는 나날》은 가장 영국적인 가치를 소재로 삼았지만 소위 영국성을 비판한 소설이기도 하다. 이런 독특함은 작가 자신의 정체성에서 비롯되었을 것이다. 어린 시절부터 영국 문화를 좋아하는 전형적인 영국 청년으로 자랐지만, 일본 이름을 고집하는 것으로도 알 수 있듯이, 그는 일본인의 정체성 또한 지켜나갔다. 그리고 스코틀랜드 출신 여성과 결혼하는 등 코스모폴리탄적인 삶을 살아가고 있다. 이런 배경으로 이시구로는 한 국가의 국민이라는 단일한 정체성에 머물지 않고, 세계시민으로서 객관적으로 영국 사회를 진단하고 비판하는 소설을 쓸 수 있었다. 그는 자신의 모국 일본 제국주의가 원자폭탄으로 멸망한 것처럼 현재 자신이 몸담고 있는 영국의 귀족주의가 초래할 수 있는 위험을 《남아 있는 나날》로 경고한다.

32

이중적인 가치관에 몰락하는
한 여인의 인생

《더버빌가의 테스》
Tess of the d'Urbervilles

토머스 하디 Thomas Hardy

1840년 영국 남서부 도셋주에서 석공의 아들로 태어났다. 하디는 아버지의 직업을 이어받기 위해 열여섯 살까지 고향에서 건축가의 도제 생활을 했다. 문학에 대한 열정이 강해 독학으로 그리스어와 라틴어를 익히는 것은 물론, 고전 작품을 섭렵하고 틈틈이 습작에 몰두했다. 스물한 살에 런던에 정착하면서 견문을 넓혀나갔고, 스물다섯 살부터 시와 소설을 쓰기 시작했다. 1874년 《광란의 무리를 떠나서 Far from the Madding Crowd》를 발표하여 이름을 알리기 시작했으며, 《더버빌가의 테스》를 출간해 소설가로서 명성을 얻었다. 영국 왕실에서 공로 대훈장을, 케임브리지대학과 옥스퍼드대학 등에서 명예 박사학위를 받았다. 1928년 세상을 떠났다.

시대를 앞서간 작가

토머스 하디는 빅토리아 시대에 유행했던 사실주의 문학과 20세기에 도래할 모더니즘 문학을 잇는 가교 역할을 한 작가 중 한 명이다. 그는 영국 남서부 지역에 강한 애착을 느끼고 그 지역에 사는 농부와 노동자의 삶을 사실적으로 묘사한 것으로도 유명하다. 특히 1891년 7월부터 12월까지 〈그래픽〉지에 발표한 《더버빌가의 테스》는 그에게 있어 매우 중요한 전환점이 된 작품이다. 이전까지는 주로 웨식스라는 가상의 공간을 무대로 자연과 사회에 대해 소설을 썼던 토머스 하디가 《더버빌가의 테스》에서는 여성에 대한 부당한 처우를 비롯한 동시대의 문제를 다뤘기 때문이다.

토머스 하디는 자신이 살았던 19세기 중엽에서 20세기 초반에 이르는 시기의 가치와 관습에 비판 의식을 가졌고 20세기에 도달하면서부터는 시대에 대한 비판 의식이 더욱 또렷해졌다. 그가 많은 사회문제 중에서 특별히 관심을 가진 것은 성 이데올로기와 남녀에게 부여된 고정된 정체성이었다. 그는 수동적이고 보조적인 역할에 머물러야 한다는 당시 여성에 대한 역할론을 부정하고, 자신의 소설 속에 열정적이며 활동적인 여성을 등장시켰다. 이런 진보적인 인물 묘사가 당대인들에게 큰 비판을 받은 건 어쩌면 당연한 일이었는지 모른다.

이 작품이 〈그래픽〉지에 연재되기 전에 다른 출판사로부터 세

차례나 거절당한 사실은 당시 이 소설에 대한 영국 사회의 분위기가 어땠는지를 잘 보여준다. 그에게 연재를 허락한 〈그래픽〉지조차도 '테스의 유혹'과 '테스의 세례' 장면을 삭제해야 한다는 조건을 내세울 정도였다. 이 두 장면이야말로 영국 사회의 윤리가 가진 폭력성과 그에 대한 비판을 담은 부분이기 때문에 토머스 하디는 이 제안을 거절했고, 기어코 이 두 장면을 포함하는 온전한 형태의《더버빌가의 테스》를 출간했다.

잡지사가 문제 삼은 '테스의 유혹'은 알렉이 테스의 순결을 강제로 빼앗는 장면이며 '테스의 세례'는 테스가 목사를 대신하여 자신의 죽어가는 아이에게 세례를 주는 장면이다. 테스의 아기는 그 누구도 원치 않았던 사생아였기 때문에 세례를 받을 수 없었다. 세례는 남성 신부만이 할 수 있는 거룩한 일인데 미혼모가 자신만의 방식대로 세례를 하는 모습은 당시 보수적인 영국 사회에서 매우 불경스럽게 받아들여졌다. 하지만 토머스 하디가 부도덕하며 성서에 대한 모욕이라 지탄받은 이 두 장면을 포함해서《더버빌가의 테스》를 단행본으로 출간한 것은 당시 전통적 윤리가 가진 한계와 폭력성을 지적하기 위해서였다. 여성은 남성에게 복종하는 수동적인 존재가 되어야 한다는 빅토리아 시대의 통념을 토머스 하디는 부정했다. 그는 가부장적인 남성 사회에서 억압받는 여성에 대한 비극을 보여줌으로써 여성문제를 수면 위로 끌어올렸다.

단지 여성이라는 이유로

《더버빌가의 테스》의 주인공 테스는 가난한 집에서 태어난 아름다운 여성이다. 그녀는 가족의 경제적 어려움을 해결하기 위해서 고군분투하지만, 알렉 듀버빌이라는 청년의 거짓 사랑에 속아 혼전 임신까지 하게 된다. 아이가 태어난 지 얼마 지나지 않고 죽어버리자 테스는 아이를 묻고 새 출발을 다짐한다.

테스는 엔젤이라는 새로운 남자를 만나 결혼까지 하지만 그는 첫날밤에 테스가 순결하지 않다는 고백을 듣고 그녀를 떠나버린다. 돈 때문에 과거의 남자 알렉에게 돌아가지만, 그녀가 사랑했던 엔젤이 돌아오자 그와 함께 도망치기 위해 알렉을 살해하고, 그녀는 결국 사형수로 생을 마감한다.

《더버빌가의 테스》를 읽는 독자들은 테스가 자신에게 주어진 가혹한 운명을 바꿔보려고 발버둥치다가 결국 남성 중심 사회의 억압에서 벗어나지 못하고 죽음을 맞이하는 장면에서 그녀에 대한 연민에 휩싸인다. 토머스 하디는 매력적인 여주인공이 운명에 맞서다 좌절하는 내용으로 여성에 대한 그릇된 인식을 비판했다.

소설로 여성의 권리 신장에 관심을 기울인 토머스 하디는 보수적인 영국 사회로부터 비판을 받았고 《더버빌가의 테스》는 금서로 지정되는 수모까지 겪었다. 그러나 이혼을 삶을 끝이라고 생각하지 않는 태도, 결혼은 필수가 아니며 동거도 가능하다는 가치관, 시대가 요구하는 여성상을 거부하는 여성 등장인물 등을 선보이며 선구적인 페미니스트로 추앙받기도 했다.

19세기 문학사상 가장 주체적인 여성 테스

빅토리아 시대를 대표하는 작가 중 한 명인 토머스 하디가 가장 좋아하는 작중 인물은 테스였다. 그만큼 테스는 토머스 하디가 그리고 싶은 인간의 속성을 가장 잘 구현한 인물이다. 테스는 당대의 다른 작중 주인공과 다른 특별한 매력을 갖고 있다. 빅토리아 시대의 소설 속 주인공들은 대부분 소설이 전개되면서 성격이 바뀐다거나 정신적으로 성장하는 데 반해, 테스는 처음부터 끝까지 적극적인 태도로 자신에게 닥쳐온 불행을 극복하고 행복을 추구한다.

또한 극단적으로 선하거나 악한 인물로 등장하는 다른 작중 인물과 달리 테스는 완전히 선하지도 악하지도 않다. 대신 테스는 독자적인 가치관으로 행동하는 솔직한 인물이다. 따라서 《더버빌가의 테스》는 독자들에게 해야 할 것과 하지 말아야 할 것을 가르치는 윤리를 말하지 않는다. 테스는 세상이 요구하는 윤리대로 사는 인물이 아닌 자신이 생각하는 윤리로 세상과 맞서는 인물이다.

당시 관습대로라면 테스는 자신의 순결을 빼앗은 알렉과 결혼해야 했다. 그러나 그녀는 주변의 따가운 시선과 비난을 견뎌내면서까지 알렉을 떠나버린다. 부유한 알렉의 아이를 가졌음에도 알렉에게 책임을 묻거나 그와 결혼함으로써 신분 상승을 꿈꾸지도 않는다. 19세기 여성으로서는 도저히 상상하기 힘든 인습에 도전하는 모습이다. 테스는 알렉에게 경제적 도움을 요구하는 순간 자신은 알렉의 소유물이 된다고 생각했다. 물론 나중에 알렉에게 되돌아가지만, 그것은 오직 가족의 생계를 위한 자기희생이었다. 테스는 19세기 문학 역사상 가장 주체적인 여성 주인공일 것이다.

테스는 알렉과 엔젤 모두에게 어떤 것도 강요하거나 구걸하지 않는다. 엔젤이 테스의 사연을 듣고 떠날 때도 테스는 그에게 매달리지 않는다. 테스는 타인의 결정을 바꾸려 하지 않고 그 자체로 받아들인다. 다만 어떤 상황에서든지 자신이 옳다고 생각하는 길을 스스로 선택하며 자신의 자유로운 감정을 충실히 따른다. 죽는 순간까지도 자신이 선택한 길을 후회하지 않으며 자신이 원하는 사랑에 대한 끈을 놓지 않는 인물이 바로 테스다.

자연 앞에 무력한 인간이란 존재

《더버빌가의 테스》는 토머스 하디의 작품 중에서 가장 우울한 소설이다. 비극적인 토머스 하디의 작품은 비극적인 그의 인생관에서 비롯되었다. 토머스 하디는 일고여덟 살 때부터 밀짚모자를 뒤집어쓰고 하늘을 향해 누워 인간 존재의 무상함을 생각했다. 건강하고 행복한 시절에도 언제나 인생에 대한 의욕이 전혀 없는 염세주의적인 생각으로 가득 찬 사람이었다. 토머스 하디가 나고 자란 도싯 지방은 농촌 지역이었는데 날씨에 따라 한 해의 농사가 흥하고 망하는 모습을 지켜보면서 하디는 자연이라는 거대한 운명 앞에 인간은 아무리 노력해 봐야 결국 패배하고 마는 나약한 존재라 여겼다.

그의 주변에는 선하지만 가난 때문에 비참한 삶을 사는 사람들이 많았으며, 특히 열여덟 살이 채 되지 않은 시절, 두 사람이 교수형당하는 장면을 직접 목격했는데 이 경험은 그에게 평생 지워지지 않은 잔상을 남겼다. 뿐만 아니라 그 자신의 삶도 녹록치 않았다. 어려운 가정 형편 때문에 대학에 진학하지 못하고 건축일을 배워야 했다. 게다가 그가 문단에 데뷔할 시점에는 찰스 다윈 Charles Darwin이 '진화론'을 들고 나와 기독교 신앙이 흔들리고 자연과학적인 우주 해석이 지식인들의 사고 체계를 사로잡은 격변의 시기였다.

그렇지 않아도 아무리 기도를 해도 소원을 들어주지 않는 기독교에 회의를 품고 있던 토머스 하디는 인간에 대한 어떠한 동정이 없고 개인의 고난이나 불행에 냉정하고 무관심한 '내재 의지'라는 존재를 정립한다. 내재 의지는 토머스 하디 소설의 중심을 이루는데,《더버빌가의 테스》에 가장 두드러지게 나타난다.

우주 전체에 자리 잡은 내재 의지 앞에 인간은 아무리 발버둥을 쳐도 이미 정해진 운명을 비껴갈 수 없다. 그래서《더버빌가의 테스》의 주인공 테스는 악의에 찬 내재 의지 아래 고통만 받다가 비참한 죽음을 맞이한다. 이런 토머스 하디의 인생관은 그의 작품 속에 고스란히 녹아들어 많은 독자는《더버빌가의 테스》를 숙명론에 입각한 비극이라고 평가한다.

빅토리아 시대의 모순에 가한 작가적 비판

빅토리아 시대 기독교는 여성을 순결한 여성과 타락한 여성이라는 이분법으로 나누었다. 여성이 순결을 지키지 않으면 윤리적인 문제를 넘어서 중범죄를 저지른 것으로 간주했다. 그리고 여성은 성적 욕망이 없는 존재로 치부했다. 테스는 자신의 의지로 남성을 유혹하거나 남성과의 성관계를 통해서 순결을 버린 것이 아니라 남성에 의해 강제로 순결을 빼앗겼다. 그런데도 엔젤은 순결을 잃었다는 테스의 고백을 듣고 테스를 부정한 여성으로 간주하고 그녀를 버린다. 엔젤은 평소 기독교 집안 출신답지 않게 기독교 사상에 매몰되어 있지 않다고 자부했지만, 그의 몸속에 뿌리 깊게 자리 잡은 기독교 사상이 되살아나 테스를 중죄인으로 취급한 것이다. 그리고 멀쩡히 살아 있는 테스를 수의에 싸는 것처럼 이불로 감싸 석관에 안치시키는 폭력을 행사한다. 빅토리아 시대 사람들이 여성을 도구화한 기독교 사상에 매몰되어 있음을 보여주는 대목이다.

　토머스 하디가《더버빌가의 테스》의 부제를 '순결한 여인^pure woman'이라고 붙인 이유도 여성에게만 순결을 강요하는 빅토리아 시대의 이중적 잣대를 폭로하기 위해서였다. 기독교 사상의 부조리는 테스의 아기 소로우에까지 이어진다. 소로우는 태어난 지 얼마 되지 않아 단지 사생아라는 이유로 신부로부터 정식 세례를 받지도 장례를 치르지도 못한다. 목사는 테스가 직접 세례를 하고 아이의 장례를 치른 것이 인간적으로는 자신이 직접 세례를 한 것이나 다름없다고 인정하면서도 직접 장례를 주관하지 않는다. 사생아에게 세례를 주고 장례를 치르는 것은 기독교 관습에 어긋나는 데다 사회적 이목 또한 두려웠기 때문이다.

　고난에 빠진 인간을 구원하고 죄를 용서하며 안식처가 되어야 할 종교가 '교리'라는 형식적 관습에 매몰되어 독실한 기독교 신자 테스를 벌하는 장면을 통해 토머스 하디는 빅토리아 시대 영국 기독교를 맹렬하게 비판하고 있다.《더버빌가의 테스》는 사회 관습으로 타살당하는 비극적인 여성의 일대기인 동시에, 지옥에 살면서도 구원이라는 희망을 찾아 종교에 귀의한 어린 양들을 구원하기는커녕 오히려 지옥이라는 나락으로 밀어 넣는 기독교에 대한 날카로운 비판서이기도 하다.

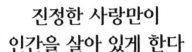

33

진정한 사랑만이
인간을 살아 있게 한다

《채털리 부인의 연인》
Lady Chatterley's Lover

데이비드 허버트 로런스^{David Herbert Lawrence}

1885년 노팅엄셔의 탄광촌 이스트우드에서 광부인 아버지와 교사이자 시인인 어머니의 넷째 아들로 태어났다. 1898년 장학생으로 노팅엄 고등학교에 입학했고, 졸업 후에는 회사의 서기와 초등학교 임시 교사를 거쳐 스물한 살에 유니버시티 칼리지에 진학했다. 1908년부터 교사로 재직하면서 틈틈이 시와 단편소설을 썼다. 1911년 첫 번째 소설 《하얀 공작^{The White Peacock}》이 출간되었으나 이 시기에 폐렴에 걸려 이후 평생 동안 폐질환으로 고통받았다. 1912년 노팅엄셔 칼리지 교수의 부인 프리다 위클리^{Frieda Weekley}와 사랑에 빠져 함께 독일과 이탈리아를 여행하고 1914년 영국으로 돌아와 결혼식을 올렸다. 1928년 이탈리아 피렌체의 한 출판사에서 《채털리 부인의 연인》을 자비로 펴냈다. 1930년 폐결핵으로 세상을 떠났다.

《채털리 부인의 연인》은 외설일까?

1928년에 발표한《채털리 부인의 연인》을 비롯한 D. H. 로런스의 작품은 노골적인 성행위 묘사와 성에 대한 적나라한 대사, 그리고 나체에 대한 세밀한 묘사가 차고 넘친다. 아마도 영국 문학 역사를 통틀어서《채털리 부인의 연인》만큼 전 세계적인 논란을 불러일으킨 작품도 드물 것이다.

시대를 막론하고 이 소설을 읽는 독자들은 성행위 묘사를 예술의 경지까지 끌어올린 작가의 탁월한 능력은 인정하지만 그래도 어딘지 불쾌한 기분을 감출 수 없을 것이다. 각자 배우자가 있는 남녀가 벌이는 성행위를 노골적으로 묘사한 장면을 가볍게 넘길 수 있는 독자들은 많지 않다. 전쟁으로 입은 부상 때문에 성불구자가 된 코니의 남편이 아내에게 다른 남자의 아이를 가지라고 말하면서 그 아이를 장차 자신의 후계자로 삼겠다고 말하는 대목은 지금의 시각으로 봐도 파격적이다.

하지만 많은 비평가와 독자들은 이 소설을 외설이라 말하지 않는다. 왜 그럴까? 성행위를 묘사한 문장이 극도로 아름답고 수려하며, 불륜을 다룬 선정적인 작품이 아닌 함축적인 의미를 내포하고 있는 작품이기 때문이다. 이 작품은 본능적인 남녀 간의 사랑을 통해 현대 산업사회에 대한 비판, 바람직한 이성 관계의 모색, 새로운 윤리관의 정립이라는 메시지를 전달한다.

《채털리 부인의 연인》은 자유분방한 성을 갈구하는 소설이 아니다. 로런스는 급격한 산업사회로의 이행에 따른 부작용과 무너진 도덕관이 초래한 타락한 성 의식에 빠진 현대인을 구원하고자 했다. 자신이 생각한 성에 대한 새로운 관점을 통해 더 나은 인간관계를 그려내려고 했다. 아울러 그가 살았던 빅토리아 시대의 위선적인 도덕관에서 벗어나 인간 본연의 감성과 본능에 기초한 새로운 도덕관을 구축하기 위해 이 소설을 썼다. 로런스가 기존의 도덕관을 부정했다고 해서 도덕 자체를 부인한 것은 아니다. 다만 기존의 도덕관에서 비도덕성을 발견했기 때문에 참다운 도덕관을 《채털리 부인의 연인》을 통해 표현하려 한 것이다.

소설 속에 숨은 진짜 메시지

로런스는 "영국의 자연은 아름답지만, 인간이 만든 영국은 추하다"라고 생각했다. 그럴 수밖에 없는 것이 그는 영국 중부의 탄광지대인 이스트우드에서 나고 자랐기 때문에 누구보다 자연의 아름다움을 만끽했지만 동시에 탄광 때문에 파괴되어 가는 자연의 참상 또한 생생히 목격했기 때문이다. 《채털리 부인의 연인》에 등장하는 탄광의 모습은 작가가 어린 시절 보고 경험했던 모습 그대로를 묘사한 것이다. 로빈 후드가 활동하던 아름다운 숲이 시커먼 매연이 뿜어져 나오는 흉측한 탄광으로 파괴되고 인간이 한

날 도구로 취급되는 영국 사회가 그에게는 비참한 현실로 비쳐졌다. 로런스는 45년이라는 짧은 생애 전부를 현대 기계문명에 대한 비판과 생명력을 추구하는 데 바쳤는데, 이런 그의 노력이 가장 뚜렷하게 나타난 작품이 《채털리 부인의 연인》이다.

이 작품은 자연을 인간의 필요에 따라 개발하고 이용하는 귀족 클리포드와 자연을 사랑하며 새로운 생명력을 추구하는 사냥터지기 멜러즈라는 두 인물을 대조시킨다. 클리포드는 돈이 세상에서 가장 중요하며 다른 사람을 지배하는 수단이라고 생각하는 메마른 감정의 소유자지만 멜러즈는 신분은 낮아도 따뜻한 심성과 배려심을 가지고 있는 인물이다.

클리포드의 아내 코니가 클리포드를 떠나 멜러즈와 새로운 삶을 꾸려나간다는 소설의 설정은 자연을 바탕으로 하는 새로운 생명력이 기계문명을 이기고 더 나은 사회를 만들어간다는 희망을 상징한다. 코니는 정신적 교감이나 사랑 없는 풍요보다는 진정한 사랑이 넘치는 평범한 삶을 선택했다. 로런스가 추구한 새로운 생명력은 주로 자연에 대한 사랑이었다. 그리고 마침내 그의 마지막 장편 소설 《채털리 부인의 연인》에 이르러 참다운 남녀관계에서 비롯된 사랑만이 영국을 구할 수 있다는 결론에 도달했다.

산업화와 기계화에 대한 비판

《채털리 부인의 연인》에는 노골적인 성행위에 대한 묘사뿐만 아니라 산업화가 진행되면서 나타난 인간소외와 부품으로 전락한 인간의 비참한 모습을 다양한 설정과 묘사로 드러낸다. 그래서 우리는 이 소설을 사회 비판 소설로 읽는다. 우선 코니의 남편이자 준 남작인 클리포드는 제1차 세계대전에서 부상을 입고 하반신이 마비된다. 코니의 연인 멜러즈 또한 인도에서 장교로 복무했지만, 현실 세계에 제대로 적응하지 못하고 산지기라는 하층민으로 사회에 복귀한다. 두 사람의 비극은 산업화가 인간에게 부와 행복을 가져다주는 것이 아니라 인간을 소모품으로 전락시키고 세상을 파멸로 이끈다는 것을 보여준다.

로런스의 자연과 삶에 관한 태도는 산지기 멜러즈에 대한 묘사에서 잘 드러난다.

"신분에 관한 생각과 경제적 일상에서 탈피한 그는 돈벌이와 즐거움을 위한 사냥에 뒤떨어지지 않으려고 애쓰기보다는 근원을 되살리고 창조하며 살아남기 위해 생활한다. 결과적으로 세상에서 분리된 래그비 숲의 한복판에 자리 잡은 오두막은 본인만의 미래를 이룰 수 있는 은신처다."

오로지 돈벌이에 몰두해서 아내에게 진정한 사랑을 베풀지 않고 이웃과 교류하지 않는 클리포드와 달리 산지기 멜러즈는 산업화된 세상과는 격리된 숲속 오두막에 살면서 자신만의 미래를 설계한다. 멜러즈에게 숲은 전쟁과 같은 상처를 되풀이하지 않고 밝은 미래로 향할 수 있는 디딤돌이다. 멜러즈에게 숲 밖의 세상은 돈이 지배하기 때문에 거기에 휘둘리지 않기 위해 숲을 보호하고 그 안에서 살아간다. 멜러즈는 산업화할수록 경쟁이 치열해지고 경쟁에서 이기려고 투쟁하다 보면 결국 인간 간의 교류와 사랑이 배제될 수밖에 없다고 생각한 로런스의 생각을 대변하는 인물이다.

육체와 감정에 충실한 생명력 넘치는 삶을 추구하다

코니는 결혼 초기에 "성행위는 단순히 우연이거나 부수적이며 이상하게 퇴화한 낡은 하나의 기관에 불과하다"라고 생각할 만큼 성에 대한 적극적인 태도를 보이지 않았다. 그러나 래그비 저택에서 남편과 육체적인 관계 없이 정신적 교류만 하다 보니 마음이 텅 빈 것 같은 상실감을 느낀다. 저택에서 남성들이 벌이는 성 문제에 관한 토의를 관심 있게 듣고 공감하기도 하지만 갈수록 그런 토의가 무의미하다고 생각한다. 당시 관습에 따라 여성인 코니는 남성 간의 토론에 참여하지 못하고 바느질하면서 듣기만 해야 했다. 코니의 이런 태도는 수동적인 삶을 강요한 빅토리아 여성관에 충실한 모습이다. 그러나 코니는 저택을 나와 숲으로 나아가면서 차츰 구태의연한 삶에서 벗어나 자주적인 가치관을 수립하며 정서적인 안정을 찾는다.

코니는 산지기 멜러즈가 목욕하는 장면을 보면서 자신을 억누르던 구시대적 여성관을 극복하고 자신도 성적인 기쁨을 누릴 수 있다는 가능성을 느낀다. 멜러즈와의 관계를 통해 코니는 "육체적 생활이 정신적 생활보다 더 위대하다"라고 선언하기에 이르고, 이 선언으로 코니는 남편과 나눈 형이상학적인 교류가 아닌 인간의 기본적인 욕구를 존중하는 육체적 삶을 선택한다.

이처럼 《채털리 부인의 연인》은 타인과의 동등하고 따뜻한 관계 속에서 자신의 자아를 발견하고 새로운 자아로 태어나는 코니의 여정을 그린다. 코니는 남편과의 투쟁이나 세상을 향한 저항을 통해 육체와 감정에 충실한 삶을 얻어낸 것이 아니라 멜러즈와의 따뜻한 정신적 육체적 교류를 통해서 이를 얻는다. 로런스를 향해 '말초신경을 자극하는 외설적 요소가 아닌 인간의 마음속에 자리 잡은 순수한 영혼의 부활을 표현한 작가'라고 평가하는 이유가 바로 여기에 있다.

인간의 본능적인 사랑이 전쟁보다 나쁜가

《채털리 부인의 연인》에는 생명 존중 사상이 가득하다. 코니에게 다른 남자의 아이를 낳아주면 자신이 완벽한 채털리 가문의 사람으로 만들겠다고 단언하는 클리포드에게 아이는 하나의 생명체가 아닌 도구에 지나지 않는다. 그래서 아이를 사람으로 부르지 않고 그것[it]이라고 부르는 것이다. 그러나 코니에게 아기는 자신과 사랑하는 남자의 분신인 소중한 생명체다. 이상한 사람만 아니면 상관없다는 클리포드의 말을 무시하고 코니가 아기의 아버지로서 누가 자격이 있는지 고심하는 장면을 보면 코니는 인간 본성에서 나온 모성애와 생명체의 아름다움에 대한 감동을 아는 인물이다.

코니는 사람뿐만 아니라 숲에 있는 소나무와도 깊은 교류를 한다. 남편을 비롯한 저택에서 함께 지내고 만나는 사람과는 나누지 못했던 생명력을 소나무와 수선화 등 자연을 통해서 인식한다.

코니가 사랑하는 멜러즈에게도 숲은 창조와 부활의 장소다. 멜러즈와 코니가 숲에서 만나 사랑을 하고 새 생명을 잉태하는 것은 로런스의 생명 존중 사상을 상징적으로 표현한 것이다. 멜러즈와의 관계에서 새 생명을 잉태했다고 직감한 코니는 형식에 치우친 삶이 아닌 본성을 따르는 삶을 살기로 결심한다. 로런스는 이 장면을 통해서 인간다운 삶과 본성을 존중하는 삶을 독자들에게 제시한다.

한편 클리포드에게 숲은 생명체가 아닌 영국 귀족의 전통과 재산일 뿐이다. 클리포드는 봄을 맞아 모터가 달린 의자를 타고 숲으로 향하지만, 꽃밭을 망가뜨리고 길 위에 자란 갈퀴아재비와 덩굴 서양 좀가지풀을 뭉개고 지나간다. 클리포드의 모터 달린 의

자가 고장 나고 언덕을 올라가지 못해서 고전하는 모습은 로런스가 생각한 현대 기계문명에 대한 예견을 상징한다.

우리가 《채털리 부인의 연인》에 대해서 오해하지 말아야 할 점은 로런스가 정신과 육체 중 어느 하나만을 추구한 것이 아니라는 사실이다. 코니는 육체적 삶을 중요하게 생각한다고 남편 클리포드에게 선언하지만, 그것은 그녀가 단지 육체적 쾌락을 추구하기 위해서 멜러즈를 선택한 것이 아니라 멜러즈와 따뜻한 교감을 나누고 자신을 향한 진실된 그의 사랑에 감화되었기 때문이다. 로런스는 정신과 육체가 균형을 이루고 서로가 서로를 존중할 때 인생은 견딜 만하다는 메시지를 우리에게 던진다.

《채털리 부인의 연인》은 오랫동안 외설이라는 오명을 뒤집어쓰고 있었다. 하지만 이 작품이 그런 구설에서도 살아남아 지금까지 우리에게 읽히는 이유는 외설의 외피를 쓴 내면 안에 현대를 살아가는 우리에게 깊은 울림을 전하는 메시지가 살아 숨쉬기 때문이다.

34

시대의 금기에 도전한
작가의 상상력과 용기

《도리언 그레이의 초상》
The Picture of Dorian Gray

오스카 와일드 Oscar Wilde

1854년 아일랜드 더블린에서 태어났다. 1874년 옥스퍼드대학에 장학생으로 입학한 후 '유미주의' 운동의 새로운 리더가 되었다. 대학교 재학 중에 지은 시 「라벤나」로 뉴디게이트상을 수상하면서 작가로서 활동하기 시작했다. 독특한 옷차림과 말솜씨로도 유명했는데 공작 깃털, 장발, 화려한 벨벳 바지 등을 유행시키면서 서구의 젊은이들을 사로잡았다. 1888년에 동화집 《행복한 왕자》를 출간했다. 시인 알프레드 더글러스 Alfred Douglas 와 애정 어린 만남을 지속하다가 동성애자라는 혐의로 기소되어 2년간 중노동형을 선고받았다. 형기를 마치고 바로 프랑스로 건너갔는데 정신적으로 매우 피폐해져 폐인 같은 삶을 이어갔다. 사람들에게 구걸을 하며 근근이 삶을 연명하는 비극적인 말년을 보낸 끝에 1900년 뇌수막염에 걸려 세상을 떠났다.

시대의 반항아, 오스카 와일드

오스카 와일드의 《도리언 그레이의 초상》은 두 가지 버전이 존재하는 소설이다. 1890년에 《도리언 그레이의 초상》을 출간한 오스카 와일드는 빅토리아 시대의 사회 통념에 어긋나는 동성애를 적나라하게 묘사함으로써 사회로부터 손가락질을 받았다. 그래서 이듬해인 1891년에 동성애적 표현을 줄이고 6개의 장을 추가한 수정본을 발표했다.

오스카 와일드가 살았던 빅토리아 시대는 청교도적 이념에 따라 엄격한 도덕성을 요구했고 개인의 쾌락 추구를 금기시한 엄혹한 시대였다. 그러나 오스카 와일드는 예술이 인생을 모방한다고 생각한 시대에 살면서 인생이 예술을 모방한다는 지론을 고집했다. 예술지상주의를 표명하면서 사회가 요구한 통념에 정면으로 맞섰다. 철저하게 예술 지향적이며 쾌락을 추구하는 그의 문학과 인생은 핍박받을 수밖에 없었다.

오스카 와일드의 아버지는 빅토리아 여왕의 주치의이기도 했지만, 아버지가 연루된 여러 소송 때문에 유산이 대폭 줄어들면서 오스카 와일드는 부와 명성을 얻기 위해 런던에 입성했다. 영국 주류 사회에 편입하기 위해 옥스퍼드대학에 진학한 오스카 와일드는 괴이한 옷차림으로 사교계에 나타나는 등 안간힘을 써서 유명인의 반열에 오르지만, 한편으로는 보수적이고 폐쇄적인 영국 사회를 혐오하게 되었다. 지나치게 물질만을 추구하며 관용 없는 도덕률에 강한 반발심을 품게 된 것이다. 그는 엄격한 도덕률은 개인의 발전을 저해하며, 안정된 사회만을 추구하는 보수주의는 사회의 진보를 방해한다고 생각했다. 영국 사회가 요구하는 도덕관은 개인을 억압한다고 믿었다.

당시 영국 사회가 생각한 예술은 철저하게 도덕적이며 인생을 살아가는 데 도움이 되도록 실용적이어야 했다. 그러나 오스카 와일드는 예술에 도덕적 잣대는 일절 개입해서는 안 되며 예술은 개인의 미학적 삶을 실현함으로써 정의로운 사회를 구현하도록 돕는 것이라 생각했다. 예를 들어 근로 환경도 예술적으로 꾸며야 작업 효율이 올라간다고 생각했고 교육 환경 또한 예술적이고 쾌적하게 꾸미는 것이 중요하다고 믿었다.

영국 사회를 뒤흔든 스캔들의 주인공

오스카 와일드의 유일한 장편《도리언 그레이의 초상》은 작가의 인생 역정과 같은 운명의 길을 걸었다. 이 작품에는 오스카 와일드가 평생 추구한 탐미주의, 도덕과 예술의 분리, 개인주의, 쾌락주의 등이 온전히 담겨 있다.

이 소설은 젊고 잘생긴 도리언이 친구이자 화가인 바질 홀워드가 그린 자신의 초상화가 본인 대신 늙고 추해진다는 사실을 알게 되는 것으로 시작한다. 바질은 도리언에게 동성애적 사랑을 느끼지만, 당시 관습에 따라 자신의 감정을 숨긴다. 영원한 젊음을 얻은 도리언은 쾌락을 추구하고 방탕한 생활을 하며 여러 차례 살인을 저지르는 비참한 결말을 맞는다.

소설 속에서 묘사된 바질과 도리언의 동성애적 관계는 오스카 와일드의 경험에서 비롯되었다. 그는 동성애적 사랑을 했을 뿐만 아니라 패션을 통해서도 남성과 여성을 이분법으로 나눈 전통적인 시각에 반기를 들었다. 비단 스타킹, 에나멜가죽으로 대표되는 그의 패션은 남자는 남자다워야 한다는 관습을 정면으로 어긴 것이다.

여성과 결혼을 했고 자식까지 두었던 오스카 와일드가 언제부터 동성애에 빠졌는지는 정확히 알 수 없다. 둘째 아이를 임신한 아내에게서 여성성을 발견하지 못해 동성애에 빠졌다는 설도 있고 청년 시절 매독에 걸려 아내와 성관계를 맺지 못해서 남색에 빠졌다는 이야기도 있다. 옥스퍼드대학에 다니던 때부터 이미 그가 동성애자라는 소문이 파다했으며 여성과의 결혼은 동성애자임을 숨기기 위한 위장에 불과했다는 설도 있다. 그러나 1886년 로스라는 남성을 만나고부터 오스카 와일드가 동성애자로 살았다는 사실에는 이견이 없다.

오스카 와일드는 '남성 간의 부적절한 행위'를 했다는 혐의로 기소되어 2년간 수형생활과 육체노동을 해야 하는 처벌을 받았다. 1895년에 열린 이 재판 결과로 오스카 와일드가 그동안 쌓아 올린 명성은 모두 무너졌고 그는 영국에서 추방되어 다시는 돌아오지 못했다.

오스카 와일드가 활동했던 빅토리아 후반기는 페미니즘과 호모 섹슈얼리티라는 용어가 생겨날 정도로 성소수자에 대한 담론이 본격적으로 수면 위로 떠오른 시기였다. 전통적인 성 관념과 새로운 성 관념이 혼재된 시기가 빅토리아 시대였으며 오스카 와일드에 대한 처벌에서 볼 수 있듯이 여전히 동성애를 범죄라고 인식하는 전통적 성 관념이 맹위를 떨친 시대이기도 했다. 오스카 와일드와 그의 문학은 성 관념이 과도기에 처했을 때 빚어진 비극이었다.

그러나 오스카 와일드 문학이 동성애만을 다룬 것은 아니다. 《도리언 그레이의 초상》에서 화가 바질은 도리언에게 강한 사랑을 느끼지만 전통적인 성 가치관에 따라 자신의 감정을 숨긴다. 《도리언 그레이의 초상》에는 동성애 행위에 대한 구체적인 묘사도 없다. 소설 초반 바질과 도리언과의 동성애적 관계는 중반에 이르러 자취를 감추고 도리언과 아름다운 연극배우와의 사랑을 다루는 등 이성애를 다룬다.

이렇게 자신의 성향과 문학의 내용 사이에 괴리가 생긴 이유는 오스카 와일드의 경제적 사정에서 비롯된 것으로 보인다. 생계를 유지하기 위해 런던에 진출한 오스카 와일드는 자신의 소설을 주로 소비하는 영국 중산층의 도덕관과 취향을 고려하지 않을 수 없는 처지였다. 이런 사정으로《도리언 그레이의 초상》은 동성애적 사랑과 이성애적 사랑이 공존하는 소설로 탄생했다. 어쩌면 자신의 동성애적 성향을 작품 속에 적나라하게 드러내는 것이 두려웠던 오스카 와일드의 선택이었는지도 모른다. 엄격한 도덕주의가 팽배한 빅토리아 시대의 작가로서 어쩔 수 없는 일이었다.

그러나 오스카 와일드는 간접적으로 동성애 코드를 작품 속에 심어놓았다. 가령 주인공 도리언의 이름은 그리스 시대 동성애자들이 모여 살았던 스파르타의 지역 이름에서 따온 것이다. 그러나 이런 간접적인 묘사조차도 불행한 결말을 막지 못했다.

《도리언 그레이의 초상》이 거센 혹평을 받자 오스카 와일드는 다음 해에 내용을 대폭 수정하여 수정본을 발표했다. 그만큼 이 소설을 반드시 내고 싶다는 의지가 강했다는 뜻이다. 그는 이 소설을 통해 당시 영국 사회에 팽배한 성에 대한 강압적인 관념과 개인의 자유를 억압하는 도덕관에 일침을 가하고자 했다. 그리고 도리언이 보석 수집에 탐닉하는 모습을 장황하고 길게 묘사함으로써 당시 영국 상류층의 허영과 위선을 비판했다.

뒤늦은 재조명

《도리언 그레이의 초상》 초판으로 2년간 수감 생활을 한 오스카 와일드는 영국에서 쫓겨나 프랑스에서 쓸쓸하게 세상을 떠났다. 《도리언 그레이의 초상》도 작가의 운명과 함께 서서히 잊힌 존재가 되었다. 그러나 작가는 가도 작품은 남는 법. 이 소설이 발표된 지 90여 년이 지난 1980년대에 들어서 이 소설은 재조명되기 시작했다. 이때부터 《도리언 그레이의 초상》은 동성애자의 성경이라 불리기 시작했고, 작가 오스카 와일드는 동성애자의 순교자이자 아일랜드의 영웅으로 추앙받기에 이른다.

오스카 와일드의 고국 아일랜드의 비평가들은 오스카 와일드를 아일랜드에 대한 잉글랜드의 견제와 핍박의 희생양이자 잉글랜드에 저항한 민족 영웅으로 여기기 시작했다. 보수적이고 강압적인 영국에 저항하다가 동성애자라는 명목으로 희생된 순교자이자 영국 사회에 대한 비판 정신을 예술의 경지로 승화한 신비스러운 영웅으로 추앙한 것이다.

《도리언 그레이의 초상》은 많은 독자들에게 동성애를 다룬 소설로만 받아들여지기도 하지만 다른 각도로 읽히기도 한다. 가령 주인공 도리언이 한때 사랑했던 배우 시빌이 연기에 몰입하지 못하자 그녀를 더 이상 사랑할 가치가 없는 사람으로 취급함으로써 그녀를 죽음에 이르도록 하는 장면이 그렇다. 시빌이 죽음에 이르도록 원인을 제공하며 자신의 친구를 살해하고 살인 증거를 없애도록 도와준 친구마저 살해하는 과정을 보면 범죄 심리 소설로도 읽힌다.

오스카 와일드는 마치 심리학자처럼 자율적 통제를 상실하고 본능적으로 살인을 저지르는 도리언의 심리를 해부한다. 자신의 범죄 사실이 드러날 수 있다는 공포에 시달리는 도리언에 대한 세밀한 묘사는《도리언 그레이의 초상》이 범죄 심리 소설로서의 형식과 내용을 갖추었다고 말할 수 있는 부분이다. 그래서 많은 독자는 이 소설을 장르문학의 출발이라고 생각한다.

《도리언 그레이의 초상》은 오스카 와일드가 남긴 단 한 편의 장편소설이다. 그의 문학적 재능을 아끼는 독자들에게는 아쉬운 이력이 아닐 수 없다. 영국 문학 역사상 가장 매혹적인 작품을 남긴 작가 중의 한 명인 오스카 와일드의 비극적인 삶이 안타까운 이유다.

35

신분을 넘어서고 싶었던
한 청년의 슬픈 비상

《적과 흑》

Le rouge et le noir

스탕달Stendhal

1783년 프랑스 그르노블의 유복한 가정에서 태어났다. 어머니를 일찍 여의고 가족과 불화를 겪으며 우울한 어린 시절을 보냈다. 1800년 갑옷과 총으로 무장하는 용기병 소위로 임관받아 이탈리아로 떠난 이후 나폴레옹 제정의 관료로서 몇 차례의 승진과 출셋길에 오르고 나폴레옹 원정군을 따라 알프스를 넘지만, 1814년 나폴레옹 몰락과 함께 이탈리아 밀라노에 머물면서 본격적인 작품 활동을 시작했다. 1821년 파리로 돌아와 1825년에 《라신과 셰익스피어Racine et Shakespeare》를 발표하여 낭만주의운동의 대변자가 되었다. 1830년 《적과 흑》을 출간하면서 처음으로 '스탕달'이라는 필명을 사용했다. 1839년 그의 마지막 걸작 《파르마의 수도원》을 발표하고, 1842년 파리에서 뇌졸중으로 세상을 떠났다.

인생의 천당과 지옥을 모두 겪는 인물 쥘리앵

《적과 흑》과 《파르마의 수도원》으로 유명한 프랑스 사실주의 작가 스탕달은 발자크와 함께 프랑스 근대 소설을 개척한 작가로 평가받는다. 스탕달은 등장인물의 심리를 세밀하게 분석한 것으로 평판이 자자한데, 시대를 앞서간 그의 문학은 당대에서는 큰 빛을 보지 못했지만 19세기 후반부터 재조명되기 시작해 20세기에 와서는 19세기 불문학이 배출한 걸출한 작가로 재평가받았다.

스탕달은 독특한 개성과 욕구를 가진 주인공을 통해 세상을 입체적으로 보여준 작가다. 그런 스탕탈 문학의 대표작이 《적과 흑》이다. 이 소설의 원래 제목이 '쥘리앵'이었다는 사실로 짐작할 수 있듯이 《적과 흑》은 쥘리앵을 위한, 쥘리앵에 의한, 쥘리앵의 소설이다. 주인공 쥘리앵이 고향 베리에르에서 브장송으로, 다시 파리로, 파리에서 다시 고향 베리에르로 이동하면서 목수의 아들, 가정교사, 예비 성직자, 후작의 비서, 군인, 사형수로 변모하는 4년간을 다룬다.

고향 베리에르에서의 애인 드 레날 부인과 후작의 비서로 일하던 시절의 애인 마틸드 드 라 몰이 또 하나의 주요 인물로 등장하지만, 이들은 독자적인 가치관과 노선으로 행동하기보다는 쥘리앵의 결정과 행동에 따라 영향을 받는 존재일 뿐이다.

쥘리앵은 목수의 아들이라는 하층민으로 태어나 시장 자제의 가정교사가 되고 동시에 시장 부인의 애인이 된다. 나아가 프랑스를 주름잡는 후작으로부터 신임을 받는 비서이자 콧대 높고 자존심 강한 후작의 딸이 무릎을 꿇고 스스로 노예로 자처할 만큼 애절한 구애를 받는 사람이 된다. 쥘리앵이 하층민이라는 신분을 극복하고 승승장구를 한 것은 그의 수려한 외모도 한몫했지만 역시 그의 독서에서 나온 뛰어난 지성이 결정적인 역할을 했다. 애초에 시장 자제의 가정교사로 발탁된 것 또한 라틴어 성경을 통째로 암기한 덕분이었다.

그의 지성은 타고난 영민함과 지독한 독서에서 비롯되었다. 그렇다고 쥘리앵이 출세를 위해 독서를 한 것은 아니다. 파리의 후작 저택에서 개인비서로 일하면서 그는 남부럽지 않은 경제적 안정과 후작의 딸과 연인이 되는 데 성공했지만, 여전히 후작의 서재에 가득한 호화스러운 장정의 책들에 매료되어 독서에 열중한다. 책을 사랑하고 식견이 높은 쥘리앵을 신임한 후작은 그에게 신간 도서 구매를 맡긴다.

쥘리앵이 이 소설에 처음 등장하는 장면에서도 그는 독서에 열중하고 있었다. 시장 자제의 가정교사 자리가 들어왔음을 알리기 위해 아버지 소렐이 쥘리앵을 두세 번 크게 불렀지만, 그는 책에 빠져서 그 소리를 듣지 못한다. 화가 난 아버지는 아들을 때리고 그가 열심히 읽고 있었던 나폴레옹의 《세인트헬레나 회상록》을 개울가로 던져버린다.

역설적으로 쥘리앵이 성공에서 나락으로 떨어진 데는 그가 탐독한 책과 깊은 관련이 있다. 쥘리앵은 나폴레옹을 자신의 우상으로 삼는다. 미천한 신분으로 태어나 황제의 자리에까지 오른 나폴레옹은 당시 출세를 꿈꾸는 하층민 지식인의 롤모델이었다. 또다시 혁명이 일어나 자신들을 단두대로 보낼 것을 두려워한 귀족들은 나폴레옹을 금기시했고 나폴레옹을 옹호하고 신봉하는 것 자체가 하나의 큰 약점으로 작용했던 귀족사회에서 일하면서도 쥘리앵은 나폴레옹에 대한 경외심을 버리지 않았다.

그가 인생의 고비 때마다 다시 펼쳐 든 것은 나폴레옹이 세인트헬레나섬에서 절치부심한 시절을 회고한 《세인트헬레나 회상록》이다. 쥘리앵은 나폴레옹을 본받아 자신의 미천한 신분을 극복하려고 애쓰며 세속적인 성공만을 향해 달려간다. 진정한 친구가 제의한 동업도 거절한다. 시장 저택에서 일한 덕에 유산의 일부를 갖게 된 하녀의 청혼도 거절한다. 어쩌면 《적과 흑》이라는 소설 제목보다 쥘리앵이 평생 탐독한 《세인트헬레나 회상록》이 이 소설의 모든 것을 말해주는 키워드일지 모른다. 하지만 결국 쥘리앵은 자신이 우상으로 생각한 나폴레옹의 전철을 똑같이 걸어간다. 과욕이 부른 비극이었다.

독자에게 친절하지 않은 소설을 쓰는 작가

다섯 살에 어른 손에 이끌려 연극을 관람한 스탕달은 연극에 매료되어 주머니에 푼돈만 생기면 극장으로 달려갔다. 일찌감치 극작가가 되기로 결심한 스탕달은 불과 열네 살이 되던 해에 5막으로 구성된 극작품을 썼지만, 출간으로 이어지지는 않았다. 하지만 곧 스탕달은 연극에 대한 한계를 느꼈다. 스탕달은 아무리 훌륭한 극작품일지라도 나라에 따라 다르게 수용되기 십상이며 셰익스피어조차도 죽은 지 50년이 지나자 거의 무명작가처럼 되었다고 한탄하면서 극작품의 짧은 수명을 안타까워했다.

그래서 그는 50년이 지난 후에도 회자되는 가장 아름다운 주제를 가진 소설을 쓰기로 결심한다. 그는 소설을 쓰면서 당대의 독자를 넘어 먼 미래의 독자까지 의식했다. 당대의 독자만을 위해 글을 쓴다면 불과 50년만 지나면 우스꽝스럽고 유치한 작품이 된다고 생각했기 때문이다. 《적과 흑》은 1830년에 출간된 소설이지만 1935년에도 읽힐 것이라는 확신으로 쓴 소설이다. 그러니까 스탕달은 19세기 작가지만 20세기 독자를 향해 글을 쓴 미래지향적인 작가였다.

스탕달의 이런 성향 때문에 동시대 작가인 발자크는 《파르마의 수도원》이나 《적과 흑》을 가리켜 지적으로 우월하고 고귀한 독자만이 이해할 수 있는 소설이라고 평가했다. 발자크에 따르자면 스탕달은 소수의 선택받은 독자들에게만 위대한 소설가라는 것이다. 발자크의 지적은 틀리지 않았다. 스탕달은 죽음을 앞두고 자신이 생각한 것처럼 동시대 독자들로부터 인정받지 못했다는 것을 깨달았다. 그러나 그의 바람처럼 미래의 독자들은 스탕달의 작품을 읽으며 그의 작품에 매료되고 있다.

동시대 독자와 비평가는 스탕달을 재능이 없는 작가로 치부했고 그의 소설이 어떤 메시지나 목적도 없는 난해한 작품이라고 여겼지만, 그가 세상을 떠난 뒤 세월이 갈수록 그의 가치는 재발견되었고 프랑스 문학을 대표하는 작가로 이름을 드높였다.

그는 오래 숙성될수록 더 맛이 좋아지는 포도주를 빚는 심정으로 글을 쓴 작가이지 당장 독자들로부터의 열광과 사랑을 기대한 작가는 아니었다. 대다수 작가는 자신의 작품이 가능한 폭넓은 독자들로부터 사랑받을 것을 기대하며 글을 쓰지만, 스탕달은 스스로 자기 소설은 제한된 독자들에게만 받아들여질 것이라는 사실을 알고 있었다. 누구나 편하게 읽을 수 있는 소설이 아닌 인내심을 발휘하여 끈기 있게 읽어줄 수 있는 독자를 원한 것이다. 스탕달의 이런 남다른 생각은 1830년 출간된 《적과 흑》에 이어 1934년에 집필했지만 미완성으로 남았다가 작가 사후인 1894년에 출간된 스탕달의 또 다른 소설 《루시앙 르벤Lucien Leuwen》에서 언급된다.

"선한 독자여, 내 책 제목을 한번 보세요. 만일 당신이 선하지 않다면, 더 이상 읽지 마시라고 부탁하고 싶습니다. 이 이야기는 내가 한 번도 만나본 적이 없고 미래에도 만날 수 없는 소수의 독자를 염두에 두고 썼습니다. 내가 그 소수의 독자와 함께 밤을 여러 날 보냈으면 더할 나위 없이 즐거울 것입니다."

　여기에서 말하는 '선한 독자'는 착한 성품을 일컫는 것이 아니라 독서할 때 섣부르게 책을 평가하지 않고 작중 화자를 이해하려고 노력하는 독자를 말한다. 스탕달의 이런 성향은 그의 작품이 독자들에게 외면받는 상황을 만들었다.
　《적과 흑》도 스탕달이 추구한 고귀한 영혼을 가진 행복한 소수 독자를 위한 소설이다.《적과 흑》은 기존의 소설과 다르게 주인공이 소설을 이끌어가기도 하지만 작가가 수시로 개입해서 주인공의 행동에 관한 결과를 예견하거나 주인공에게 닥쳐올 미래를 상기시키기도 한다. 사건 전개를 주인공뿐만 아니라 저자가 공동으로 이끌어가는 인상을 주는 이 소설은, 동시대 독자들에게는 낯선 기법이었을 것이다.
　《적과 흑》은 소설 전개상 중요한 장면에서도 화자의 생각이나 상황에 대한 정확한 묘사를 하지 않는다. 독자들 입장에서는 불친절한 소설이다. 주인공 쥘리앵의 첫 번째 애인이었던 시장의 아내 드 레날 부인의 방에서 밀회하는 장면조차도 은유적 표현으로 짧게 넘어가 버린다. 쥘리앵의 두 번째 애인인 후작의 딸 마틸드와 함께 밤을 보내는 장면에서도 둘이 껴안고 행복감을 느꼈다는 정도로 짧게 서술하고 넘어가 버린다. 두 등장인물이 어떤 말을 주고받으면서 어떤 행복감을 느꼈는지에 대한 언급이 없다. 소설의 결말 부분은 더욱 놀랍다. 평생 야망을 품고 성공을 좇았던 쥘리앵이 단두대에서 목이 잘리는 장면 또한 구체적인 묘사 없이 은유적 표현으로 짧게 처리된다.

《적과 흑》은 작가가 친절하게 모든 상황을 정리하고 알려주는 소설이 아닌 독자 스스로 천천히 이해하려 애쓰고 자기 상상력을 발휘해야 더 흥미로운 소설이다.

《적과 흑》의 현재성과 유효성

《적과 흑》은 여러모로 불친절한 요소가 있지만 발표된 지 200년이 다 됐음에도 여전히 많은 독자들에게 사랑받는 소설이다. 어떤 요소가 오늘날 독자들을 열광시키는 걸까? 아마도 사랑에 빠진 젊은 청춘의 심리에 대한 탁월한 묘사도 큰 기여를 했을 것이다. 연인 간의 심리묘사가 어찌나 절묘하고 섬세한지 이 소설이 스탕달이라는 남성 혼자서 쓴 소설이라고 도저히 믿기지 않을 정도다. 여러 차례 반복되는 쥘리앵과 마틸드의 사랑의 줄다리기는 문학 작품이 구현할 수 있는 최고의 경지라고 해도 부족하지 않다.

그와 함께 사실주의 문학의 장을 연 스탕달의 대표작답게 19세기 프랑스 왕정복고기라는 정치적 상황을 배경으로 욕망에 불타오르는 한 인간의 일대기를 사실적으로 그려냈기 때문일 것이다. 혼란한 시대에 쥘리앙이라는 매력적인 인물이 겪는 고뇌와 아픔은 현대인이 느끼는 감정과 별반 다르지 않다. 쥘리앙이 통렬하게 비판한 사회적 메커니즘 또한 지금도 여전히 유효하다. 그런 현재성이 이 소설을 오늘날까지 의미 있는 작품으로 자리매김하게 만든 힘이다.

36

누구나 갖고 있는
트라우마에 대한 위로와 치유

《해변의 카프카》
海邊のカフカ

무라카미 하루키 村上春樹

1949년 일본 교토시에서 태어나 1968년 와세다대학 제1문학부에 입학했다. 재즈 카페를 운영하던 중 1979년 《바람의 노래를 들어라》로 제81회 군조 신인문학상을 수상하며 화려하게 데뷔했다. 간결하고 세련된 문체와 젊은이들이 느끼는 고독과 허무를 다룬 작품으로 문단과 대중에게 이름을 알렸다. 특히 1987년에 발표한 《노르웨이의 숲》으로 폭발적인 인기를 얻었고, 일본을 넘어 세계적으로 '무라카미 하루키 붐'을 일으켰다. 요미우리 문학상을 비롯, 프란츠 카프카상, 예루살렘상, 카탈로니아 국제상을 수상하면서 평단과 대중을 모두 사로잡은 작가로 평가받는다. 현재 그의 작품 대부분이 50개 이상의 언어로 번역되어 읽히고 있다. 영미권 작가의 작품을 일본어로 번역하는 번역가로도 활동하고 있다.

이 시대 가장 유명한 작가 중 한 사람

우리나라에서 가장 유명한 일본 작가를 꼽으라면 대부분의 독자들이 무라카미 하루키를 꼽는다. 하루키에 대한 우리나라 독자들의 사랑은 대단해서 그의 신작이 발표될 때마다 베스트셀러로 등극하는 현상을 볼 수도 있다. 우리나라뿐만 아니라 전 세계적으로 하루키만큼 단단한 팬층을 거느리고 있는 작가도 드물다. 매년 노벨문학상 후보로 거론될 만큼 작품성과 대중성을 모두 잡은 하루키가 작가로서의 역량이 절정에 도달한 50대에 발표한 작품이 《해변의 카프카》다. 이 소설은 그의 작가 인생에서 하나의 분수령이 된 작품이다. 이 작품을 발표함으로써 하루키는 아시아를 넘어 미국에서도 주목받는 작가가 되었다. 2001년 발생한 9·11테러로 큰 충격과 고통을 겪었던 당시 미국인들에게 이 소설은 위로와 치유를 건넸다. 이 작품은 추리 소설적인 요소로 독자들에게 강한 흡입력을 끌어내면서도 누구나의 마음속에 있는 트라우마를 극복하는 힘을 가진 작품이다.

《해변의 카프카》는 한신 대지진이나 사이비 종교의 비인간적 만행 등으로 육체적, 정신적 상처에 시달리던 일본인에게도 고통을 극복하고 치유하게 만든 소중한 작품이다.

《해변의 카프카》가 가진 힘

《해변의 카프카》가 어떤 작품이기에 많은 사람들이 이 책을 두고 트라우마를 극복하는 치유 기능을 가지고 있다고 말하는 걸까?

《해변의 카프카》의 주인공 다무라 카프카는 네 살 때 어머니가 누나를 데리고 가출해 버렸으며 아버지에게도 사랑을 받지 못한 채 성장한다. 아버지를 죽이고 어머니와 결혼하는 오이디푸스의 신화를 아들에게 주입하는 아버지에게 학대를 받으며 자란 다무라는 씻을 수 없는 트라우마와 상처를 받는다.

다무라의 아버지는 마치 도스토옙스키의 《카라마조프가의 형제들》에게 등장하는 아버지 표도르를 연상케 한다. 표도르는 자식의 존재 자체를 잊을 정도로 자식에게 무관심하고 오직 술과 여자와 돈에만 탐닉하는 악마적인 존재다. 이런 아버지에게서 자란 장남 드미트리는 아버지로부터 받은 학대로 인해 아버지를 증오하는 존재로 성장한다. 다무라도 드미트리처럼 복합적인 학대와 트라우마를 겪는다.

다무라에게 가정은 안정과 사랑의 공간이 아니었으며, 다무라에게 가정의 안락함을 제공하는 공간은 도서관이다. 그는 도서관에서 만난 사서에게서 어머니로부터 받아야 하는 사랑을 느끼며 도서관을 가장 행복한 공간으로 인식한다.

이렇게 성장한 다무라는 비록 외상은 없더라도 병리적 인간으

로 성장할 수밖에 없었다. 그래서 불과 열다섯 살에 가출을 하게
되고, 가출해서 정착한 곳이 바로 자신에게 가장 행복한 공간인
도서관이었다.

《해변의 카프카》, 하루키 소설의 전환점이 되다

하루키는 무명 시절 없이 데뷔하자마자 인기 작가의 반열에 들어
섰다. 1979년에 발표한 그의 데뷔작 《바람의 노래를 들어라》로
시작하여 1987년에 발표한 《노르웨이 숲》은 이른바 '하루키 현
상'이라는 신조어를 만들어 낼만큼 선풍적인 인기를 누렸다. 그러
나 대중적인 인기에도 불구하고 비평가들은 그에 대해 인색한 평
가를 내렸다. 하루키는 대중적인 인기에 치중한 문학상은 여러 차
례 수상했지만 순수문학 분야의 최고봉인 아쿠타가와상은 받지
못했다. 당시 심사위원들은 하루키 문학을 가리켜 다소 경박하고
서양 소설 분위기를 모방한다며 혹평했다. 대중의 인기를 한 몸에
받는 인기 작가가 일본이 당면한 현실 문제를 다루지 않았다는
비판도 따랐다.

하루키 작품에 주로 등장하는 인물, 즉 따분한 일상에 지루해
하는 주인공의 내면 고백은 젊은이들에게는 큰 공감을 주었지만,
기성세대에게는 비판의 이유가 되었다. 하루키 작품에 대한 국내
비평도 크게 다르지 않았다. 저급하며 음담패설만 묘사한 하급 문

학이라는 평이 많았다. 문학적 완성도가 낮은 하루키의 작품이 왜 그토록 대중적인 인기를 누리는가에 대한 궁금증이 하루키에 관한 논의의 대부분을 차지할 뿐이었다.

이런 상황에서 발표된《해변의 카프카》는 그동안 하루키 소설에 대한 논쟁을 일순간에 잠재웠다.《해변의 카프카》는 다른 하루키 소설에서 보여주지 않았던 여러 가지 차별점을 보인다. 이전 하루키 소설에 자주 등장했던 비현실적이고 쿨한 남자의 일상이 아닌 우리가 어렵지 않게 접할 수 있는 지극히 현실적인 주인공을 내세웠다. 주인공이 헤쳐 나가야 할 장애물이 외부적 요인이 아니라 가장 가까운 가족이라는 점도 그렇다. 우리 주변에서 너무나도 흔히 발생하는 가정 폭력을 주제로 삼았다는 점 또한 현실과 동떨어진 주인공을 내세운 다른 소설과 차별된다. 가출한 주인공 다무라를 도와주는 인물이 제2차 세계대전의 피해자라는 설정도 이 소설이 전쟁이 인류에 남긴 후유증과 맞닿아 있다는 것을 의미한다.

《해변의 카프카》는 이전 소설에서 하루키가 다루었던 주제, 즉 지극히 도시적인 일상과 남녀 사이의 사랑이 아닌 가정 폭력, 가출, 전쟁에 대한 트라우마, 부모의 사랑을 받지 못한 아이라는 현실적인 문제를 다뤘다는 데 큰 의미가 있다. 사회의 부조리라든가 현실 문제를 외면한 작가에서 사회문제로 시선을 돌리는 작가로 부상하게 된 것이《해변의 카프카》다.

독특한 캐릭터의 향연

폭력은 하루키 자신의 문제이기도 했다. 1949년 일본 효고현에서 태어난 그는 남의 눈에 띄지 않은 내성적인 성격이었다. 친구들과 어울리기보다는 도서관에서 책을 읽는 것을 좋아했고, 그 외에는 특별한 활동을 하지 않았다. 학창 시절을 떠올리면 교사에게 맞은 기억밖에 없다고 할 정도로 그는 폭력의 희생자였다. 이런 학창 시절의 경험은 그의 작품 활동에 깊은 영향을 주었고 작품 속에 반영되었다. 폭력에 시달리며 독서에 열중한 모습은《해변의 카프카》의 주인공 다무라와 사뭇 닮았다.

하루키 작품에 자주 소재로 활용되는 술은 그가 카페에서 바텐더로 일한 경력에서 나왔다. 대학 시절 등록금 인상과 학교 감독 강화 등에 맞서 정부에 대항한 전공투(전국 학생 공동 투쟁 회의) 학생운동도 하루키 문학과 떼어서 생각할 수 없다. 하루키 또한 이 학생운동에 영향을 받을 수밖에 없었고 전공투 학생운동은 그의 작가 인생 내내 직간접적으로 그의 작품 속에 반영되었다. 어두운 시대와 불화하며 자신들의 이상을 펼치려 했지만 끝내 좌절한 청년의 세계관이 고스란히 반영된 하루키의 소설은 1980년대 우리나라 민주화운동의 주역이었던 386세대에게도 큰 공감대를 형성했다.

우리나라 386세대와 소설 발표 당시 전쟁과 사이비 종교 문제 등으로 육체적 정신적 트라우마를 겪은 일본인에게 《해변의 카프카》는 어떻게 다가갔을까?

이 소설의 주인공 다무라의 아버지는 하루키가 창조한 새로운 악인이다. 그는 아내의 가출에 대한 분노를 자식인 다무라를 학대하는 것으로 해소했다. 또 자식에게 무서운 저주를 끊임없이 주입하여 자식에게 증오를 심었고, 결국 자식에게 살해당한다.

다무라의 아버지는 일본과 한국 독자에게 강압적이며 약자를 억압하는 권력이나 낡은 관습으로 다가온다. 하루키는 억압을 휘두르는 다무라의 아버지가 아들에게 무참히 살해되는 설정을 통해 소설 속에서나마 약자에 의한 강자 처단을 실현했다.

《해변의 카프카》는 상황에 상관없이 절대 변하지 않는 캐릭터 중심의 소설이라는 점에서도 다른 소설과 차별성을 지닌다. 소설 속 등장인물들이 대체로 상황에 따라 고민하고 때로는 자신의 성격이나 가치관과 다른 말이나 행동을 하는 데 비해, 《해변의 카프카》에 나오는 인물들은 어떤 상황에서도 자신의 고유한 캐릭터를 유지한다. 고양이와 대화를 나누는 특별한 능력을 갖춘 나카타, 조니 워커 모두 사건 전개나 배경과 상관없이 독자적인 캐릭터를 지킨다.

이 소설은 흥미로운 서사라든가 인물의 내면 심리묘사가 아닌 캐릭터 자체로 독자들에게 읽히는 소설이다. 일반적인 소설 속 인물들은 그 소설 속에서만 살아가지만, 캐릭터 자체로 존재하는

《해변의 카프카》속 등장인물들은 굴레에 얽매이지 않고 여러 매체에 의해 다양하게 재생산된다.《해변의 카프카》가 창조한 캐릭터는 드라마, 영화, 음악 등 다양한 매체에서 변주됨으로써 하루키 작품을 세계문학으로 발돋움하게 한 원동력이 되었다.

하루키의 생체 시계는 말년에 이르렀지만 하루키의 작가로서의 시계는 여전히 청춘이다. 하루키 특유의 문체와 캐릭터가 살아 있는 한, 그를 기다리는 독자들의 설렘은 계속될 것이다.

37

인생의 불안과 결핍을 충족하면 행복이 올까?

《개를 데리고 다니는 부인》

The Lady with the Little Dog

안톤 파블로비치 체호프 Anton Pavlovich Chekhov

1860년 러시아 남부의 흑해 연안 항구 도시인 타간로크에서 태어났다. 중학생 때 아버지의 파산으로 온 가족이 모스크바로 떠난 후 혼자 타간로크에 남았다. 어려서부터 스스로 학비를 벌며 공부하던 그는 고학으로 중등학교를 마친 뒤 1879년 모스크바대학 의학부에 입학했다. 재학 중에 가족을 부양하기 위해 단편소설을 쓰기 시작했고, 졸업 후 의사로 근무하면서 본격적인 문학 활동에 나섰다. 1884년 의사 자격을 얻은 후 결핵을 앓으면서도 의료 봉사와 글쓰기를 병행했고, 《황야》《지루한 이야기》 등을 발표하며 작가로서의 위치를 굳혔다. 1890년대에 《갈매기》《농군들》 같은 걸작을 쓰면서 한편으로 농민들을 무료로 진료하고, 콜레라 퇴치 자선사업을 펼쳤으며, 학교와 병원 건립 등에도 참여했다. 1904년 독일에서 세상을 떠났다.

돈을 벌기 위해 글을 쓰다

역사상 가장 위대한 작가 중 한 명으로 칭송받는 러시아 극작가이자 소설가 체호프는 "의학은 나의 합법적 아내이며 문학은 나의 여주인이다"라고 말하면서 의사로 일하면서도 모더니즘 탄생에 크게 기여한 뛰어난 작품들을 많이 남겼다. 돈을 벌기 위해서 글을 쓰기 시작했지만, 현대 단편소설 진화에 큰 공헌을 했다는 평가를 받는다.

처음 체호프가 글을 쓴 것은 돈 때문이었다. 1880년대 초반 대학생 시절부터 학비와 용돈을 벌기 위해서 다양한 유머 잡지에 소액의 원고를 받고 작가 생활을 시작했다. 1880년대 당시 러시아는 전국적으로 빈곤과 굶주림이 만연해서 도시 빈민, 농부, 소작농 모두가 고통스러웠던 시기였다. 전제정치의 강압과 박해에 대한 불신과 불만이 팽배했던 시기이기도 했다. 불안한 사회 분위기를 위로라도 하듯 저급한 유머 잡지들이 유행했는데 체호프는 이런 잡지에 주로 유머러스한 글을 기고하며 생활비를 벌었다.

소설가와 극작가로서 모두 성공한 체호프 작품의 특징 중 하나는 유머러스한 필체가 꼽히는데, 이는 그의 성향이었다기보다 당시 독자들의 취향에 맞춰 쓴 것에 더 가깝다고 볼 수 있다. 체호프는 길지 않은 작가 경력 동안 무려 600여 편의 작품을 남겼는데 그중 절반이 가난한 대학 시절이었던 2년 동안 쓴 것이다. 흔히 돈을 위해서 글을 쓴 대표적인 러시아 문인이라면 도스토옙스키를 떠올리게 된다. 그러나 돈 관리를 제대로 못해서 궁핍했던 도스토옙스키와 달리 체호프에게는 애초에 쓸 돈이 없었다. 글자 수에 비례해서 원고료를 지급하던 19세기 유럽 인세 지급 방식에 따라 도스토옙스키를 비롯한 많은 작가가 장편을 많이 썼지만, 체호프는 특이하게 단 몇 쪽에 불과한 단편도 많이 남겼다. 체호프 작품을 읽고 많은 독자들이 유머러스한 이야기 가운데 우울하고 암울한 분위기를 발견하는데, 이는 체호프의 글쓰기 환경에서 비롯된 것이다. 체호프에게 돈은 또 다른 중요한 언어였다.

사랑의 가치, 그리고 불안한 행복

돈과 함께 사랑은 문학의 영원한 주제다. 체호프도 예외가 아니어서 그가 남긴 600편의 작품 중에서는 사랑을 주제로 하는 작품이 많다. 혹자는 체호프를 '사랑의 작가'로 부르기도 할 만큼 그의 초창기 작품《그와 그녀》를 비롯해 최후의 산문인《약혼녀》에 이르기까지 체호프는 사랑을 주제로 자신의 문학 세계를 펼쳐나갔다.

　체호프의 후기 작품인《개를 데리고 다니는 부인》은 그의 작품 세계에 있어서 전환점이 된 단편소설이다. 왜냐하면 사랑을 다룬 체호프 초기 작품은 주로 이루어지지 않은 사랑을 다루었지만《개를 데리고 다니는 부인》은 두 사람의 사랑이 이루어지고, 그들이 자신들의 사랑을 전복하지도 않기 때문이다. 다만 앞으로 그들에게 고난이 닥칠 것이라는 열린 결말로 끝날 뿐이다.

배우자와의 결혼 생활이 행복하지 않은 안나와 구로프는 우연히 만나 불꽃같은 사랑을 나눈다. 유부녀라는 신분이 두려웠던 안나는 구로프에게 이별을 통보하지만 그는 그녀를 잊지 못하고 다시 찾아간다. 안나 또한 구로프를 다시 받아들인다.

이 단순한 줄거리가 전부인 《개를 데리고 다니는 부인》은 사랑 없는 인생이 얼마나 불행한지 보여주는 작품이다. 체호프는 주인공들의 불륜을 윤리적으로 비난하거나 비참한 결말로 단죄하지 않는다. 오히려 사랑 없는 인생이야말로 죄악이라고 말하고 싶어 한다.

비윤리적이지만 행복한 삶을 위해 용감한 사랑을 선택한 연인을 다룬 이 소설은, 두 주인공이 앞으로 자신들에게 닥쳐올 복잡하고 어려운 일을 걱정하는 마지막 장면을 통해서 사랑은 행복과 환희뿐만 아니라 힘든 삶의 여정이 될 수도 있다는 점을 보여준다. 체호프는 두 주인공이 일상의 지루함과 배우자에 대한 혐오에서 벗어나 진정한 사랑을 하고 행복을 만끽하지만, 그렇다고 해서 인생이 마냥 행복해지지는 않는다는 불편한 진실을 말한다. 인생은 어느 한 불안 요소를 제거한다고 해서 완벽한 행복이 찾아오는 것은 아니라는 메시지를 전한다.

찬사와 비난을 온몸으로 맞다

19세기 유럽에서 기혼남녀가 거침없이 불륜을 저지르는 소설이 마냥 찬사를 받을 수는 없었다. 아내와 자식을 두고 한눈을 판 구로프는 배신자로 낙인찍혔고 머리가 희끗희끗해지기 시작한 중년의 바람둥이가 이제 막 성인이 된 젊은 유부녀를 휴양지에서 쉽게 유혹하고 욕구를 채우는 내용은 경박한 세태를 반영하는 것이라고 비난받았다. 체호프를 무척 아꼈던 톨스토이마저 가혹한 비판을 가했다.

톨스토이는《개를 데리고 다니는 부인》에 나오는 인물들은 선과 악이 무엇인지도 모르는 짐승에 가깝다고 혹평했다. 톨스토이는 소설 속 연인이 윤리적인 죄책감으로 고통받지도 심판받지도 않는 점에 분노했다. 톨스토이가 체호프를 자주 만나 격려해 주었고 그가 요절하자 장례식까지 참석할 정도로 체호프의 든든한 후견인이었다는 점을 생각하면《개를 데리고 다니는 부인》에 대한 당시의 평가가 얼마나 가혹했는지 짐작할 수 있다.

물론 호평도 있었다. 막심 고리키Maxim Gorky는《개를 데리고 다니는 부인》을 두고 이 작품은 하나의 문학 시대를 종결시키고 새로운 시대를 여는 상징이 되었다고 평가했다.

"작가님이 어떤 일을 해냈는지 아시겠습니까? 사실주의를 살해하셨습니다. 이제부터는 그 누구도 작가님이 이룩한 길을 걸을 수 없고 그 누구도 이토록 간결한 글을 쓸 수 없습니다. 작가님의 소설 이후에 나올 것들은 모두 깃털 펜이 아니라 장작토막으로 쓴 것처럼 투박하게 보일 겁니다. 작가님은 이 짧은 소설 한 편으로 피로하고 숨 막히는 인생에 대한 거부감을 독자들에게 불러일으켰습니다. 정말 굉장한 일을 하셨습니다.”

《롤리타》를 쓴 작가 나보코프도 《개를 데리고 다니는 부인》을 세계 문학사에서 위대한 단편 중 하나라고 호평했다.

체호프는 이 짧은 서사로 인간 본성에 자리 잡은 악기惡氣를 건드리고 사랑의 본질을 깊게 파헤친다. 주인공 구로프는 여성을 ‘저급한 종족’으로 생각하지만 여자 없이는 단 하루도 살 수 없는 바람둥이다. 안나를 만나면서 그는 호색가에서 인생의 유일한 행복은 사랑이라고 믿는 인물로 변모한다. 이제 곧 마흔이 되는 그는 젊지도 않고 은행원이라는 평범한 직업을 가지고 있지만 안나를 욕망의 도구로 이용하지 않는다. 젊고 부유하며 권력을 가진 남성이 여성을 욕구 충족의 희생물로 이용하다가 결국은 비참한 결말을 맞는 전형적인 바람둥이와는 거리가 멀다. 여기에 《개를 데리고 다니는 부인》의 특별함과 독특함이 있다.

구로프는 안나와 키스를 하면서 혹시 누가 지켜볼까 두려워하면서 주위를 살핀다. 안나와 불륜을 이어가면서, 공개된 밝은 삶

을 포기하고 불륜이라는 어두운 삶을 꾸려갈 수 있을 것인가에
대해 고민하는 모습도 욕구 충족에만 관심을 두는 바람둥이와는
다르다. 체호프가 구현한 세계에서는 그 누구도 무조건의 선인,
무조건의 악인으로 그려지지 않는다. 구로프는 복수를 감행하려
하면서 '사느냐 죽느냐'를 고민했던 햄릿형 인물에 가깝다. 체호
프는 《개를 데리고 다니는 부인》에서 또 다른 매력적이고 독특한
햄릿형 주인공을 창조했다.

《개를 데리고 다니는 부인》은 단순히 가정과 가족을 내팽개치
고 욕망에 충실한 남녀를 그린 소설이 아니다. 난관이 기다릴 수
도 있지만 진실한 인생을 살기 위해서 진정한 사랑을 선택한 용
감한 두 남녀를 그린 소설이다. 《개를 데리고 다니는 부인》은 읽
기에 따라서 사랑의 승리를 노래하는 찬가라고도 할 수 있다. 미
래는 알 수 없고 지금 할 수 있는 것은 사랑밖에 없다는 두 주인공
에 대해 왠지 모를 연민과 동정도 생긴다. 체호프는 이 짧은 소설
안에서 사랑과 인생에 대한 통찰을 보여줌으로써 자신이 얼마나
뛰어난 작가인지를 증명했다.

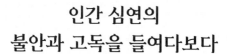

38

인간 심연의
불안과 고독을 들여다보다

《마음》
こころ

나쓰메 소세키 夏目漱石

1867년 일본 도쿄에서 5남 3녀 중 막내로 태어났다. 출생 직후 양자로 보내졌다가 아홉 살에 다시 본가로 돌아왔다. 1893년 도쿄제국대학 영문과를 졸업하고 1900년 국비 유학생으로 선발되어 영국으로 유학을 떠나지만 신경쇠약에 빠진다. 귀국 후 도쿄제국대학 강사로 일했지만 다시 정신질환을 앓는다. 그는 치유의 방편으로 1905년 《나는 고양이로소이다》를 집필했다. 불혹에 가까운 나이로 소설을 쓰기 시작했지만, 소설가이자 뛰어난 하이쿠 시인이며 영문학자였다. <아사히신문>사의 전속 작가 초빙을 받아들여 1907년에 교직을 떠나 본격적인 창작 활동을 시작했다. 이후 《도련님》《풀베개》 등을 발표하며 작가로서 자리매김했다. 평생 동안 위궤양과 당뇨 등 많은 병을 앓았던 그는 1916년 병이 악화되어 세상을 떠났다.

일본 근대문학의 교본이 되다

'일본의 셰익스피어'라 불리며 일본인들이 가장 사랑하는 작가 중한 명으로 꼽히는 나쓰메 소세키는 일본 최초의 근대문학 작가로, 일본에서 폭넓은 독자층을 확보하고 있는 '국민 작가'다. 그가 1914년 〈아사히 신문〉에 연재하기 시작한 《마음》은 일본에서 가장 많이 읽히는 소설 중 하나이며, 판매부수 1,700만 부를 돌파할 정도로 대중의 큰 사랑을 받은 작품이다. 이 작품은 근대문학의 규범이라고도 평가받는데, 그런 새로운 형식이 어떻게 나쓰메 소세키에서 시작되었는지 살펴볼 필요가 있다.

서양 강대국을 모방해 제국주의 국가로 발돋움하려던 일본은 서양 문명을 빨리 대량으로 받아들이고 싶어 했다. 소세키가 1900년 서른세 살에 국비장학생으로서 영국 유학을 떠난 것도 일본 근대화의 일환이었다. 소세키는 어린 시절 영어를 싫어하고 한학에 몰두했다. 그러나 근대화가 진행되면서 한학을 공부해서는 시대에 뒤처질 수도 있다는 생각에 영어를 공부하기로 결심했다. 그래서 영어 원서로 공부하는 세리쓰가쿠샤에 입학하면서 한학 서적을 모두 팔아 영어 원서를 구매했다. 대학 전공도 당시에는 인기 학과가 아닌 영문과에 진학했다. 당시 영국은 산업혁명을 가장 먼저 시작하고 자본주의에 정착하여 세계 구석구석에 식민지를 둔 제국주의 국가였으므로 일본이 가장 모방하고 싶어 했던 국가였다. 소세키는 2년간 영국 유학을 하면서 일본과 일본 문학의 근대화를 고민했다.

영국 유학 당시 소세키는 편지를 통해서 자신이 문학 활동을 하는 이유는 일본 사회와 천황 폐하를 위해서라고 분명히 밝혔다. "메이지 유신과 함께 세상에 나온 나, 메이지 유신의 역사가 바로 나의 역사"라고 말할 정도로 소세키는 메이지 정신에 대한 충성심과 사명감, 그리고 주인의식이 뚜렷했으며 자신의 지론을 문학에 적극적으로 적용했다.

그는 유학하면서 서양의 근대화와 제국주의의 장단점을 연구하고 그 결과를 일본의 제국주의에 반영하려고 애썼다. 그러나 유학을 통해 동양과 서양은 풍습, 심성, 관습, 국민성이 모두 달라서 동양이 서양을 맹목적으로 모방하려는 것은 허망한 일이라는 결론을 내렸다. 그래서 일본인에게 적합한 근대화를 소설로 보여주려 했고, 그 결과물이 《마음》이다.

영국 유학에서 돌아온 소세키는 동경제국대학 영문과 강사로 일하기도 했지만, 전속작가로 활동해 달라는 〈아사히신문〉의 제안에 과감하게 자리를 옮긴다. 이 당시 소세키는 원고의 분량과 게재 시기는 임의대로 할 것이며, 월급은 200엔, 명절 상여금은 월급의 4배로 지급하고, 피치 못하게 다른 매체에 글을 기고할 때는 신문사의 허락을 구한다는 등의 세밀한 계약 조건에 합의하고 입사했다.

그가 안정된 직장을 그만두고 신문사의 소설 기자로 이직한 이유는 무엇이었을까? 소세키는 국립대학의 교원으로 일한다면 나라의 녹을 먹는 처지이니 자신의 소신을 펼칠 수가 없다고 생각했다. 대학 교수는 나라에서 요구하는 지침에 따르는 비주체적인 직업이라고 생각했다. 그러나 소설 기자는 자신이 원하는 주제로 마음껏 글을 쓸 수 있는 자유인이라고 판단했다. 물론 고등학교 교사나 대학 강사의 초라한 급여가 대가족을 거느린 소세키에게 경제적인 압박이 되기도 했다. 그의 이직은 우선 먹고살아야겠다는 절박한 처지에서 나온 것이기도 했다. 자신이 가르치던 고등학교 제자가 소세키로부터 성적에 관한 꾸지람을 듣고 자살하는 사건도 그가 교직에 미련을 버리는 계기가 되었다. 대학 강의는 준비를 많이 해야 해서 어렵고 고등학교 강의 준비는 쉬운데 학생과의 인간관계가 어려웠다.

다른 일은 하지 않고 〈아사히신문〉에 소설을 기고하는 소설 기자로 입사한 그는 1914년에 《마음》을 연재했다. 그 당시 제목은 《마음: 선생님의 유서》였다. 처음 연재를 한 지 100년이 지난 해에 〈아사히신문〉은 이 작품을 또 한 번 연재했는데, 그만큼 《마음》은 일본인들을 사로잡은 작품이다.

'메이지 정신', 소설의 메시지가 되다

《마음》은 '선생님과 나' '부모님과 나' '선생님과 유서'로 구성되어 있지만 작중 화자 '나'가 존경하고 따랐던 선생님의 유서가 주요한 부분을 차지한다. 1910년대를 배경으로 하는 이 소설은 작중 화자 '나'가 존경하는 지식인 '선생님'이 하숙집 딸을 두고 친구 K와의 우정과 사랑 사이에서 갈등하다가 결국 사랑을 선택함으로써 비극이 시작된다는 스토리다. 친구 K가 먼저 하숙집 딸에게 고백하겠다는 결심을 밝혔으나 선생님은 친구에게 그녀를 빼앗기기 싫어서 친구 몰래 청혼하여 사랑을 쟁취한다. 그러나 친구에게 배신당하고 사랑을 이루지 못한 친구 K는 이 일로 자살을 하고 만다. 하숙집 딸과 결혼한 선생님은 세상에 나오지 않고 은둔 생활을 하다가 결국 '나'에게 유서를 남기고 자살하는 것으로 소설은 끝이 난다.

얼핏 《마음》은 사랑과 우정 사이에서 방황한 지식인의 고백으로 읽히지만 소설 곳곳에 소세키가 고민한 일본식 제국주의의 흔적이 보인다. "메이지 천황께서 서거하셨습니다." "당시 저는 메이지 정신은 천황에서 출발해서 천황으로 마무리된다고 생각했습니다." "만약 제가 순사殉死한다면 메이지 정신을 위해서라고 답하겠습니다." 등의 구절이 그렇다. 작중 화자의 아버지는 자신의 병과 천황의 병이 같다는 것을 영광스러워하며 천황의 운명과 자신의 운명을 동일시하는 천황 숭배를 보인다. 메이지 천황을 따라 순사한 노기 장군의 죽음을 여러 번 언급하며 '선생님'은 노기 장군이 순사한 2~3일 뒤에 자살할 결심을 굳힌다. 이 장면은 소세키가 얼마나 메이지 정신에 대한 향수와 애정이 강한지 보여준다. '선생님'이 노기 장군을 따라 자살하는 장면 자체가 소세키가 그토록 애착을 가진 일본식 제국주의의 발현이다. 메이지 유신 바로 전 년에 태어나 메이지 유신 시대를 관통하며 살다 죽은 소세키로서는 어쩌면 당연한 일인지도 모른다.

나라를 위해서 기꺼이 자신의 목숨을 버리는 무사도 정신이 메이지 정신이라는 것을 볼 때, 작중 인물 '선생님'이 자살한 것은 친구에 대한 죄책감 때문이 아니라 메이지 천황에 대한 강한 충성심과 일체감에서 비롯된 것이다. 무사도 정신과 일본식 근대화를 상징하는 메이지 천황이 죽자 소세키와 동시대인으로 묘사된 지식인 '선생님'은 더 이상 살아갈 이유도 명분도 찾지 못했기 때문에 생을 마감한 것이다. 《마음》은 지식인의 고뇌와 사랑 이야기 속에 메이지 정신을 품고 있다. 《마음》은 청일전쟁, 러일전쟁을 일으켜 제국주의 사회로 나아간 메이지 정신이 강하게 반영된 소설이다.

개인의 마음을 노래한 소설

《마음》에는 분명히 메이지 정신에 대한 향수가 깊게 배어 있다. 그러나 이 소설은 인간의 마음을 탐구하는 근대소설의 문을 연 작품이기도 하다. 이 소설이 발표될 당시 독자 세대와 등장인물의 세대는 같았다. 더구나 청춘 남녀의 연애를 다뤘기에 독자들로부터 폭발적인 반응을 얻을 수 있었다.

소세키는 한학과 서양 학문을 모두 섭렵한 지식인이었기 때문에 소설 속에 동시대인들이 감탄할 만한 통찰과 미래 사회에 대한 전망을 심어놓았고 독자들은 소세키 소설을 통해서 자신들의 앞날을 내다볼 수 있었다. 더구나 《마음》을 연재한 〈아사히신문〉의 주 독자층은 도시 지식인이었기 때문에 이 소설이 미친 사회적 영향은 더욱 컸다. 당시 일본의 도시 지식인들은 자신들과 비슷한 신분과 상황에 놓인 주인공을 보며 큰 공감과 연민을 느꼈던 것 같다. 가령 이런 구절들이 특히 그렇다.

"오히려 시골에 사는 사람들이 도시 사람보다 더 나쁜 사람들일 수도 있습니다. 그리고 그대는 지금 친지 중에 딱히 나쁜 사람은 없는 것처럼 말씀하셨지요? 그렇지만 나쁜 사람으로 규정된 사람이 세상에 존재한다고 생각하십니까? 그런 식으로 애초에 나쁜 사람으로 정해진 사람은 세상에 존재하지 않습니다. 별일이 없을 때는 모두 다 착한 사람이지요. 최소한 다들 보통 인간입니다. 그러다가 순식간에 나쁜 사람으로 변신하니까 무서운 거지요. 그래서 안심할 수가 없어요."

"나는 이튿날도 무더위 속에 부탁받은 물건을 구매하기 위해서 돌아다녀야 했다. 편지로 부탁받았을 때는 별일 아니라고 생각했는데 막상 돌아다녀보니 성가셨다. 나는 전철 안에서 땀을 닦아가며, 타인의 시간적 손해와 수고에 대해서 죄책감을 전혀 느끼지 않는 시골 사람을 혐오했다."

이러한 구절들은 소세키 당대의 도시 지식인들뿐만 아니라 현대인이라면 누구나 공감할 수 있는 인식이다.

'선생님'과 연적인 K가 한 여자를 사랑하면서도 겉으로 자신의 감정을 분출하지는 않고 내면에서 갈등하고 견제하는 모습 또한 우리에게서 발견할 수 있는 모습이다. 섬세하면서도 이기적인 사람은 어디에나 많다. 친구에게 사랑하는 여인을 빼앗겼지만, 겉으로 자신의 화를 분출하지 못하고 축하하는 모습을 보여줌으로써 너그러운 척하지만, 결국 배신감과 좌절감에 빠져 자살하는 K를 두고 많은 사람들이 공감하는 것도 같은 이유다.

독자들은 이 소설을 읽으며 '선생님'이 비겁하다고 느낀다. 그러나 소설을 다 읽고 나면 '선생님'이 살아온 방식이 자신의 태도와 전혀 다를 바 없다고 생각하는 사람이 많다. 그래서 이 소설 제목이 '선생님'이 아니고 '마음'이다.

친한 친구와 한 여자를 두고 사랑해 본 사람, 또는 다른 사람이 사랑하는 사람을 사랑해 본 경험이 있는 사람은《마음》속에 나오는 두 인물의 심리묘사를 자신의 이야기로 대치해서 읽을지 모른다. 그만큼 소세키가 묘사하는 인간 심리는 보편적이며 날카롭다.

《마음》은 소세키의 많은 작품 가운데에서도 걸작으로 평가된다. 소세키를 일본 최고 소설가라고 부르는 데 이 작품의 지분이 상당할 것이다. 특히 "옛날에 한 사람에게 굴복했다는 기억이 나중에 그 사람 머리 위에 당신의 발을 올리도록 하게 한다네"와 같은 통찰은 이 소설이 비록 일본색을 강하게 띠고 있더라도 왜 걸작일 수밖에 없는지에 대한 하나의 방증이다.

육체적 고통과 섬세한 정신을 문학으로 승화시킨 작가

소세키는 평생을 다양한 질병으로 고생했다. 어린 시절 앓은 홍역 자국이 얼굴에 남아 있었고 나이가 들어서는 신경 쇠약, 당뇨병, 치질, 위장병에 시달렸다. 소화 기능이 시원찮았던 소세키는 급기야 "사람은 도대체 왜 밥을 먹어야 하는지 알 수 없는 존재다"라며 음식을 먹는 것조차 힘겨워했다. 소세키는 위장병이라는 평생의

적을 《나는 고양이로소이다》라든가 《마음》 등 그를 대표하는 소설의 소재로 삼기도 했다.

뿐만 아니라 《마음》 속에는 다양한 질병이 등장한다. '나'의 아버지는 신장병을 앓고 있고, '나'의 정신적 지주라고 할 수 있는 '선생님' 또한 건강이 좋지 않아 질병에 대한 다양한 지식을 가지고 있다. 이는 모두 소세키 본인이 체득한 의학 지식일 것이다. 소생의 가능성이 없어 죽어가는 아버지를 대하는 남은 가족의 심리 묘사는 너무나 사실적이어서 중학교 때 어머니를 잃고 폐결핵으로 큰형과 둘째 형을 잃은 소세키의 개인사가 반영된 것만 같다.

소세키 문학은 어쩌면 '질병과의 투쟁을 예술로 승화'시켰다고도 볼 수 있다. 그래서 《마음》을 읽으면 마음이 서늘해진다는 말이 생겼는지 모른다. 우울하지만 읽고 나면 누군가의 마음을, 아니 그보다 내 마음의 그늘과 그림자를 들여다보고 싶은 소설이 바로 《마음》이다.

39

삶의 무거움과 가벼움을 오가는
인간이란 존재에 대해

《참을 수 없는 존재의 가벼움》
L'Insoutenable Legerete de l'etre

밀란 쿤데라 Milan Kundera

1929년 체코 브륀에서 야나체크 음악원 교수의 아들로 태어났다. 아버지의 영향으로 다섯 살 때부터 피아노와 작곡을 배우기 시작했다. 프라하에서 영화와 문학을 전공한 후 프라하 국립예술영화학교에서 학생들을 가르쳤다. 1963년 이래 '인간의 얼굴을 한 사회주의운동'을 주도했다는 이유로 숙청되어 1968년 모든 공직에서 해직당하고 저서가 압수되었다. 이후 글쓰는 것도 가르치는 것도 금지되어 1975년 체코를 떠나 1981년 프랑스 시민권을 취득했다. 르네대학에서 비교문학을 강의하다가 1980년에 파리대학으로 자리를 옮겼다. 《농담》《불멸》《향수》등 많은 작품을 발표했으며, 메디치상, 클레멘트 루케상, 유로파상, 체코 작가상, 컴먼웰스상, LA타임스 소설상 등을 받았다. 2023년 아흔네 살의 나이로 세상을 떠났다.

규정되고 싶지 않았던 작가 밀란 쿤데라

1984년 프랑스에서 발표된 밀란 쿤데라의 여섯 번째 작품《참을 수 없는 존재의 가벼움》은 작가적 역량이 최고조에 이른 시기에 쓴 것이다. 이 소설은 출간되자마자 유럽과 미국을 비롯한 전 세계 독자들에게 널리 읽혔으며 한국에서도 1988년 번역 출간되어 베스트셀러가 되었다. 특히 1980~1990년대 대학생들에게는 필독서로 통했다. 이 책의 배경이 된 '프라하의 봄'이 1959년에서 1968년까지 체코슬로바키아에서 일어난 민주화 시기를 일컫는데, 1980년대부터 1990년대까지 우리나라에서도 민주화운동으로 많은 시련이 있었기에 비슷한 역사에 대한 동질감 때문이었을 것이다.

체코슬로바키아가 비교적 사상적으로 자유로운 나라였던 '프라하의 봄' 시기에 쿤데라는 인간적 가치를 존중하는 사회주의로 나아가자는 운동에 적극 동참했다. 쿤데라는 불과 10대에 공산당에 가입할 만큼 사회주의운동에 주도적으로 참여했다. 그러나 1968년 공산권 체제가 무너질 것을 우려한 소련이 체코슬로바키아를 침공함으로써 쿤데라의 사회주의 변혁 운동은 좌절된다.《참을 수 없는 존재의 가벼움》은 체코슬로바키아가 사상적으로 자유를 누리던 '프라하의 봄'을 시대적 배경으로 쓰인 소설이다.

조국에서 숙청을 당해 가르치는 것도 쓰는 것도 할 수 없었던 쿤데라는 1975년 프랑스로 망명하여 대학에서 프랑스어로 문학을 가르쳤고 프랑스어로 작품을 썼다. 이미 체코어로 발표한 작품들은 쿤데라 자신이 2년 동안 창작 활동을 중단하고 직접 프랑스어로 번역했다. 쿤데라를 두고 프랑스 작가인지, 체코 작가인지 설왕설래하지만 그에게 국적은 중요한 문제가 아니다. 쿤데라는 유럽의 문화예술 중심지인 파리를 기점으로 활동했고, 그의 작품 세계가 체코슬로바키아나 프랑스에 한정된 주제를 다룬 것이 아니기 때문에 유럽의 작가라고 부르는 것이 온당해 보인다.

쿤데라 자신도 문학이란 모름지기 국경을 초월해야 진정한 가치가 있다고 생각했다. 체코 출신으로서 독일어로 작품 활동을 한 카프카를 독일 작가나 체코 작가라는 하나의 테두리에 넣으려는 시도에 반대한 것도 그런 이유에서였다. 쿤데라는 카프카를 독일 작가도 아니고 체코 작가도 아닌 유럽의 작가로 인식했다.

프랑스에 살면서 프랑스어로 문학을 가르치고 작품을 발표했지만 쿤데라에게는 늘 '동유럽 출신 망명자'라는 꼬리표가 따라다녔고 그의 문학 또한 공산주의 정권에 탄압받고 권력에 저항한 지식인이 쓴 작품으로 인식되었다. 하지만 쿤데라는 자신의 작품을 공산주의에 대한 저항 정도로만 인식하는 견해에 대해 강하게 반박했다. 자신을 공산주의 체제에 저항한 다른 러시아 작가와 비교한 글이 발표되자 아예 그 글이 출판되지 못하도록 막을 정도였다. 자신의 의도와는 상관없이 자신의 작품이 그저 공산주의에 대한 비판과 저항으로만 축소 평가하는 것은 마치 자신을 다른 사람으로 만드는 것과 다름없다는 생각 때문이었다. 자신과 깊게 관련 없는 작가와 자신을 비교하는 것은 마치 자신을 강제 이주시킨 것이나 다름없다는 것이 그의 생각이었다.

쿤데라는 《호밀밭의 파수꾼》을 쓴 샐린저처럼 자신을 외부에 잘 드러내지 않았던 작가다. 그의 저서에는 저자 소개와 이력이 아주 간단하게 소개될 뿐이다. 그러나 샐린저와 쿤데라는 서로 다른 이유로 자신을 잘 내보이지 않았다. 샐린저는 전쟁이 남긴 트라우마를 치유하는 선 수행을 이유로 철저하게 은둔의 삶을 살았지만, 쿤데라는 자신의 문학을 아무런 선입견 없이 읽어달라는 바람으로 자신을 드러내지 않았다.

쿤데라는 자기 작품을 일부 비평가나 출판사가 자의적으로 해석하여 자신의 의도와 다르게 독자들에게 전달하는 것을 막기 위해 주해나 편집 또한 엄격하게 금지했다. 이런 쿤데라의 성향을 고려하면 그가 《참을 수 없는 존재의 가벼움》의 영화화에 수락한 일을 크게 후회했다는 게 이해가 된다. 그는 그 작품 이후로 자신의 작품이 영화로 제작되는 것을 허락하지 않겠다고 단언했다.

참을 수 없이 가벼운 존재에게 닥친 우연

《참을 수 없는 존재의 가벼움》은 가볍게 읽을 수 있는 소설이 아니다. 첫 문장부터 난해한 철학자로 알려진 니체가 등장하기 때문에 독자들은 처음부터 겁을 먹을지도 모른다. 그러나 이 도입부는 소설 전체의 내용을 아우르는 상징성과 방향성을 지닌다. 쿤데라는 소설의 첫 쪽부터 우리의 인생은 한번 죽으면 다시 돌아올 수 없는 그림자와 다름없다고 일갈한다. 《참을 수 없는 존재의 가벼움》의 주인공 토마스는 유능한 외과 의사이며 인간이란 그저 그림자에 불과한 가벼운 존재라는 생각으로 살아가는 인물이다. 14세기 아프리카의 두 왕국 사이에 전쟁이 일어나서 30만 명의 흑인이 죽어나갔는데도 세상은 전혀 달라지지 않았으니 우리가 인생에서 겪는 잔인함과 아름다움은 전혀 신경 쓸 필요가 없다는 것이 토마스의 철학이다.

토마스의 이런 인생관은 그의 연애관에도 적용된다. 10년 전 이혼한 토마스는 어떤 의무도 지지 않으면서 오직 쾌락만 추구하는 사랑을 즐긴다. 그는 연인들에게 이렇게 말하며 '에로틱한 우정'을 실천한다. "우리 둘 누구라도 감상에 휩싸이지 않고 상대의 인생과 자유에 관여하지 않는 관계를 지키는 것만이 우리 모두 행복하게 살 수 있"는 길이라고.

이런 토마스의 에로틱한 우정은 테레자라는 새로운 여자를 만나면서 무너진다. 쾌락만 즐기고 상대의 인생에 전혀 관여하지 않는다는 그만의 철칙이 무너진 것이다. 200킬로미터나 떨어진 시골에서 토마스를 만나러 온 테레자가 그만 독감에 걸렸는데 토마스는 일주일 동안이나 그녀를 돌보면서 지금까지 느끼지 못한 '말로 표현할 수 없는 사랑'을 느낀다.

테레자의 독감을 계기로 토마스는 금과옥조로 생각했던 에로틱한 우정을 포기하고 그녀와 결혼하지만, 토마스는 여전히 다른 여자와 쾌락을 즐긴다. 그러나 토마스는 테레자에게서 느낀 진정한 사랑 때문의 술에 취하지 않으면 다른 여성과 성관계를 맺지 못하는 사람이 되었다. 사랑과 쾌락 사이에서 방황하던 토마스에게 또 다른 사건이 덮친다. 1968년 소련의 압제에 항거한 프라하의 봄 사태가 일어나고 소련군이 시위대를 진압하기 위해 체코슬로바키아를 침략하자 토마스 부부는 스위스로 도피해야 했다. 그러나 스위스에서도 토마스의 여성 편력은 계속되었는데 이를 비관한 테레자는 다시 프라하로 돌아가버린다. 토마스는 테레자 없는 스위스에서 3일간의 자유를 만끽하지만, 자신에게 상처받아 슬퍼하고 있을 테레자를 떠올리며 다시 프라하로 돌아가 청소부와 트럭 운전사로 일하다 교통사고로 죽고만다.

토마스가 느낀 테레자에 대한 연민은 수십 톤이 나가는 소련 탱크보다 더 무거웠다. 토마스는 연민보다 더 무거운 것은 세상에 존재하지 않는다고 생각하고 연민이야말로 인간이 가질 수 있는 최고의 감정이라고 여긴다. 토마스는 자신이 테레자에게 동정심을 느낀 것은 처음부터 끝까지 우연이라고 결론 내린다. 테레자가 독감에 걸린 것도 우연이고 테레자가 다른 남자가 아닌 토마스를 만나 사랑한 것도 우연이었다.

쿤데라는 우연에 의해서 외과 의사에서 청소부와 트럭 운전으로 인생이 송두리째 바뀐 토마스의 인생 경로를 보여주며 인간 삶의 본질을 탐구한다. 인간은 한번 밖에 살 수 없으므로 우연이 닥칠 때마다 어떻게 대처해야 하는지에 관한 경험이 없다는 것이 쿤데라의 생각이다. 쿤데라는《참을 수 없는 존재의 가벼움》을 통해서 판단을 내릴 수 있는 경험이 없는 인간이 매번 자신의 인생을 바꿀 수도 있는 결정을 하며 살아가는 모습을 포착했다. 예행연습을 할 수 없는 인생을 살아가야만 하는 인간이 저지를 수 있는 실수투성이에 대한 연민을 갈수록 성숙한 인간으로 거듭나는 토마스의 인생을 통해서 표현한 소설이《참을 수 없는 존재의 가벼움》이다.

정치 상황을 배경으로 인간의 내면을 탐구한 소설

《참을 수 없는 존재의 가벼움》은 소련 치하에서 고통받던 체코슬로바키아를 배경으로 하기 때문에 당시 시대 상황에 대한 비판이 작품 전면에 흐르고 있다. 당시 체코슬로바키아 공산당은 소련에 의해 침탈당한 조국의 불행에 대해서 몰랐다는 변명으로 일관했다. 쿤데라는 세상을 지옥으로 만드는 것은 악마가 아니라 천국을 이야기한 사람이라고 생각했다. 현실을 제대로 파악하지 못하고 근거 없는 낙관주의를 이야기한 사람이야말로 세상을 지옥으로 만드는 주범이라는 것이다. 쿤데라는 몰랐다는 공산당의 변명 자체가 이미 돌이킬 수 없는 죄를 저지른 것이라고 확신했다.

쿤데라는 오이디푸스 신화를 인용하면서 무지의 잘못을 비판하는 토마스의 말을 빌려서 자신의 생각을 표출했다.

"토마스는 오이디푸스 신화를 상기했다. 오이디푸스는 자신이 어머니와 잠자리를 가졌다는 것을 알지 못했지만, 사태의 진실을 깨닫자 자신이 죄가 없다고 생각하지 않았다. 자신이 저지른 무지가 빚은 비참함을 참을 수 없어서 자기 눈을 뽑아버리고 시각장애인이 되어 테베를 떠났다."

즉 오이디푸스는 자신이 알지 못하고 저지른 잘못도 자신의 죄로 인정하고 스스로 시각장애인이 되었는데, 나라를 지옥으로 만든 체코슬로바키아 공산당이 단지 몰랐다는 변명으로 자신의 책임을 인정하지 않고 있으니, 그 태도를 비판하고 있는 것이다. 토마스는 오이디푸스를 본받아 자신들이 저지른 죄를 인정하고 책임지라는 요구를 담은 글을 잡지에 기고했다가 명성 높은 의사에서 밑바닥 사회로 떨어진다. 가볍고 쾌락을 추구한 삶을 살았던 토마스가 자신의 신념을 지키기 위해서 세속적 명예와 지위를 던져버리는 실천하는 지식인이 된 것은 테레자의 조력이 크게 작용하였다.

테레자는 가벼운 토마스와 반대되는 인물로 그녀가 토마스를 만나러 올 때 두꺼운《안나 카레니나》를 겨드랑이에 끼고 온 장면은 무겁고 진중한 그녀의 품성을 보여준다. 예술적 감수성이 뛰어나고 통찰력과 상상력을 갖춘 테레자는 사랑을 위해 모든 것을 걸고 쾌락만을 추구하는 삶을 좋아하지 않는다. 토마스는 이런 테레자의 품성에서 말로 표현할 수 없는 사랑과 행복을 느끼고 실천적 지식으로 거듭난다.

《참을 수 없는 존재의 가벼움》은 예행연습을 할 수 없는 인생을 살아가야 하는 인간의 덫을 다룬 소설이기도 하면서, 프라하의 봄 당시 체코슬로바키아를 비판한 정치 소설이기도 하며, 두 쌍의 연인의 사랑을 다룬 에로티시즘 소설이기도 하다. 그러나《참을 수 없는 존재의 가벼움》은 전통적인 에로티시즘 소설이 보여주지 못한 차별성을 가진다. 전통적인 에로티시즘 소설이 여성의 육체나 성행위를 적나라하게 묘사했다면《참을 수 없는 존재의 가벼움》은 성행위와 사랑을 철학적이고 본질적인 시선으로 바라본다.

키치가 소설의 6부가 된 이유

《참을 수 없는 존재의 가벼움》은 쿤데라에게 매우 각별한 작품이다. 그가 오랫동안 주창한 '키치'라는 개념을 본격적으로 적용한 작품이기 때문이다. 키치는 생각보다 어려운 개념이 아니다. 쿤테라가 정의한 키치는 "거짓으로 아름답게 보여주는 거울에 비친 자기 모습을 보고 기쁜 마음으로 본인을 인정하는 자세"다. 쿤데라는 키치 개념을 본격적으로 발전시키기 위해서 6부 전체를 아예 키치에 관한 에세이로 채운다. 소설을 이끌어가던 주인공들은 사라지고 갑자기 키치라는 철학적 개념에 관한 이야기를 늘어놓는 이 소설의 독특한 구성은 독자들에겐 난해하게 다가온다. 그럼에도 쿤데라가 이런 구성으로 글을 쓴 이유는 키치가 자신의 메시지를 전달하는 중요한 도구이기 때문이다.

키치는 똥을 부정하는 태도다. 즉 인간은 누구나 똥을 누면서 살지만 마치 자신은 똥처럼 지저분한 것과는 상관없는 것처럼 행동하고 자신에게서 신과 같은 선한 모습만을 보려고 하는 태도를 보인다. 쿤데라는 키치로 체코슬로바키아를 억압한 전체주의를 비판한다. 전체주의 사회에서 인민은 사회를 오직 긍정적으로 바라보도록 강요당하며 이를 부정할 시 집단에서 쫓겨나는 형벌을 받았으니 말이다.

《참을 수 없는 존재의 가벼움》이 시대와 국경을 초월해서 끊임없이 사랑받는 이유 중의 하나는, 세상 어디에나 불쾌하고 더럽고 부정적인 면을 감추고 싶은 권력이 있고 개인이 있기 때문이다.

40

바둑이 품은
예도와 예술적 품격을 담다

《명인》
名人

가와바타 야스나리^{川端康成}

1899년 오사카에서 의사의 아들로 태어났다. 두 살과 세 살 때 아버지와 어머니를 잇달아 잃고, 열 살 되던 해 누나를 잃었으며, 열다섯 살에 조부마저 잃었다. 혈육의 죽음을 목격하면서 야스나리는 그들을 추모하고 인생을 견뎌내기 위한 방편으로 문학가가 되기로 결심한다. 도쿄제국대학 영문과에 입학하면서 본격적으로 작품 활동을 시작했다. 졸업 후 신진작가 20여 명과 함께 <문예시대>를 창간했다. 《이즈의 무희》《설국》《산소리》 등 수많은 명작을 발표했으며, 1968년 일본인 최초로 노벨문학상을 수상했다. 그러나 작가로서 절정의 시기에 이른 1972년 자살로 갑작스레 생을 마감했다.

대국 현장에 독자를 초대하다

가와바타 야스나리는 《설국》으로 노벨상을 받은 것이나 다름없
지만 그가 정작 자신의 대표작으로 꼽은 작품은 바둑 소설 《명인》
이다. 이 소설은 표면적으로는 바둑의 대가가 일생 최후의 대국에
혼신을 기울여 몰두하는 이야기이지만, 많은 일본 독자는 제2차
세계대전에서 패한 일본의 모습을 상징화한 것으로 여긴다.

《명인》은 도쿄 〈니치니치신문〉사가 주최하여 1938년 6월 26
일부터 12월 4일까지 무려 6개월에 걸쳐 벌어진 혼인보 슈사이本
因坊 秀哉 명인 인퇴기引退基, 즉 은퇴 기념 대국을 다룬 소설이다. 상
대는 기타니 미노루木谷實 7단이었으며 소설 속에서는 오타케라는
이름으로 등장한다. 야스나리는 이 대국을 직접 관전하고 신문에
기보와 함께 관전기를 64회에 걸쳐 연재했다. 그리고 관전기를
연재한 지 십 수년이 지난 1951년 소설로 개고한 《명인》을 발표
했다.

야스나리가 왜 1951년의 관전기를 소설로 개고해서 발표했
는지 정확한 이유는 알 수 없다. 그 당시 일본은 패전국이 되어 자
존심이 무너지고 사회는 혼란스러웠다. 야스나리는 이런 불우한
시대에 과거 일본의 영광을 상징하는 슈사이 명인을 재조명하고
싶었는지도 모른다.

무엇보다 소설의 다채로운 서사를 좋아하는 독자들은 이 소

설을 읽고 별것 없다고 할지도 모른다.《명인》은 처음부터 끝까지 슈사이 명인과 도전자 오타케 7단이 바둑 두는 이야기이며 특별한 사건도 없고 특별한 인물도 등장하지 않는다. 바둑 한 판을 두는 데 반년이나 걸린다는 것을 이해할 수 없는 독자들도 많을 것이다.

그러나 이 소설은 무척 흥미롭고 아름답다. 바둑을 전혀 두지 못하더라도 별다른 진입 장벽이 없을 만큼 어렵지 않고 놀랍도록 정교하다. 더구나 마치 바둑판에 올려진 흰 돌과 검은 돌처럼 빛나는 청명함을 느낄 수 있다. 무엇보다 이 소설은《설국》에서 느끼기 힘든 박진감이 넘친다. 수십 년간의 바둑 인생을 한꺼번에 바쳐서 최후의 승부를 가리는 명인과 도전자 오타케 7단의 승부를 얼마나 사실적이고 정교하게 묘사했는지 바둑을 둘 줄 모르는 독자들도 마치 자신이 바둑 명승부를 벌이는 당사자인 것처럼, 혹은 그 대국 현장에 와 있는 것처럼 긴장감과 생동감을 맛본다.

이 소설을 읽는 동안 독자들은 긴장된 표정의 두 대국자의 얼굴이 보이고 바둑돌 놓는 소리가 들리는 듯한 경험을 할 수 있다. 일본에는 바둑을 소재로 한 소설이 많지만《명인》만큼 흥미진진하고 박진감 넘치는 소설은 단연코 존재하지 않는다. 바둑이라는 소재로 독자들에게 이토록 강렬한 전율을 느끼게 만든 야스나리는 글쓰기의 명인이라고 칭송할 수밖에 없다.

슈사이 명인 은퇴 경기의 특징

《명인》의 소재가 되는 슈사이 명인의 은퇴 기념 대국이 열린 것은 1938년인데, 이때의 바둑과 현대 바둑은 규칙이 달랐다. 당시의 바둑 규칙을 미리 알고 있으면 이 소설을 읽는 재미가 배가된다. 가장 먼저 다른 점은 바둑을 두는 시간이다. 슈사이 대국에서는 바둑 한 판을 반년에 걸쳐 둔다. 당시 백을 쥔 슈사이 명인과 흑을 쥔 도전자 기타니 미노루 7단에게 주어진 시간은 총 40시간이었다. 현대 일본 바둑에서는 기껏 각각 3~5시간을 주고 하루 안에 승부를 가리게 되어 있는 데 비하면 너무나 긴 시간이다. 당시 슈사이 명인은 고령이어서 한 자리에서 오랫동안 바둑을 둘 수 없었으며 대국 사이에 무려 4일간의 휴식기를 가졌으니 대국은 길어질 수밖에 없었다. 장기간의 대국에 지친 슈사이 명인은 후에 입원까지 했다고 한다.

다른 스포츠도 마찬가지지만 현대 바둑은 경기 시간이 길어지면 관중들의 관심이 떨어지기 마련이다. 따라서 가능한 경기를 속행하기 위해 빠른 승부를 추구한다. 일본의 3대 바둑 대회인 기성전, 명인전, 혼인보전 정도는 되어야 8시간의 제한 시간을 줄 뿐이다. 참고로 슈사이 명인전에서 주어진 40시간 중에 도전자 기타니 미노루 7단은 총 34시간 19분을 사용했고 슈사이 명인은 19시간 57분을 사용했다.

또 다른 차이점도 있다. 바둑은 먼저 두는 흑을 쥔 사람이 유리하다. 그래서 현대 바둑은 흑을 쥔 사람에게 6집 반을 공제한다. 먼저 두어서 유리하니 핸디캡을 적용하겠다는 것이다. 그러나 슈사이 명인 은퇴 경기에서는 흑에 대한 공제제도가 없었다. 백에 불리했던 당시 경기 방식은 경기 결과에 결정적인 영향을 주었다. 당시 슈사이 명인이 예순다섯 살로 고령이었던데 반해, 이제 갓 서른 살이 된 젊은 기사와의 대결은 여러모로 슈사이 명인에게 불리한 조건이었다.

바둑은 승부가 아니라 조화로움이다

일본인들은 차를 마시는 행위를 일종의 도로 승화시켜 다도茶道라 부른다. 운동을 도로 승화시킨 유도柔道와 검도劍道도 같은 의미다. 일본인들은 바둑 또한 일종의 예를 갖춰야 하는 도道로 여겼다. 혼인보 슈사이는 바둑을 예도로 여긴 에도 시대를 대표하는 인물이다. 소설의 화자는 바둑을 두고 가는 혼인보 슈사이 명인의 뒷모습을 보고 눈시울을 적신다. 바둑 삼매경에서 빠져나오지 못한 나머지 걸어가면서도 상체만은 바둑을 둘 때의 자세 그대로였기 때문이다. 화자는 그런 그의 모습에서 에도 시대의 마지막 자취를 느낀다.

그러나 소설 속 바둑 해설자 우라카미가 집으로 향하는 기차에서 바둑을 둘 줄 아는 서양인과 휴대용 바둑판으로 바둑을 두는 모습은 예도보다는 점수로 승부를 가리는 단순한 게임으로서의 바둑을 상징한다. 바둑은 본래 중국에서 일본으로 전파되었지만, 중국이 승부에 집착하는 반면, 일본은 바둑에 심오한 도를 가미함으로써 하나의 예도로 받아들였다.

공자는 배불리 먹고 할 일이 없으면 빈둥거리지 말고 바둑이나 두라고 말했다. 바둑을 놀이 정도로만 여겼던 것이다. 맹자 또한 바둑을 하나의 기예라고 생각했을 뿐이다. 이러한 중국 바둑에 대한 일본 바둑의 우월성을 상징하는 인물이 슈사이 명인이다. 그런 명인의 노쇠한 모습을 보고 해설자는 눈물을 흘린다. 야스나리도 일본 바둑에 대한 자부심이 매우 강했다. 그의 바둑 대담집《오청원 기담吳淸源 棋談》을 보면 일본 바둑에 대한 그의 숭배가 잘 드러난다.

"진정한 바둑을 발전시킨 것은 일본이다. 중국의 바둑 예절은 300년 전이나 지금이나 일본과 비교하면 이야깃거리도 못 된다. 바둑의 위상이 높아지고 깊어진 것은 일본 덕분이다. 과거에 중국으로부터 전래한 많은 문물이 중국에서 눈부시게 발달하고 있지만 바둑만큼은 일본에서만 훌륭하게 발전하였다."

슈사이 명인에게 바둑은 한 편의 예술 작품이다. 그는 혼자서 예술 작품을 그려나가는 것이 아니라 상대와 함께 완성해 나가고 싶어 한다. 슈사이 명인에게 바둑 상대는 적이 아니고 아름다운 작품을 완성하는 동반자다. 슈사이 명인은 자신의 마지막 작품을 오타케 7단과 완성하고 싶었던 열망이 컸기 때문에 무리를 해가며 대국을 이어나갔다.

슈사이 명인의 바둑관은 야스나리와 일치한다. 야스나리는 바둑은 다툼이나 승부가 아니라 조화의 모습이라고 생각했다. 은퇴 경기에 자신의 모든 것을 쏟아부어 작품을 완성한 슈사이 명인은 결국 세상을 떠난다. 죽음으로서 그의 육체는 사라졌지만, 그가 추구한 예술로서의 바둑 정신은 남아 오늘날의 독자들에게까지 깊은 감동을 준다.

실제 대국이 모티프가 된 소설

이 소설을 읽는 독자들은 혼인보라는 명칭이 궁금할 것이다. 혼인보는 에도 시대를 대표하는 대표적인 바둑 명문가 혼인보 가문, 이노우에 가문, 야스이 가문, 하야시 가문 중에서 가장 유명했던 혼인보 가문의 계승자에게 붙여진 호칭이다. 에도 시대 바둑은 막부의 후원을 받아 발전을 거듭했다. 당대 최고 실력자에게 부여한 명인 자리를 차지하기 위해 4대 바둑 명문 가문은 치열하게 경쟁했는데 혼인보 가문이 다섯 명의 명인을 배출하면서 최고의 바둑 명문가로 등극했다. 혼인보 가문은 혼인보라는 영광스러운 호칭을 세습했는데《명인》의 슈사이 명인은 혼인보 가문의 21대 혼인보였으며 마지막 혼인보이기도 했다.

혼인보 슈사이는 은퇴 경기를 치른 다음 해인 1939년에 그동안 세습되던 혼인보를 일본 기원에 양도했고 이를 인수한 일본 기원은 프로 바둑 대회인 혼인보전을 창설했다. 따라서 혼인보 슈사이 은퇴 경기는 에도 시대의 바둑이 마감되고 현대 바둑으로 넘어가는 중요한 분수령이자 기념비적인 대국이었다.

소설 속 도전자 오타케 7단의 모델인 기타니 미노루는 현대 일본 바둑을 상징하는 인물이다. 1924년 입단한 그는 화려한 경력을 쌓아가다가 1938년 혼인보 슈사이 은퇴 경기의 도전자로 결정되어 혼인보 슈사이와 대결한다. 그는 오타케 히데오大竹英雄, 이시다 요시오石田芳夫, 고바야시 고이치小林光一 등 일본 바둑을 주름잡은 기사를 배출하기도 했지만, 조남철, 김인, 조치훈을 비롯한 한국인 제자도 많이 양성했다. 기타니는 일본과 한국 바둑을 제패한 제자를 키워낸 위대한 스승이기도 했다.

바둑 안에 담긴 진정한 가치와 의미를 찾아서

1968년 스웨덴 학술원은 일본 정서의 본질을 표현한 소설가의 서사적 우수성을 높게 사 가와바타 야스나리를 노벨문학상 수상자로 결정했다. 물론 일본 정신의 본질은《설국》을 비롯한 그의 다른 작품에서도 충분히 확인할 수 있지만《명인》에서 다루는 바둑도 일본 정신을 상징하는 중요한 요소다. 야스나리가 바둑 소설을 썼다는 것을 뜻밖이라고 생각하는 독자도 있지만, 그는 바둑을 좋아하고 바둑에 조예가 깊은 작가였다. 그는 신문에 바둑 관전기를 전문으로 기고하는 작가로도 활동했고 바둑계 인사와도 많은 교류를 쌓아왔다. 일본의 바둑 성인으로 숭배받는 우칭위안吳淸源을 존경하여 그와의 대담집인《오청원 기담》을 1954년에 발표하기도 했다. 야스나리는 바둑을 소재로 한 소설과 수필, 그리고 다수의 바둑 관전기를 남긴 독특한 작가다.

1992년《명인》을 번역 출간한 민병산은 야스나리의 소설을 바둑과 같다고 말했다. 작품 속에 뭔가가 있다고 생각하면 재미나게 읽힐 것이고, 아무 쓸모없는 것을 가지고 괜히 힘을 쓰고 있다고 생각하면 별로 재미가 없는 소설로 읽힐 수도 있는 것이 바로《명인》이다.

《명인》을 읽다 보면, 무가치하다고 생각할 수 있는 바둑을 절대 가치로 두고 자신의 모든 필력을 쏟아부은 야스나리에게 박수를 보내고 싶어진다. 한 판의 바둑 속에는 사람의 다양한 감정이 존재하므로 지루할 수가 없다.《명인》을 바둑 소설로만 읽는 독자도 있겠지만, 바둑 이야기 속에 일본인이 추구한 진정한 가치가 무엇인지 생각해 본다면 더 깊은 의미의 소설로 다가올 것이다.

만약 야스나리가 자신의 모든 것을 바쳐 일본인의 모습을 문학으로 그려내고 싶었다면 바둑이야말로 최고의 선택이었다.

41

실종을 통해
인간 실존의 문제를 탐색하다

《모래의 여자》

砂の女

아베 고보 安部公房

1924년 도쿄에서 태어났지만 이듬해부터 중학교를 마칠 때까지 만주에서 살았다. 의사였던 아버지의 뒤를 잇기 위해 도쿄대학교 의학부에 입학했으나 작가가 되기로 결심한다. 1951년 《붉은 누에고치》로 제2회 전후문학상을, 《S. 카르마 씨의 범죄》로 제25회 아쿠타가와상을 수상하며 작가로 자리매김했다. <뉴욕타임스> 선정 세계 10대 문제 작가 중 한 사람으로 꼽혔으며 노벨문학상 후보에 오르는 등 국제적으로 명성을 이어갔다. 극단을 설립하여 배우를 양성하기도 했으며 자신이 직접 연출한 극으로 국제적인 호평을 받았다. 1992년 소설을 집필하다 쓰러져 요양을 하다가 1993년 급성심부전으로 세상을 떠났다.

작가에게 모든 영광을 준 작품

일본의 카프카라 불리는 작가 아베 고보가 1962년에 발표한《모래의 여자》는 학교 선생님인 '남자'가 신종 곤충을 발견하여 학명에 자신의 이름을 반영구적으로 남겨야겠다는 소박한 욕심으로 곤충 채집을 떠나는 장면으로 시작한다. 그러나 그는 해안 마을 사람에게 속아서 수년 동안 모랫구멍에 감금되어 있다가 결국 사회로 영원히 돌아오지 못한다. 감금되었던 동안 몇 차례 탈출을 시도하지만 모두 실패하고, 최후로 맞은 절호의 탈출 기회마저 포기한 채 모래 마을에 남는 것으로 소설은 끝난다. 매우 단순한 줄거리를 가진 이 소설은 1960년에 출간한 단편소설《치친데라 야파나》를 바탕으로 1962년에 발표한 것이다. 참고로 치친데라 야파나는 좀길앞잡이라는 곤충의 학명이다.

《모래의 여자》가 출간된 이듬해인 1963년에 아베 고보는 요미우리 문학상을 수상했고, 이 책은 전 세계 30여 개국에 번역 출간되었으며, 1964년에는 영화로 제작되어 칸영화제 심사위원 특별상을 수상하는 등 큰 인기와 반향을 일으켰다. 작가 아베 고보에게 있어《모래의 여자》는 전환기적 작품이었다. 주로 단편소설을 써왔던 1960년대 이전과 달리 1960년 이후《모래의 여자》를 발표하는 시기부터는 장편소설에 몰두하기 시작했다. 소설의 길이뿐만 아니라 주제면에서도《모래의 여자》이전과 이후는 극명하게 달라진다.

과거에는 주로 전위적이고 실험적이며 비현실적인 주제를 다뤘지만《모래의 여자》부터는 일상에서 일어날 수 있는 소재를 활용한 소설을 쓰기 시작했다. 이 소설을 기점으로 아베 고보는 의도가 뻔히 보이는 풍자 소설이나 쓴다는 비판에서 벗어나 다양한 해석이 가능한 은유 소설을 쓰는 작가로 평가받기 시작한다. 그와 동시에 베스트셀러 작가의 대열에 들어섰다.

'남자'가 일상을 벗어난 이유

이 소설의 주인공은 니키 준페이인데, 소설에서 그의 이름은 중반 부쯤에 딱 한 번 명시된다. 그 외는 일관되게 '남자'로 불린다. 아베 고보는 니키 준페이를 개인이 아닌 남성 전체를 상징하는 인물로 설정한 것은 아닐까 추측할 수 있는 대목이다. '남자'는 일상생활에 허무와 권태를 느끼고 아내와의 사이도 서먹서먹하다. 그래서 휴가인데도 가족과 함께 여행을 가지 않고 혼자서 곤충 채집을 떠난다. '남자'는 새로운 곤충을 발견하여 인류사에 자신의 이름을 남기고 싶어 하는 인물이다. 따라서 이 소설은 인간 세상에서 벗어나고 싶은 욕망을 그린 작품이 아니라 인간 세상에 좀 더 다가가려는 한 남자의 욕망을 말하는 소설이다.

이런 관점에서 보면 '남자'가 모래 언덕에 함께 감금된 여성과 성관계를 맺는 장면은 다른 인간과 함께 섞이고 싶은 주인공의 욕구를 반영한 것이다. 인간에게 그토록 다가가고 싶다는 욕망은 그만큼 인간 세상에서 소외되었다는 것을 반증한다. 이런 점에서 《모래의 여자》는 한 가지 사실을 두고 정반대의 해석이 가능한 스펙트럼을 가진 작품이다.

'남자'는 길앞잡이속 사막 곤충을 채집하러 갔다가 공짜로 하룻밤 재워주겠다는 마을 노인에게 속아 모래 언덕에 갇힌다. 길앞잡이속 사막 곤충을 잡으러 갔다가 자신이 오히려 길앞잡이속 사막 곤충에 속아 희생양이 되는 작은 짐승의 처지가 된 것이다.

아베 고보가 이 소설을 발표한 1962년 6월은 그가 공산당에서 제명당함으로써 정치적 성향을 포기한 시기다. 그 시기를 염두에 둘 때 이 소설은 정치적 담론이나 형이상학적인 사상이 아닌 일상의 문제를 소재로 삼아 사회문제로 승화시킨 작품이라 분석할 수 있다. 이 시기 일본 문학은 정치나 이념을 다룬 전후 문학이 주류를 이루고 있었다는 점에서 일상 문제를 다룬 《모래의 여자》는 다른 전후 문학과 차별성을 가진다. 이런 이유로 아베 고보에게는 '가장 일본적이지 않은 작가'라는 수식어가 꼬리표처럼 따라다닌다.

동유럽 공산국가에서 받은 충격과 작품 세계의 변화

1960년대 일본 고유의 시대 상황이나 정서에 매몰되지 않고 독자적인 시각으로 작품 세계를 구현한 아베 고보는 《모래의 여인》 이후 세계적인 명성을 누렸다. 1964년 영화로 제작된 《모래의 여인》이 인기에 힘입어 세계 각국에 번역되었다는 것은 그가 나라와 문화에 영향을 받지 않는 인류 보편의 정서와 심리를 표현했으며 다양한 해석이 가능한 문학 세계를 구현했다는 증거다. 사회를 혁명하겠다는 생각보다는 문학을 혁명하겠다는 의지로 쓴 《모래의 여자》는 도시 속에 사는 소시민의 눈을 통해서 일본의 급격한 변화를 관찰한다. 아베 고보 작품 최초로 도시라는 공간을 다룬 소설인 만큼 이 소설은 도시 속에 소외된 개인의 정체성을 다룸으로써 독자들로부터 큰 호응을 얻었다.

아베 고보가 정치적인 이슈를 떠나 개인의 소외에 눈을 돌리기 시작한 이유는 명확하다. 1960년대 일본은 1964년에 도쿄 올림픽을 개최하는 등 급속한 경제 성장을 이뤄내고 이제 막 선진국으로 진입하려는 시기였다. 급속한 도시화와 산업화는 계층 간의 소득 격차와 갈등이 첨예화했고, 주류 사회에 진입하지 못한 서민들에게는 박탈감과 빈곤, 그리고 소외감을 느끼게 했다. 1956년 동유럽 여행 경험으로 아베 고보는 좀 더 객관적으로 일본 사회를 들여다보았고 다른 작가가 미처 인지하지 못한 사회 부조리를 발견한다. 사회 현실을 냉철히 반영하여 변화해 가는 동유럽 공산 국가와 달리 이념에만 사로잡혀 있는 일본 공산당을 비판하기 시작한 것도 이 때문이었다.

아베 고보는 《모래의 여자》를 기점으로 일본 공산당과 결별하고 독자적인 문학 세계를 구축함으로써 세계적인 작가로 부상했다. 결국 그가 정치색을 버리고 개인의 문제에 빠져든 계기는 1956년 두 달에 걸쳐 체코슬로바키아와 루마니아로 떠난 여행이었던 것이다. 1956년 체코슬로바키아 작가대회에 일본 대표로 참석하게 된 아베 고보는 별 기대 없이 동유럽 공산주의 국가의 변모하는 모습을 지켜보자는 마음으로 여행을 시작했다.

그러나 예상과는 달리, 동유럽 공산국가는 구성원의 요구나 의견을 수용하지 않는 경직된 일본 공산당과 달랐다. 그들은 이상적인 사회주의 국가로 나아가기 위해 다양성을 수용하고 있었다. 당시 체코슬로바키아는 인민의 요구를 묵살하고 억압한 스탈린 시대를 벗어나 개인의 의견을 자유롭게 수용하는 한편, 인민이 곧 국가의 주인이라는 새로운 정치관을 받아들이고 있었다. 이런 동유럽 공산국가의 변화를 목격한 아베 고보는 큰 충격을 받는다. 그리고 그때의 여행담을 《동유럽을 가다》라는 단행본으로 출간했다. 이 책은 단순한 여행기가 아니라 자신이 동유럽 국가에서 목격한 일련의 변화하는 모습을 알리고, 그와 다른 길을 가고 있는 일본 공산당을 비판하기 위해 쓴 책이다.

증발 인간들, 소설의 소재가 되다

1962년 일본 공산당으로부터 제명되자 아베 고보는 본격적으로 일상생활 속 인간의 주체성 문제를 다룬 소설을 쓰기 시작했고, 그 출발점이 《모래의 여인》이다. 이 소설을 발표하면서부터 그는 정치색 없는 순수문학 작가의 길을 걷는다. 그렇다면 곤충 채집을 하러 갔다가 실종되는 이야기가 왜 일상적인가라는 의문이 생긴다. 1960년대 일본 사회에서 실종은 특이한 사건이 아니고 일상이었다. 1960년대 동안 일본에서는 무려 10만 명 가까운 사람들이 실종됐고 일본 사회는 이들을 '증발 인간'으로 명명하며 하나의 큰 사회적인 문제로 인식했다.

실종 문제는 아베 고보에게 비현실적이거나 드물게 일어나는 일이 아니라 빈번한 일상의 문제였다. 그는 《모래의 여자》를 비롯해서 《불타버린 지도》《타인의 얼굴》로 이어지는 '실종 3부작'을 쓸 정도로 '실종'과 '실존'의 문제를 연관시킨 철학적 사유에 몰두했다. 이 즈음부터 일본에서는 이와 유사한 소재의 영화도 제작되었다. 1967년 실종을 다룬 이마무라 쇼헤이今村昌平 감독의 《인간증발A Man Vanishes》이 개봉되었고, 실종을 다룬 아베 고보의 《불타버린 지도》 또한 데시가하라 히로시勅使河原宏 감독에 의해 영화화되었다. 한마디로 1960~1970년대 일본 사회에서 실종은 사회 전체를 바라보는 하나의 키워드였다.

사회에 의해 쉽게 지워지는 개인들

《모래의 여자》가 '남자'에 대한 '실종 신고 최고장'과 '판결'로 마무리되는 것은 중요한 의미를 가진다. 주인공이 실종자 판결을 받는 것으로 소설을 끝낸 아베 고보는 인간이라는 존재는 오직 법률이 미치는 범위 안에서만 존재할 수 있으며 그 범위를 넘어서면 사회로부터 소외된다는 것을 말하고자 했다. 모두가 알다시피 '남자'는 탈출해서 사회로 복귀하지 않고 모랫구멍에서 살아갈 뿐이지 없어진 존재가 아니다. '남자'는 단지 곤충 채집을 하러 여행을 떠난 사람이기 때문에 아무런 죄도 없다. 그러나 '남자'가 살았던 사회는 그가 오랫동안 나타나지 않자 그를 실종자로 처리함으로써 일종의 안락사를 시켜버렸다.

아베 고보는 어떤 사람이라도 소속된 단체를 벗어나면 존재 자체가 부정되는 사회의 냉혹함을 비판한다. 아베 고보가 이 문제에 반응한 이유도 당시 사회상을 반영한 것이다. 아베 고보가 《모래의 여자》를 발표하기 직전인 1962년 2월 일본 법원은 전쟁 이후 실종된 사람을 사망자로 처리하는 기간을 3년에서 1년으로 단축하는 법안을 만들었다. 일본 정부는 전쟁이 끝나고 귀환하지 않은 실종자를 좀 더 신속하게 사망자로 등록할 수 있게 함으로써 전쟁으로 인한 개인의 희생에 대한 배려보다는 행정 편의를 우선한다. 《모래의 여자》의 '남자'는 사회에서 법률적으로 지워진

전쟁 귀환자의 모습을 투영한 것이기도 하다.

'남자'는 새로운 곤충을 발견하여 인류사에 기여하고 싶은 소망으로 여행을 떠났고 전쟁 귀환자는 조국의 부름을 받아 전쟁터로 향했다. 전쟁 귀환자에는 죽은 사람도 포함되어 있지만 모랫구멍에서 살기로 결심한 '남자'처럼 귀환자 무리에서 낙오했거나 전쟁터에서 돌아오는 가족을 기다리다가 귀환을 늦춘 사람도 존재한다. 중국 등지에 팔려나가 어쩔 수 없이 그 사회에 정착한 사람도 있다. '남자'는 일본에 충성하다가 본의 아니게 제때 돌아오지 못하는 사람을 사망 처리한 일본 사회의 비정함을 비판하는 인물이다.

《모래의 여인》은 아베 고보의 여러 작품 중에서 가장 접근하기 쉬우면서도 일본 작품 특유의 멜랑콜리가 가미된 명작이다. 흔히 아베 고보를 '일본의 카프카'라고 부르지만, 그의 소설을 읽어본 독자들은 카프카를 '체코의 아베 고보'라고 부르고 싶은 충동이 생길지도 모른다. 그만큼 《모래의 여자》는 아베 고보만의 상상력이 빚어낸 독특한 설정과 심리묘사가 압권인 작품이다.

42

신적인 아름다움에 도취된 인간의 행복한 자멸

《베네치아에서의 죽음》

Der Tod in Venedig

토마스 만Thomas Mann

1875년 북독일 뤼베크에서 태어났다. 부유하고 행복한 유년 시절을 보냈으나 아버지가 세상을 떠나면서 가세가 기울었다. 1895년에서 1896년까지 뮌헨 공과대학에서 미학, 예술 문학, 경제 및 역사 강의를 들었다. 1901년 첫 장편소설 《부르덴브르크가의 사람들》을 발표하면서 작가로서 이름을 알리기 시작했으며 1929년 노벨문학상을 수상했다. 1938년 히틀러의 박해를 피해 미국 캘리포니아주로 이주, 프린스턴대학의 객원교수가 되어 나치 타도를 부르짖었다. 1944년 미국 시민권을 얻었다. 1949년 괴테 탄생 200주년 기념 강연 청탁으로 16년 만에 독일 땅을 밟았지만, 고국으로 돌아가진 않았다. 1952년 자신을 공산주의자로 모는 미국에 환멸을 느껴 스위스 취리히로 향했다. 1955년 혈전증 진단을 받고 세상을 떠났다.

베네치아라는 도시의 개성, 문학 안으로 스며들다

노벨문학상 수상 작가 토마스 만은 상징적이며 아이러니한 소설을 쓰는 작가로 잘 알려져 있다. 문장력, 구성, 주제 등을 통틀어 독일 최고의 작가라고 해도 무방하다. 휴머니스트였던 토마스 만은 제1차 세계대전이 발발하자 전쟁을 반대하는 글을 상당수 발표했는데 이로 인해 스위스로 망명했고 제2차 세계대전 때는 나치를 피해 미국으로 이주했다. 토마스 만은 자신의 일기를 통해 동성애적 성향을 고백했으며 《베네치아에서의 죽음》은 그의 성정체성을 가장 또렷하게 드러낸 작품이다. 그가 구사한 유려한 문장은 미시마 유키오를 비롯한 많은 작가에게 영향을 주었다.

《베네치아에서의 죽음》은 토마스 만 특유의 예술관이 잘 반영된 대표작이다. 그런데 왜 소설의 배경이 베네치아였을까? 셰익스피어뿐만 아니라 괴테, 조지 고든 바이런George Gordon Byron, 스탕달, 헨리 제임스, 헤밍웨이, 헤세 등 서양을 대표하는 대문호들이 베네치아를 찾고 문학의 배경으로 삼은 것은 18세기 말에서 19세기 초에 이르는 동안 이 도시가 음악, 연극, 출판 등 예술의 중심지였기 때문이다. 베네치아는 과거 동양과 서양이 무역으로 만나는 교차로 역할을 했던, 어떤 의미에서 세상에 단 하나 존재하는 진정한 해양 도시였다. 비잔틴 및 이슬람 문화권과 서유럽의 중간 다리에 위치하는 지리적 이점을 살려 거의 독점적으로 동양과 서양을 잇는 무역 중심지였다. 그리고 베네치아를 상징하는 곤돌라와 카페는 무역의 도시를 낭만과 예술이 넘치는 도시로 만드는 데 크게 일조했다.

시대를 초월한 문인들의 베네치아에 대한 사랑은 마침내 20세기 작가 토마스 만으로 이어졌고, 그 결과물이 《베네치아에서의 죽음》이다. 베네치아와 마찬가지로 해양 도시인 뤼베크의 무역상 가문에서 태어난 토마스 만은 해양 도시 특유의 혼합성과 개방성을 이어받았다. 베네치아가 가진 이질성의 혼합이라는 특성은 《베네치아에서의 죽음》의 한 구절로 요약된다. "이곳이 베네치아다. 아부에 능하고 믿을 수 없는 미인을 닮은 도시, 절반은 동화지만 나머지 절반은 여행객을 부르는 덫을 가진 도시." 토마스 만은 《베네치아에서의 죽음》을 통해 다양한 문화의 이질적인 요소를 혼합한 다원적 세계관을 표현했다.

내면의 비밀이 문학적 묘사로 빛을 찾다

《베네치아에서의 죽음》은 죽음과 동성애라는 이질적 요소를 통해서 토마스 만 특유의 미학적 사고를 집대성한 작품이다. 《베네치아에서의 죽음》은 투철한 직업의식과 태도로 모범적인 시민의 삶을 살아온 중년의 인기 작가 아센바흐가 베네치아 여행에서 우연히 만난 미소년에게 매료되어 일순간에 죽음으로 향한다는 비교적 간단한 서사 구조를 갖고 있다. 이 소설의 단순한 줄거리는, 소설가의 임무는 큰 사건을 서술하는 것이 아니라 작고 간단한 일로 독자들의 흥미를 끌어내는 것이라는 토마스 만의 소설론과 정확히 일치한다. 사회적 명성을 누리며 공공장소에서는 절대로 하품도 하지 않고 걸음걸이도 신경 쓰는 지극히 윤리적이고 모범적 아셴바흐가 갑자기 미소년을 사랑하면서 생기는 내면의 심리 묘사와 상념이 소설의 주를 이루기 때문에 읽고 나서 느끼는 정신적 무게감은 웬만한 대하소설을 능가한다.

《베네치아에서의 죽음》은 괴테의 후계자이자 20세기 독일의 지성과 교양을 대표하는 토마스 만의 동성애적 성향이 잘 드러난 작품이다. 이 작품은 그의 또 다른 대표작이자 대작《마의 산》에 비해 분량이 짧은 데다 비교적 명징한 서사, 아름답고 수려한 문장으로 독자들에게는 축복과도 같은 책이다.

소설은 모름지기 외적 삶에 대한 묘사는 적을수록, 내적인 삶의 묘사는 많으면 많을수록 더 위대하고 고상한 형식이 된다는 아르투어 쇼펜하우어Arthur Schopenhauer의 소설에 관한 지론이 가장 이상적이고 정확하게 구현된 것이 토마스 만의 소설이다. 점차 문명화되어 가는 인간 세상의 모습이나 자연환경과 같은 인간의 외적 환경에 치중한 17세기까지의 서사 중심 문학에서 벗어나 토마스 만으로 대표되는 근대문학은 인간의 내적 삶에 대한 묘사에 치중하기 시작했다. 그렇다면 근대 소설의 주요한 특징과 미덕은 토마스 만에 의해서 구축되었다고 볼 수 있다.《베네치아에서의 죽음》을 집필한 시기는 토마스 만 일생에 있어서 사회정치에 참여하지 않고 오직 예술의 영역에만 충실했던 때였기 때문에 그의 문학관을 잘 들여다볼 수 있는 작품이기도 하다.

청소년 시절부터 자신의 동성애적 성향을 간파한 토마스 만은 자신의 동성애가 어디에서 비롯되었는지에 대한 호기심으로 동성애와 그와 관련된 이론을 탐구했다. 그는 자신이 동성애자라는 사실에 고통스러워했다. 동성애적 성향을 고민한 내용이 담긴 것으로 추측되는 일기장들을 열네 살에 불태우면서 "그렇게 두꺼운 은밀한, 매우 은밀한 글을 간직하고 있었다는 사실이 힘들고 불편했어"라고 말한 것은 그가 얼마나 자신의 동성애적 성향을 두고 고민했는지 짐작케 한다. 당시에는 동성애가 불법으로 간주되어 처벌 대상이었기 때문에 어쩌면 당연한 일이었다. 토마스 만은 자신의 동성애적 성향이 드러나 처벌될 것을 두려워했지만 또 다른 한편으로는 동성애를 다룬 소설을 통해서 끝없이 자신의 본질을 확인하고자 했다.

《베네치아에서의 죽음》도 동성애에 대한 토마스 만 자신의 고민과 문학적 표현에 대한 욕구가 어우러진 소설이다. 그래서인지 토마스 만은 이 소설을 자신의 주요 작품으로 생각했다. 출간 당시 반응도 좋았다. 수많은 비평가가 다양한 관점으로 해석할 수 있을 만큼 다채로운 상징적 장치가 내포된 소설이었고, 매혹적인 이야기에 대중들도 열렬히 화답했다.

그는 문학작품에서 동성애적 성향을 간접적으로 표현했을 뿐 동성애자라는 사실을 평생 숨겼다. 그러나 일기에서만큼은 놀랍도록 정확하고 꼼꼼하게 동성애 경험을 고백했는데, 그가 쓴 방대한 일기 중에서 일부 보존된 일기를 모아 엮은 책이 2000년에 출간되고 나서야 그가 동성애자였다는 사실이 알려졌다.

한 편의 시와 같은 소설

《베네치아에서의 죽음》의 주인공 아셴바흐와 작가 토마스 만은 닮은 면이 많아서 이 소설을 자전적 소설로 보는 시각도 많다. 작중 인물 아셴바흐는 토마스 만과 마찬가지로 본가에서는 엄격한 규율과 건전한 시민의식을, 외가에서는 예술적 감각과 관능적 피를 물려받았다. 토마스 만 또한 부친에게서는 윤리성을, 모친에게서는 예술성을 물려받은 인물이다. 아셴바흐와 토마스 만 모두 성공한 작가이며 부유한 집에서 태어난 공통점도 있다.

《베네치아에서의 죽음》에서 다루는 에피소드 대부분은 토마스 만이 1911년 아내와 함께 여행한 베네치아에서 겪은 일이다. 소설의 주인공 아셴바흐가 폴란드 미소년을 몰래 관찰하는 장면도 토마스 만의 경험이다. 토마스 만은 베네치아 여행 중에 '매우 매력적이고 그림처럼 아름다운 열세 살 소년'을 발견하고 그 미소년이 바닷가에서 친구들과 어울려 노는 것을 오랫동안 구경했다. 토마스 만이 관찰한 미소년은 1900년생 뫼스라는 이름을 가진 소년이며 《베네치아에서의 죽음》이 출간된 12년 후에 자신이 소설 속 미소년의 모델이 되었다는 사실을 알게 되었다.

그 소년은 침묵을 지키다가 토마스 만이 숨진 지 12년 후에 자신이 타치오의 실제 모델이라는 것을 《베네치아에서의 죽음》의 폴란드어 번역자에게 밝혔다. 그는 아울러 베네치아 여행 당시 촬영한 가족사진을 공개했는데, 그의 모습은 물론이고 자매와 가족들의 모습이 《베네치아에서의 죽음》에서 묘사된 외양과 머리카락까지 같았다. 물론 토마스 만이 소설 속 아센바흐처럼 미소년에게 빠져서 소년이 어디를 가든 쫓아다닌 것은 아니다. 그러나 《베네치아에서의 죽음》에 작가의 이야기가 많이 녹아 있다는 것은 부인할 수 없다.

많은 사람들이 독일 문학을 두고 독일인들처럼 지루하고 딱딱하다는 선입견을 갖고 있다. 그러나 《베네치아에서의 죽음》을 읽노라면 독일 문학의 단점이라고 생각했던 진지함이 매혹적으로 다가온다. 짧은 소설이지만 철학적이고 문학적인 아름다움과 시선은 수십 권 분량의 대작에 뒤지지 않는다. 소설 전체가 한편의 아름다운 시라고 해도 틀린 말이 아니다.

이성의 삶, 에로스의 삶

《베네치아에서의 죽음》은 제목부터가 묘한 이중성을 띤다. 베네치아라는 도시 자체가 낭만적인 도시이기도 하면서 동시에 전염병이 창궐하며 죽음의 냄새가 풍기는 도시이기도 하다. 아센바흐는 타치오라는 매력적인 소년을 사랑함으로써 자신이 그동안 중요한 가치로 지켰던 도덕과 합리적인 가치관을 일시에 버렸고, 결국 죽음으로 대가를 치른다.

이 소설이 가지고 있는 이질성 간의 대립은 주인공 아센바흐에게로 이어진다. 아센바흐는 어디든 갈 수 있는 경제력을 갖추었지만, 자신에게 주어진 글쓰기에 대한 압박 때문에 기분 전환하는 일도 삼간다. 예술가로서의 사명감 때문에 다른 나라를 여행하고 싶다는 욕구 자체도 느끼지 못한다. 아버지로부터 물려받은 자기 규율과 냉철한 이성은 갑자기 생긴 여행 충동이나 일상에서 탈출하고 싶은 욕구를 금방 억제해 버리곤 했다.

그의 삶 전체는 오로지 명예와 평판에 집중되어 있다. 자신의 명성과 위신을 관리하는 법을 10대 때부터 체득한 주인공은 본인의 취향과 욕구보다는 철저하게 타인의 평가와 시선을 의식하는 삶을 살았다.

사회적 존경을 받으며 타인의 시선을 의식하면서 살았던 아센바흐는 난생처음으로 본인의 욕구에 충실한 순간을 살게 된다. 종일 미소년의 뒤를 쫓으며 본능과 욕망에 눈을 뜬 것이다. 타인의 시선에 매달리는 삶을 버린 아셴바흐는 베네치아에 전염병이 돌고 있는 사실을 알고도 사랑을 위해 탈출하지 않고 담담히 죽음을 맞이한다.

토마스 만은 아셴바흐라는 소설 속 인물을 통해서 자신의 열망과 참된 인생이란 무엇인가에 대한 생각을 드러냈다. 타인의 평판에 신경 쓴 나머지 자신의 인생을 살지 못하는 삶은 결국 불행한 것이며 차라리 목숨과 바꾸더라도 자신이 원하는 진정한 인생을 사는 것이 더 행복한 삶이라는 메시지를 건넨 것이다.

《베네치아에서의 죽음》은 도덕군자로 살다가 느닷없이 에로스적인 사랑에 빠진 작가의 삶에 대한 태도 변화와 인간 본성에 대한 극본적인 고민을 말한다. 자신의 욕구와 취향에 충실한 삶을 이해하려는 노력의 일환으로도 읽힌다. 비록 아셴바흐가 토마스 만의 분신과 같은 등장인물이지만 그렇다고 해서 아셴바흐가 토마스 만이라는 인물만을 상징하는 건 않는다. 어차피 소설이라는 장르는 역사적 사실과 경험을 토대로 작가가 만든 허구가 가미되어 전혀 새로운 창작물로 태어나기 때문이다. 아셴바흐는 여러 가지 삶의 방식을 두고 갈팡질팡하는 우리 모두의 모습이다.

43

일본의 문화, 일본의 사상, 일본의 가치

《아베 일족》

阿部一族

모리 오가이 森林太郎

1862년 시마네현에서 태어났다. 모리 오가이는 세습 의사 가문 출신으로 1974년 도쿄제국대학 의과대학의 전신 공립 의과대학을 졸업하고 의사 자격을 취득했는데, 그때 나이가 불과 열아홉 살이었다. 이는 일본 역사상 최연소 의사 자격 취득 기록이다. 군의관으로 일하던 중 독일 유학을 떠나 의학을 연구하는 한편, 서양 철학과 문학에서 많은 영향을 받았다. 일본으로 돌아와 독일 유학 경험을 바탕으로 첫 소설 《무희》를 발표했으며, 이후 《기러기》《산쇼 대부》 등 많은 작품을 썼다. 말년에 이르러 천황을 따라 할복자살한 노기 장군의 죽음에 충격을 받고 본격적으로 역사 소설을 쓰기 시작했다. 1907년까지 육군 군의관으로 최고의 명예를 누리다가 1922년 세상을 떠났다.

독특한 이력의 작가

모리 오가이는 평생을 군의관으로 근무하면서 문예 활동을 겸비한 독특한 이력의 소유자다. 최연소로 의사 자격을 취득한 수재였지만 작품 활동도 꾸준히 이어가 《오키츠야고에몬의 유서興津弥五右衛門の遺書》에 이어 《아베 일족》을 발표함으로써 '일본 최초로 근대적인 역사 소설을 쓴 작가'로 추앙받으며 사실상 일본의 근대 역사 소설이라는 장르를 개척한 인물로 평가받는다.

본래 작가들은 작가로서 명성이 높아지거나 유명해지면 좀 더 작품 활동에 몰입하고 싶은 마음에 생업을 버리고 전업 작가의 길로 들어서는 것이 보통이다. 그러나 오가이는 뛰어난 작품을 발표하면서도 군의관 신분을 끝까지 지켰다. 오가이는 군의관으로서는 최고 지위인 육군성 의무국장이 되었는데 중장 대우였다고 한다. 우리나라로 치면 의무사령부 사령관이었던 셈이다. 그는 노일전쟁에 참전하는 등 파란만장한 군 복무를 하면서도 꾸준히 좋은 작품을 발표했고, 미시마 유키오는 그런 그를 두고 "가장 기품이 넘치는 예술가이자, 그의 작품은 순수하게 노송나무로만 지은 건축물과 같다"라는 찬사를 바쳤다.

사료를 완벽히 반영한 역사 소설

고전문학을 읽은 즐거움이나 이로움 중의 하나는 옛사람들의 문화나 삶을 속속들이 들여다볼 수 있다는 점이다. 이런 점에서 오가이의 소설 또한 흥미로운데, 그의 소설은 대개 스물두 살에서 스물여섯 살(1884년~1888년)에 다녀온 독일 유학의 경험이 밑바탕이 된 듯하다. 그가 독일 유학 시절 남긴 일기에는 "서가에 책이 170권에 달한다. 시간 나는 대로 수시로 독서했다"라고 기록되어 있다. 문학적 감수성이 예민한 20대 독서가가 그 당시 서구에서 널리 읽히고 있던 빅토르 위고의 《레 미제라블》이나 알렉상드르 뒤마의 《몬테크리스토 백작》을 읽지 않고 지나치기는 어려웠을 것이다.

유학 당시 탐닉한 서양의 여러 작가들에게서 영향을 받은 오가이는 1912년에 사망한 메이지 천황을 따라 순사殉死한 육군 대장 노기 부부에 충격을 받아 《아베 일족》을 저술했다. 물론 오가이는 《아베 일족》을 집필하기 오래전부터 순사에 대한 자료를 수집하고 연구해 왔다. 오가이는 이 작품을 통해 일본 봉건사회 전통이라고 할 수 있는 주군에 대한 맹목적인 충성심과 의리로 똘똘 뭉친 무사의 모습을 보여주고 싶었던 것 같다.

역사적 사건과 사실을 소설의 근간으로 삼아서 소설의 무대가 된 시대를 마치 여행하는 것처럼 속속들이 들여다볼 수 있는 빅토르 위고의 작품처럼 오가이는 《아베 일족》을 집필하면서 사료를 거의 번역했다고 말할 수 있을 정도로 충실하게 반영했다. 예를 들어 순사자 18명의 명단으로 모자라서 각 순사자가 생전에 받았던 녹봉 액수와 공적, 순사자가 할복을 마무리할 수 있도록 도와준 사람의 명단까지 기록한 부분에서는 그 치밀함에 혀를 내두를 정도다. 그래서 이 책을 읽는 독자는 오늘날까지 일본인의 의식을 지배하는 무사도 정신과 순사 풍습을 세밀히 알게 된다.

《아베 일족》은 무사의 할복을 다루고 있지만 정치적인 면은 일체 배제하고 피지배 계급인 하위 무사들이 할복에 임하는 자세를 세밀하게 묘사함으로써 뛰어난 심리 소설의 반열에 오른 점도 이 소설의 가치를 더한다. 마치 살인을 저지른 범죄자의 심리를 심리학자 못지않게 예리하게 기술한 도스토옙스키의 《죄와 벌》처럼 《아베 일족》 또한 주군의 상황에 따라 할복해야 하는 무사들의 심리를 치밀하게 묘사했다.

일본적인, 지극히 일본적인

《아베 일족》은 1641년 호소카와 다다토시라는 영주가 수도 에도로 출발하려는 즈음에 뜻지 않게 병에 걸려 죽는 것으로 시작된다. 주군인 다다토시가 죽자 평소 그에게 은혜를 입었던 충신 18명이 그의 허락을 얻어 순서대로 순사한다. 일본 무사의 할

복에 대해서는 잘 알려져 있지만, 순사라는 풍습은 우리에게 낯설다. 순사란 흔히 신하가 죽은 주군을 따라 죽는 것을 말하는데 일본 무사는 할복이라는 형식으로 실행한다. 봉건시대 일본에서는 주군이 죽으면 주군의 총애를 받던 신하는 할복자살하는 것이 '자연스럽고' '당연한' 일로 여겨졌다.

할복이라는 일본 고유의 풍습이 시작된 유래는 순사가 중요한 역할을 했다. 순사를 하는 방식이 할복이었기 때문이다. 주군에 대한 넘치는 충성심을 표현하기 위해서는 자기 몸에 상처를 내는 것이 가장 돋보이며 배를 찔러 죽는 방법이야말로 자신을 총애해준 주군에 대한 가장 극단적인 일체화다. 저승에 있는 주군과 함께하고 싶다는 취지로 감행된 순사를 아름다운 행위이며 칭찬받을 수 있는 행위로 인정하면서 에도 시대 이후로 순사는 대유행이 되었다. 순사를 할 만큼 심복이 아닌 무사가 특별하게 주군의 은혜를 받았다고 주장하면서 할복을 하는 경우도 있었다.

관례에 따라 당연히 순사할 것으로 여겨졌던 다다토시의 충신 아베 야이치에몬은 그가 간절하게 원했지만, 주군의 허락을 받지 못해서 순사하지 못하고 대신 새로운 주군을 모시게 되었다. 순사라고는 하지만 주군이 죽기 전에 허락받아야 비로소 순사를 할 수 있는 것이 당시 일본의 관습이었기 때문이다. 그러나 주위에서는 순사하지 않은 아베를 비난한다. 이에 명예를 중요하게 여기는 아베는 분을 참지 못하고 사무라이로서 당당하게 순사한다. 비록 주군으로부터 순사를 허락받지는 못했지만, 순사를 하지 않으면 더 치욕적인 굴욕이 기다리고 있다는 사실을 잘 알고 있었기 때문에 목숨에 연연하지 않겠다는 결의를 보여주기 위해서라도 그는 스스로 죽음을 재촉할 수밖에 없었다. 그 무엇보다 명예를 중요하게 생각하는 무사로서 순사하지 않는 것은 죽음보다 더 치욕적이기 때문이다. 그러나 주군의 허락을 받지 않고 순사를 한 아베 때문에 그 가족들도 순사자의 유가족이 누려야 할 보상을 누리지 못하고 오히려 주군과 그 측근의 농간으로 일가족 모두가 억울하게 몰살당한다.

아베 야이치에몬이 모시던 주군을 따라 순사를 하는 것을 영광으로 여기고 순사하겠다는 의사를 가족들 앞에서 차분하게 설명한 다음 순사를 감행할 때 가족들이 순순히 받아들이는 모습은 우리 상식으로서는 도저히 이해할 수 없는 일본만의 문화다. 더구나 순사를 앞두고 술에 취해 코를 골면서 자는 남편에게 순사할 시간이 되었다며 깨우는 아내의 모습은 더욱 놀랍다. 무려 700년간 봉건 무사 사회가 지속되는 동안 끊임없이 전쟁을 치른 일본의 사회질서는 가족 간의 사랑과 천륜마저 희생시키며 국가적 대의를 우선시한 것이다.

일본 사회를 유지하는 질서와 신의의 진짜 모습

《아베 일족》에 등장하는 무사들은 하나같이 죽음을 전혀 두려워하지 않고 심지어 '생활의 일부'인 것처럼 여긴다. 물론 명예를 위해서 기꺼이 목숨을 버리는 일본 무사는 자신만의 안위를 생각할 여유가 없을 것이다. 명예로운 죽음을 선택하지 않으면 자신뿐만 아니라 가문 전체가 몰락할 것이 분명하니 어쩔 수 없는 선택이었다고 볼 수도 있다. 오가이는 이런 순사에 대해 사실적으로 치밀하게 묘사했을 뿐 어떠한 개인적인 생각도 담지 않았다.

아무리 명예를 목숨처럼 생각하고 목숨을 쉽게 버리는 무사일지라도 죽음에 대한 공포나 가족에 대한 사랑이 있기 마련인데, 오가이는 그저 역사적인 사실을 담아낼 뿐 순사 풍습에 대한 어떠한 비판도, 또는 순사로 인해서 파생되는 인간적인 고뇌조차도 표현하지 않았다. 주군을 따라서 할복하는 남성을 바라보는 여성의 슬픔을 통해 무사 사회의 모순을 지적하지도 않는다. 이 점이 오가이의 한계라는 지적이 있는데, 평생을 군인으로 살아온 그의 인생을 고려하면 크게 놀라운 일도 아니다.

오가이가 순사 제도를 가감 없이 있는 그대로 기술했다는 점은 일본인의 의식 구조를 이해하는 데 도움이 되며, 자연스럽게 무사의 무소불위 권력에 대한 비판으로 이어진다. 가령 부하의 충성심을 충분히 확인했음에도 개인적인 감정으로 순사를 허락하지 않음으로써 한 가문을 몰살시키는 주군의 모습과 권력 앞에서 아무런 잘못 없이 파멸해 가는 무사의 모습에서 우리는 계급 사회의 비정함과 폭력성을 비판적으로 받아들일 수밖에 없다.

주군 다다토시는 순사를 읍소하는 18명의 무사 모두를 깊이 신뢰하지만 자신의 후계자의 통치력에 방해가 될지 모른다는 의심 때문에 순사를 허락한다. 오가이는 권력 유지 때문에 충신들을 죽음으로 내모는 주군의 비정함을 통해 봉건 체제 지배자를 간접적으로 비판하고 있다. 오가이는 봉건사회 권력자의 횡포에 의해서 아베 일족이 한꺼번에 몰살당하는 모습을 담담한 문체로 묘사함과 동시에 권력자의 부당한 처우에 맞서 자신의 명예를 위해 죽음도 불사하는 무사의 모습으로 절대권력을 비판했다.

평생 상명하복의 군인 신분으로 산 오가이의 처지에서 권력자에 대항하는 무사의 모습을 묘사했다는 것만으로도 일본이 근대화로 가는 길목에서 이 소설이 적지 않은 디딤돌 역할을 했다고 평가할 만하다.《아베 일족》은 순사라는 풍습이 반드시 충성심에서 우러나온 것만은 아니라는 진실을 객관적인 시선으로 보여준다. 이 작품은 일본 봉건사회가 겉보기에는 질서와 신의의 관계로 유지된 것처럼 보이지만 사실은 절대권력 앞에서는 질서와 신의가 무시되었다는 점을 고발하는 작품이다. 순사라는 역사적 사실을 토대로 이토록 흥미로운 작품을 구현한 오가이의 이야기꾼으로서의 재능 또한 깊이 음미해 볼 만하다.

44

현실의 고단함을 입은
도시 하층민의 삶

《외투》
The Overcoat

니콜라이 고골Nikolai Gogol

1809년 우크라이나의 폴타바에서 태어났다. 아버지의 영향으로 어릴 때부터 문학을 좋아했으며, 고교 시절에는 직접 희곡을 써서 공연을 하고 잡지를 발행하기도 했다. 김나지움에서 우크라이나와 러시아의 문화 예술을 섭렵했고, 알로프라는 필명으로 낭만주의 시와 서사시 등을 발표하기 시작했다. 첫 소설집 《디칸카 근교의 야화Evenings on a Farm Near Dikanka》를 발표하면서 작가로서 이름을 알리기 시작했고, 1836년 이후 로마 등 주로 외국에 거주하면서 《죽은 혼》 1부를 발표하여 호평을 받았다. 그러나 작가로서 자신의 재능에 한계를 느낀 고골은 《죽은 혼》 2부를 완성했으나 정신착란에 빠져 단식을 단행하다 1852년 마흔세 살의 나이로 세상을 떠났다.

다양한 해석이 가능한 소설

푸시킨, 도스토옙스키, 톨스토이 등과 함께 러시아 문학을 대표하며 러시아 국민 작가의 위치에 오른 인물이다. 고골의 문학은 크게 두 종류로 나눌 수 있다. 하나는 자신의 고향 우크라이나를 배경으로 하는 환상적이면서도 그로테스크한 분위기가 강한 작품들이며, 또 다른 하나는 작가 자신이 수도 페테르부르크에서 하급 관료로 일하면서 경험한 관료 사회의 속물적 실상을 생생히 묘사한 작품들이다.

고골은 대표작을 고르기가 무척 어려운 작가다. 작품마다 새로운 관점과 형식을 시도했기 때문이다. 그의 작품 대부분은 저마다의 고유한 형식과 색깔을 자랑하는데 그중에서도 《외투》는 도스토옙스키가 "우리는 모두 《외투》에서 나왔다"라고 단언할 정도로 러시아 문학사에서 의미 깊은 작품이다. 그래서 많은 독자들이 《외투》를 읽지 않고서 고골을 읽었다고 하지 말라고 말한다.

《외투》는 고골 창작 인생에서 최후의 중편소설이면서 가장 진화된 중편소설이다. 《외투》를 집필할 즈음에 고골은 《러시아 젊은 이를 위한 문학 교본A Manual for Russian Young People》을 통해 중편소설의 정의와 창작에 대한 의견을 밝혔다. 중편소설은 모름지기 개연성 있는 현실 문제를 다루고 다양성을 가미해야 한다는 그의 생각은 《외투》에 고스란히 반영되었다.

《외투》는 다양한 해석이 가능한 작품이다. 우선 관료주의와 관리의 비인간성을 비판하고 사회적 약자의 고통을 다룬 작품으로 읽을 수 있고, 인류애를 부르짖는 작품으로 평가할 수도 있으며, 성자의 삶을 희화한 종교적 관점으로 볼 수도 있다. 이 소설이 이처럼 다양한 시각으로 읽히는 이유는 현실과 환상이 서로 엇갈리고 인물과 사건을 끊임없이 다른 각도로 서술하며, 그 서술 방식이 급격하게 다른 양상으로 변화하기 때문이다.

상트페테르부르크가 소설의 배경이 될 수밖에 없었던 이유

이 소설의 줄거리는 매우 단순하다. 한 하급 관리가 어렵게 마련한 외투를 도둑맞고 그 충격으로 죽는데, 유령으로 나타나 잃어버린 자기 외투를 되찾기 위해 도시 밤거리를 배회하며 다른 사람의 외투를 훔치고, 자신을 괴롭혀 죽게 한 고위 관리의 외투를 훔친 다음 사라진다는 줄거리다.

이 소설의 배경이 되는 러시아 상트페테르부르크는 빛과 어둠의 도시라는 별칭이 있을 정도로 화려하지만 수많은 사람의 희생으로 건설된 계획도시였다. 이 도시를 건설한 인물은 표트르 대제 Pyotr I다. 그는 바다를 통해서 부를 축적한 네덜란드를 부러워했고, 유럽으로 향하는 항로 가까이에 있는 상트페테르부르크의 위치에 주목했다. 17세기 말까지 러시아는 근대식 육군과 해군이 없었으며 근대식 문학과 예술도 없는 유럽의 변방이었다.

표트르 대제는 유럽으로 향하는 창을 마련하여 러시아의 근대화를 꿈꾸면서 상트페테르부르크라는 신도시를 건설하기 시작했다. 불행하게도 표트르 대제가 건설하기 시작한 새로운 수도는 9월부터 눈이 내리기 시작해서 다음 해 5월까지 내렸고 날씨는 궂고 수질은 나쁜 늪지대에 가까운 곳이었다. 사람이 살기에 부적합하기도 하지만, 당시 건축 기술로 이 자리에 도시를 새로 건설한다는 것은 불가능에 가까웠다. 푸시킨은 자신의 시 「청동기마상」에서 "참으로 무서운 시대였다"라며 도시 건설에 동원되어 무수한 희생과 노역을 감당해야만 했던 민중의 고통을 고발했다.

상트페테르부르크를 건설하기 위해서 수십만 명의 인부들은 거의 맨손으로 땅을 파고 말뚝을 박아야 했다. 무려 15만 명의 노동자가 이 공사 현장에서 목숨을 잃었다. 그들은 맨손으로 파낸 흙을 자기 옷을 찢어서 만든 보자기로 날랐다. 한마디로 상트페테르부르크는 수십만 노동자의 피와 목숨으로 건설된 도시이고, 그러다 보니 도시 괴담이 생길 수밖에 없었다. 도스토옙스키가 다닌 공병학교가 이 도시에 있었는데 매일 밤 유령이 나타난다는 괴담이 떠돌아다녔다고 한다.

천신만고 끝에 새 수도는 건설되었지만, 러시아인들은 이 도시를 모순의 도시로 보았다. 화려한 궁전과 대귀족들이 살았던 저택 건너편에 다닥다닥 붙은 더럽고 작은 집에 비참한 민중들이 모여 살았기 때문이다. 상상하기 어려운 빈부격차가 존재했던 도시였다.

《외투》에 나오는 하급 관리와 그를 윽박질렀던 고위 관리는 당시 상트페테르부르크의 빈부격차를 상징한다. 도스토옙스키와 푸시킨 같은 당대 작가들은 이 도시의 불평등과 빈부격차를 끊임없이 비판했는데, 고골만큼 탁월하고 긴장감 넘치게 이 도시의 비극을 포착한 작가는 없었다.

고골은 어떻게 이런 시각을 가진 작가가 되었을까? 러시아 제국 남쪽 우크라이나 외딴 시골에서 나고 자란 고골은 내성적이고 숫기가 없었으며 지저분하고 귀에서는 고름이 흐르는 아이였다. 친구들이 고골이 만졌던 책조차 만지지 않았을 만큼 그는 외톨이였다. 고골은 자신을 조롱한 친구들을 압도할 수 있는 부와 명성을 원했고 이런 그의 열망이 열아홉 살 소년이었던 그를 상트페테르부르크로 향하게 했다. 그는 성공한 정치가, 예술가, 작가, 배우를 꿈꾸었지만 현실은 빛도 제대로 들어오지 않는 지하 사무실 구석에서 일하는 서기가 되어 있었다. 도시를 구원의 빛으로 생각한 그는 도시의 현실에 그 도시를 혐오하게 되었다. 그래서 고골은 겉으로 보이는 화려한 궁전과 저택이 즐비한 도시가 아닌, 이면에 숨겨진 어두운 골목을 들여다보는 작가가 되었다. 상트페테르부르크를 미래에 대한 장밋빛이 아니라 러시아가 절대 가지 말아야 할 미래로 본 최초의 인물이기도 했다.

고골은 이 도시를 건설하기 위해 늪지를 메우느라 희생된 불행한 노역자처럼 이 도시에 적대적인 시선을 보냈다.

현실을 잊고 싶은 도시 하층민의 욕망에 대하여

오늘날 독자들은 《외투》의 주인공인 하급 관리가 겨우 외투를 강도에게 빼앗겼다고 해서 거의 며칠 동안 미칠 지경이 되는 모습에 공감하기 어려울 것이다. 하지만 당시 고위직에 오르지 못한 가난한 하급 공무원들은 노동자 못지않게 궁핍한 생활을 해야 했다. 월급이라고 해봐야 식비와 하숙비를 제외하면 남는 돈이 거의 없었다. 식권 한 장으로 밥을 공동으로 구매하여 나눠 먹는 하급 관리가 외투나 장화를 장만하려면 몇 달 동안 저축하고 끼니를 건너뛰어야 했다. 《외투》의 주인공 하급 관리도 마찬가지다. 그는 외투를 가지고 싶은 욕망에 시달리면서 외투값을 마련하기 위해 지독하게 궁핍한 생활을 참고 버릇처럼 저녁을 굶는다. 오직 새 외투를 장만한다는 목표 아래 촛불도 켜지 않고 속옷 세탁도 줄이며 신발이 상하지 않도록 살금살금 걸으면서 외투를 꿈꾼다.

그가 새 외투를 사기 위해 현재의 고통을 참는 것은 마치 기독교 사상에서 말하는 천국에서의 행복을 꿈꾸면서 현재의 욕구를 억누르는 것과 비슷하다. 새 외투를 가진다는 상상만으로 그는 정신적인 포만감을 맛본다. 외투라는 물건에 집착하며 현실의 고단함을 잊고 싶었는지 모른다. 이 모든 고통과 가난이 외투를 위해서라면 견딜 만하다는 자기 최면이라고 할까.

고골은 하층민의 실태를 담담하고 유머러스한 문체로 묘사하면서 그 위에 도시 괴담의 형식을 빌려 《외투》를 완성했다. 러시아 문학사에서 사람과 세상에 대해 가장 독특한 해석과 창작을 했던 고골은 《외투》에서도 낭만주의, 사실주의, 상징주의, 신화, 종교적인 요소를 다채롭게 적용했다. 이 소설은 독창성과 풍부함이라는 고골 문학의 특징이 유감없이 발휘되어 가장 심오하면서도 가장 탁월한 작품의 하나로 평가되고 있다.

"우리는 모두 《외투》에서 나왔다."

《외투》는 당시 관료 사회의 부패와 위선을 풍자하면서 모욕받고 고통받는 민중에 대한 연민을 끌어낸 휴머니즘 선언문 또는 박애주의 문학의 시초로 평가받는다. 불쌍하고 고통받는 이웃에 대한 연민과 사랑을 담은 소설이기에 이 소설은 당시 작가들이 추구하고 따라야 할 하나의 푯대 같은 존재가 되었다.

도스토옙스키가 "우리는 모두 《외투》에서 나왔다"라고 말한 것은 결코 문학적 수사로서의 찬사가 아니었다. 도스토옙스키를 하루아침에 최고의 작가 반열에 올려준 그의 첫 장편 《가난한 사람들》도 이른바 고골적 경향에 속하는 작품이기 때문이다. 가난하고 속물적인 소시민을 사실적으로 묘사하여 그들의 내적 심리를 낱낱이 드러낸 기법은 고골을 연상하기에 충분하다. 즉 "우리는 모두 《외투》에서 나왔다"라는 말은 곧 자신의 첫 성공 작품인 《가난한 사람들》의 특징을 정확하게 묘사한 말이다. 《가난한 사람들》은 도스토옙스키가 '고골파'의 뛰어난 실행자이자 후계자임을 공표한 것이다. 《가난한 사람들》을 읽은 러시아 독자들은 이 젊은 작가가 고골의 제자라는 사실을 단박에 알아차렸다. 고골의 재림이라는 독자들의 반응은 도스토옙스키가 작가 인생에서 받은 첫 찬사였다.

러시아 문학을 서구 문학의 수준으로 끌어올린 것이 푸시킨이라면 고골은 러시아 민중들의 일상생활을 완벽할 정도로 묘사하고 추악한 현실을 예리하게 고발함으로써 러시아 문학에 생기를 불어넣은 작가다. 푸시킨이 러시아 문학의 아버지라면 고골은 러시아 문학의 어머니다. 러시아 문학은 푸시킨과 고골이라는 부모가 제시한 길을 따라 도스토옙스키, 톨스토이, 투르게네프, 체호프와 같은 훌륭한 후계자들로 인해 19세기 러시아 문학의 황금기를 열었다.

45

인간에게 덧씌워진 굴레를 극복하면서 인간은 성장한다

《인간의 굴레에서》
Of Human Bondage

윌리엄 서머싯 몸 William Somerset Maugham

1874년 파리 주재 영국 대사관 고문 변호사의 아들로 파리에서 태어났다. 막내아들로 귀여움을 독차지하면서 자랐지만 여덟 살과 열 살이 되던 해에 각각 어머니와 아버지가 세상을 떠났다. 고아가 된 후 영국으로 건너가 작은아버지 슬하에서 자랐다. 작은아버지가 권한 성직자의 길을 포기하고 독일 하이델베르크에서 유학 생활을 했다. 작가가 될 꿈을 품고 1897년 첫 소설 《램버스의 라이자 Liza of Lambeth》를 발표하며 성공을 거두었다. 이후 희곡 네 편이 런던 웨스트엔드의 극장에서 동시 상연되면서 극작가로 이름을 떨쳤다. 1919년 화가 폴 고갱 Paul Gauguin의 전기에서 모티프를 얻어 쓴 소설 《달과 6펜스》가 폭발적인 인기를 얻으면서 작가로서의 입지를 굳혔다. 1965년 프랑스 남부에서 폐렴으로 세상을 떠났다.

작가 자신을 담은 소설

《인간의 굴레에서》는 전형적인 성장 소설이자 자서전적인 소설
이다. 이 소설의 줄거리를 짧게 살펴보자.

다리를 저는 장애를 가지고 태어난 주인공 필립은 어려서 고
아가 되었다. 자연스럽게 엄격하고 가부장적이며 강압적인 백부
슬하에서 자라게 되었는데 다행히도 숙모는 다정다감하고 필립
을 이해하고 배려하려고 애썼다. 옥스퍼드대학을 졸업한 필립은
자신처럼 성직자가 되라는 백부의 권유대로 공부를 시작하지만,
절름발이라는 이유로 놀리는 친구와 신학에 대한 무관심으로 공
부를 그만둔다. 회계사가 되라는 백부의 권유에 회계사 수업을 받
지만, 이 또한 적성에 맞지 않아 그만둔다. 그 후 백부의 반대에도
불구하고 파리로 그림 공부를 떠난 필립은 이 또한 2년 만에 포기
하고 영국으로 되돌아오고, 결국 어렵게 의사가 되어 사랑하는 여
인을 만나 행복한 미래를 계획하는 것으로 소설은 끝난다.

1915년 《인간의 굴레에서》를 발표하면서 서머싯 몸은 "이 소
설은 자서전이 아니고 자서전적인 소설이다. 내 자신의 감정을 썼
지만, 실제로 경험한 사건을 똑같이 서술하지는 않았다. 이 소설
을 출간했을 때 나는 과거의 아픔과 불행한 기억에서 완전히 해
방되었다. 나는 이 소설에 그때 내가 알고 있던 모든 것을 썼다."
라고 말했다. 이 소회로 알 수 있듯이 《인간의 굴레에서》는 작가

자신이 소년에서 청년 시절에 이르기까지 겪은 경험을 소재로 삼았다.

서머싯 몸은 스물네 살 때 《인간의 굴레에서》 집필에 착수했지만 완성하지는 않았다. 훗날 그때 소설을 완성하지 못한 게 차라리 자신에게 잘된 일이었다고 자평했는데, 청년이 다루기에는 너무나 벅차고 심오한 주제였기 때문이다. 그는 마흔이 다 되어가서야 다시 이 소설을 쓰기 시작했다.

주인공과 독자가 함께 성장하는 지적 여정

사실 서머싯 몸의 작품 중 우리나라에서 가장 유명한 작품은 아마 《달과 6펜스》일 것이다. 《인간의 굴레에서》는 상대적으로 덜 알려진 작품이지만 철학적인 분위기를 풍기는 제목과 달리 극적인 서사로 가득 차 있어서 읽는 재미가 확실한 소설이다.

주인공 필립은 비록 절름발이에 고아지만 머리만큼은 비상하다. 그는 꾸준하고 맹렬한 독서로 지적 성장을 해나간다. 필립이 다양하고 깊은 독서를 통해서 성장하는 모습은 작가 서머싯 몸의 청춘을 고스란히 담은 것이다. 일단 이 책에서 언급되는 예술가, 작가, 철학자들을 살펴보자. 에피쿠로스 학파, 바뤼히 스피노자 Baruch Spinoza의 윤리학, 이마누엘 칸트Immanuel Kant의 정언명령, 찰스 다윈의 《종의 기원》, 셰익스피어의 《로미오와 줄리엣》, 로 제 마르텡 뒤 가르Roger Martin du Gard의 소설《티보가의 사람들》, 마르셀 프루스트의《잃어버린 시간을 찾아서》, 존 밀턴John Milton 의《실낙원》, 오스카 와일드, 찰스 디킨스, 로버트 브라우닝Robert Browning, 알프레드 테니슨Alfred Tennyson, 조지 버나드 쇼George Bernard Shaw 등 서양 지성사를 이끈 인물과 저작들이 수도 없이 등장한다. 회화 분야에서도 레오나르도 다 빈치Leonardo da Vinci, 에두아르 마네Édouard Manet, 클로드 모네Claude Monet, 렘브란트 반 레인Rembrandt Harmenszoon van Rijn, 에드가 드 가Edgar De Gas, 오귀 스트 르누아르Auguste Renoir, 고갱 등의 화가와 그 그림을 논한다. 영국 국교회와 성경도 자주 등장한다.《인간의 굴레에서》를 읽고 에르네스트 르낭Ernest Renan의《예수의 생애》에 대한 호기심과 읽 고 싶은 열망이 생기지 않는다면 이 소설을 제대로 읽지 않은 것 이다.

주인공 필립이 읽고 논하는 목록만 읽다 보면 서양 문명을 웬 만큼 알고 되고 우리가 읽어야 할 서양 고전을 섭렵하게 된다. 이 소설에서 언급하고 논하는 책이나 예술가를 따라가다 보면 소설 속 주인공의 성장을 지켜보는 것이 아니라 독자 자신이 지적으로 성장해 나가는 것을 깨닫게 된다. 책을 읽음으로써 또 다른 책을 읽고 싶다는 욕구가 차오르는 것이 독서의 가장 큰 미덕이라면, 이 책만큼 대단한 미덕으로 가득 찬 소설은 없다.

현실적인 성장 소설

《인간의 굴레에서》는 청소년의 진로에 관해서도 좋은 조언자가 된다. 백부의 충고에 따르지 않고 성직자와 회계사가 되는 것을 포기한 필립은 자신이 좋아하고 재능이 있었던 그림을 그리기 위해서 파리로 유학을 떠난다. 그러나 2년에 걸친 공부 끝에 그는 성공한 화가가 되어 생계를 유지하기에는 자신의 재능이 부족함을 통감하고 영국으로 돌아온다. 그런 그를 두고 백부는 필립이 자기 말을 따르지 않은 것을 나무란다. 그러나 필립은 "다른 사람의 말을 듣고 좋은 선택을 해서 거두는 이익보다 자신이 좋아하는 일을 하다가 실패를 한 경험에서 더 많은 것을 얻는다"라며 반박한다. 부모의 뜻에 따라 진로를 결정해서 성공을 거두더라도 늘 자신이 가고자 했던 길을 가지 못한 아쉬움은 평생 남고 현실에 만족할 수 없게 된다. 이 책이 가끔 청소년 소설로 분류되는 이유가 여기에 있다. 주인공의 유년 시절부터 청년 시절까지의 성장 과정을 지켜보면서 독자들은 한 인간이 스스로 서는 데 무엇이 가장 중요한지 깨닫게 될 것이다.

서머싯 몸은 위대한 작가라기보다는 대중적인 작가에 더 가깝다. 실제로 그에 관한 연구는 미진한 편이다. 놀라운 통찰이나 절묘한 소설적 기교도 뚜렷이 보이지 않는다. 그의 저서는 영문학과에서조차 교재로 선정되는 경우가 드물다. 그러나 우리는 주인공 필립의 지적 성장 과정을 동반자 삼아 자신의 지적 호기심을 키울 수 있으며, 주인공 필립의 시행착오를 통해 더 직관적이고 구체적으로 삶의 의미를 생각할 수 있다. 인생의 굴레가 없는 사람이 거의 존재하지 않는다면 이 책을 읽을 필요가 없는 사람도 거의 존재하지 않는다.

이 책은 지극히 현실적인 조언을 한다. 가난과 굴레를 어설프게 포장하지 않는다.

"세상에서 가장 치욕스러운 일은 말이야. 먹고사는 고민에서 벗어나지 못하는 거야. 나는 돈을 우습게 생각하는 사람을 보면 경멸하게 된다네. 그 사람들은 위선자가 아니라면 멍청이라네. 재산이란 제 육감이라네. 돈이라는 육감이 없으면 다른 오감을 제대로 쓸 수 없지. 적절한 벌이가 없으면 인생의 성공 가능성이 반은 없어진다네. 예술가에게 빈곤이 가장 좋은 동기부여가 된다고 말하지. 그런 말을 하는 사람은 가난의 고통을 겪어보지 못해서 그래. 빈곤이 사람을 얼마나 추하게 만드는지 몰라서 그래. 가난은 사람을 한없이 비굴하게 만들지. 반드시 부자가 될 필요는 없어. 그렇지만 최소한 품위를 지킬 수 있는 정도, 걸림돌 없이 일을 해나갈 수 있고 관대하게 솔직할 수 있는 정도, 그리고 독자적으로 생활할 수 있는 돈은 있어야지."

소설이라는 장르로 이토록 현실적이고 날카로운 경제 교육을 해주는 책이 또 있을까?《인간의 굴레에서》는 100년 전에 출간된 소설이지만 문체나 구성, 그리고 사고에 있어서 현대 작품들과 전혀 괴리가 없다. 이 책이 주는 공감과 통찰은 작가 서머싯 몸의 성실함과 다양한 경험에서 온다. 애초에 작가 자신이 재미에 치중한 소설이라고 자평했지만, 읽고 나면 재미뿐만 아니라 잔잔한 여운과 공감을 주는 작품이다.

인간의 굴레에 갇히지 않으려는 인간 의지

이 소설이 가진 또 다른 매력은 인생에 대한 회의나 인생무상을 말하지 않고, 주인공이 끊임없이 노력하며 자신을 가두는 굴레를 극복하는 모습을 보여준다는 점이다. 필립은 장애를 가지고 있지만 어쨌든 성공과 행복을 위해서 꾸준히 노력한 끝에 의사가 되고 아름다운 사랑도 쟁취한다. 고아, 장애, 따돌림, 애인에게 당한 무수한 배신, 주식 투자 실패…. 이 모두가 필립에게 주어진 굴레였다. 누군가에게는 삶을 이어갈 것인가 말 것인가의 절박한 문제로까지 확장될 수 있는 굴레지만 필립은 그런 허무주의자와는 반대의 길을 걷는다. 필립은 신의 존재를 의심하자 마음의 자유를 얻고 공인회계사가 적성에 맞지 않자 과감히 포기하고 화가의 길을 걷는다. 화가의 길이 어려워지자 이번에는 의사 공부를 시작한다. 좋아하는 여성이 자신을 수도 없이 배신하고 이용하지만 결국 벗어나 진정한 사랑을 찾는다. 최악의 여성에서 벗어나 최선의 여성을 만난다.

인간은 누구나 저마다의 굴레에 갇혀 산다. 문제는 그 굴레를 적극적으로 극복하려고 노력하느냐, 아니면 그저 그 굴레를 자신의 숙명으로 받아들이느냐에 있다. 서머싯 몸은 도전하고 극복하는 인간의 모습을 소설로 풀어냈다. 아마도 필립의 인생 역경과 비슷했던 자신의 인생을 통해 그 도전과 극복이 꽤 의미 있는 일이라는 걸 깨달았기 때문일 것이다. 서머싯 몸이 이 작품을 통해 독자에게 하고 싶었던 말을 요약하면 이렇다. 인생은 달라진다. 굴레를 인식하고 거기서 벗어나려 행동한다면.

46

인간 포기가 아닌
인간 구애를 위한 광대 짓

《인간 실격》
人間失格

다자이 오사무太宰治

1909년 일본 아오모리현에서 태어났다. 경제적으로 풍요로운 환경에서 성장했으나 부모님의 사랑을 제대로 받지 못해서 심리적으로 불안정하게 성장했다. 1930년 도쿄제국대학 불문과에 입학했지만 중퇴하고 소설가가 되기로 결심한다. 1935년 소설 《역행逆行》을 발표하면서 본격적으로 작가의 길을 걷기 시작했다. 복막염 치료에 사용된 진통제 주사로 인해 약물 중독에 빠지는 등 어려운 시기를 겪지만 소설 집필에 전념하여 1947년 전쟁에서 패한 일본 사회의 혼란한 현실을 반영한 작품 《사양斜陽》을 발표하면서 베스트셀러 작가가 된다. 수차례 자살을 기도하는 등 불안정한 심리를 보이다가 1948년 폐질환이 악화되자 저수지에 몸을 던져 생을 마감했다.

일본 젊은이의 영웅, 그리고 모두의 대변인

《인간 실격》은 다자이 오사무 문학의 총결정체라고 해도 무방하다. 제2차 세계대전의 패전국이 된 황폐한 시대를 살아가는 일본 청년에게 오사무는 영웅과도 같은 존재였다. 그의 문학은 패전의 공포와 허무함이 팽배했던 일본 청년들에게 깊게 각인되었다. 당시 일본 청년들은 다자이 오사무가 자신들의 처지를 대변해 주는 유일한 작가라 여겼다. 일본 젊은이들에게 오사무는 그들이 살아가야 할 이유였다. 약물 중독, 좌익 활동, 동반 자살 기도 등으로 전통적인 도덕관과 문학관에 반기를 든 《인간 실격》은 패전 이후 기존 사회질서와 도덕관에 환멸을 느낀 젊은이들에게 큰 위로가 되었기 때문이다. 화려함과 방탕함이 뒤섞인 남다른 인생을 살다 간 작가의 삶 자체가 소설보다 더 소설다웠다는 점도 독자들의 환심을 사기에 충분했다. 《인간 실격》은 스스로 세상을 떠나기로 작정하고 쓴 일종의 '유서'나 다름없는 작품이다.

이 작품은 잡지 〈전망〉에 1948년 6월부터 8월까지 연재되었는데 불행하게도 연재 중인 6월 13일에 오사무가 저수지에 몸을 던져 자살하고 만다. 정신적 지주였던 오사무가 갑자기 자살하자 일본 젊은이들은 비탄에 빠졌고 그의 유서 같은 소설을 읽기 위해서 7월과 8월분 연재는 역사에 남을 만큼 독자들의 주문이 쇄도했다.

이 책은 특히 뮤지션이나 배우, 영화감독, 작가 같은 예술가들이 유독 좋아하는 소설로 꼽곤 한다. 예술가들이 왜 이토록 오사무에게 열광하는지 정확하게 알 수는 없다. 다만 사회로부터 소외된 《인간 실격》의 주인공 오바 요조가 철저한 자기 파괴와 익살이라는 연기를 통해서 인간 사회에 대한 문제의식을 제기하고 인간의 본질을 다루고 있기 때문이 아닐까 짐작할 뿐이다. 자기 내면을 철저하게 숨기고 다른 사람을 웃겨야 살아갈 힘을 얻었던 요조의 처지가 대중의 관심과 호응을 받기 위해 자신을 내면을 숨기고 연기를 해야 하는 대중 예술가의 처지가 비슷해서일까? 하지만 보통 사람이라고 별다르겠는가. 인간이란 자신의 내면을 고스란히 드러내며 살아갈 수 없으니까 말이다.

사람답게 살고 싶어서 발버둥 치는 주인공이 오히려 사람 사는 세상에서 이탈하는 비극을 그린 이 소설은 젊은이의 영혼에 불을 지필 충분한 매력이 있다. 인간의 심리를 날카롭게 꿰뚫어 보는 작가적 시선과 함께 희극과 비극이 절묘하게 어우러진 특이한 분위기는 이 소설의 읽는 재미를 더한다. 《인간 실격》은 사람을 도저히 이해할 수 없어서 사람들이 모여 사는 세상을 살아갈 자신이 없다고 간곡하게 알리면서 스스로 실격을 선언한 한 사람의 고백이다.

작가 자신의 마지막을 실현하기 위해 쓴 소설

다자이 오사무는 1909년에 부호이자 의원을 지낸 아버지의 7남 4녀 중 여섯째로 태어났다. 그의 집안은 성도 없는 미천한 농부 출신이었지만 오사무의 증조부 시절부터 부를 쌓아 자수성가한 집안이었다. 오사무는 "가난한 농부들의 빈곤한 처지를 악용해서 농지를 사들였고, 고리대금으로 재산을 늘린" 자기 집안에 대한 죄의식이 뚜렷했다. 그의 죄의식은 《인간 실격》에도 고스란히 반영되어 있다. 주인공 요조는 친구의 추천으로 좌익운동 학생 단체에 가입하지만, 적극적으로 활동하지 않는다. 오사무는 실제로 좌익운동을 했지만, 소설 속 요조는 자신은 프롤레타리아 혁명의 주체가 될 수 없으며 오히려 단두대에 올라가 처단받아야 하는 귀족 집안의 아들이라며 적극적으로 가담하지 않고 자금을 조달하거나 은신처를 제공하는 역할에 머문다. 그는 자신의 거대한 고향 저택에 대한 죄의식을 가지고 있었다.

《인간 실격》은 작가 인생에서 가장 험난하고 고통스러웠던 시기의 경험을 소재로 삼고 있다. 1936년 오사무는 《인간 실격》의 내용에 나오는 것처럼 스물일곱 살의 나이로 정신병원에 강제 입원당한다. 당시 모르핀 중독에 빠졌던 그가 주사 살 돈을 구하기 위해 사방에서 돈을 빌렸고 약물 중독으로 인해서 이상한 행동을 자주 했기에 이를 걱정한 선배와 친구들이 약물 치료차 그런 조치를 취한 것이다. 이때의 상황 또한 소설 속에서 약물 중독에 빠진 요조가 친구에게 속아서 정신병원에 억지로 입원한다는 설정으로 반영된다.

어쨌든 한 달 동안 병원 치료를 마친 오사무는 자신이 병원에 있는 동안 아내가 제국미술학교 학생과 불륜을 저질렀다는 사실을 알게 된다. 이 일은 오사무에게 씻을 수 없는 치욕과 상처를 안겨주었으며 그 이후 오사무의 삶은 이때의 사건으로 인해 받았던 상처를 문학적으로 승화시키기 위한 삶, 《인간 실격》이라는 불후의 명작을 쓰기 위한 삶이었다고 해도 틀리지 않는다.

오사무는 마치 악몽과도 같은 자신의 청춘을 스스로 묻어버리고 비석이라도 세워야겠다는 사명을 가지게 되었고 자신의 목숨이 얼마 남지 않았다는 것을 직감하고는 급하게 그 일을 실행했다. 그 일이 바로 《인간 실격》 집필이다. 오사무가 《인간 실격》을 완성한 뒤 결국 자살에 성공했다는 점에서 이 소설을 오사무를 대표하는 소설로 보아도 무리가 없다. 《인간 실격》은 오사무가 투신자살한 해에 발표한 마지막 작품일 뿐만 아니라, 주인공 요조의 모습에 오사무 자신의 일생을 깊숙이 반영했으며, 작가로서의 세계관이 가장 명확하게 반영된 작품이기 때문이다.

인간에 대한 마지막 구애

오사무가 세상을 떠난 지 70여 년이 지났지만 그는 여전히 일본 뿐만 아니라 세계적으로 다양하게 재해석되고 연구되는 살아 있는 작가다. 특히 《인간 실격》은 나쓰메 소세키의 대표작 《마음》과 함께 수십 년간에 걸쳐 누적 판매 부수 1위를 다투는 스테디셀러다. "일본 문학에서 《인간 실격》만큼 치열하게 인간 존재의 본질에 관해서 추궁한 작품은 없다"라는 호평에서 "결국 자기변명에 지나지 않는다"라는 악평에 이르기까지 그에 대한 평가는 제각각이지만 《인간 실격》이 오사무 문학을 대표하며 많은 사람에게 위안과 공감을 주는 것은 분명한 사실이다. 우울하고 이상한 소설로 읽힐 수도 있는 이 작품에 왜 이토록 많은 독자들이 공감하는 것일까?

그 이유 중의 하나는 주인공 요조의 인생이 현대인과 여러모로 닮았기 때문이다. 물론 애인과 동반 자살을 시도했으나 애인은 죽고 자기만 살아남고, 자신의 외모에 반한 여자들을 필요에 따라 이용하며, 명문대학을 중퇴하고 가족들과 의절한 알코올중독자이면서 약물중독자인 요조의 개인사는 선뜻 공감하기 어렵다. 그러나 세상과 불화를 겪으며 괴로워하는 요조의 상황은 낯설지가 않다. 대인관계를 제일 어려워하며 인간과 자연스럽게 관계를 맺고 친분을 유지하는 것을 낯설어 하는 현대인들에게 요조는 분신과도 같은 존재다.

요조뿐만 아니라 이 소설에 나오는 주변 인물들도 오늘날 우리 주변에서 쉽게 발견할 수 있는 인물들이다. 우선 요조의 아버지는 다정하다. 여행할 때마다 가족들에게 줄 선물을 사 오는 것이 취미여서 자식들이 원하는 선물을 꼼꼼히 메모까지 하는 아버지다. 그러나 자식의 장래에 대해서는 완고한 태도를 고수한다. 화가가 되려는 요조의 뜻을 무시하고 자신을 따라 관리가 되기를 바란다. 선물을 사주는 장면에서도 아버지의 이중성이 엿보인다. 분명 아들을 위한 선물임에도 불구하고 은연중에 자신이 주고 싶은 물건을 선물한다. 자식을 애정의 대상으로 삼으면서 동시에 자신의 욕심을 채우는 대상으로 여기는 일반적인 부모의 모습을 고스란히 보여준다.

요조의 아버지가 속한 정당의 유명인이 연설할 때 청중들은 크게 손뼉을 치며 열광하지만, 집으로 돌아가는 길에 그 연설에 대해 험담하는 모습을 목격한 요조는 서로 기만하고 이용하면서도 죄책감을 느끼지 못하는 세상을 비꼰다. 요조는 뒷담화를 하면서도 자신의 행위가 잘못되었다는 인식을 하지 못하는 사람의 모습에 위화감과 소외감도 느낀다.

이기적이며 자신의 욕망에 필요한 만큼만 요조에게 다가오는 친구 호리키 또한 우리가 일상에서 자주 만나는 유형이다. 그는 자신이 아쉬울 때만 요조에게 다가와 돈을 빌려 가고 술을 얻어 먹는다. 정작 요조가 절실한 도움을 필요로 할 때는 냉정하게 내친다. 물론 감수성 많고 눈치가 빠른 요조는 그를 경멸하고 경계하지만 어쨌든 그와 교우 관계를 유지한다. 호리키에게서 최소한의 신뢰를 느끼기 때문에 완전히 그를 멀리하진 않는다. 현대인들도 상대의 정체를 잘 알고 있지만 그에 대한 작은 신뢰와 기대, 그리고 자기 처지 때문에 어쩔 수 없이 관계를 유지하곤 한다. 따지고 보면 요조는 우리 모두의 자화상이다.

요조 아버지의 심부름을 하면서 생계를 이어가는 히라메 또한 우리 주변에서 흔히 볼 수 있는 사람이다. 히라메는 요조를 진심으로 돕는 것이 아니라 자신의 이익을 우선 고려해서 행동하는 계산적인 인물이다. 요조의 아버지가 보내준 용돈을 마치 자기 돈으로 요조에게 용돈을 주는 것처럼 요조를 기만한다. 위선적인 히라메 또한 요조가 이해할 수 없는 인간 세상의 부조리다. 그러나 요조는 자신을 기만하는 친구 호리키와 심부름꾼 히라메가 다정한 미소를 짓고 친절한 말 한마디를 할 때마다 눈물을 흘리며 감동하고 그들을 신뢰한다. 타인의 미소와 다정한 말 한마디로 자신이 고립된 존재가 아니라 신뢰받는 존재이며 타인으로부터 위로받았다고 여기는 우리와 어딘가 닮았다.

그러나 현실은 냉혹하다. 요조는 호리키와 히라메의 다정한 태도에 감동하여 그들의 말을 따랐지만, 그들이 요조를 데리고 간 곳은 정신병원이었다. 자신이 신뢰하고 사랑했던 사람으로부터 배신당한 경험이 있는 사람이라면 요조의 강제 입원 장면이 매우 인상적일 것이다.

독자들은 자신이 믿고 의지한 주변 인물에 희생당하는 요조라는 인물에 연민과 공감을 느끼며 이 소설에 빠져든다. 이처럼 오사무의 독자적인 문학 세계는 모든 사람이 공감할 수 있는 보편성을 가지고 있다.

오사무는 부조리와 위선으로 가능한 세상을 부정하지 않고 인간을 향해 구애를 한다.《인간 실격》은 도저히 이해할 수 없는 부조리 투성이의 인간 세상에 대한 환멸을 말하고자 하는 소설이 아니라, 인간을 어떤 식으로든 포기할 수 없다는 의지를 말하는 소설이다. 비록《인간 실격》이 소설이긴 하지만 작가의 실제 경험이 녹아 있음을 독자들을 안다.《인간 실격》은 비록 고통스럽지만, 인간의 속성을 생생히 지켜보도록 해준다. 인간이 어떤 존재인지 잘 보여주는 것이 실존주의라면《인간 실격》보다 더 완벽한 실존주의 소설은 없다.

47

가면 안에 숨은
예술가의 순수하고 솔직한 고백

《가면의 고백》
假面の告白

미시마 유키오 三島 由紀夫

1925년 도쿄에서 고위 관료 아들로 태어났다. 1944년 가쿠슈인 고등학교를 수석으로 졸업하고, 아버지의 권유로 도쿄대학 법학부에 입학했다. 1948년 대학 졸업 후 대장성의 관료가 되었지만 이듬해 전업 작가가 되기 위해 퇴직했다. 그 무렵에 쓴 장편《가면의 고백》으로 이름을 알렸다. 1957년《금각사》로 요미우리 문학상을 수상하면서 작가로서 절정기를 맞이했다. 이후 노벨문학상 후보에 여러 차례 언급되며 국제적 작가로 자리매김했다. 1970년 마지막 작품이자 명작으로 꼽히는 4부작 장편소설《풍요의 바다》마지막 편을 출판사에 넘긴 뒤 추종자들을 이끌고 자위대 주둔지에 난입하여 자위대의 궐기를 촉구하는 연설을 한 후 할복하여 마흔다섯 살의 나이로 세상을 떠났다.

모든 것을 다 가졌던 미시마 유키오

미시마 유키오는 천재적이라는 수식어가 자연스럽게 떠오르는 작가다. 마흔이 다 된 나이에 데뷔해서 대략 10년이라는 짧은 기간에 작품을 남긴 나쓰메 소세키와는 달리, 유키오는 이미 10대 후반에 문학적 재능을 발휘하여 20대 중반에 일본 문단에서 귀재라고 불리는 존재가 되었다. 할복자살로 이른 나이에 생을 마감했지만, 소세키보다 두 배 정도 더 오래 작품 활동을 했다.

귀족 교육을 받고 우파 성향이 강했던 미시마는 스무 살 무렵인 1946년에 일본의 대문호 가와바타 야스나리의 추천을 받아 문예지 〈인간〉에 단편소설 《담배》를 발표함으로써 화려하게 일본 문단에 등단했다. 그것도 모자라 1948년 9월에 대학을 졸업하고 석 달 후에 아버지처럼 고등문관 시험에 합격했으며, 예나 지금이나 일본 최고 엘리트 코스인 대장성에 부임했다. 그의 아버지도 도쿄제국대학, 고등문관시험 출신이었지만 대장성만큼은 입성하지 못했으니 그가 얼마나 집안의 자랑이었을지 보지 않아도 알 만하다. 뿐만 아니라 대장성 관리라는 최고의 지위에 있는 그에게 일본 유수의 출판사 '가와데 서방신사'의 편집자가 찾아와 출간 제의까지 했다.

몰락한 집에서 어렵게 자라난 소세키가 자기 목소리를 내고 먹고살기 위해 대학 강사 자리를 그만두고 〈아사히신문〉사에 취직해 글을 썼다면, 미시마는 오직 작가의 길을 걷기 위해서 아버지의 맹렬한 반대를 물리치고 전업 작가가 되었다. 마치 귀족의 후예로서 하녀를 거느리고 기사 소설을 읽으며 한량처럼 편안한 생활을 하던 돈키호테가 엉뚱하게 모험을 찾아서 길을 떠난 것처럼 말이다. 그러나 미시마도 자신의 선택이 불안하긴 했던 모양이다. 당장은 괜찮겠지만 향후 5~6년 뒤에는 어떻게 될지 모르겠다고 술회했으니 말이다. 그렇게 보면 미시마가 출판사 집필 의뢰를 수락하고 대장성에 사표를 제출한 행동에서 마치 카이사르가 루비콘강을 건너면서 느꼈던 비장함이 느껴진다.

불안함과 비장함을 안고 작가의 길로 들어섰지만 그의 모험은 대성공을 거두었다. 그가 발표한 첫 소설이 《가면의 고백》이기 때문이다. 흔히 미시마의 대표작을 《금각사》라고 생각하는 독자가 많지만 《가면의 고백》은 그에 뒤지지 않는 미시마의 대표작이다. 오히려 일본에서는 《가면의 고백》을 미시마의 대표작이라고 생각하는 독자가 더 많다고 한다.

이 소설에는 미시마의 자전적인 요소가 다분하기 때문에 미시마라는 인물의 정체성과 미시마 문학을 제대로 이해하려면 반드시 읽어야 한다. '이 정도까지 솔직하게 고백해야 하나'라는 의문이 들 정도로 적나라하게 자신의 성 정체성을 묘사하면서도 자기합리화나 연민에 빠지지 않은 문학작품은 드물다. 무서울 정도로 솔직하게 쓴 용기와 문학적 재능이 그저 감탄스러울 따름이다.

이 소설을 읽는 독자들은 제목에 포함된 '가면'이라는 단어에 호기심을 느낀다. 물론 소설을 읽다 보면 왜 저자가 가면을 쓰고 고백하는지 짐작할 수 있다. 자신의 적나라하고 기이한 성도착증을 얼굴을 드러내고 고백할 수 없어서 가면 뒤에 숨었다고 생각하기 마련이다. 그러나 읽기에 따라서 가면의 의미는 달라질 수 있다. 어쩌면 미시마는 자신의 독특한 성 정체성을 숨기기 위해서 가면을 쓴 것이 아니라, 오히려 자신의 주관적인 시선에서 벗어나 객관적인 시선으로 자신의 모든 것을 과감하게 드러내고 싶었던 것은 아니었을까?

충격적인 데뷔, 독보적인 작품성

《가면의 고백》은 집필 제의를 받고 출간하기까지 1년이 채 걸리지 않았다. 실제 집필 기간은 5개월에 지나지 않는다. 작가가 아무리 글을 빨리 쓰더라도 쉽지 않은 일정이다. 이렇게 숨 가쁘게 출간된《가면의 고백》은 문단의 찬사와 놀라움을 동시에 받았다. 《가면의 고백》이 근대 일본 문학 역사상 최초로 남성 동성애를 다룬 소설인 데다 작가의 신선한 문체가 가미된 매우 독창적이고 충격적인 소설이었기 때문이다. 작가 자신도 이 작품에 만족했다. 훗날 미시마는《가면의 고백》이야말로 자신의 '첫 소설'로 생각한다고 말했다. 물론《가면의 고백》이전에 발표한 소설도 있었지만, 이곳저곳을 다니면서 방랑한 시기를 종결하고 드디어 자신만의 문학적 방향을 결정한 소설이기 때문에 의미가 크다. 미시마의 동시대 작가들도 "세계 문단 전체를 통틀어도 뒤지지 않는 걸출한 남성 문학"이라며 찬사를 아끼지 않았다.

작품 전반부에는 본인의 성장 과정과 환경을 배경으로 주인공의 동성애적인 성향, 성 심리를 적나라하게 묘사했는데 당시 일본 사회의 유교적 분위기 속에서 이런 과감한 묘사는 충격적일 수밖에 없었다. 이 소설로 미시마는 일약 스타 작가가 되었다.

전체 4장으로 구성된 《가면의 고백》에 약점이 없는 것은 아니다. 1장은 자기 성적 취향의 유래를 파고든 출생과 유아기를, 2장은 나약했던 소년 시절을, 3장은 주로 청년기를, 4장은 여전히 세상에 나서지 못하고 겉도는 청년기 이후의 이야기를 다루고 있는데, 전반부의 힘 있는 전개와 필력에 비해, 이성애를 추구하는 후반부에서는 다소 힘이 빠지는 전개를 보여준다.

미시마는 마흔이 다 되어가는 시점에 이런 고백을 했다.

"모든 사람은 저마다의 극적인 사연이 있으며 남에게 말 못 할 비밀이 있고 각자의 특별한 사정이 있는 법이라고 생각하지만, 젊은이들은 자기가 세상에서 하나뿐인 기구한 사정을 가졌다고 생각한다. 일반적으로 이런 시각은 시의 소재로는 괜찮지만, 소설로 쓰기에는 적합하지 않다."

과연 일리 있는 말이다. 사람들은 모두 자신들이 소설 같은 인생을 살았으며 자신이 살아온 인생 경로를 글로 쓰면 소설 서너 권쯤은 나올 것이라고 믿는다. 자신이 겪은 경험은 다른 사람은 감히 상상조차 할 수 없을 만큼 특별하다고 생각한다. 따라서 소설을 쓰기 시작하는 사람은 자신이 살아온 인생 이야기를 소설로 쓰는 경우가 많다. 그러나 막상 독자들은 평범한 타인의 인생에 큰 관심도 흥미도 느끼지 못한다. 시는 작가의 생각과 경험을 고도로 압축해서 표현하기 때문에 평범한 사람의 평범한 일상도 독자들의 관심을 끌어낼 수 있지만 소설은 그렇지 않다.

그런데도 미시마는 자기 경험과 인생 이야기를 시가 아닌 소설로 억지로 만들려고 애썼다고 고백했다. 본인이 생각하기에도 소설로 엮기에는 다소 무리가 있었다는 이야기다. 비록 파격적인 소재와 수려한 문체, 그리고 섬세한 내면 묘사로 독자들의 찬사를 받았지만, 후반부의 약점은 미시마 자신이 고백한 '부적합'에 기인한 것인지도 모른다.

천재 작가의 슬픈 변절

1970년 11월 25일 미시마는 100명의 군인 앞에서 평화헌법 폐기를 주장하는 연설을 한 뒤 할복을 감행했다. 섬세한 탐미주의 소설을 쓰는 작가의 행동으로는 뜻밖의 일이 아닐 수 없었다. 실제로《가면의 고백》을 비롯한 여러 작품과 기록에서 알 수 있듯이 미시마는 매우 유약한 소년이었다. 그러나 문학청년으로 성장한 미시마는 자기 육체를 성장시켰다. 일주일에 세 번 보디빌딩 코치를 집으로 오게 해서 몸을 단련했다. 이어서 복싱을 비롯한 다양한 운동에 매진했다.

그는 스포츠 관전에도 열을 올렸는데, 특히 1964년 개최된 도쿄올림픽이 성공적으로 폐막하자 일본인의 승리라며 감격스러워했다. 그 당시 미시마의 문학 세계는 완숙기에 들어섰으며《실감적 스포츠론》이라는 스포츠 에세이를 〈요미우리신문〉에 연재하기도 하는 등 스포츠에 열광적으로 몰입해 있었다. 보디빌딩, 권투, 검도 등에 심취하여 유약한 몸을 근육질로 만든 미시마는 본인 육체에 대한 자신감이 넘쳤고 그에 비례해서 강력한 권력이 지배하는 세계를 신봉했다.《우국》과 같은 소설이 그의 제국주의 숭상을 잘 보여준다. 청년 시절 약한 몸 때문에 군대도 다녀오지 않은 미시마는 할복하기 3년 전에는 자위대에 체험 입대를 여러 번 하는가 하면 '방패회'라는 사설 군조직을 결성하여 군사 훈련까지 하기도 했다. 육체에 대한 지나친 자신감과 집착이 미시마를 보통의 사람으로서는 이해하기 어려운 괴물 같은 군국주의자로 만들었다. 그가 노벨문학상의 유력 후보로 세 번이나 지명되었지만 결국 노벨문학상을 수상하지 못한 것은 이런 극렬한 제국주의 숭상 때문이기도 했다.

《가면의 고백》은 미시마가 극단적인 제국주의자이자 군국주의자로 변하기 전의 작품이라 더 소중하다. 정치색이 강하지 않았고 유약했던 청년 시절 미시마가 자신의 정체성과 내면 심리를 예술적으로 묘사한 작품 《가면의 고백》. 우리는 이 작품을 통해 시대가 변질시킨 미시마 유키오의 조금은 더 순수했던 시절을 생생하게 체감할 수 있다.

48

우리 모두는
허영의 한복판에 서 있다

《허영의 시장》
Vanity Fair

윌리엄 M. 새커리 William M. Thackeray

1811년 인도의 콜카타에서 동인도회사 관리인이었던 아버지의 외아들로 태어났다. 네 살 때 아버지가 세상을 떠나자 영국으로 보내져 차터하우스와 케임브리지의 트리니티 칼리지에서 교육을 받았다. 대학 중퇴 후 화가가 될 결심으로 파리에 정착해 살기도 했다. 1837년 런던으로 돌아와 기자로 활동했다. 최초의 소설 《배리 린든의 행운 The Luck of Barry Lyndon》을 발표했고, 《속물들의 책 The Book of Snobs》으로 큰 인기를 누렸다. 본명으로 발표한 첫 작품 《허영의 시장》으로 상업적 성공과 비평적 찬사를 모두 얻으며 유명 작가가 되었다. 그 후로도 다양한 작품 활동을 하다가 1863년 크리스마스 이브에 갑작스레 세상을 떠났다.

19세기 영국 사회의 인간 군상을 스케치하다

《허영의 시장》은 영어로 쓰인 가장 위대한 소설이라는 찬사를 받으며 오늘날 독자들에게도 꾸준히 사랑받고 있는 작품이다. 찰스 디킨스와 함께 19세기 영국 문학을 대표하는 작가 윌리엄 새커리는 중상류층의 일상과 정서를 담은 작품을 주로 썼다. 그는 당대에 많은 비평가의 연구 대상이었으나 20세기에 들어와서는 그 인기가 시들한 느낌인데, 아마 긴 호흡으로 쓴 그의 소설이 오늘날 독자들의 취향과 맞지 않기 때문일 것이다. 그렇다고 해서 작가와 작품의 위상까지 퇴색되는 건 아니다. 그는 여전히 찰스 디킨스와 함께 영국 문학 황금기인 빅토리아 시대를 대표하는 작가이고, 풍자와 조소를 통해 시대의 각성을 요구한 훌륭한 작가다. 이 책을 수십 번도 더 읽었다는 서양 문인들을 심심찮게 만날 수 있을 정도다.

윌리엄 새커리는 이 책에서 부모를 잃고 홀로 상류사회로 진출하기 위해서 고군분투하는 레베카와 풍요로운 집안에서 태어나 수동적으로 자신에게 주어진 환경을 누리고 사는 아멜리아의 대조적인 삶을 따라가며 19세기 초 영국 사회를 날카롭게 파헤친다. 우리는 이 소설을 읽어나가며 진실보다는 세속적인 성공, 명예, 재산이라는 '허영'을 좇는 다양한 인간의 모습을 여과 없이 관찰할 수 있다.

찰스 디킨스가 주로 서사 중심으로 소설을 풀어나갔다면 새커리는 다분히 인물 중심으로 작품을 구축해 나간다. 서사는 그런 인물들 사이의 관계를 통해서 만들어낸다. 따라서 《허영의 시장》은 한 가지 주제를 깊게 파고드는 소설이 아니라 주요 인물인 레베카가 성장하면서 만나는 인물과의 인연, 즉 결혼 관계라든가 금전 관계, 출세를 위한 후원 등으로 이야기를 끌고나간다. 새커리는 애초부터 이 작품이 '주인공 없는 소설'임을 표방하고 당대를 살아가는 다양한 계층의 사람들을 통해 영국 사회를 스케치하려는 의도에서 이 책을 집필했다. 《허영의 시장》에는 19세기 영국의 결혼, 상속, 정치, 군사, 문화 등에 대한 세밀한 묘사가 펼쳐져 있다. 말하자면 이 소설 한 권으로 마치 19세기 영국 사회에 살고 있는 듯한 느낌이 든다.

레베카와 아멜리아, 진정한 삶의 승자는

가난한 미술가와 미천한 오페라 배우의 딸로 태어난 주인공 레베카는 세상을 원망하면서 자신이 가지고 있는 영민한 두뇌와 능수능란한 대인 관계의 기술을 오직 타인을 기만하고 자신의 이익에 이용하기만 하는 사악한 인물이다. 자신의 쾌락과 계층 상승에만 집착하여 남편에게 무관심하며 자식까지 내팽개친다. 새커리는 세상이란 자기 모습을 비추는 거울이라고 일갈한다. 즉 우리가 세상을 원망하며 찡그린 모습으로 대하면 세상 또한 우리를 향해 인상을 쓸 것이며, 우리가 세상을 향해 미소를 짓는다면 세상 또한 우리에게 친절한 모습을 보여주며 다정한 친구가 되어준다는 것이다.

레베카가 세상을 향해 찡그린 표정을 지었다면 아멜리아는 비록 수동적인 사람이지만 세상을 향해 언제나 밝고 다정한 표정을 짓는 인물이다. 프랑스 출신 어머니를 둔 데다 프랑스어를 유창하게 구사하는 설정으로 보았을 때 레베카는 프랑스를 상징하며 언제나 다정하고 다른 사람에게 화를 낼 줄 모르며 어떤 위치에서든 자신이 해야 할 의무를 게을리하지 않는 아멜리아는 영국을 대변한다.

레베카가 평생 다른 사람을 이용하고 거짓말로 일관하며 자신의 쾌락에 몰두하는 인물이라면 아멜리아는 자신의 이익보다는 타인을 배려하며 타인에게 봉사하는 삶을 산다. 부유한 상인의 딸이었던 아멜리아는 아버지가 파산하는 바람에 곤궁한 생활을 하지만 결국 도빈이라는 평생 자신만을 바라본 남자와 결혼하여 행복한 삶을 살아간다. 그리고 평생 교활하고 간교한 술수로 일관한 레베카 또한 아멜리아의 오빠가 남긴 사망보험금과 아들이 보내준 생활비 덕분에 풍족한 생활을 하며 기부와 봉사활동을 하면서 위선적인 여생을 살아간다.

이 소설의 결말에서 알 수 있듯이 새커리는 레베카를 일방적으로 비난하진 않는다. 물론 레베카는 남을 속이고 이용하는 사악한 삶을 살았지만 아무런 재산과 배경이 없는 레베카로서는 어쩔 수 없는 생존 전략이었다며 이해의 여지를 남겨둔다.

19세기 영국과 프랑스의 이중성을 비판하다

영국은 이탈리아, 프랑스 등과 같은 유럽의 라이벌 국가나 인도를 비롯한 식민지국과의 사이에서 상대적 우월성을 과시함으로써 자신의 정체성과 독창성을 형성해 나갔다. 1811년 인도 콜카타에서 동인도회사 관리의 아들로 태어난 새커리는 자신과 인연이 깊고 영향을 많이 받았던 인도와 프랑스를 소재로《허영의 시장》을 발표했다. 이 소설로 인도를 조국인 영국과 자주 비교하여 신사의 나라라는 영국의 정체성을 확립하는 데 이바지했다.

《허영의 시장》에 등장하는 인도와 프랑스는 주로 성적으로 타락하고 음모가 도사리는 악의 화신으로 묘사된다.《허영의 시장》이 보여주는 프랑스나 식민지에 대한 비하나 혐오는 영국의 역사를 볼 때 자연스러운 일이며, 영국은 이런 방식을 통해 신사의 나라라는 정체성을 확립하고 국민을 통합하는 데 이용했다.

《허영의 시장》은 유럽을 정복하려고 호시탐탐 기회를 노리는 나폴레옹과 벌인 워털루 전쟁을 비중 있게 다룬다. 또 부와 명예를 쟁취하기 위해서 부자 주위를 맴도는 레베카를 나폴레옹과 동일시함으로써 탐욕과 음모를 다른 유럽 나라의 특성으로 돌려버리고 영국은 존엄하고 명예가 넘치는 나라라고 말한다.

레베카는 자신의 처세술과 술수로 출세하려고 하는데, 이는 코르시카섬 출신으로 유럽의 제왕이 되기를 꿈꾸는 나폴레옹과 동질성을 가진다. 신분제로 안정된 사회를 꿈꾸는 영국인 관습에 따르면 나폴레옹과 레베카의 성향은 매우 급진적이고 위험한 것이다. 그렇게 볼 때 소설 속에서 레베카는 프랑스의 부패하고 타락한 국민성을 상징한다. 그렇다고 해서 새커리가 영국을 무조건 찬양하는 것은 아니다. 많은 재산과 귀족 신분을 상속받을 로든이 가난하고 미천한 신분의 레베카와 결혼하자 상속권자의 모든 권리를 박탈당하는 장면을 보면 신분사회에 매몰되어 하층민을 멸시하는 영국 사회의 어두운 면을 비판하기도 한다.

새커리가 《허영의 시장》으로 비판하는 영국의 이중성은 인도로 대표되는 식민지에 대한 인식에서도 잘 드러난다. 부유한 상인인 새들러 부부는 가난하고 미천한 레베카가 자기 아들인 조스를 유혹하자 피부색이 까만 인도 여성보다는 차라리 레베카가 낫겠다는 발언을 서슴지 않는다. 인도는 영국 귀족에게 있어서 중요한 돈벌이 수단으로 소설 속에서 자주 등장하지만, 한편으로는 피부색이 다른 동양인에 대한 경멸을 숨기지 않는 모습을 통해서 새커리는 영국 상류사회의 이중성과 부도덕함을 지적한다.

《허영의 시장》을 읽은 많은 독자들은 레베카를 탐욕에 물든

악녀로, 아멜리아는 누구도 미워할 수 없는 착하고 친절한 천사로 생각할 것이다. 그러나 레베카의 속사정을 들여다보면 그녀의 처세를 전혀 이해하지 못할 것은 아니다. 가난한 화가였던 레베카의 아버지는 자신의 재능을 알아주지 않는 세상을 원망하며 술에 취하면 가족에게 주먹을 휘둘렀다. 레베카는 겨우 열일곱 살에 고아가 되었고 프랑스어를 가르치는 대가로 숙식과 약간의 보수를 받으며 여학교에서 생활한다. 그녀가 여학교에서 졸업 선물로 받은 사전을 마차 밖으로 던져버린 것은 여학교에서 받았던 수모에 대한 반감이었다.

새커리는 이런 환경에서 성장한 레베카를 동정하며 그녀를 완전한 악녀로 묘사하지는 않는다. 부잣집에서 곱게 자란 아멜리아가 막상 아버지가 파산하자 스스로 난관을 헤쳐 나가지 못하고 무기력한 모습만 보여주는 것과는 달리, 레베카는 오직 자신의 힘으로 역경을 이겨내고 상류층에 입성한다. 19세기 영국 사회에서 레베카처럼 가진 것 없이 태어난 교육받은 여성이 자신의 힘으로 생계를 유지하고 출세할 수 있는 길은 가정교사밖에 없었다. 새커리는 레베카를 통해 여성에게 자립할 기회를 주지 않는 영국 사회의 병폐를 비판한다.

다양한 인간 군상이 빚어내는 탐욕과 위선

애초 이 소설의 부제가 '주인공 없는 소설'이라는 사실이 이 소설의 장단점을 잘 보여준다. 줄거리보다는 무수히 등장하는 인물과의 관계 속에 얽힌 영국 사회를 보여주다 보니 흡입력과 긴장감이 다소 떨어지는 것도 사실이다. 반면, 이 소설만큼 19세기 영국 사회를 세밀하게 묘사한 소설은 거의 없다. 선악에 대한 분명한 구분 없이 인간이 가지고 있는 다양한 면을 보여주려는 새커리의 의도가 잘 반영되어 인간 세상에 존재하는 거의 모든 종류의 인간을 속속들이 관찰할 수 있다는 것 또한 이 소설이 가지고 있는 매력이다.

비록 일관된 주제로 이끌어가는 서사 중심의 소설은 아니지만, 레베카가 만나는 수많은 사람의 다양한 삶의 모습이 흥미롭고 결혼관, 인생관, 자식 교육에 관한 저자의 날카로운 통찰 또한 이 소설을 읽는 즐거움을 배가시킨다. 소설은 무엇보다 재미있어야 한다고 말했던 서머싯 몸이 《케이크와 맥주》라는 소설에서 이 작품을 '예나 지금이나' 대단한 작품이라고 인정했다는 사실에서 이 소설이 얼마나 재미있고 흥미로운 소설인지 알 수 있다.

사실 이 소설을 필자가 뜨겁게 기억하는 이유는 따로 있다. 이 소설의 주요 인물 아멜리아는 몰락한 가문 출신이라는 이유로 시댁으로부터 외면받았다. 남편이 전쟁터에서 죽고 혼자서 아들을 힘겹게 키울 때도 시댁은 아멜리아를 본 체 만 체했는데, 그럼에도 아들의 미래를 위해서 아들을 시댁으로 보내기로 결정한다. 아멜리아는 견디기 어려운 고통에 시달렸고 아들 또한 자신처럼 이별을 슬퍼할 것이라 생각한다. 하지만 아들은 그녀의 생각과는 달리 슬퍼하기는커녕 '부자 외할아버지 집에서 살게 되었다'며 친구들에게 자랑하기 바빴다.

필자가 코흘리개 시절, 시골에서 큰 도시로 전학을 가게 되었을 때 부엌에서 무심히 아궁이를 들여다보며 "너는 나를 보고 싶지 않겠지?"라며 슬퍼하셨던 어머니 모습이 눈에 선하다. 과연 필자도 아멜리아의 아들처럼 그날 저녁 동네에 놀러 나가 "도시 학교에 다니게 되었다"라며 자랑을 늘어놓았다. 이 책을 읽을 때마다 그때의 기억이 떠올라 콧등이 시큰해진다.

49

인간의 본성과 삶의 진실에 다가가려는 의식의 흐름

《등대로》
To the Lighthouse

버지니아 울프 Virginia Woolf

1882년 영국 런던에서 태어났다. 본명은 애들린 버지니아 스티븐 Adeline Virginia Stephen. 비평가이자 사상가였던 아버지 레슬리 스티븐 Leslie Stephen의 서재에서 책을 읽으며 어린 시절을 보냈고, 당대의 지성들과 '블룸즈버리 그룹'을 결성하기도 했다. 어머니의 사망 후 정신질환 증세를 보이기 시작했는데, 아버지의 사망 이후 병세는 더욱 악화되었다. 《댈러웨이 부인》 《파도》 등 20세기 수작으로 꼽히는 소설들을 펴내며 작가로서 자리매김했다. 평화주의자로서 전쟁에 반대하는 주장을 펼쳐오다가 1941년, 우즈강으로 산책을 나갔다가 행방불명되었는데, 후에 자살로 판명되었다.

치유하는 글쓰기

《등대로》는 버지니아 울프가 어린 시절 부모님과 나눈 추억, 삶, 죽음을 말하기 위해서 쓴 소설이다. 울프는 이 소설을 집필하고 나서 비로소 자신을 억압했던 어머니의 시달림으로부터 해방되었으며 나아가 정신분석학자들이 환자를 위해 진행한 요법과 같은 효과를 거뒀다. 울프에게《등대로》는 소설가로서의 예술적 성취뿐만 아니라 어머니로부터의 강박에서 탈출하는 수단으로 작용했다. 울프에게《등대로》는 어머니의 죽음을 애도하고 그리워하는 글쓰기였다.

울프에게는 글쓰기가 치유이자 생존의 이유였다. 태어난 지불과 10주 만에 젖을 뗐고 어머니, 오빠, 의붓언니, 아버지가 연이어 세상을 떠나버려서 그녀의 성장기는 암울했다. 극심한 우울증 증세로 고생했지만, 다행스럽게도 딸에게 작가적 재능이 있다는 것을 알아챈 아버지가 용기를 북돋아주었고 남편인 레너드 울프 Leonard Woolf의 도움으로 간신히 생존하며 글을 쓸 수 있었다.

다섯 번의 심각한 정신질환, 신경 쇠약, 급작스러운 기절, 감기, 고혈, 심각한 체중 감소, 거식증, 자살 시도 등에 시달리면서도 그녀는 30년 작가 생활 동안 27권의 일기를 포함한 많은 장단편 소설, 수필, 회고록을 초인적인 의지로 써나갔다. 더 이상 글도 쓸 수 없고 책을 읽을 수도 없는 지경에 이르자 그녀는 삶의 의미를 잃어버리고 자살하기에 이른다. 그녀는 생전에 "독서와 글쓰기 능력이 없어진다면 자살을 할 수밖에 없다"라고 일기에 남겼다.

울프는 평소 문학작품의 주제로 질병이 언급되지 않는 것은 이상한 일이라고 생각했다. 그래서 여러 문학작품에서 자신의 우울증을 다뤘고 전쟁과 갈등 속에서 상처받고 고통받아 정신질환을 앓는 인물을 세밀히 묘사했다. 울프는 평생 자신의 병과 싸우기 위해 고군분투한 용감하고 참을성 있는 지적인 작가였다.

울프는 글쓰기로 본인의 질병을 분석하는 데 몰두했으며 자신의 질병이 단순한 병이 아니라 환경적, 유전적 요인이라는 것을 확신했다. 개인이 가진 질병은 개인의 문제가 아니고 사회문제에서 비롯된 것이라 여겼다. 울프는 사회에 만연한 전쟁이나 폭력이야말로 개인을 병들게 하며 병든 개인이 병든 사회를 만든다고 판단했다. 울프는 건강하고 평화로운 사회를 구축하려는 태도야말로 인간이 추구해야 할 최고의 가치라고 주장했다.《등대로》를 집필하면서 치유를 경험했기 때문에 울프는 글쓰기야말로 인간의 고통을 해소하고 나아가 더 나은 공동체를 만드는 지름길이라고 여겼다. 따라서《등대로》는 울프가 평생을 걸쳐 몰입한 세계관과 문학관을 확립하게 한 작품이다.

소설에 그려진 어머니와 아버지

《등대로》는 일종의 자전적 소설이기 때문에 울프의 실제 어머니와 아버지의 모습이 사실적으로 그려져 있다. 그녀 부모의 생애를 살펴보는 것은 《등대로》라는 난해한 소설을 이해하는 데 큰 도움이 된다.

울프의 어머니 줄리아 스티븐^{Julia Stephen}은 전 남편이 죽자 울프의 아버지가 되는 레슬리 스티븐과 재혼했다. 19세기 당시 사회 관념에 따라 그녀는 전 남편과 재혼 상대인 레슬리 스티븐 사이에서 태어난 총 여덟 명의 자녀를 양육해야 했다. 울프의 기억에 따르면 그녀는 단 한순간도 혼자서 지내지 못할 정도로 육아에 매달려야 했다고 한다. 당연히 울프는 어머니의 자상한 보살핌을 거의 받지 못하고 자랐다. 그래서 울프는 문학작품에 어머니를 묘사할 때마다 애를 먹었다. 어머니가 혼자 있는 모습을 보지 못하고 자랐으니 어머니의 정체성을 파악하기 어려웠기 때문이다.

울프는 소설 속에서 램지 부인에게 어머니에 대한 기억을 담았다. 램지 부인은, 철학 교수이자 유명한 저술가지만 가정에서는 폭군에 가까우며 신경질적인 남편을 내조하며 큰살림을 무난하게 꾸려나간다. 휴가지에서조차 섬에 사는 빈곤하고 병든 자를 돕고 집 안에 있는 모든 것을 그들에게 나눠주려고 애쓰는 자비심과 관대함을 겸비한 여성이다.

아버지 레슬리 스티븐은 이튼스쿨과 케임브리지대학을 졸업한 엘리트 교수였다. 그도 줄리아 스티븐이 재혼 상대였다. 한 가지 흥미로운 사실은 그의 첫 번째 아내가 영문학 고전으로 추앙받는《허영의 시장》을 쓴 윌리엄 새커리의 딸이었다는 점이다. 그는 런던 도서관 관장을 지냈으며 영국학사원의 창립 멤버로도 활동했다. 19세기 진화 윤리학을 대표하는《윤리학》의 저자이기도 하면서 헨리 제임스, 알프레드 테니슨, 조지 엘리엇George Eliot과 친구로 지내는 명사이기도 했다.

그러나 아내 줄리아가 죽자 슬픔을 이기지 못하고 딸들에게 애도를 강요했다. 식사 때마다 아내를 그리워하며 한숨을 크게 내쉬기도 하고, 아내에게 살림을 물려받은 딸 스텔라가 매주 작성한 지출 결산서를 검사할 때마다 꾸지람을 늘어놓았다. 아들들은 학교로 도망칠 수 있었지만, 딸들은 꼼짝없이 집에 포로로 잡혀 있어야 했다. 그런 아버지의 죽음은 딸들에게 '기뻐해야 하고 편안한 일'이 되었다.

아버지의 어머니에 대한 강압적인 애도는 울프에게는 마치 짐승과 함께 우리에 감금된 것 같은 고통을 주었다. 다행히 아버지는 울프의 재능을 알아차리고 당시에만 해도 여성이 출입할 수 없었던 자신의 서재에 출입하는 것을 딸에게 허가했으며 직접 독서 교육을 통해 그녀를 장차 영국을 대표하는 모더니즘 작가로 성장시켰다.《등대로》의 램지 씨가 울프의 아버지를 모델로 한다.

울프는 어머니를 열세 살에, 아버지를 스물두 살에 여의고 마흔다섯 살이 된 해에 자신의 부모를 소재로 《등대로》를 발표했다.

《등대로》는 총 3부분으로 구성된다. 첫 번째 부분 '창문'은 램지 가족과 친구들이 함께 저녁 식사를 하면서 일어난 일을 묘사하고 있으며, 두 번째 부분 '시간의 통과'는 오랜 시간이 지나는 동안 집과 주변 환경이 어떻게 변모하는지 묘사하며, 마지막 부분 '등대로'는 램지 가족이 드디어 등대로 출발하는 장면을 묘사한다. 울프는 《등대로》를 자신이 쓴 최고의 소설이라고 평가할 만큼 그 작품에 애착이 컸다.

의식의 흐름을 따라 쓴 소설

《잃어버린 시간을 찾아서》를 쓴 마르셀 프루스트, 《율리시스》를 쓴 제임스 조이스와 함께 버지니아 울프는 '의식의 흐름'이라는 새로운 소설 기법으로 20세기 현대문학의 새 시대를 연 작가로 통한다. 그렇다고 이들이 그룹을 형성하여 상호 교류를 하면서 작품 활동을 한 것은 아니다. 울프는 여러 기록을 통해서 수차례 프루스트를 언급하며 그에게 영향을 받았다는 사실을 숨기지 않았다. 그러나 같은 영미권 작가로 활동한 조이스는 라이벌 관계로 생각했는지 거부감을 나타냈다.

《댈러웨이 부인》과 2년 뒤에 발표한 《등대로》는 울프가 완전히 프루스트에 사로잡혀 있던 시기에 쓴 소설이다. 작곡가가 다른 사람의 음악을 무의식적으로 표절하는 것을 예방하기 위해 새로운 곡을 만들 때 다른 사람의 음악을 듣지 않는 것처럼 울프는 새 소설을 쓸 때면 일부러 프루스트의 소설을 읽지 않는다고 털어놓았을 정도로 프루스트를 좋아하고 의식했다. 그러다 보니 작가로서 자기의 재능에 대해 자괴감에 빠져들기도 했다. 모두가 프루스트를 숭배하는데 자신은 끝이 없는 지하로 추락하는 느낌을 받은 것이다. 그녀는 《댈러웨이 부인》을 집필하기에 앞서 프루스트에게서 멀어지려고 다짐해야 했다. 프루스트는 너무나 쉽게 글을 잘 쓰는데 자신은 마치 "다른 사람의 스케이트를 타다가 쓰러지는 꼴"이 되는 것은 아닌지 염려했다. 작품을 다 쓰고 나서야 안도의 한숨을 내쉬고 편안하게 프루스트를 읽어나갈 정도였다.

《댈러웨이 부인》과 《등대로》는 프루스트에 대한 존경과 자괴감이 어우러진 가운데 탄생한 소설이다. 그렇다고 울프가 프루스트를 추종한 나머지 그녀의 색깔을 담지 못한 것은 아니다. 가령 《등대로》의 결말이 추상적이고 급작스럽다면 프루스트의 그것은 지극히 논리적이며 단계적이다. 울프는 프랑스의 위대한 작가 프루스트의 영향 아래에서도 자신만의 목소리를 찾아서 영문학에 큰 발자취를 남겼다. 울프의 이런 공적을 대표하는 소설 중의 하나가 《등대로》임도 분명한 사실이다.

난해하지만, 그럼에도 읽어야 하는 소설

언급했듯이 《등대로》는 '의식의 흐름 기법'을 채택했기 때문에 독자들에게 매우 난해하게 다가온다. 일반적인 소설은 우리가 교과서에서 배운 대로 기승전결의 과정을 거친다. 주인공이 존재하며 시간에 따라 서사가 움직이고 갈등을 거친 다음 마침내 문제의 실마리가 풀리는 식이다. 결말에 이르러 주인공들은 한층 더 성숙한 모습으로 성장한다. 그러나 《등대로》는 이러한 소설의 문법을 지키지 않는다. 누가 이 소설의 중심인물인지도 가늠하기 힘들며 독자들이 주인공이라고 생각한 인물이 느닷없이 죽어버리기도 한다. 등장인물에 대한 성격 설정도 전통적인 소설과 다르다. 램지 부인은 동정심이 많고 자애로운 부인이지만 그와 동시에 독재적이며 강압적이고, 심지어는 속물근성이 가득한 위선적인 인물로도 묘사된다.

울프는 빅토리아 시대의 전통적인 소설 기술 방식으로는 빠르게 변한 현대인의 모습을 담아낼 수 없다고 생각했다. 그녀는 새로운 형식의 글쓰기가 필요한 새로운 시대적 배경과 추세에 따라 새로운 소설을 썼다. 그러니 독자들은 이 소설을 난해하다고 느낄 수밖에 없다. 한 문장을 여러 번 반복해서 읽어도 도대체 무슨 말인지 이해가 안 될 때가 많다. 그러나 《등대로》는 울프 작품 중에서 '그나마' 의식의 흐름 기법이 가장 부드럽게 적용된 소설이다.

이 소설을 3분의 1만 이해해도 그 어떤 소설에서 맛보기 힘든 진한 여운을 느끼게 될 것이다. 우리가 버지니아 울프를 손에서 놓으면 안 되는 이유다.

50

러시아와 러시아인의
모든 것을 담다

《예브게니 오네긴》
Evgenii Onegin

알렉산드르 세르게예비치 푸시킨 Aleksandr Sergeevich Pushkin

1799년 러시아의 수도 모스크바 근교의 유서 깊은 귀족 집안에서 태어났다.
1811년 귀족 학교 리체이에 입학하여 러시아 현실에 눈을 떴다. 1817년 리
체이를 졸업하고 외무성에 근무하며 농노제 타도 정치사상이 확고해졌다. 과
격한 정치적 시를 써서 남러시아로 추방되었다. 1820년 동화풍의 담시 「루
슬란과 류드밀라Ruslan and Ludmila」를 발표하여 젊은 세대의 열광적인 지
지를 얻었다. 1824년 무신론을 긍정한 편지가 압수되면서 미하일로프스코에
마을에 연금되었다. 1826년 황제 니콜라이 1세의 특사로 자유의 몸이 되었으
나 말년까지 엄중한 감시와 검열을 받았다. 1837년에 아내와 염문을 일으킨
프랑스인과의 결투 도중 치명상을 입고 이틀 뒤에 세상을 떠났다.

러시아 문학의 태양, 푸시킨

러시아인들이 가장 사랑하는 시인이자 소설가 푸시킨은 현대 러시아 문학을 창시한 작가로 명성이 높다. 열다섯 살에 첫 시를 출간했으며 귀족 자제를 위한 명문 학교를 졸업할 시점에는 이미 러시아 문학계가 주목한 작가로 부상했다. 푸시킨은 후대 작가들이 애용하게 될 정교한 러시아어 어휘를 확장한 것으로도 유명한데, 이는 장차 러시아 문학 발달의 기초가 되었다. 짧은 생애 동안 서정시, 서사시, 소설, 드라마, 비평에 이르기까지 매우 다양한 문학 장르의 작품을 발표한 러시아의 위대한 시인이자 국민 작가다.

러시아 문학이라는 세계에서 태양이자 '모든 시작의 원점'이라 불리는 푸시킨은 모든 러시아인의 고향과 가족이다. 아마 이런 평가에 이의를 제기할 러시아인은 많지 않을 것이다. 러시아 문인 사이에서도 푸시킨이야말로 러시아를 대표하는 세계문학의 대문호라는 주장에 반대할 작가도 많지 않을 것이다. 러시아인들의 푸시킨에 대한 사랑은 서정 작가의 저서 《그들을 따라 유럽의 변경을 걸었다》에 나오는 문장에 잘 표현되어 있다. "푸시킨이라는 이름은 러시아인들이 자신들이 누구인가를 확인하고자 할 때 거울을 보듯 가만히 들여다보게 되는 기준점 중 하나다."

운문 소설이라는 이상한 장르

《예브게니 오네긴》은 1823년에서 1830년에 걸쳐 쓴 운문 소설이다. 러시아를 대표하는 비평가이면서 푸시킨, 도스토옙스키 같은 작가를 길러낸 것으로도 유명한 비평가 벨린스키는 이 작품을 가리켜 "러시아 생활의 백과사전"이라고 찬양했는데, 그만큼 러시아 사람들의 생활에 대한 사실적인 묘사가 많다.

《예브게니 오네긴》은 각각 40~60개의 연을 가진 총 여덟 개의 장으로 이루어진 운문 소설이라는 특이한 형태를 갖추고 있다. 서정시, 역사, 비평, 기행문 등 웬만한 종류의 문학을 섭렵한 푸시킨은 마침내 운문 소설이라는 새로운 장르에 도전했다. 《예브게니 오네긴》은 러시아 최초의 운문 소설이며 푸시킨 운문 소설을 대표하는 작품이다. 푸시킨은 러시아 최초로 글만 써서 생계를 꾸려갈 수 있었던 최초의 작가였다. 푸시킨의 이러한 상업적 성공은 《예브게니 오네긴》 덕분이라고 해도 틀린 말이 아니다. 실제로 푸시킨은 《예브게니 오네긴》 초판 인세만으로 현재 가치로 2억에 상당하는 돈을 벌었다. 이 작품은 잡지 연재 후 1833년에 단행본으로 출간되었다. 푸시킨은 이 소설을 완성하는 데 7년 4개월 17일이 걸렸다고 최종 원고 뒷면에 표기했는데, 이는 그가 얼마나 이 소설에 시간과 열정을 쏟아부었는지 가늠케 한다.

푸시킨 자신도 이 소설의 집필과 함께 성장했다. 그는 시를 쓸 때 가장 행복한 사람이었다. 장장 7년이 넘게 걸린 작품이지만 믿기지 않을 정도로 문체의 통일성이 지켜지고 있는 게 놀라운데, 얼핏 보면 그다지 고민하지 않고 휘갈겨 내려간 즉흥시로 읽히지만 구석구석 기지가 번뜩이고 전개가 자연스럽다. 이 작품을 높게 평가한 도스토옙스키는 《예브게니 오네긴》에서 묘사한 러시아인의 삶은 전무후무한 창의력과 완전함으로 구현되었다"라고 말했다.

이 소설의 줄거리는 복잡하지 않다. 철이 없고 멋 내기 좋아하는 주인공 예브게니 오네긴은 중병에 걸려 사망한 친척의 상속자가 되어 상트페테르부르크를 떠나 시골 저택으로 향한다. 무료한 시골 생활을 하던 그는 렌스키라는 잘생긴 청년을 만나고 금방 친구가 된다. 오네긴은 렌스키의 연인 올가와도 교류하는데, 올가의 언니 타티아나는 오네긴에게 반해 구애하기에 이른다. 타티아나의 구애를 냉정하게 거절한 오네긴은 한 무도회에서 렌스키의 약혼녀 올가와 춤을 추었는데 정작 애인인 렌스키는 올가에게 춤을 거절당한다. 이에 분노와 배신감을 느낀 렌스키는 오네긴에게 결투를 신청했지만 패배하여 죽음을 맞는다.

자주 결투를 신청하고 실행한 푸시킨은 이 소설에서 결투의 절차, 결투에 사용하는 권총, 결투에 져서 사망한 렌스키를 놀라울 정도로 치밀하게 묘사했다. 한번은 푸시킨이 도박장에서 시비가 붙은 사람과 결투를 하게 되었는데 결투장에 체리를 가지고 가서 상대가 자신을 향해 권총을 쏘는데도 태연히 먹고 있었다고 한다. 상대의 총알은 빗나가고 푸시킨은 유유히 결투장을 떠났다는 것이다. 물론 꾸며낸 이야기일 것이다. 하지만 그런 이야기가 돌 정도로 푸시킨은 대담한 인물이었다.

친구를 자기 손으로 죽인 오네긴은 시골을 떠난다. 그로부터 몇 년이 지난 후 우연히 무도회에서 타티아나와 재회한 오네긴은 그녀에게 빠져 구애해 보지만 이미 다른 남자와 결혼해서 부유하게 사는 타티아나는 이를 거절한다.

이것이 이 소설의 전부다. 줄거리는 단순하지만 이 운문 소설에는 푸시킨의 유려한 문체와 운율, 유머, 러시아 정치, 사회, 문화 그리고 결투에 관한 넓고 깊은 묘사로 가득하다. 이 작품은 시 형식으로 쓰인 텍스트이기 때문에 관용구와 은유적인 표현도 많다. 실제 인물과 그리스·로마 신화에 나오는 이름을 자주 언급하기에 고유명사도 많다.《예브게니 오네긴》에는 관용구 347개, 고유명사 98개, 사투리 56개가 등장하는데 당시 다양한 신분의 러시아인이 상황에 따라 다르게 입는 복식에 관한 표현도 다수 포함되어 있다. 그뿐만 아니라 레스토랑, 술집, 시골집 등 장소에 따른 음식, 주거 공간, 종교, 교통, 러시아에 유입된 외래어에 관한 표현도 수두룩하다. 이런 이유로《예브게니 오네긴》을 러시아인의 생활 백과사전이라고 부리는 것이다. 그러나 그런 다양한 지식과 정보 때문에 이 작품을 높게 평가하는 것은 아니다. 다음 구절을 보자.

"그는 어찌나 일찍 배웠는지,

허풍 부리고 소원을 감추고 질투하는 방법을

상대의 신뢰를 무너뜨리거나 심는 방법을

울적한 모습으로 고통스러운 체하는 방법을

거만하거나 순종적으로 보이는 방법을

때로는 집중한 듯 때로는 무심한 듯 보이는 방법을"

운문 소설인 데다 사투리나 관용구가 즐비한 이 작품을 번역하기가 얼마나 힘든지 독자들도 짐작이 갈 것이다. 그러나 완전하지 않은 번역에도 불구하고 우리나라 독자들도 이 소설이 가지고 있는 아름다운 운율을 느끼기에 충분하다. 살아 있을 때부터 이미 러시아 최고 시인이자 러시아 문학의 창시자 위치에 오른 푸시킨의 필력이 얼마나 뛰어났는지 알 수 있는 대목이다. 러시아어의 절묘하고 풍부한 운율을 맛보려면 결국 푸시킨으로 향할 수밖에 없다.

프랑스 문화 vs 러시아 민중 문화

이 작품의 배경이 되는 19세기 초 러시아 귀족과 지방 지주 사이에는 프랑스 귀족 문화가 유행했다. 프랑스 문화는 귀족적이고 러시아 문화는 서민적이라는 분위기가 팽배했다. 이 당시 러시아를 휩쓸던 프랑스풍 귀족 문화와 사치의 대명사가 오네긴과 그 집안이었다. 오네긴은 일찌감치 최신 유행 헤어스타일, 댄디 스타일의 런던식 의복, 능숙한 프랑스어, 번지르르한 인사가 몸에 밴 인물이었다. 모두 러시아 민속 문화와는 거리가 멀다. 중병으로 드러누운 친척을 대하는 오네긴의 심리묘사는 비러시아적인 문화를 상징하는 오네긴 집안이 얼마나 비정하고 타락했는지 잘 보여준다.

"그렇지만 맙소사, 얼마나 지루한가?
밤낮으로 환자 옆에서
꼼짝도 못 한다는 것은!
얼마나 천한 위선인가?
사경을 오가는 어른에게 비위를 맞추고
베개도 다시 베어주고
퍽 슬픈 것처럼 약사발을 건네면서
속으로는 애타게 한숨 쉬며
죽을 날만 기다리는 건!"

오네긴처럼 프랑스 문화에 동화된 오네긴의 친구 렌스키와 그의 애인 올가가 소설 초반 다른 남자와의 결혼으로 빠르게 사라지는 것 또한 푸시킨이 프랑스 고급 문화를 경계하고 덧없음을 표현하는 장면이다. 올가가 애인인 렌스키가 결투로 사망하자 금방 렌스키를 잊고 다른 남자와 사랑에 빠지는 장면도 유럽 문화의 가벼움과 덧없음을 나타낸다. 반면 올가의 언니이자 오네긴과 사랑으로 맺어질 뻔했던 타티아나와 그 어머니는 러시아 국민 의상을 애용한다. 타티아나의 어머니는 미혼 시절에 프랑스 문화와 영국 소설에 빠져 있었지만 결혼 후 러시아적인 문화를 사랑하게 되어 마침내 주로 농민들이 입었던 솜 넣은 실내복을 입는다.

타티아나의 태도 또한 인상적이다. 철없던 시절 오네긴에게 구애하고 거절당하지만 몇 년 뒤 자신에게 다시 구애하는 오네긴을 향해서 욕망에 휘둘리지 않고 자신의 위치를 지켜나가겠다는 성숙한 태도를 보인다. 타티아나의 어머니는 프랑스나 영국 문화에서 탈피해 러시아 문화로 전환하면서 타티아나를 좀 더 성숙한 인간으로 양육했다. 타티아나의 부모는 러시아 민속과 전통문화를 누리며 금슬 좋은 부부 관계를 보여주는데, 이로써 평화로운 생활은 전통적인 러시아 문화를 지킴으로서 얻어진다는 메시지를 던진다.

러시아 민속 문화를 향유하고 따뜻한 사랑이 넘치는 타티아나 부모의 모습은 프랑스 문화에 심취한 오네긴 집안의 비정함과 대조적이다. 타티아나는 오네긴의 구애를 거절하고 정신적인 승리를 거두는데, 이 승리 뒤에는 러시아 전통문화와 정신문화가 자리 잡고 있다.

러시아 문학 그 자체인 푸시킨

푸시킨은 화려한 문체와 운율로 러시아 문화에 대한 강한 애착을 러시아 민중들에게 들려주었고, 러시아 민중은 그를 러시아를 대표하는 시인으로 추앙했다. 외세에 맞서 러시아 고유 전통을 지키며 민중들의 생존권을 강조했던 푸시킨의 문학작품은 군주제와 농노제를 폐지하려던 1825년 데카브리스트 반란의 정신적인 지주로 추앙받는 이유가 되었다. 푸시킨은 유배 중이었지만 반란군의 소지품에서는 언제나 그의 시가 나왔다고 한다.

러시아 전국에 그의 동상이 건립될 정도로 러시아인의 가슴 깊숙이 스며든 푸시킨은 러시아 문학을 세계문학으로 드높인 일등 공신이었다. 푸시킨이 데카브리스트 반란의 정신적 지주로 활동하던 시기에 태어나지도 않았던 톨스토이와 다섯 살에 불과했던 도스토옙스키가 그의 영향을 받은 것은 당연한 일이었다. 푸시킨이 없었다면 도스토옙스키와 톨스토이, 그리고 고리키는 존재할 수 없었다는 말이 과장이 아니다. 19세기 러시아 문학의 황금기는 푸시킨이 그 출발을 알렸다.

푸시킨이 숨을 거두자 그의 집 주변은 죽음을 슬퍼하는 민중들로 인산인해를 이루었다. 러시아 민중은 그의 죽음을 개인의 비극으로 여기지 않고 민족적 손실로 여겼다. 황제는 혹시 추모 열기가 폭동으로 확대될까 두려워서 그의 장례식을 조촐하게 치르도록 엄명해야 했다. 황제의 견제에도 불구하고 그의 죽음에 대한 민중의 애도는 전국으로 번졌고 푸시킨 문학 정신을 상징하는 《예브게니 오네긴》은 순식간에 동이 났다. 푸시킨의 묘비에는 "푸시킨! 생존해서 우리에게 다시 돌아오라"라고 새겨져 있다. 한편의 아름다운 시를 닮은 그의 인생은 그렇게 끝났다. 푸시킨을 죽인 군인 단테스에 대한 지나친 원망은 하지 않는 것이 좋겠다. 그는 결투 신청을 받으면 당연히 응하는 것이 당시 사회 관습이었기 때문에 어쩔 수 없이 결투장에 나왔을 뿐이며, 사회적으로 크게 존경받는 푸시킨을 죽이는 것이야말로 자신의 출세에 큰 장애가 된다는 것을 알았기 때문에 그저 다리에 상처를 주겠다는 정도로 결투에 임했다.

그러나 단테스를 죽이고 싶었던 푸시킨이 좀 더 가까이에서 총을 쏘기 위해서 중립 지대로 돌진했고 이에 놀란 단테스가 자신의 목숨을 방어하기 위해 급하게 총을 쏠 수밖에 없었던 것이다. 안타깝게도 푸시킨의 총알은 비켜갔고 단테스의 총알은 푸시킨의 복부에 명중했다. 총알을 맞고 치명상을 입어 피를 심하게 흘리면서 들것에 실려 가면서도 타고난 이야기꾼 푸시킨은 결투에 관한 이야기뿐만 아니라 농담까지 했다고 한다.

러시아 문학을 세계문학에 등장시킨 푸슈킨의 걸작. 그 명성이 괜한 것이 아니라는 걸 이 작품을 읽다 보면 단숨에 이해하게 될 것이다.

에
필
로
그

위대한 작가들이 남긴
명작을 통해 깨닫는
독서의 즐거움

독자들은 위대한 작가가 남긴 명작을 읽고 감동과 공감을 느끼면서 위대한 유산을 남긴 그들에게 고마움을 느낀다. 그렇다면 작가들은 얼굴도 알지 못하는 수많은 독자들의 즐거움을 위해 글을 썼을까? 그렇지는 않다.

버지니아 울프는 어머니의 사랑을 받지 못한 우울한 어린 시절의 고통과 트라우마를 글쓰기로 치유했다. 프랑스를 대표하는 불후의 명작《레 미제라블》은 작가 빅토르 위고의 고향인 프랑스가 아니라 영국령 건지섬에서 그의 망명 생활 중에 탄생했다. 빅토르 위고는 나폴레옹 3세라는 절대 권력에 대항하다가 유배되었는데 민중이 존중받고 주인이 되는 세상에 대한 그의 염원을 담은 것이 바로《레 미제라블》이다.

평생 자신의 동성애적 성향을 숨겨야 했던 토마스 만은《베네치아에서의 죽음》을 통해 자신의 비밀스러운 성향을 간접적으로나마 표출함으로써 그나마 숨을 쉬고 살아갈 수 있었다. 단 두 번의 만남으로 베아트리체를 깊이 사랑한 단테는《신곡》으로 그녀를 천국에서 다시 만난다. 그뿐만이 아니다. 자신을 도와주었던 사람을 천국으로 인도하고 자신을 배신했던 사람을 지옥의 가장 밑바닥까지 보냄으로써 개인적인 슬픔을 치유할 수 있었다. 괴테도 이루지 못한 사랑의 아픔을 달래기 위해《젊은 베르테르의 슬픔》을 썼고 그로 인해 아픔을 잊고 새 출발을 할 수 있었다.

제인 오스틴은 어떤가. 그녀는 여성이 수동적이고 남성의 보조적인 역할에 머물러야 했던 당대의 숨 막히는 남성 중심적 가치관에서 벗어난 주체적인 여성상을《오만과 편견》에 담음으로써 자신이 꿈꾸는 세상을 소설 속에서나마 펼쳐 보였다. 작가들에게 글쓰기는 아픈 기억을 치유해 준 일종의 치료제였다.

그렇다. 글쓰기는 위대한 작가뿐만 아니라 우리 모두에게 일종의 치유제다. 과거의 아픈 기억과 경험을 내버려두면 심리적 불안을 거쳐 우울증으로 번지기 쉽다. 그러나 치유하지 못한 상처를 글로 표현하면 자신의 상처를 똑바로 응시하면서 그 아픔의 깊이를 가늠하고, 나아가 그 상처를 스스로 극복하는 힘을 기르게 된다. 숨기고 싶은 상처를 글로 표현하는 것은 분명 고통스럽지만, 그 이상의 긍정적 효과가 크기에 수많은 작가들이 글쓰기를 통해서 자신의 상처를 표현하고 드러내는 것이다.

우리가 읽는 것은 이런 위대한 작가들의 내밀한 자기 고백이자 극복의 과정이다. 큰 보상을 지불하지 않고도 이들이 남긴 이 거룩한 유산을 내 것으로 만들 수 있다니, 이것만큼 어마어마한 재산이 또 있을까? 게다가 그 유산을 내 것으로 만드는 과정에는 재미와 감동과 여운까지 있다. 고전소설은 지루하고 재미없고 어렵다는 편견만 버린다면 누구든 고전소설이 우리에게 건네는 이 유산을 소유할 수 있다. 일종의 특권을 누리게 되는 것이다.

이 책을 읽은 모든 독자들이 이 50권의 책을 통해 문학을 이해하고, 좀 더 깊고 넓은 문학의 세계로 나아갈 수 있기를 바란다. 그러다 보면 어느새 훌쩍 성장해 있는 자신을 발견하게 될 것이다.

세계 문학 필독서 50

초판 1쇄 발행 2024년 3월 11일

지은이 박균호
펴낸이 정덕식, 김재현
펴낸곳 (주)센시오

출판등록 2009년 10월 14일 제300 – 2009 – 126호
주소 서울특별시 마포구 성암로 189, 1707-1호
전화 02 – 734 – 0981
팩스 02 – 333 – 0081
전자우편 sensio@sensiobook.com

ISBN 979 – 11 – 6657 – 141 – 1 03880

소중한 원고를 기다립니다. **sensio@sensiobook.com**